KB040294

SPIRAL

소용돌이에 다가가지 말 것

SPIRAL

소용돌이에 다가가지 말 것

폴 맥어웬 지음 | 조호근 옮김

어
비
ㄴ

모든 면에서 만족스러운 스릴러.
―《LA 타임스》

마이클 크라이튼의 전성기 작품을 떠오르게 한다.
숨 쉴 틈 없이 몰아친다.
―《뉴욕 타임스》

최신 과학 지식과 세계 종말 시나리오가 줄거리를 견인하지만,
격렬한 감정과 생각할 거리로 점철된 소설을 이토록 즐겁게
읽을 수 있는 것은 결국 매력적인 등장인물과
그들의 인간관계가 생생히 묘사되어 있기 때문이다.
―《퍼블리셔스 위클리》

파국을 향해 정신없이 달려가는 스릴러.
―Shotsmag.co.uk

두려움에 사로잡힐 정도로 현실적인 소설. 과학 분야는
사실에 충실하고 힘 있으며 명쾌한 문체 또한 인상적이다.
작품 내내 액션과 서스펜스가 교묘하게 얽혀 하나의 매끄러운
줄거리를 이룬다. 신선한 신예 스릴러 작가의 흥미로운 데뷔작이다.
―스티브 베리(소설가)

크라이튼은 자신의 방법론을 소설에 적용하여 수백만 달러를
벌어들였다. 『소용돌이에 다가가지 말 것』도 폴 맥어웬에게 그만한 보상을
제공해주어야 마땅하다. 크라이튼의 소설보다 재미있고
구미에 맞으며 과학을 적용한 부분에도 흠잡을 구석이 없다.
—《네이처》

과학의 미래는 소설의 미래보다도 두려울 수 있다.
—《스타-레저》

빠른 속도로 펼쳐지는, 서스펜스로 가득한 데뷔작.
—《커커스 리뷰》

눈을 떼기 힘들 정도로 독자를 사로잡는다. 맥어웬은 과학과
나노 과학, 코넬대학교 등 익숙한 내용을 영리하게 서술한다.
하지만 동시에 그는 장편소설의 구성과 속도, 인물 형성,
문체의 명징성에서도 진정한 재능을 보인다. 놀라운 소설이다.
—〈북리스트〉

차례

수잔에게

USS 노스다코타호의 갑판에 서서 쌍안경으로 바다를 바라보던 리암 코너는 눈앞의 모습에 구역질이 났다. 쌍원경 속의 진실은 명백했다. 선홍색 구명보트에는 미국인 선원 네 명이, 아직 살아 있는 젊은이들이 타고 있었다. 다들 코너와 비슷한 나이대로 보였다.

　"배를 돌려라." 확성기에서 함장의 명령이 울렸다.

　미국인 중 하나가 소리쳤다. "어떻게 이럴 수가 있어! 아들이 태어났다고. 아직 아들 얼굴도 못 봤단 말이야!" 셔츠를 벗어 들고 격렬하게 앞뒤로 흔드는 모습이 푸른 수면에서 날개를 퍼덕이는 하얀 새처럼 보였다. 다른 젊은이 둘은 계속 노를 저었다.

　"돌려라. 지금 당장."

　엘리콘 20밀리 기관포가 경고사격을 시작했다. 귀가 먹먹해지는 굉음이 착암기 소리처럼 연속으로 울리며 구명보트와 USS 노스다코타호 사이에 사선을 그렸다. 솟아올라 부서지는 물기둥 벽 뒤로 남자들의 모습이 사라졌다.

이윽고 물안개가 가라앉자 바다는 다시 고요해졌다. 키 큰 남자가 펄쩍펄쩍 뛰면서 그 빌어먹을 흰 셔츠를 계속 흔들어댔다. 그 몸짓에 작은 보트는 그대로 뒤집힐 것처럼 보였다. "그만 쏴! 우린 병에 안 걸렸다고!" 그는 소리쳤다.

"거짓말일세." 육군 장성인 윌로우비가 말했다. 윌로우비 역시 앞 갑판으로 나와, 리암에게서 몇 피트 떨어진 곳에 서서 쌍안경으로 그 모습을 지켜봤다. 슬쩍 벌린 입술 사이로 악문 이빨이 보였다. "저 동작 보이나? 발작하듯 펄쩍펄쩍 뛰고 있지 않은가."

함교에서는 노스다코타호의 함장이 다시 한 번 확성기를 들어 올렸다. "배를 돌려라. 마지막 경고다."

또다시 함포가 불을 뿜었고, 보트는 물안개 속으로 다시 한 번 모습을 감췄다. 이번에는 선원들도 물에 흠뻑 젖을 정도로 사선이 보트에 가까웠다. 코너는 그들의 얼굴에 물방울과 함께 들러붙는 공포를 알아볼 수 있었다. 포격수가 조준선을 몇 도만 더 올렸다면 그대로 갈기갈기 찢겨버렸을 테니까.

구명보트의 지휘자는 뱃전에 주저앉았다. 흰 셔츠가 손에서 떨어졌다. 보트는 그대로 제자리에서 출렁거리며 천천히 방향을 바꾸었다. 그러는 동안 네 사람이 말다툼을 벌이는 소리가 파도를 타고 조금씩 흘러왔다. 키 큰 남자는 노스다코타호를 가리키며 "다른 수가 없어"라는 말을 연신 입에 올리며 고개를 저었다.

"멍청한 자식들. 계속 접근할 모양이로군." 윌로우비가 말했다.

키 큰 남자는 자리에서 일어나 노스다코타호를 바라보며 흰 셔츠를 머리 위로 높이 들었다. "출발!" 그가 소리치자 다른 사람들은 일제히 노를 저었다. 보트는 온 힘을 다해, 최고 속도로 바다를 헤집으며 다가왔다.

노스다코타호의 함장은 꼿꼿이 서 있었다. 확성기를 든 손은 이미 옆으로 늘어뜨린 채였다.

그는 살짝 고개를 끄덕였다.

한순간으로 충분했다. 엘리콘 기관포 두 문이 동시에 불을 뿜었고, 수면이 치솟았다. 구명보트가 붉은색으로 폭발하며 파편과 나뭇조각을 사방으로 날렸다. 순식간에 선원들도 구명보트도 전부 사라졌다. 뒤에 남은 것은 물안개와 파도를 따라 출렁이는 약간의 부유물과 잔해뿐이었다.

수면에 떠올라 움직이는 희끄무레한 덩어리가 리암의 눈에 들어왔다. 처음에는 죽어가는 물고기인 줄 알았다. 그러나 물고기가 아니었다. 팔이었다. 어깨에서 뜯겨 나간 팔이었다.

그는 뱃전에 대고 구토해버렸다.

이미 영국군에서 4년을 보낸 리암 코너였지만, 사람이 이런 식으로 죽는 걸 본 건 이번이 처음이었다. 코너는 5피트 6인치의 키 작은 남자였지만 홀쭉하고 튼튼한 몸에는 강인한 의지가 담겨 있었다. 게다가 적금발 고수머리에 적갈색 염료에 재운 회색 점토 같은 피부색을 가진 아일랜드인이기도 했다. 놀라운 끈기뿐 아니라 조숙하고 명민한 두뇌와 준족을 겸비한 남자였다. 코너는 코크대학에 다니던 열네 살 때부터 생물학 천재로 이름을 날렸고, 박사 학위를 따기 직전에 전쟁을 맞았다. 거기에다 1마일 달리기 기록은 4분 15초를 조금 넘겼는데, 그 정도면 아일랜드에서 세 번째로 빠른 사람이라는 명성을 얻을 정도의 속도였다. 영국 육군에서 그가 총알받이보다는 과학자로서 더 쓸모가 많으리라고 판단한 덕분에 중위 계급장을 달게 되었다. 갓 스물두 살인 그는 지난 4년을 잉글랜드 남서부 윌트셔주의 포튼다운에서 보냈다. 영국의 화학 및 세균병기 연구의 중추인 곳이다. 그의 전문 분야는 사체를 섭식하는 부생균류였다.

리암 코너는 과학자였다. 따라서 지금까지 사람이 저런 식으로 죽는 걸, 전우들의 손에 사살당하는 걸 본 적이 없었다.

이틀 전까지만 해도 그는 독일 뮌헨 외곽의 화학 공장에 있었다. 군 복무 막바지 몇 주 동안, 나치의 화학 및 세균전 프로그램을 해체 및 감식하는 연합군 특무부대의 일원으로 파견된 것이다. 며칠 후에는 독일에서 영국으로 떠나고, 거기서 다시 아일랜드로 가서 아내 이디스를 만날 예정이었다. 결혼한 지 이미 3년이 지났지만 함께한 시간은 열흘도 채 안 됐다. 아일랜드만큼이나 아내도 그리웠다.

그의 계획은 서른여섯 시간 전에 급격하게 바뀌고 말았다. 아무런 설명도 듣지 못한 채 군용 수송기에 쑤셔 박혀 뮌헨을 떠나게 된 것이다. 비행기를 세 번이나 갈아타고 지구 반대편의 태평양 상공에 도달하니, 미 해군 함선이 가득 늘어선 함대 위를 선회하는 신세가 되었다. 군인들이 그의 어깨에 낙하산 멜빵을 채우더니 뛰어내리라는 명령을 내렸다. 생전 처음 해보는 낙하산 강하였다. 아래에 있던 사람들이 그를 바다에서 건져내 USS 노스다코타호에 태웠고, 선원 네 명이 참살당하는 광경이 때맞춰 그의 눈앞에 펼쳐졌다.

기나긴 여행 내내, 그는 상부에서 굳이 중위 한 명을 붙들어 지구 반대편까지 수송해 올 이유가 무얼지를 고민했다. 이제 슬슬 알 것 같았다. 그들은 포튼에서 수개월 동안이나 피할 수 없는 재앙, 즉 나치의 세균병기 공격에 대비하고 있었다. 1차 세계대전에서 독일군은 세계 최초로 대규모 독가스 공격을 수행했다. 포튼의 연구자 대부분은 이번 대전에서도 독일이 세균병기를 최초로 사용할 것이라 믿어 의심치 않았다. 그러나 그들은 모두 틀렸다. 이번에는 일본이 먼저였다.

노스다코타호에서의 리암의 담당자는 앤디 실라라는 이름의 멀쑥한 소령이었다. 미시시피주 출신의 미생물학자로, 하버드에서 수련했지만 고향의 억양은 그대로 간직하고 있었다. 실라는 미국의 화학 및 세균전 연구소, 즉 미국 쪽의 포튼다운이라 할 수 있는 메릴랜드의 캠프 데트릭에서 왔다. "여기 있는 동안 자네는 내가 담당하게 될 걸세." 처음에 리암은 그의 느릿하게 빼는 발음을 거의 알아듣지 못했다. 그러나 곧 익숙해졌고, 심지어 마음에 들었다. 어딘가 고향의 어린 시절 친구들을 떠오르게 하는 말투였다.

리암이 실라와 처음 시간을 보낸 곳은 통신실에서 세 칸 떨어진 작은 객실이었다. 실라의 설명에 따르면, 그곳에 쌓인 것들은 감염된 함선 USS 뱅가드호의 진료 기록과 도쿄에서 가져온 서류였고, 그들은 이 서류들로 사태의 배경을 파악하는 중이었다. 모든 서류는 사방에서 밀려드는 소금물을 피하기 위해 여러 금속 사물함 속에 보관되어 있었다. 실라는 리암에게 지금까지 일어난 일련의 사건을 설명해주었다.

"닷새 전에 그 선원들의 모함인 USS 뱅가드호가 바다 한복판에서 일본 잠수함 I-17호의 구난 신호를 수신했다네. 이런 일이 벌어질 거라고 누가 짐작이나 했겠나. 젠장, 전쟁이 끝난 게 6개월 전인데 대체 잽(jap)들의 잠수함이 그동안 어디 숨어 있었던 거야?

현장에 도착한 뱅가드호는 엔진을 끈 채로 둥실 떠 있는 I-17호를 발견했네. 무선통신을 시도했지만 잡음만 들렸지. 아무도 응답하지 않았어. 하지만 잠수함 뱃머리에 일본군 한 명이 올라와 있는 게 보였다네. 그냥 그 자리에 앉아 있었지. 소리쳐 불러도 힘줄 하나 움직이지 않았다네. 그래서 뱅가드호에서는 병력을 보내 승선을 시도했지.

그 친구들은 악몽에서나 나올 법한 모습을 보았다네. 모든 승무원이, 거의 100명이나 되는 사람이, 배가 따인 생선처럼 쓰러져 있었네. 보아하니 전원이 집단 할복을 한 것 같았어. 잠수함 뱃머리에 앉아 있는 그 일본군만 빼고 말이야. 혼이 빠졌는지 책상다리로 앉아서 등을 꼿꼿이 편 채 석상처럼 전방을 주시하고 있었네. 진입조를 이끌던 매덕스 중사는 그가 외상 쇼크를 받았다고 생각했네. 하지만 실은 그게 아니었지. 전혀 아니었어. 놈은 우리 병력이 바로 옆까지 다가오기만을 기다린 거라네. 놈은 그제야 자기 배를 따고 배 속에 수류탄을 쑤셔 넣고는, 그대로 자폭해버렸네."

"자살한 겁니까?" 리암이 물었다. 일본인은 종교에 가까울 정도로 명예와 죽음에 집착한다. 그들에게 항복은 용서받지 못할 죄였다.

"엄밀히 말하자면 아니었네. 사태를 파악하는 데에는 조금 시간이 걸렸지. 굳이 병사들이 근처에 온 다음에 폭사한 이유가 뭐겠나? 가미카제를 시도한 거라면 수류탄을 진입조 쪽으로 던지면서 돌격했겠지. 게다가 선내에는 무기가 아주 많이 남아 있었다네. 총도 잔뜩 있고, 탄약도 충분했지. 길동무를 꽤 많이 데려갈 만한 양이었어.

사태를 제대로 파악한 것은 열두 시간 정도가 흐른 후였네. 단서가 된 건 그 개자식이 자폭할 때 옆에 있던 진입조 선원들이었지. 머리에 정통으로 충격을 받아서 쓰러졌던 매덕스 중사는 두 시간 뒤에 뱅가드호 선내 병실에서 깨어나, 부하들이 어떻게 됐는지를 물었다네. 모두 그럭저럭 괜찮은 상태라는 답변이 돌아왔지. 그러나 여덟 시간이 더 지나자 매덕스 중사 옆 침상에 있던 스미슨이 기묘한 증세를 보이기 시작했네. 체온이 내려가고 몸에서 악취가 풍겼지. 그로부터 한 시간 후에는, 스미슨이 피부를 계속해서 격렬히 긁어대는 바람에 구속구까지 채워야 했다네. 게다가 알아들을 수 없는 헛소리를 계속 지껄여댔지. 스무 시간이 흐르자 매덕스 중사도 같은 상태가 되었네. 강철 피부의 뱀들이 배 속에서 창자를 파먹는다고 확신하더군. 이윽고 두 사람의 증상은 배 전체로 퍼져나갔지."

리암은 사태를 이해했다. "그 잽이 매개체였군요. 세균 폭탄이었던 겁니다."

"그렇지."

"그럼 나머지 진입조원들은 어떻게 됐습니까?"

"매덕스 중사는 사망했네. 구속구를 풀고 나이프를 꺼내 그걸로 자해했어. 출혈로 사망할 때까지 계속해서 자기 배를 쑤셔댔다네. 뱅가드호의 선의가 자상을 스물두 군데나 확인했다더군. 스미슨은 아직 살아 있지만 혀를 물어 끊은 모양이야. 미친 것처럼 웃으면서 그대로 바닥에 뱉어버렸다더군. 보고서에 따르면 저쪽은 완전히 악몽 속 세상이라고 하네. 감염이 되고 하루나 이틀쯤이면 완전히 정신을 잃는 모양이야. 폭력적인 광기 증세에 빠지는 거지. 한 친구는 완벽하게 정상처럼 보였는데, 갑자기 선원 네 명이 있는 조리실에 들어가서 문을 잠그더니, 그대로 배에 총알을 박아준 다음에 머리가 곤죽이 되도록 짓밟고 있었다네. 다른 사람들이 문을 따고 들어가서 머리에 총알을 박아줄 때까지 말이야. 그러니 다들 피해망상에 사로잡힐 수밖에. 조금이라도 증세가 보이면 그대로 포박해버린다네. 결국, 병실 침대가 모자라서 선실 침대나 벽에 드러난 파이프나, 닥치는 대로 묶어놓는 모양이더군."

"세상에. 대체 몇 명이나 감염된 겁니까?"

"188명일세." 실라가 말했다. "그중에서 서른두 명이 사망했지. 그리고 매시간 몇 명씩 계속 죽어가는 중이네."

"임상 증세는 어떻습니까?"

"체온이 2도 정도 떨어지지."

"체취는 어떻습니까? 악취를 풍긴다고 하셨죠?"

"그래. 시큼한 냄새가 나지."

"암모니아입니까? 소변처럼?"

"그렇지."

"지금까지 들은 내용으로 제 소견을 말해보겠습니다. 진균독 중독 증상으로 보입니다. 아마도 클라비켑스 푸르푸레아(*Claviceps purpurea*)겠죠. 맥각균 말입니다. 아니면 푸사리움(*Fusarium*) 속의 진균류일 수도 있습니다."

실라는 고개를 끄덕였다. "그래서 우리가 자네를 이리 데려온 걸세. 여기 사람들은 모두 세균 쪽 사람이라네. 박테리아 말일세. 버섯이나 곰팡이 같은 균류를 연구한 사람은 한 명도 없어. 그래서 포튼에 연락했더니 자네를 보내준 걸세."

"그것 말고는 없습니까? 다른 임상 증세 말입니다."

"일부 환자의 구강 내에 나선형 균사체가 자라났다더군."

"흰색입니까? 솜사탕 가닥처럼?"

"바로 그렇게 묘사했네."

"아직 증세를 보이지 않은 사람이 몇이나 됩니까?"

"이제 마흔 명도 안 남았지."

리암은 이 모든 사실을 받아들이려 애썼다. 이렇게 전염력이 강한 균류는 들어본 적도 없었다. 나흘 만에 배 전체에 퍼졌다고?

실라는 두툼한 마닐라 폴더를 꺼내 탁자 위에 올려놓았다. 표지에는 '일급 기밀'이라고 적혀 있었다. "이걸 읽게. 나는 통신실에 있을 테니, 다 읽으면 찾아오게."

리암은 폴더를 펼쳤다.

폴더의 내용물은 미 육군 화학전대에서 발행하고 윌리엄 N. 포터 소장이 서명한 12쪽짜리 보고서였다. 제목은 단순했다. 「진술 요약: 731부대 소속 히토시 기타노」 날짜는 1946년 3월 2일이었다. 히토시 기타노라는 이름은 들어본 적 없었지만, 731부대에 대한 소문은 리암도 들은 적이 있었다.

보고서의 서두에는 기타노의 약력이 적혀 있었다. 그는 중국 북부 점령군인 관동군 소속 장교였다. 스물한 살이었다. 1944년 필리핀에서 죽은 한 유명한 중령의 조카였다. 그의 부모는 나가사키에 투하된 원자폭탄에 목숨을 잃었다. 전쟁의 마지막 2년 동안, 기타노는 베이징 북쪽으로 수백 마일 떨어진 하얼빈에서 생물병기 개발 부대인 731에 소속되어 있었고, 종전 직전에 일본으로 돌아왔다. 그리고 나가사키 근처의 히라도라는 섬에서 영국군에 체포되었다.

보고서는 731부대에 대한 기타노의 진술로 돌아갔다. 731부대의 공식 명칭은 '관동군 방역급수부'였지만, 진짜 목적은 세균전이었다. 기타노에 따르면 731부대는 1930년대 중반에 수립되었는데, 시로이시이라는 일본군 장성이 구상한 작품이었다. 일본인치고 과도하게 건방지고 공격적이지만 총명하다는 점은 부인할 수 없는 사람이었고, 그 능력을 동원해서 생물학 신병기를 개발해야 일본의 승리가 가능하다고 군 수뇌부를 설득했다.

731부대는 엄청난 규모의 작전 조직으로 자라나, 생물학병기의 모든 가능성을 연구하고 실험하는 일본판 맨해튼계획이 되었다. 6킬로미터의 경계선 안에 들어찬 150동의 건물에서, 수천 명의 과학자가 생물학병기를 완벽하게 다듬어내는 데 매진했다. 그들은 전 세계에서 항원을 모아들이고, 실험과 개량을 하며 가장 치명적인 품종을 끌어냈다. 포튼다운의 영국군이나 캠프 데트릭의 미군과는 비교도 안 되는 노력이었다.

기타노에 따르면, 그곳에서는 가장 유망한 것으로 판단된 무기의 실전 테스트도 담당했다. 그들은 중국 남부 바오산에서 '구더기 폭탄'이라는 무기를 실험했다. 비행기에서 도자기 그릇을 투하하는데, 충격을 받아 그릇이 깨지면 살아 있는 파리와 콜레라 박테리아를 담은 젤라틴 유액이 사방으로 퍼진다. 젤라틴 덕분에 낙하에서 살아남은 파리들은 이후 인간이나 짐승이나 변소나 조리 도구에 날아가 앉으며 질병을 퍼트린다. 기타노에 따르면, 그전까지 윈난성에는 콜레라가 존재하지 않았다. 그러나 한 달도 지나지 않아 예순여섯 개 군에서 콜레라 발병이 확인되었고, 두 달 만에 20만 명이 목숨을 잃었다. 비행기 한 대로 간단하게 나를 수 있는, 젤리와 파리를 담은 폭탄 몇 개로 거둔 성과였다.

리암은 충격에 말문이 막혔다. 영국군은 스코틀랜드 해안에서 떨어진 그루이나드섬에서 탄저병 실험을 한 적이 있었다. 양들을 묶어놓고 근처에서 탄저병 폭탄을 터트리는 식이었다. 그 작전도 도저히 용납할 수 없을 만큼 잔혹하다고 생각했다. 그런데 인간을 대상으로 실전 테스트를 했다고? 도시에서? 무고한 민간인 수십만 명을 제물로 삼아서? 정말로 끔찍한 죄악이었다. 인류 역사에서 가장 끔찍한 세균무기 실험 계획이라 부를 만했다.

의무병 한 명이 문을 두드리더니, 백색 알약이 가득 담긴 쟁반을 들고 들어왔다.

"그건 뭡니까?" 리암이 물었다.

"페니실린입니다." 의무병이 대답했다. "여기까지 질병이 퍼질 수도 있으니까요."

"그건 아무 소용 없을 겁니다." 리암이 대꾸했다. "감염원이 박테리아가 아니라 균류니까요."

의무병은 어깨를 으쓱했다. "명령을 수행하는 것뿐입니다. 배에 탑승한 모두에게 여덟 시간마다 한 알씩 의무 복용을 시키고 있습니다. 드릴까요, 말까요?"

리암은 복용하지 않기로 했다. 뭘 복용해도 소용없을 것이다. 스코틀랜드인인 플레밍의 만병통치약은 이 경우에는 쓸모가 없었다. 진균독을 멈추는 데는 아무 도움도 되지 않을 것이다.

의무병이 방을 나가자, 리암은 다시 보고서를 읽었다. 마지막 10여 쪽은 731부대의 최고 성과인 '우즈마키'라는 이름의 균류 병원체에 할애되어 있었다. 번역하면 '나선', 또는 '소용돌이'라는 뜻이다. 기타노에 따르면 우즈마키는 종말 병기로, 미국의 일본 본토 점령이 가시권에 들어오면 사용할 예정이었다. 기타노는 우즈마키 생체 실험의 총괄 책임자였다. 우즈마키는 전염성이 아주 높으며 호흡, 타액, 위액, 배설물을 통해서 전염될 수 있다.

기타노는 우즈마키의 최신 개량종을 일곱 개의 작은 황동 실린더에 넣어서 편백 상자에 봉했다고 털어놓았다. 엄선한 '특공'대원 일곱 명에게 하나씩 나눠줄 물건이었다. 명령이 떨어지면 이들 엘리트 자살부대원들은 잠수함을 타고 목표로 나아갈 예정이었다. 직접 우즈마키를 삼킬 예정이었다. 감염이 확인되면 접촉한 모든 사람에게 우즈마키를 퍼트리고 다닐 예정이였다.

　보고서는 결론부에 이르러 기타노의 진술이 사실일 가능성을 가늠해보았다. 일본군이 만주에서 생물병기를 연구한다는 보고는 1943년부터 계속해서 들어왔다. 기타노의 진술은 중국에서 조금씩 드러나는 731부대의 모습과 정확하게 일치했다. 시로 이시이의 진술 또한 기타노 쪽과 아귀가 들어맞았다. 그 일본군 장성은 아직도 자유롭게 세상을 돌아다니며 미국인들과 협상을 하고 있었다. 모든 전쟁범죄에 대한 면책권을 주면 731부대의 기록을 건네주겠다고 제안해온 것이다. 이시이가 미국 측에서 기타노를 확보했다는 사실을 모르는데도, 둘의 진술은 거의 일치했다. 이 모든 상황을 고려해볼 때, 기타노가 진실을 말하고 있을 가능성은 매우 커 보였다.

　실라가 돌아왔을 때, 리암은 어안이 벙벙해서 아무 말도 못 할 지경이었다.

　"다른 여섯 척의 잠수함은 발견되지 않았습니까? 황동 실린더도요?"

　실라는 고개를 저었다. "뱅가드호 사건이 일어날 때까지 저 말을 진지하게 믿은 사람은 아무도 없었다네. 그 잠수함의 뱃전에 세이고 모리가 앉아 있는 모습을 발견하기 전까지는 말이지."

　"그 사람 이름은 어떻게 아는 겁니까?"

　"기타노가 알려줬지. 어제 내가 직접 취조했다네."

　"잠깐만요. 그럼 이 배에 그 작자가 있다는 겁니까?"

실라는 고개를 끄덕였다. "윌로우비가 그를 가까이 두고 싶었던 모양이야. 기타노에 따르면 모리는 도쿄제국대학에서 선발된 어뢰 가미카제 대원이라더군. 하지만 계획이 달라졌지. 하얼빈으로, 731 부대로 보내기로 한 걸세. 그 이시이라는 사이코패스한테 말이야. 열아홉 살 먹은 젊은이였다더군."

"왜 이제 와서 공격하는 겁니까? 전쟁은 6개월 전에 끝나지 않았 습니까?"

"어쩌면 아직 끝난 줄 모를 수도 있겠지. 우리 쪽에서는 잠수함의 기관에 문제가 발생했거나 연료가 떨어졌을 거라고 추측하고 있다 네. 기타노 말로는 그 잠수함은 태평양 연안 지역인, 워싱턴주와 오 리건주의 경계 부근으로 향하고 있었다더군. 모리는 주요 상수원 근 처에서 자폭할 예정이었다네. 생각해보게, 코너. 구명보트 한 척이 아니라 도시 하나가 통째로 우즈마키에 감염되면 무슨 일이 벌어질 지. 젠장, 자칫하면 미국이 통째로 감염될 수도 있었어."

실라는 그를 지휘 구역으로 데려갔다. 방 안에는 네 사람이 있었 다. 노스다코타호의 함장인 세이모어 아르보 제독, 찰스 윌로우비 소장, 그리고 아직 만난 적 없는 두 사람. 시체처럼 창백한 낯빛의 윌 로우비가 진행자 역을 맡았다. 리암은 맥아더가 그를 '우리 꼬마 파 시스트'라고 불렀다는 것을 기억해냈다.

다른 두 사람도 눈에 익은 얼굴이었지만, 리암의 머릿속에서 바로 떠오르는 이름은 없었다. 문득 그는 길쭉한 얼굴에 준엄한 표정의 남자가 J. 로버트 오펜하이머라는 사실을 깨달았다. 주먹코에 날카로운 눈을 가진 남자는 한스 베테였다. 두 사람은 미국이 보유한 가장 위대한 물리학자였다. 두 명 모두 맨해튼계획에서 일익을 담당했다.

남자들은 아무렇게나 펼쳐놓은 서류로 덮인 작은 해도 판 주위에 몰려 있었다. 리암은 여러 서류에 수학 방정식이 적혀 있다는 것을 깨달았다. 빈약한 물리학 지식으로도 그중 하나가 베르누이 방정식이라는 정도는 알아볼 수 있었다. 다른 서류에는 충격파로 보이는 그림을 끄적여놓은 것이 보였다.

오펜하이머가 고개를 들었다. "이 친구가 우리 쪽 곰팡이 전문가인가?"

"리암 코너입니다. 포튼에서 왔습니다." 실라가 말했다.

"그러면 균류 포자가 번식력을 유지하는 최대 온도를 알려줄 수 있겠나?" 준엄한 표정의 남자가 물었다.

"고온에 노출되는 시간에 따라 달라집니다." 리암이 대답했다.

"몇 분의 1초 정도라고 해보세."

"100도 정도면 될 겁니다."

"100도라. 확실한가?"

"아뇨, 확실하지는 않습니다. 더 필요할 수도 있죠. 왜 물으시는 겁니까?"

"충격파는 어떤가?" 베테가 독일 억양이 섞인 목소리로 물었다. "이를테면 30G 정도의 가속도를 가한다면?"

"아마 별 소용 없을 겁니다. 포자에는 조금도 영향을 끼칠 수 없을 겁니다."

"그럼 방사선은 어떤가? 감마선을 쓴다면?"

리암은 그들의 계획을 깨달았다. "뱅가드호를 원자폭탄으로 날려 버리려는 거군요."

"더 나은 생각이라도 있나?" 오펜하이머가 대꾸했다.

히토시 기타노는 평소에는 장교 선실로 쓰는 좁은 방에 갇혀 있었다. 수병 두 명이 밖에서 보초를 서고 있었다. 월로우비의 부관인 앤더슨 소령이 리암과 동행했다. 그는 거의 말을 하지 않으면서도 주변 모든 상황에 주의를 기울이며 작고 붉은 공책에 가끔씩 뭔가를 기록했다.

리암은 신경이 곤두서 있었다. 베테와 오펜하이머는 한 시간 동안 균과 포자에 대해 끊임없이 질문을 던지며, 핵폭발이 우즈마키를 완전히 파괴할 수 있을지, 아니면 대기 상층부까지 날아가 제트기류를 타고 전 세계로 퍼지게 될지를 확인하려 들었다. 파괴될 확률이 높긴 했지만 아직 최종 결정은 내리지 못한 상황이었다. 리암은 행동하지 않을 경우의 위험을 강조했다. 그의 추측대로 용의자가 푸사리움 속의 균류라면, 핵폭발의 도움 없이도 전 세계로 퍼질 가능성은 충분했다. 푸사리움 속의 균류 중 많은 종이 철새의 소화기 속에서 증식하며, 감염된 새는 며칠만 있으면 1,000마일 정도는 충분히 날아갈 수 있다. 새의 깃털 또한 포자를 나르기에 적합한 형태여서 주요 위험 요소로 간주해야 한다.

리암이 들어가자 기타노가 자리에서 일어섰다. 수척한 몸에 헐렁한 옷을 걸친 남자였다. 튀어나온 광대뼈 위로 얼굴 피부가 늘어지고, 손에는 수갑을 찼다. 오른뺨은 눈에 띄게 부어오른 상태였다. 실라의 말에 따르면 이빨이 썩었는데도 어떤 치료나 약물도 거부하다가, 마침내 이빨을 뽑는 일만은 허용했다고 했다. 단, 진통제를 사용하지 않는다는 조건에서. 사람들 말로는 눈 하나 꿈쩍하지 않았다고 한다.

그들은 정중하게 서로를 소개했다. 히토시 기타노의 영어는 명료하고 깔끔했으며, 억양이 있어도 확실히 이해할 수 있었다. 기타노는 허리를 꼿꼿이 세우고 의자에 앉았다. 자신보다 나이를 먹은 것 같지는 않았지만, 알 수 없는 이유로 어딘가 아주 나이 들어 보였다. 리암은 이내 눈 때문이라는 것을 깨달았다. 눈빛이 죽어 있었다.

기타노에게 몇 가지 묻고 싶은 것이 있었다. 가장 중요한 질문은 특공 작전의 후폭풍을 일본인들이 어떻게 피해갈 것인지였다. 생물병기는 제어하기 힘들기로 악명 높다. 리암은 일본군이 자국민을 보호할 방도도 없이 우즈마키처럼 전염성 높은 병기를 사용할 것이라고는 상상조차 할 수 없었다. 만약 그 균류가 일본 고유의 종이라면 내성이 있거나 민간요법이 존재할 가능성도 있다. 아니면 731부대의 과학자들이 예방법이나 치료제를 개발했을지도 모른다. 리암은 균류에 효과적인 항생제가 존재하지 않는다는 사실을 알고 있었다. 하지만 사람을 죽일 각오를 한다면 치료제를 개발할 수 있을지도 모른다. 죄수 한 명을 감염시키고 치료제를 투여해보면 되는 것이다. 실패하면 다시 시도하면 되니까. 만약 731부대에 그런 개발 계획이 존재했다면 분명 히토시 기타노도 알고 있을 것이라고, 리암은 확신했다.

"저는 과학자입니다. 균류학자죠." 리암이 말했다. "균류를 연구합니다. 버섯이나 곰팡이 말입니다."

기타노는 고개를 끄덕였다. "제 부친도 과학자셨습니다. 조류학자셨죠. 주로 까치를 연구하셨지만 비둘기도 키우셨습니다. 어머니는 아버지가 자기보다 새들을 더 사랑한다고 말씀하시곤 했습니다."

"제 아내도 비슷한 말을 하더군요. 저하고 버섯에 대해서 말입니다."

기타노의 얼굴에 슬쩍 웃음이 떠올랐다.

"부모님이 나가사키에서 목숨을 잃으셨다고 들었습니다. 유감입니다."

"많은 사람이 죽었죠. 양쪽 모두에서." 기타노는 새처럼 고개를 한쪽으로 슬쩍 기울이며 말을 이었다. "오펜하이머 교수가 한 가지 흥미로운 사실을 가르쳐줬습니다. 그 사람 말로는 나가사키가 원래 목표가 아니었다더군요. 목적지는 고쿠라였답니다. 그런데 고쿠라 상공의 날씨가 흐려서 나가사키로 갔다는 겁니다."

리암은 부모가 날씨 때문에 목숨을 잃었다는 사실을 알게 되면 어떤 기분일지 상상해보려 했다. 예나 지금이나, 전쟁은 일련의 무작위적인 파국의 연속이기 마련이다.

리암은 바로 주제로 들어갔다. "731부대에서 우즈마키를 연구하셨다고 들었습니다. 어떤 식으로 변종을 만들어낸 겁니까?"

"저는 생물학자가 아닙니다. 공학자였죠. 그저 실험 과정을 총괄했을 뿐입니다. 제가 아는 건 여러 형질을 조합하는 방법을 사용했다는 것뿐입니다. 균류를 변형시킬 수 있었습니다. 다른 균류의 형질을 가져오는 방법도 있었죠. 특수한 화학물질과 양쪽의 포자를 섞었다고 알고 있습니다. 어떤 물질인지는 모릅니다."

"산성이었습니까, 염기성이었습니까?"

"저도 모릅니다."

"장갑은 착용했습니까?"

"네. 고무장갑이었습니다. 마스크도요. 공기 전염성을 획득한 다음에 말이죠."

"어떻게 그런 일을 한 겁니까?"

"우즈마키의 변종을 마루타에 투여한 다음, 광기 증세를 보일 때까지 기다렸습니다."

"마루타요?"

31

"죄수들이 마루타였습니다. 통나무요."

"통나무? 이해가 안 됩니다만."

"공식적으로 731부대가 주둔한 장소는 벌목장이었습니다. 우리는 나무를 자르고 있던 셈이죠. 통나무는 원하는 만큼 가질 수 있었습니다. 신청서 양식만 작성한다면요."

리암은 눈앞에 있는 남자에 대한 혐오를 억누르려 애썼다. 학살의 관료주의다. 독일에 있는 죽음의 수용소나 멩겔레의 실험과 다를 바 없었다. 이 작자들도 인간을 실험용 쥐처럼 조작하고 고문하고 처분할 수 있는 고깃덩이로 만들었다.

기타노는 말을 이었다. "감염시킨 다음에 유리 슬라이드에 대고 숨을 쉬게 했죠. 의사들이 슬라이드에 묻은 포자를 배양했습니다. 오래 걸렸지만 결국 성공해냈습니다. 감염력이 높고 호흡으로 전염되는 변종이 탄생한 겁니다. 우리는 그 마루타를 '모체'라 불렀습니다. 우즈마키의 어머니인 셈이죠."

"몇 번이나 시도한 겁니까?"

"아마 3, 400번 정도일 겁니다."

"시험 과정에서 수백 명을 죽였다는 겁니까?"

"우즈마키는 공기 전염성을 가지는 변종이 탄생하기까지 817명을 죽였습니다. 하지만 비슷한 계획이 여럿 진행되고 있었습니다. 총괄해보면 마루타가 1만 명 정도 소모되었을 겁니다."

"1만 명? 어떻게 그런 일을 할 수 있는 겁니까? 비인도적이에요.

끔찍합니다."

"그럴지도 모르죠. 하지만 731부대의 실험체들은 좋은 대접을 받고 충분한 식사를 배급받았습니다. 다른 포로수용소와는 달랐죠. 우리는 보통 체계적으로 서로 다른 용량의 항원을 투여한 다음, 질병의 진행 경과를 관찰했습니다. 아주 효율적이었습니다. 서로 다른 변종을 끝없이 교접할 수 있었고, 죄수들에게 주사한 다음 가장 빨리 죽은 자의 혈액을 채취해 배양하는 식으로 가장 치명적인 변종을 선택할 수 있었습니다. 증상이 나타나기 시작하면 계속 검사와 측정을 실시했습니다. 체온, 혈압, 반응속도까지. 필요하면 해부도 했죠."

"부검 말이겠죠."

"아뇨, 해부입니다. 산 채로."

리암은 경악했다. "대체 뭐 때문에 그런 일을 한 겁니까?"

"상황을 최대한 정확하게 파악하기 위해서죠. 마취제는 생화학적 변화를 일으켜 혈액과 장기에 영향을 끼칩니다. 죽음 자체도 마찬가지죠."

"그건 살인입니다. 가학적이고 비인도적인 살인이에요."

"연구입니다, 코너 씨. 아주 중요한 연구죠."

기타노는 그 모든 것이 개구리 해부라도 되는 것처럼 말했다. 리암은 심호흡하며 정신을 집중하려 애썼다. "실험 대상은 어떤 사람들이었습니까?"

"스파이도 있었고, 범죄자도 있었죠. 나머지는 주변 도시에서 끌고 온 중국 민간인이었습니다. 병사들이 마루타를 한 짐 부려놓고 다시 채집하러 나가곤 했죠."

"당신들은 그 사람들을 받아서 죽였고요."

기타노는 경멸하는 듯한 웃음을 머금었다. "코너 중위, 그게 우리 임무였습니다. 신병기를 개발하고 실험하는 일말입니다. 731부대의 과학자들은 원자폭탄을 개발한 당신네 물리학자들과 다를 바 없습니다. 세이고 모리는 나가사키를 파괴하는 비행 임무에 나선 미군 조종사와 똑같은 겁니다." 기타노는 몸을 앞으로 숙이며, 수갑 찬 손을 탁자 위에 올렸다. "서글서글한 젊은이였습니다, 코너 씨. 모든 사람의 호감을 사는 친구였죠. 공장 노동자였던 아버지는 그 친구가 세 살 때 목숨을 잃었습니다. 가끔 자기 어머니와 누나에 대해서, 그들이 집안의 유일한 남자인 자신을 얼마나 사랑했는지 말해주곤 했죠. 시인이 되고 싶었다더군요. 하지만 기꺼이 목숨을 바칠 각오를 하고 있었습니다."

리암은 줄곧 묻고 싶었던 질문을 입에 올렸다. "우즈마키를 막을 방도가 있겠죠. 일본을 보호하기 위해서 말입니다."

"없습니다."

"하지만 우즈마키가 일본에 상륙하면 그쪽 국민도 수백만 명이 목숨을 잃을 겁니다. 어떻게 그런 위험을 감당한다는 겁니까?"

"다른 방도가 없었습니다. 우즈마키는 최후의 수단이니까요. 모든 것을 잃었을 때 사용하는 겁니다. 일본이 더는 잃을 게 없을 때요.

우즈마키는… 그걸 뭐라고 하죠? 종말 병기입니다. 일단 풀려나면 그 무엇으로도 막을 수 없습니다."

❖

　노스다코타호 갑판에서 수병 두어 명이 하늘을 가리켰다.
　리암은 그들의 시선을 따라 고개를 돌렸지만 푸른 하늘 말고는 아무것도 보이지 않았다. 그는 실라에게 기타노와 대화를 나누며 파악한 내용을 보고하는 중이었다. 실라는 뱅가드호의 상황이 어떤 식으로 진행되는지를 설명했고, 좋은 소식은 없었다. 함장은 우즈마키의 전파를 최소화하기 위해 모든 선원에게 갑판 아래 있으라고 명령했지만, 감염된 것이 분명한 일군의 선원들이 총기를 훔쳐 앞 갑판의 가장 높은 곳에 틀어박혔다고 한다. 이미 그들을 저지하려다 선원 셋이 목숨을 잃었다. 리암은 선원들이 노출되어 있다는 사실에 격노했다. 머지않아 포자 하나가 기류를 타고 바다 위를 날아가서 다른 배를 감염시킬 것이다.
　리암은 선원들이 가리키는 쪽 하늘을 찬찬히 살폈다. 족히 1분은 지난 다음에야 그의 눈에 뭔가가 보였다.
　처음에는 멀리서 움직이는 검은 점 하나일 뿐이었다.
　"안 돼." 리암이 말했다. "안 돼. 안 돼. 안 돼."
　실라는 쌍안경을 손에 들었다. "빌어먹을, 기러기로군."

35

육지에서 수백 마일은 떨어진 곳이었다. 며칠 동안 새라고는 한 마리도 못 보는 경우도 많았다. 그러나 지금은, 빌어먹을 새 떼가 그들 쪽으로 곧장 날아오고 있었다. "가버려." 리암이 중얼거렸다. "이리 오면 안 돼."

리암은 바다 저편의 USS 뱅가드호를 바라보았다. 앞 갑판에서 탈주해 열린 공간으로 나온 선원들의 농성이 계속되고 있었다. 선체 중앙에서 뛰쳐나온 다른 무리가 공격을 감행했고, 선원들은 욕설을 내뱉으며 응사했다. 완전히 미친 게 분명했다.

실라는 꼼짝도 하지 않고 쌍안경으로 기러기 무리를 바라보다가, 이윽고 중얼거렸다. "계속 다가오는군."

이제 리암도 기러기를 알아볼 수 있었다. 널찍한 날개를 천천히 퍼덕이는 모습이 보였다. 아직 제법 높이 날고 있었지만, 천천히 고도를 낮추며 다가오고 있었다. 리암은 놈들이 그대로 지나가기를 간절히 빌며 중얼거렸다. "가라. 제발 그냥 날아가."

기러기들은 그의 탄원에 보답하는 대신, 가능한 한 최악의 행동을 했다. 뱅가드호 위로 날아와서 천천히 나선형으로 선회하며 고도를 낮추기 시작한 것이다. 두 남자는 새들이 잠시 허공에서 퍼덕이다가 마침내 부드럽게 USS 뱅가드호의 갑판에 내려앉는 모습을 속수무책으로 지켜보았다.

"빌어먹을!" 실라가 말했다.

리암은 쌍안경으로 뱅가드호의 병사 하나가 총을 들어 새들을 겨누는 모습을 목격했다.

"아냐, 안 돼, 안 돼." 그는 목소리가 바다를 건너 닿을 거라고 믿는 것처럼, 다급하게 소리쳤다. "방수포를 가져와. 그대로 덮어버리라고."

병사는 총을 쐈고, 빗나갔다.

기러기들은 그대로 날아가버렸다.

경순양함과 구축함이 각각 한 척씩 투입되어 기러기 떼를 쫓았다. 계속 무전으로 연락을 유지할 계획이었다. 그러나 군함으로는 장애물 없는 바다 위에서 35노트의 속도로 날아가는 새들을 간신히 따라갈 수 있을 뿐이었다. 구축함에서 새들에게 4인치 주포를 발사하기까지 했지만, 소총으로 파리를 쏘려는 것처럼 허황한 시도였다. 다급한 상황이 아니었다면 웃음이 날 만한 일이었다. 보우트-OS2U 킹피셔 관측 비행정이 이륙했을 때쯤에는 기러기들이 이미 뭉게구름 속으로 사라져버렸고, 그대로 다시는 모습을 보이지 않았다.

배 위로 정적이 내려앉았다. 추적을 계속하던 선박들은 물 위를 이리저리 오가며 사라진 기러기를 찾았고, 킹피셔는 붕붕대며 머리 위를 날아다녔다. 긴급 경보가 떨어져 도쿄에서 날아오른 비행기들도 수색에 나섰다.

얼굴이 붉게 달아오른 윌로우비가 근처에서 소령 한 명을 붙들고 떠들고 있었다. "러시아 놈들이 이걸 손에 넣는다고 생각해보게." 그가 말했다. "놈들이 하얼빈에 먼저 들어갔잖나. 저 실린더 중 하나가 스탈린의 손에 들어간다면 무슨 일이 벌어질 것 같나? 우리 조지프 아저씨가 그걸 사용하지 않을 것 같나?"

이미 외통수였다. 아무 일도 하지 않고 기다리면 결국 우즈마키는 뱅가드호를 벗어날 것이다. 새가 매개체가 될 수도 있고, 바람에 포자가 날릴 수도 있다. 하지만 배를 날려버리면 수백 명의 사람이 목숨을 잃을 것이고, 동시에 우즈마키가 보다 광범위하게 퍼져나갈 가능성도 있었다. 악마의 거래였다.

리암은 뱅가드호와 자신을 갈라놓는 반 마일 너비의 바다를 바라보았다. 건너편에서 감염된 선원들의 비명이 들려왔다.

우즈마키가 정말로 그런 종말 병기라면, 단 한 마리의 기러기가 역사에 기록될 대재앙의 씨앗이 될 수도 있다. 이 세계는 사상 최대로 잔혹하고 파괴적인 전쟁에서 간신히 살아남았다. 그런데 더 끔찍한 재앙이 기다린다고?

안 돼.

일본 쪽에서는 분명 보호 수단을 갖추고 있을 것이다. 그럴 거라고 믿을 수밖에 없었다. 국가 규모의 자살이라니, 말도 안 되는 허세다. 그리고 치료제가 있다면 기타노는 분명히 알고 있을 것이다. 그가 뭔가를 숨기고 있는 것은 분명했다. 리암은 느낄 수 있었다. 그리고 그걸 알아낼 방법을 한 가지 생각해낸 참이었다.

그는 갑판 아래로 내려가서 기타노가 감금된 방으로 향했다. 기러기 떼가 유발한 흥분 속에서 모두가 기타노를 잊은 모양이었다. 병사 한 명이 지키고 있었다.

보초병이 그를 제지했다. "아무도 안에 들어갈 수 없습니다."

"허가를 받았습니다." 그는 거짓말을 했다.

"누가 허가했습니까?"

"윌로우비 소장입니다."

"들은 적 없습니다만."

"다들 기러기에만 신경 쓰고 있기는 하죠. 중간에 빠트린 것이 분명하군요. 그럼 제가 돌아가서 직접…"

"아뇨, 됐습니다."

리암은 기타노 맞은편 의자에 앉았다.

"기러기 한 마리가 뱅가드호에 내려앉았다 다시 날아올랐습니다. 감염되었을 확률이 높습니다. 마지막으로 확인된 바로는 북쪽으로 날아가더군요."

반응은 전혀 없었다. 기타노는 똑같다. 죽은 눈, 평온한 얼굴.

"북쪽에는 일본이 있습니다. 그 기러기는 일본으로 날아간 겁니다."

반응은 없었다.

이런 빌어먹을. 왜 반응이 없지? 일본까지는 북쪽으로 1,000마일밖에 되지 않으니 기러기라면 가뿐하게 날아갈 수 있다. 일본에 파국이 찾아올 것이다. 기타노가 동요하지 않는 이유가 뭘까?

리암은 다시 한 번 우즈마키에 대한 질문을 쏟아내고는 음울한 표정의 남자가 실험에 대해 풀어놓는 똑같은 이야기에 최대한 주의 깊게 귀를 기울였다. 리암이 밀어붙이는 데 따라서 기타노는 하얼빈에서 보거나 들은 모든 실험을 상세히 묘사했다. 끔찍하고 역겹고 아무 소용 없는 일이었다. 기타노의 설명 중에 백신이나 치료제 실험처럼 들리는 것은 존재하지 않았다. 끊이지 않는 죽음뿐이었다.

기타노는 말을 멈추었다. "당신 말은 틀렸습니다. 치료제는 없습니다."

"당신 말은 못 믿어요."

그는 기타노의 눈 속에서 뭔가가 번뜩이는 것을 알아챘다. "우리가 중국 동해안, 상하이 남쪽의 닝보에서 한 실험에 대해 들려드리죠. 우리는 저고도 비행기를 이용해 선페스트에 감염된 곡물을 투하했습니다. 일반적인 선페스트의 경우 접촉한 열 명 중 아홉 명이 목숨을 잃습니다. 우리가 닝보 사람들 위로 투하한 변종의 경우에는 100명 중 아흔아홉 명이 목숨을 잃었습니다."

"무슨 말을 하고 싶은 겁니까?"

"731부대원 중에서도 일곱 명이 목숨을 잃었습니다. 질병에 감염된 겁니다. 그들도 목숨을 잃었습니다. 이시이는 선페스트 치료제를 가지고 있지 않았습니다. 그렇지만 전혀 멈추지 않았죠. 우리는 멈추지 않습니다. 우리는 죽음을 두려워하지 않습니다, 코너 씨. 우리를 이해하고 싶다면 우선 그 점을 이해해야 합니다."

리암은 기타노를 물끄러미 바라보며 그 영혼 속을 파헤치려 애썼다. 기타노의 말은 사실이다. 일본이라는 국가 전체가 죽음을 숭배한다. 죽음에서 영예를 찾는다. 어쩌면 저 진술이 사실일지도 모른다. 전쟁 내내, 일본인들은 아군의 목숨조차 가뿐하게 희생할 수 있음을 끊임없이 반복해서 증명해 보였다. 그렇다면 치료제 없는 생물무기로 공격할 수도 있는 것 아닐까? 우즈마키는 궁극의 특공 병기였다. 온 세상을 무너트리기 위한 국가 전체의 자살 공격인 것이다.

그는 기타노의 방에 남아 계속 질문을 던졌다. "우즈마키 외에 다른 특공 무기의 이름을 언급한 적은 없습니까?" 없다. "특정 약물을 복용하는 것을 본 적은? 뭐든?" 없다. "아스피린?" 아니. "가루약?" 아니. "아무것도?" 아무것도.

모두 예전에 리암이 직접 물어본 질문이었다. 끝없이 돌아가는 쳇바퀴에 묶인 기분이었다. 계속 빙글빙글 돌아가며 질문을 쏟아내면서도 해답에는 조금도 다가가지 못하는 상태로.

그는 기타노를, 그의 비쩍 마른 얼굴을, 이빨을 뽑아 부어오른 볼을 바라보았다. 문득 아무 이유 없이 서로 관계없는 두 가지가 머릿속에 떠올랐다. 하나는 생물학 실험 장비를 살균할 때 쓰는 고압증기 멸균기였다.

두 번째는 페니실린 알약을 배급하는 군의관이었다. 아무 소용 없는 물건이었다. 우즈마키는 박테리아가 아니라 균류였으니까.

비밀의 실마리가 슬쩍 모습을 드러냈다.

리암은 눈앞의 실마리를 찬찬히 따라갔다. 페니실륨. 세상에서 가장 유명한 균류. 전쟁 초기에 수천 명의 병사가 박테리아 감염으로 목숨을 잃었다. 그러나 미국인들이 1943년에 페니실린을 대량생산하는 방법을 개발하자 연합군 병사들의 사망률은 급감했다. 이 항생제는 전쟁 수행에 어마어마한 영향을 끼쳤다. 전쟁이 끝날 즈음에는 페니실린을 복용하지 않은 미군이나 영국군이 한 명도 없을 터였다.

일본에는 페니실린이 없었다. 일본군은 그대로 목숨을 잃었다.

일본에서도 대량생산 방법을 연구했지만 결국 극소량을 생산하는 단계를 넘어서지 못했다. 일본인 중에서 페니실린을 복용한 사람은 아마 한 줌을 넘지 못할 것이다.

만약 이게 저 작자가 숨기는 실마리라면? 생각하면 할수록 더욱 말이 되는 소리였다. 훌륭한 전략이었다. 약점을 강점으로 바꾸는 것이다.

리암은 기타노와 눈을 마주했다. 거의 30초가 흐르는 동안, 상대방은 눈을 돌리지 않았다. 마침내 리암이 입을 열었다. "페니실린." 순간 기타노의 눈에 숨기지 못한 빛이 스쳐 지나갔다. 순식간에 다시 죽은 눈으로 바뀌기는 했지만.

리암의 등골을 따라 간질거리는 느낌이 타고 올랐다. "실험 대상자들에게 페니실린을 줬겠지, 안 그래?"

기타노는 입을 열다 멈추고는 더듬거렸다. 손이 떨리고 있었다.

"무슨 말인지 모르겠습니다."

리암은 즉시 자리에서 일어섰다. "아주 잘 알고 있을 텐데. 이 빌어먹을 개자식."

리암이 함교에 도착했을 때 배의 엔진은 최고 속도로 돌아가고 있었다.

페니실린. 그게 차이점이었다. 연합군에는 페니실린이 있었다. 일본군에는 없었다. 페니실린이 기적의 약이 된 이유는 감염을 일으키는 박테리아를 죽이기 때문이다. 그러나 일단 페니실린을 복용하면, 소화기 속의 유용한 박테리아도 깔끔히 쓸려 나간다. 그래, 물론 문제가 되는 박테리아를 박멸해서 목숨을 구해주기는 한다. 그러나 원래 체내에 살던 박테리아도 박멸되며, 그중에는 체내로 침공해 오는 균류를 막아내는 종류도 있다. 페니실린을 복용한 사람은 균류의 침공에 무력해진다. 효모 감염, 아구창… 페니실린을 복용한 후에는 이런 균류 감염을 쉽게 찾아볼 수 있다. 제대로 된 소화기 박테리아가 없으면 인체는 방어 수단을 잃는 것이다.

리암이 방금 깨달았듯이, 우즈마키를 방어할 수단이 사라지는 것이다.

"모든 병력에 페니실린 복용 중단을 지시해주십시오." 리암은 함교에 도착하자마자 소리쳤다. "일단 페니실린을 복용하면 면역력 감퇴가 얼마나 오래 지속될지 모릅니다." 그러나 함교의 모든 사람은 심각한 얼굴로 바쁘게 움직일 뿐, 그에게는 조금도 주의를 기울이지 않았다. USS 노스다코타호는 뱅가드호에서 멀어지는 중이었다. 함대의 다른 선박들도 같은 일을 하고 있었다. "무슨 일입니까? 기러기인가요?" 리암이 물었다.

"아니." 실라가 대답했다. "기러기들이 추적하던 선박 중 한 척에 앉았다네. 선원 한 명이 그 위로 방수포를 던지고 죽을 때까지 두들겨 팼지." 그는 리암에게 쌍안경을 건넸다. "고물 쪽을 보게."

리암은 쌍안경을 들고 뱅가드호 선상에서 펼쳐지는 소란을 바라보았다. 목이 매달린 선원 몇 명이 보였다. 금속 막대를 든 다른 선원들이 그들을 두들겨 패고 있었다. 다른 한 사람은 매달린 시체를 총검으로 찌르는 중이었다.

"전부 끝장이야. 완전히 정신이 나가버렸어." 실라가 말했다. "뱅가드호의 선장은 알아들을 수 없는 비명을 지르더니 그대로 통신을 끊어버렸다네." 실라는 지휘실로 통하는 방수문을 열었다. "두 시간 전에 윌로우비가 폭격기를 불렀다네. 이제 금방 여기 도착할 걸세."

비행기는 처음에는 수평선 위의 작은 점일 뿐이었다.

"이 정도 거리로 충분할까?" 선원 한 명이 초조하게 묻는 소리가 리암의 귀에 들어왔다.

"5마일은 벌렸으니까." 다른 선원이 대꾸했다.

비행기는 차츰 커지면서 그들을 향해 똑바로 날아오는 중이었다.

이윽고 거칠게 우르릉대는 B-29 슈퍼포트리스 폭격기의 프로펠러 소리가 들려왔다.

리암은 B-29가 머리 바로 위를, 믿을 수 없을 정도로 높이 날아가는 걸 지켜보았다. 동체 하단에서 두 번째 점이 등장하더니 천천히 떨어져 나왔다. 점은 우아한 포물선을 그리면서 매 순간 커졌다. 창공에서 던진 돌멩이처럼.

베테는 폭탄이 떨어지는 동안에도 말을 멈추지 않았다. "폭탄 내부에서 구형 껍질에 둘러싸인 폭탄이 기폭하게 되지. 내부에서 충격을 가하는 장치야. 이 장치가 폭발하면 내부로 충격파가 전달되어 엄청난 열과 압력이 발생하고, 그게 내부의 플루토늄을 압축해서 임계점을 넘기도록 한다네. 일단 원리를 이해하면 그리 복잡하지 않아. 사실, 재능 있는 대학원생 정도만 되어도 충분히 설계할 수 있을 걸세."

창공에서 던진 투창처럼 폭탄이 낙하했다. 그리고 배에 명중하기 직전 눈부신 섬광이 타올랐다. 사상 네 번째의 핵분열 연쇄 작용은 일어나고, 증식하며, 퍼져나가고, 근처의 모든 것을 증발시키며 열과 공기와 먼지를 하늘로 밀어 올렸다.

기타노는 거대한 망치로 내려친 것처럼 충격파가 배의 동체를 휩쓸고 지나가는 것을 느꼈다. 그는 뒤로 넘어지며 침대 머리에 머리를 세게 부딪쳤다. 그는 고개를 흔들며 정신을 집중했다. 코너가 비밀을 알아차렸다. 바로 행동해야 한다.

양 손목에 수갑이 채워져 있었지만 아무 문제도 없었다. 그는 숨을 거칠게 세 번 들이쉬었다. 사무라이가 중대한 일을 준비할 때 하는 무사도의 호흡법이었다. 그리고 그는 손을 들어 오른손 중지를 입안에 넣고, 살아 있는 죄수들을 상대로 수백 번 연습한 대로 이빨을 정확히 관절 위에 놓았다. 그대로 턱에 힘을 주자 이빨이 살점을 파고들어, 가운데 지골과 내측 지골 사이의 공간을 정확하게 분리했다. 죄수들의 손가락으로 연습했을 때와 똑같이, 깨끗하게 떨어져 나갔다.

고통은 하찮은 것이다. 기타노는 고통을 초월한 존재였다.

그는 잘린 손가락을 탁자 위에 뱉었다. 시야에 검은 점이 떠올랐다.

그는 집중하려 애쓰며, 탁자 가장자리를 지렛대로 삼아 손가락뼈를 붙들고 꺾었다. 나뭇가지처럼 가늘고 작은 황동 실린더가 손가락뼈 밖으로 튀어나왔다.

손에서 피가 철철 흘렀다. 그들이 언제 도착할지 모른다. 하지만 아무 상관 없다. 몇 초만 더 있으면 충분하니까.

덜컥 소리가 들렸다. 문이 열렸다.

리암의 눈에 처음 들어온 것은 금속 바닥에 흩어진 핏자국이었다. 그는 방 안을 둘러보았다. 텅 비어 있었다. 기타노는 어디 있지? 도망친 건가?

리암이 안으로 걸음을 옮긴 순간, 기타노가 시야의 사각에서 기습을 해 왔다.

몸무게를 실은 돌격에 리암은 그대로 벽 쪽으로 나뒹굴었다. 어깨 어딘가가 부러지는 게 느껴지며 타오르는 고통이 엄습했다. 싸우려고 몸을 돌린 그에게, 기타노는 그대로 박치기를 했고, 핏물이 리암의 눈으로 흘러들었다. 앞이 보이지 않으면서도, 리암은 간신히 기타노를 밀어내고 호흡을 가다듬었다.

그러나 정말 한순간이었다. 기타노는 수갑 찬 손을 곤봉처럼 머리 위로 휘두르며 다시 덤벼들었다. 리암은 몸을 낮춰 공격을 피한 다음 기타노의 복부에 어깨를 박아 넣으며 함께 바닥으로 쓰러졌다.

그들은 아무 말 없이 격렬하게 싸웠다. 느낌만으로는 거의 한 시간 정도 싸운 것 같았지만, 리암이 나중에 추정한 바로는 30초 정도밖에 걸리지 않았다. 결국 결정타를 날린 쪽은 리암이었다. 그는 기타노의 뒤로 돌아가서, 그대로 머리를 문 옆의 철제 격벽으로 밀어붙였다. 기타노는 그대로 쓰러졌다. 의식은 간신히 붙어 있으나 정신을 차리지 못하고 있었다.

기타노는 피 칠갑이 되어 있었다. 사방에 피가 가득했다.

리암은 숨을 가다듬으려 애썼다. 어깨가 쑤셔 왔다. "처음부터 페니실린에 대해 알고 있었군."

기타노는 대답하지 않았다. 눈빛에서도 아무것도 읽어낼 수 없었다.

리암은 방 안을 둘러보았다. 피투성이가 된 손가락 하나가 발치에 떨어져 있는 게 눈에 띄었다.

그는 기타노의 손을 붙들었다. 오른손이었다. 중지의 위쪽 두 마디가 사라져 있었다.

이게 무슨 일이야?

리암은 발끝으로 손가락을 슬슬 굴려 와서는, 몸을 숙여 자세히 살폈다. 살점 사이로 황동으로 만든 작은 물체가 비죽 튀어나와 있었다.

그는 그걸 뽑아내 손가락으로 피를 닦았다. 1인치 정도 크기로 가운데에 실금이 가 있었다. 작은 황동 원통. 기타노가 묘사했던, 특공대원들이 가지고 다녔다는 물건의 소형판이었다. 우즈마키를 담은 실린더였다.

"세상에. 전부 털어놔. 이 개자식아. 당장."

기타노는 아무 말도 하지 않았다. 분노에 사로잡힌 리암은 그를 때리고 또 때렸다. 방 안은 묘하게 조용했다. 비명 소리조차 들리지 않았다. 기타노는 아무 말 없이 주먹을 받아들였다.

"당장 불라고, 이 빌어먹을 정신병자 새끼야."

기타노는 입을 꾹 다물고, 눈을 반쯤 감은 채 축 늘어졌다. 리암에게 멱살을 붙들려 간신히 서 있었다. 마침내 손을 풀자 기타노는 바닥으로 무너져 내렸다. 리암은 숨을 몰아쉬면서, 주먹을 쥐었다 폈다 하며 그를 내려다보았다.

기타노는 꿈쩍도 하지 않고 흐릿한 눈으로 그를 올려다보기만 했다.

리암은 진정하고 상황을 제대로 파악하려 애썼다. 이곳에는 그와 기타노뿐이었다. 보초병은 갑판에 있었다. 아니, 모두 아직 갑판에 있을 거라고 확신했다. 핵폭발의 웅대한 장관에 압도되어 있을 것이다.

기타노가 움찔거리더니, 일어서려다 다시 비틀대며 벽 쪽으로 몸을 기댔다. 그리고 머리를 흔들어 정신을 차린 다음 다시 일어서려 했다. 리암을, 실린더를 바라보면서.

리암은 실린더를 들어 보였다. "이 안에 있는 거겠지? 우즈마키 말이야."

기타노는 패배한 것처럼 그대로 주저앉았다. 양쪽 모두 아무 말도 하지 않았다. 리암은 그를 바라보았다. 여전히 수갑을 찬 손과 사라진 손가락을. 기타노의 손에서 흘러나온 피가 바닥에 고여 끈적거렸다. 이대로 가면 출혈로 목숨을 잃을 것이다. 5분만 그대로 서 있으면 끝날 것이다. 죽을 것이다. 죽게 놔둬야 한다. 리암은 손가락으로 실린더를 단단히 감싸듯 꽉 쥐었다. "이 빌어먹을 개자식."

마침내 기타노가 입을 열었다. "죽여주십시오."

"뭐라고?"

"죽여주십시오. 죽고 싶습니다. 실패했으니까. 제발, 죽여주십시오."

리암은 USS 노스다코타호의 갑판에 홀로 남았다. 오전 2시가 넘었다.

그는 손에 든 작은 황동 실린더를 바라보았다.

지난 여섯 시간 동안 그는 윌로우비와 그 부관에게 상황을 보고하고, 맥아더에게 뱅가드호를 파괴하기까지의 일련의 사건을 설명하는 공식 보고서 작성을 도왔다. 두 번째 보고서에는 그가 알아낸 모든 내용이 담겼다. 페니실린 복용이 신체를 전면적인 감염에 취약하게 만든다. 취약성은 몇 주, 심지어 몇 년 동안 지속될 수 있다. 체내에 침입한 우즈마키는 수 시간 안에 소화기 전체를 장악한다. 보통 배설물이나 위액에 의해 감염되며, 토사물이나 심지어 타액으로도 전염될 수 있다. 허파에 도달하면 호흡을 통해서도 포자가 퍼져나간다. 치료제는 발견되지 않았다. 진균독이 정신에 영향을 끼쳐 조중, 환각, 자살 또는 살해 충동을 일으킨다. 이후에는 장기를 공격해 내출혈을 일으킨다. 감염자는 하루도 지나지 않아 광기에 빠져버리고, 일주일 안에 목숨을 잃는다. 주변의 다른 사람들을 감염시킬 때까지만 목숨을 부지하는 생물학적 시한폭탄이 되어버린다.

그는 원자폭탄이 폭발한 이후 기타노를 대면하러 가서 그가 자해한 것을 깨달았다고, 손가락을 물어뜯어 출혈사를 노렸다고 보고했다.

싸운 것은 사실이다. 리암은 그를 제압한 후 도움을 청하러 갔다.

적어도 그가 털어놓은 이야기는 그랬다.

자신이 들고 있는 작은 황동 실린더에 대해서는 말하지 않았다.

그는 생각했다.

바다로 던져버려. 그대로 떨어트리라고. 바다 밑에서 영원히 잠들게 해버려.

던지라고, 이 멍청한 아일랜드 개자식아.

기타노는 의무실에서 정신을 차렸다. 구속된 상태였다. 주변에는 아무도 없었다. 위쪽 두 마디가 사라진 손가락에는 붕대가 감겨 있었다.

실린더는 사라졌다. 그는 곧 헌병들이 찾아와서 그를 심문하고 고문하리라 생각했다. 우즈마키에 대한 모든 것을 털어놓을 때까지 몸을 자근자근 다질 것이라 생각했다.

그러나 그런 일은 벌어지지 않았다.

페니실린에 대해 몇 시간 동안 질문하기는 했지만, 그게 전부였다. 손가락에 숨긴 실린더에 대한 질문은 없었다.

이어진 몇 시간 동안, 그는 상황을 점차 확신하게 되었다. 모르는 것이다. 자신이 무엇을 품고 있었는지, 저들은 모르는 것이다. 리암 코너가 보고하지 않은 것이다.

며칠 후, 기타노는 잠깐이지만 코너를 마주할 기회가 생겼다. 몇 분 정도 햇빛을 쐬라고 갑판으로 데리고 올라온 것이다. 코너는 난간 옆에 서 있었다. 두 사람의 시선이 마주쳤다. 코너는 거의 보이지 않을 정도로 살짝 고개를 젓고는, 바다로 시선을 돌렸다. 바다로 던져버렸다고 말하고 싶은 것처럼.

기타노는 마주 고개를 끄덕이고 고개를 돌려 먼 하늘을 바라보았다. 모두 이해했다고 대답하려는 것처럼. 이제 전부 끝났다고, 우즈마키는 해저에 잠들어 있다고 말하는 것처럼.

그러나 기타노의 머릿속에는 전혀 다른 생각이 똬리를 틀고 있었다.

아직 가지고 있군.

64년 후
~~~~~~~

첫날
10월 25일, 월요일

_____

정원의 크롤러들

리암 코너는 코넬을 사랑했다. 이 대학에서 교편을 잡은 지도 반 세기가 넘었고, 이제는 죽을 때까지 아츠 쿼드와 빅 레드 반 사이를 거닐며 보내리라 생각했다. 코넬은 아이비리그의 일원인 동시에 뉴욕주 지정 농업 대학이기도 한 키메라 같은 대학이다. 나보코프가 『롤리타』를 집필하고 파인먼이 양자 전기역학에 대해 끄적거리기 시작한 곳이면서, 동시에 밀의 깜부깃병을 진단하거나 젖소를 부검 해볼 수 있는 곳이다.

코넬대학 캠퍼스는 빙하가 깎아놓은 협곡 사이에 2만 9,000명의 인구가 들어앉은 작은 도시, 이타카를 내려다보는 언덕 위에 자리하고 있다. 1865년에 백만장자이자 자선사업가인 에즈라 코넬이 창건 했는데, 그는 금융 및 통신 사업체인 웨스턴유니언의 창립자이자 실용 과학도 고전만큼이나 가르칠 가치가 있다고 생각하는 자유사상 가였다. 코넬은 150년 후의 인터넷처럼 근본적으로 세상을 재편한 당대의 최신 통신 기술인 전신을 이용해 큰돈을 벌었다. 그는 이 재산을 투자해 종교 및 전통에 묶인 동시대의 다른 교육기관들과는 완전히 다른 새로운 대학을 만들어냈다. '모든 사람이 모든 학문을 배울 수 있는 기관'이라는 그의 말은 이 학교의 표어가 되었다. 개교한 그날부터 성별과 종교를 불문하고 학생을 받아들였으며, 1873년에는 최초의 여성 졸업생을, 1897년에는 최초의 아프리카계 미국인 졸업생을 배출했다. 사회적 약자에 대해 깊은 이해와 존중을 표해온 리암은 이 대학의 전통을 자랑스럽게 여겼다. 그는 인간의 가치란 다른 사람들의 시선이 아니라 그 자신의 본질에 달려 있다고 믿었다. 영국인들이 8세기 동안 아일랜드인을 유인원보다 조금 나은 정도의 존재로 여겨왔다는 사실을, 리암은 결코 잊지 않았다.

리암의 실험실은 캠퍼스 한가운데, 록펠러와 베이커 홀의 낡은 건물 사이에 유리와 강철과 석재로 박아 넣듯 지은 자연과학부 건물 지하에 있었다. 오늘 저녁, 그는 실험실 한가운데에서 은빛으로 빛나는 날카로운 5번 핀셋을 손에 들고 서 있었다. 여든여섯 살이 된 아일랜드인 노인은 갈색 작업복과 회색 스웨터에 낡은 흰색 운동화 차림이었다. 코넬에서 보낸 60년 동안, 리암은 이 행성에 존재하는 온갖 독특하고 다양한 균류를 수집해왔다. 그는 자신의 컬렉션을 '부패의 정원'이라 불렀는데, 1만 개에 달하는 우표 크기의 정사각형 경작지가 이 정원을 가득 메우고 있었다. 온갖 노란색, 녹색, 회색의 정사각형이 얼룩덜룩하게 배열된 모습은 마치 3만 피트 상공에서 내려다보는 농장처럼 보였다. 이런 경작지들이 각각 길이가 9피트에 무게가 반 톤에 달하는 특수 제작한 커다란 화강암 탁자 세 개를 가득 메웠다. 1초에 하나씩 센다고 해도 모든 종의 수를 헤아리려면 몇 시간이 걸릴 것이다. 진화의 힘과 다산성을 보여주는 증거라고 할 수 있었다.

작은 농장에는 제각기 알파벳 한두 개와 세 자리 숫자를 적은 이름표가 붙어 있었다. #HV-324라는 명찰이 붙은 땅에는 헤밀레이아 바스타트릭스(*Hemileia vastatrix*, 커피녹균)가 있었는데, 1875년에 실론섬의 영국 커피 플랜테이션을 습격한 녹병균이었다. 이 균류는 고작 몇 년 만에 온 섬의 작물을 괴멸시켜 영국의 국민 음료를 차로 바꾸어버렸다. 몇 줄 건너에 있는 아스페르길루스 니게르(*Aspergillus niger*, 검은누룩균)는, 다양한 용도 중에서도 아편 무역의 전성기에 파이프로 피우는 찬두 아편을 만들 때 반드시 필요한 재료로 가장 유명하다.

그 옆에는 인공 환경에서는 극도로 재배하기 힘들다는 '파리 파괴자'라는 별명의 엔토모프토라 무스카이(*Entomophthora muscae*, 파리접합균)가 있었다. 이 버섯은 우선 일반 집파리의 신경계를 잠식한다. 정확히 어떤 방법을 쓰는지 아는 사람은 아무도 없지만, *E.* 무스카이는 파리를 조종해서 주변에 보이는 가장 높은 장소로 기어 올라가 배를 높이 쳐든 채 죽도록 만든다. 파리의 내장을 전부 파먹은 *E*. 무스카이는 생명이 사라진 파리의 껍질을 발사대로 삼아 수십억 개의 포자를 하늘 높이 뿜어내고, 그 포자들은 제각기 또 다른 파리를 처단할 가능성을 품은 채 여행을 떠난다.

리암은 핀셋으로 농장 중 하나를 파헤쳐 회색 조직으로 반쯤 뒤덮인 플라스틱 병뚜껑을 꺼냈다. 그리고 살짝 떨리는 손으로 병뚜껑을 집어 빛이 들어오는 쪽으로 들어 올렸다. 이 종은 리암의 정원에 있는 다른 대부분의 균류와 마찬가지로 부생균, 즉 시체를 잡아먹는 균류였다. 부생균은 식물에서 인간에 이르기까지 모든 사체를 섭식했고, 리암은 그 먹이라는 정의의 범주를 넓혀가는 중이었다. 시행착오와 유전공학 기술을 병행해 사용하며, 부생균류에게 현대사회의 부산물을 섭식하는 법을 가르쳐나갔다. 신용카드에서 옥수수 껍질까지 모든 것을 분해할 수 있도록.

"할아버지?" 딜런이 말했다.

리암은 아홉 살 먹은 붉은 머리카락의 증손자를 바라보았다. "왜 그러니?"

"코끼리와 블루베리의 차이점이 뭔지 아세요?"

리암은 말했다. "전혀 모르겠구나."

"코끼리는 파란색이 아니에요. 그러면 타잔이 언덕을 넘어오는 1,000마리의 코끼리를 보고 뭐라고 했게요?"

"말해보렴."

"당연히 '코끼리 떼가 온다'라고 했죠. 그럼 제인은 언덕을 넘어오는 1,000마리의 코끼리를 보고 뭐라고 했을까요?"

"모르겠구나."

"'블루베리 떼가 온다'라고 했어요. 제인은 색맹이었거든요."

할아버지와 손자는 함께 웃음을 터트렸다. 딜런은 코끼리 시리즈를 정말 좋아하는 아이였다. "할아버지? 할아버지는 거의 모든 걸 알고 계시잖아요, 그렇죠?"

리암은 손자 쪽으로 고개를 돌리고 말했다. "몇 가지 정도는 알고 있지."

"그럼 혹시 여자애가… 그러니까요, 관심이 있는 줄은 어떻게 알아요?"

리암은 눈썹을 치켜세웠다. "여성의 미소는 읽기 어려운 법이니, 그 안에 숨겨진 비밀이 너무도 많기 때문이로다."

"이상한 시로 대답하지 말고요."

그는 핀셋을 내려놓고 말했다. "글쎄, 어디 보자꾸나… 어떻게 알 수 있을까? 네 증조할머니 이디스는 꽤 간단했단다. 서 있는 자세가 달랐지. 오른쪽 다리를 살짝 굽혀서 발가락 끝으로 서곤 했단다. 그 상태로 뒤꿈치를 살살 돌리곤 했지. 내가 점박이도롱뇽처럼 끔찍하게 매력 없는 작자라고 말하면서도 발뒤꿈치로는 다른 말을 했단다."

"그냥 지어내시는 거죠? 말도 안 돼요."

"맹세하건대 거짓말이라면 나무에 목이 매달려도 좋으리. 하지만 이디스는 분명 발뒤꿈치를…."

"…할아버지한테만 살살 돌렸다는 거죠." 딜런은 웃음을 터트리며 말을 끝맺었다.

리암은 딜런의 기분이 좋아진 걸 보고 활짝 웃었다. 거의 1년 전에 제 엄마와 함께 사고를 당한 이후, 딜런은 힘겨운 시간을 보냈다. 메뚜기나 곱셈표에 매달려 있어야 할 나이에 죽음을 털어버려야 했으니까. 리암은 증손자를 볼 때마다 조바심이 들었다. 이 아이가 자신을 가장 필요로 할 때 그 옆에 있어줄 수 없으리라 생각하기 때문이었다.

하지만 이제 딜런도 힘겨운 시기를 벗어나는 모양이었다.

정원에서 마이크로 크롤러 한 마리가 달려왔다. 균류 농지 사이의 흙을 다져 만든 길을 따라서, 모습이 흐릿해 보일 정도로 빠르게 움직였다. 크롤러는 자리에 멈춰서 날카롭고 예리한 규소질 다리를 이용해 균류의 일부를 잘라냈다. 그리고 탁자 모서리로 가서는 RNA와 단백질 형질발현을 분석하는 기구에 시료를 내려놓았다. 이 정원을 돌보는 정원사는 규소와 금속으로 만들어진 마이크로 크롤러라고 불리는 거미를 닮은 초소형 로봇이었다. 10센트 동전보다 작은 크롤러가 총 열네 마리 있었는데, 머리 위에 달린 카메라로 모습을 확인하고 구석에 놓인 컴퓨터로 조종하게 되어 있었다. 딜런은 이 작은 로봇들을 애지중지하며 각자에게 이름을 붙여주었다.

리암은 딜런 쪽으로 시선을 돌렸다. "어떤 아이냐?"

"그냥 그런 애가 있어요. 딱히 발뒤꿈치를 돌리거나 하지는 않던 데요."

"사람마다 다른 거지. 하지만 분명 뭔가를 할 게다. 네가 그 아이를 보면 어떤 반응을 보이지?"

"눈이 이상해져요. 잘 안 보여서 찡그리는 것처럼요."

"흐으으으음. 그건 어느 쪽으로든 해석할 수 있겠구나. 그거 말고는?"

"주먹을 꽉 쥐어요."

"엄지를 안으로 넣더냐, 밖으로 빼더냐?"

"안으로 넣던데요."

"그래, 그러면 아무래도 당첨인 모양이로구나."

딜런은 웃음을 지었다.

"좋아. 그럼 코끼리가 왜 자기 발바닥을 노란색으로 칠하는지 알고 있니?"

딜런은 곰곰 생각해보았다. "항복이에요. 전혀 모르겠어요."

"커스터드 그릇 속에 거꾸로 들어가 숨기 위해서지."

"그건 너무 바보 같잖아요."

리암은 어깨를 으쓱했다. "커스터드 그릇 속에서 코끼리를 찾아낸 적 있니?"

"아뇨."

"그럼 먹힌 모양이로구나."

딜런은 웃음을 터트리고는 몇 피트 떨어진 곳의 작은 점으로 시선을 돌렸다.

"할아버지? 미키가 좀 이상해요."

미키라는 이름의 마이크로 크롤러는 몇 줄 떨어진 곳에서 석상처럼 꿈쩍도 하지 않고 서 있었다. 리암은 몸을 기울여서 핀셋으로 부드럽게 크롤러를 밀어보았다. "흐으음." 리암은 미키를 집어 올렸다. 메스처럼 날카로운, 가느다란 규소 다리를 건드리지 않도록 조심하면서. 그는 손바닥에 크롤러를 올려놓고 다시 한 번 핀셋으로 찔러보았다. 전혀 반응이 없었다. 미키를 뒤집어보자 즉각 문제가 뭔지 드러났다.

"여기 작은 까만 점 보이지? 제어회로가 타버린 거다. 제이크는 이번에 출고한 아이들에게 문제가 있다고 하더구나."

"그럼 제이크 아저씨도 못 고치는 거예요?"

"그래."

"그럼 완전히, 절대적으로 죽은 거예요?"

"유감스럽지만 그런 모양이로구나."

딜런은 눈을 가늘게 떴다.

"전 애들이 죽는 걸 본 적이 없어요."

"크롤러는 튼튼하고 거친 꼬맹이지만, 그래도 불사신은 아니란다. 세상에 죽지 않는 것은 없지." 리암은 소년의 어깨에 손을 올렸다.

"미키한테 제대로 작별 인사를 해주는 것이 어떨까?"

리암은 크롤러를 손에 든 채 컴퓨터 앞으로 갔다. 그는 마우스를 달각거려 아이튠스를 켜고는 고전 아일랜드 장송곡인 〈아르토 리어리 비가〉를 틀었다. 그는 딜런을 보며 눈썹을 슬쩍 치켜세웠지만, 딜런은 갑자기 근엄한 표정이 되어 있었다.

장송곡이 이어졌다.

빛나는 눈을 가진 나의 기수여

어제 그대에게 무슨 일이 일어난 것인가?

그대를 위한 아름다운 옷을 사면서

그대를 다시 떠올렸건만.

이 세상이 앗아갈 수 없는 나의 님이여.

"좋은 장소를 찾아주마." 그는 미키에게 말했다. 그는 정원 한가운데 근처의 작은 땅을 택했다. 그는 크롤러를 뒤집어서 다리가 허공으로 향하게 한 채로 그곳에 놓았다. 리암은 미키를 내려놓은 농지 좌표를 확인한 다음 컴퓨터에 입력했다.

딜런은 뚫어져라 그 모든 행동을 바라보았다. "뭘 하시는 거예요, 할아버지?"

"참고 기다려라, 어린아이여. 세상에는 서둘러선 안 되는 일도 있는 법이니."

마이크로 크롤러 세 마리가 농장의 밭이랑처럼 정원을 가로지르는 통로를 따라 달려왔다. 그들은 미키가 있는 농지에 도착해서 즉시 흙 알갱이를 파내 구멍을 만들었다. 몇 초 만에 그들은 쓰러진 동료를 품기에 충분할 정도의 공간을 만들어냈다. 그리고 미키에게 달려들어 규소 다리와 머리를 뜯어냈다. 철저하고 완벽하게 분해해버렸다.

딜런은 마법에 홀린 표정이었다. "와, 세상에. 진짜 끔찍한데요."

"계속 보아라." 크롤러들은 분해된 미키를 작은 무덤 안에 던져 넣었다. 이어 다른 크롤러 두 마리가 등장해서, 품고 있던 시료를 미키 위로 토해냈다. 포자로 가득한 물방울이었다.

"할아버지? 크롤러를 분해할 수 있는 균류를 만든 거예요? 어떻게요?"

리암은 미소를 지었다. "산성 물질을 만들어내는 박테리아한테서 유전자를 빌렸지. 규소를 녹일 수 있단다." 그는 핀셋을 이용해 가까운 농지의 흙을 파헤쳤다. 흙 속에는 더 낡은 크롤러의 몸이 절반쯤 남은 채 묻혀 있고, 그 표면에는 보송한 조직이 얇게 덮여 있었다. "보이지? 꽤 괜찮지 않니?"

딜런은 가장 중요한 대상에 집중할 때만 보이는 눈빛으로 그 모습을 바라보았다.

마이크로 크롤러들이 미키가 묻힌 구멍을 메우기 시작했고, 잠시 후 미키는 거의 완전히 파묻혀버렸다. 크롤러들은 규소 다리로 흙

위를 두드리고는 제각기 흩어졌다. 그곳에 남은 것은 25센트 동전 크기의 부드러운 흙 봉분과 은빛 풀잎처럼 비죽 튀어나온 다리 하나 뿐이었다.

"그래, 이걸로 끝이구나. 사실 아직은 끝이 아니지만 말이다. 몇 달 후면 미키는 원자 단위로 분해될 게다. 다음 생을 준비하는 셈이지."

"하지만 더 이상 미키가 아닐 거잖아요. 죽었으니까."

"나는 미키가 아직 살아 있다고 생각하고 싶구나." 리암이 말했다. "미키의 생명이 모든 존재 안에 조금씩 깃들어 있다고 말이다. 자, 그럼 남녀관계 이야기로 돌아가볼까. 너희 엄마 남자 친구 쪽에는 뭔가 새로운 소식이 없을까?"

딜런은 작은 무덤에서 간신히 눈을 뗐다.

"마크요? 그 사람은 끝났어요."

리암은 휘파람을 불었다. "꽤 빠른데. 뭔 일이 터진 거냐?"

"엄마 말로는 제대로 된 사람이 아니래요."

"네 생각은 어떻지?"

"제대로 된 사람이 아니에요."

"그럼 목을 쳐버려야겠구나."

딜런은 몸을 돌려 증조할아버지를 마주했다. "제이크 아저씨는 어떨 것 같아요?"

"너희 엄마하고?"

"네. 안 될 건 없잖아요?"

"흐으음." 리암은 탁자에 손을 올렸다. 제이크. 제이크 스털링. 지금까지 수도 없이 고려해본 시나리오였다. "아무래도 너희 엄마 취향이 아닐 것 같구나."

"왜요?"

"딱히 이유는 없단다. 그냥 그런 것 같아."

그는 항상 딜런에게 솔직하게 모든 것을 털어놓으려 했다. 딜런은 영리했다. 대부분의 또래 아이보다 더 넓은 세상을 이해하는 아이였다. 그러나 이건 딜런이 이해할 수 있는 영역 밖의 주제였다.

20분 후, 그들은 상쾌한 가을 밤공기 속으로 걸어 나와 클라크 홀 바깥에서 매기를 만났다. 청바지와 갈색 풀오버 스웨터 차림의 그녀는 차 옆에 서 있었다. 밝게 타오르는 적금발에 지성이 내비치는 눈빛, 살짝 들린 작은 코끝, 색 없는 입술이 언제나 그랬듯이 아름다웠다.

"있잖아요, 엄마, 오늘 크롤러 장례식을 치러줬어요."

"자세히 설명해주겠니?"

딜런은 어머니에게 마이크로 크롤러를 분해할 수 있는 균류에 대해 설명했다. 그리고 차에 올라서 여느 아이들과 똑같이 이어버드 이어폰을 끼고 음악 볼륨을 올렸다. 리암은 손녀의 반응을 살피며, 그녀의 눈 속에 잠시 스쳐 지나가는 흥분의 반짝임을 알아채고 즐거워했다. "어디 맞혀볼까요. 고세균류 박테리아에서 유전자를 몇 개

훔쳐 오신 거죠?"

리암은 고개를 끄덕였다. "호염기성 박테리아지."

매기는 할아버지의 볼에 키스했다. "축하드려요. 그럼 이제 우리랑 같이 집으로 가죠. 늦은 저녁을 먹으면서 전부 털어놓으시는 거예요."

"그건 힘들겠구나. 노던 블롯을 걸어놓고 왔단다. RNA 분석도 끝내야 하고."

"할아버지. 그러지 마세요. 당장이라도 쓰러질 것처럼 보인단 말이에요."

"항상 이런 꼴 아니냐. '늙은 사람은 보잘것없는 존재라, 막대에 걸린…'"

"'…낡은 외투 같기에.'● 그러지 마시고요. 벌써 한밤중이잖아요. 거의 9시가 다 되었다고요."

리암은 손녀의 이마에 키스했다. "얼른 들어가거라."

리암은 홀로 텅 빈 복도로 되돌아와 걸음을 옮겼다. 매기의 말이 옳기는 했다. 여든여섯 살 먹은 노인은 마지막 남은 1초까지도 가족과 함께 보내야지, 연구실에 홀로 남아서 버섯에 유전자를 넣었다 뺐다 하고 있으면 안 되는 법이다. 그러나 어쩔 수 없는 일이다. 그

....
● 윌리엄 버틀러 예이츠의 시 「비잔티움으로의 항해」.

에게 주어진 소명이 아직 끝나지 않았으니까.

리암은 연구실 문가에서 걸음을 멈추고 귀를 기울였다. 아무 소리도 들리지 않았다.

걱정할 이유가 없는 것은 아니었다. 그를 미행하는 여자는 갈수록 대담해져서, 이제는 눈에 띄는 걸 별로 걱정조차 하지 않는 것만 같았다. 명성에 이끌린 스토커를 예전에도 두어 번 정도 겪어보긴 했지만—리암이 일구어낸 고약한 명성에 따라붙는 불운한 부작용이었다—이 정도로 심했던 적은 한 번도 없었다. 경찰에서 주의를 주면 얌전히 사라져버렸으니까. 리암은 이번 일도 충직하게 캠퍼스 주둔 경찰에 알렸지만, 그쪽에서도 아직 스토커의 정체를 밝혀내지 못했다.

해를 끼칠 수도 있고, 아닐 수도 있다. 나이 든 과학자에게 홀딱 빠진 대학원생이라고 볼 수도 있는 연령대지만, 움직이는 모습은 절대 대학원생으로는 보이지 않았다.

프로의 몸놀림이었다.

리암은 명령어를 몇 개 쳐 넣고 뒤로 물러서 크롤러들을 바라보다가, 관절염에 걸린 손가락을 움직여 아직 크롤러가 직접 수행할 수 없는 수많은 자잘한 작업에 착수했다. 예를 들자면, 크롤러는 특정 목표를 이루기 위해 어떤 균류를 제거하고 어떤 균류를 번성시킬지 선택할 수 없었다. 행동의 대상이 되는 명확한 목표를 설정할 수 없는 것이다. 연구에서 목표는 다른 무엇보다 중요했다. 지난 60년이 넘는 세월 동안, 리암의 목표는 언제나 뚜렷이 정해져 있었다. 태평양 한복판에서 맞이한 그 봄날 이후로. 다른 누구에게도 알려주지 않은 채로.

리암은 제이크를 떠올렸다. 영내를 돌아다니는 흰 사슴 무리를 보여주겠다는 핑계를 대고, 그는 제이크를 세네카 육군 병기창 안으로 데려갔었다. 북서쪽으로 30마일 떨어진 곳에 있는 버려진 군사시설이었다. 그러나 그 여행의 목적은 사실 완전히 다른 데 있었다. 리암은 포장을 한 꺼풀씩 벗기며 제이크의 눈앞에 천천히 진실을 드러냈다. 전쟁이 어떤 것인지 잘 아는 제이크는 이내 그의 행동을 이해했다.

리암은 다른 누구에게도 자신의 목표를 알려주지 않았다. 제이크에게 부스러기 몇 개를 맛보여준 것을 제외하고는. 제이크는 2차 세계대전 당시 일본군이 궁극의 생물병기를 완성했으며, 인류 역사상 네 번째 핵분열 폭발이 그걸 파괴해버렸다는 사실을 알고 있었다. 리암은 그 병기의 이름이 우즈마키라는 사실 또한 알려주었다. 지금까지 수십 년 동안 입에 담은 적 없는 단어였다.

그러나 제이크는 그 이상은 아무것도 모른다. 그 로런스 던이라는 개자식이 무엇을 시작했는지도 모르고 있었다. 리암이 일곱 개의 황동 실린더 중 하나를 가지고 있다는 사실도 모르고 있었다. 그가 60여 년이 흐른 지금에서야 우즈마키의 약점을 찾아냈다는 사실 또한 모르고 있었다.

탈칵.

리암은 움직임을 멈추었다. 소리는 연구실 바로 밖에서 들렸다.

"매기?"

그의 손녀는 여기까지 돌아와서 다시 그를 끌고 나가려 시도하고도 남을 아이였다.

답이 없었다.

"제이크?" 제이크도 야행성 인간이었다. 때론 자정이 넘어서까지 연구실에 틀어박혀 있는 모습을 볼 수 있었다. "제이크, 자넨가?"

리암은 귀를 기울였다. 아무 소리도 들리지 않았다.

그는 정원을 둘러보았다. 크롤러들은 정원을 돌아다니고 있었다. 컴퓨터 화면은 슬립 모드로 들어가 있었다.

평소와 다른 점은 아무것도 없었다.

탈칵!

갑자기 모든 빛이 사라졌다.

2

팅, 팅, 팅.

정신이 든 리암 코너의 귓가에 소리가 울렸다.

팅, 팅, 팅.

드문드문 빠르게 스쳐 지나가는 과거의 장면들이 그를 사로잡아 혼란에 빠트렸다. 그는 열두 살 소년으로 슬라이고의 푸른 언덕을 걸어 다니며 새로운 종의 버섯을 찾고, 스물두 살의 젊은이로 태평양에 떠 있는 군함에서 손에 든 작은 황동 실린더를 보며 생각에 빠져 있었다. 서른한 살이 되어 처음 마련한 이타카의 집에서, 실오라기 하나 걸치지 않은 아내가 침대에서 빠져나오는 모습을 지켜보기도 했다. 쉰아홉 살이 된 그의 목에 스웨덴 국왕이 메달을 걸어주고 있었다. 일흔일곱 살이 되어 증손자를 처음으로 만나고, 딜런이 순무처럼 빨갛고 작은 얼굴을 찌푸리며 울음을 터트리는 모습을 지켜보고 있었다.

팅, 팅, 팅.

이내 자욱하게 날아다니던 기억의 파편이 내려앉아 지금의 그를 만들었다. 노인, 나이를 아주 많이 먹은 노인, 아일랜드의 주름투성이 난쟁이. 여든여섯 살. 코넬대학의 생물학부 명예교수.

몸을 움직이려 했지만 모든 것이 이상했다. 팔을 들 수가 없었다. 입을 열 수가 없었다. 똑바로 앉아 있다는 느낌은 들었지만 확인할 방법이 없었다. 흐릿한 시야 속 군데군데 검은 얼룩이 떠다녔다. 뒤편에서 비추는 흐릿한 빛 외에는 아무것도 보이지 않았다. 노란색, 녹색, 붉은색이 제각기 나름의 박자에 맞추어 맥동하며 커지는 느낌이었다.

팅, 팅, 팅.

귀에 익은 소리였다. 잘 아는 소리였다. 대체 저게 무슨 소리지?

그는 무슨 일이 일어났는지를 떠올리려 애썼다. 연구실에서 부패의 정원을 돌보고 있던 것은 분명했다. 그래, 정원. 정원을 만지작거리다가 기억이 끊겨버렸다. 기억에 빈 구간이 있었다. 아직 같은 날 밤인가? 아직 월요일인가?

머리를 움직일 수가 없었다. 똑바로 앉아 있는데 움직일 수가 없었다. 그래, 누군가 자신을 때린 것이 기억났다. 아직도 맞은 자리가 욱신거렸다.

순간 다른 소리가 들렸다. 공기가 천천히, 부드럽게, 흘러 나가는 소리. 뒤이은 침묵. 뒤이은 반복.

호흡 소리였다.

분명했다. 바로 옆에 누군가 앉아 있는 것이다. 어둠 속에. 아주 가까운 곳에.

팅, 팅, 팅.

입을 열고 목소리를 내보려고 했지만 꼼짝할 수가 없었다. 입을 열 수조차 없었다. 혀에도 문제가 생긴 모양이었다. 입 아래 딱 붙은 채 움직이지 않고 있으니까.

그는 미간을 칼날로 찌르는 고통을 참으며 주변을 살펴보았다. 실린더를 반으로 잘라 누인 모양의 커다란 방이었다. 머리 위 20피트 높이의 콘크리트 지붕은 반원을 그리며 휘어져 바닥에 이르고 있었다. 얼굴은 실린더의 뒤쪽 끝, 10피트도 떨어져 있지 않은 얼룩진 콘크리트 벽을 향하고 있었다. 리암은 이곳이 어디인지를 깨달았다. 폐쇄된 세네카 병기창의 낡은 군수품 창고가 분명했다. 바깥세상과 완벽하게 단절된 장소였다. 지난 4년 동안 이곳 보급창에서 수개월을 보내며 마지막 연구를 비밀리에 수행해온 그였기에, 확신할 수 있었다.

그의 시선 앞에 한 여성이 등장했다. 뒤편에서 흘러나오는 흐릿하게 점멸하는 조명이 그녀의 얼굴을 밝혔다. 리암은 그 모습을 보자마자 자신을 미행하던 여자라는 걸 알아챘다. 아시아계였다. 중국인이라고 거의 확신할 수 있었다. 2, 30대로 보였고, 작고 둥근 안경을 쓰고 있었다. 그녀는 몸을 앞으로 숙여 그의 얼굴에서 12인치도 떨어지지 않은 곳까지 얼굴을 가져다댔다. 계속 변하며 섞이는 노란색, 녹색, 붉은색 조명이 이목구비를 밝혔다. 예쁘장한 얼굴이었고, 양쪽 광대뼈 아래 완벽하게 좌우대칭으로 난 한 쌍의 흉터가 미모를 더욱 돋보이게 했다. 손에 낀 장갑에 이르기까지 복장은 완벽히 검은색이었다.

여자는 옆에 세워놓은 촬영용 조명을 켰다. 리암은 갑자기 쏟아진 빛에 눈을 찌푸리며, 눈 속에 가득한 하얀 반점이 잦아들어 형체와 색을 되찾기를 기다렸다. 말을 걸고 싶었지만 입을 열 수가 없었다. 바이스가 머리를 조이는 느낌이었다.

리암의 눈이 빛에 적응하자, 여자는 작은 거울을 들어 리암이 자기 모습을 살펴볼 수 있도록 해주었다. 모습이 제대로 보이도록 이리저리 각도를 틀어주기도 했다.

거울 속의 자신은 끔찍한 몰골이었다. 금속 틀이 머리를 조이고 있었다. 여기저기 튀어나온 금속 막대와 끈이 목뼈가 골절된 환자처럼 두개골을 고정시키고 있었다. 고무와 강철로 만든 죔쇠가 턱을 단단히 조였다. 얼굴은 끔찍할 정도로 늙어 보였다. 실제 나이인 여든여섯보다도 훨씬 나이 든 느낌이었다. 얼굴에 새겨진 주름살은 말라붙어 갈라진 강바닥처럼 보였고, 두개골이 드러나 있는 곳마다 백발이 부스스하게 튀어나와 있었다. 프랑켄슈타인풍의 악몽 속에서 가져온 머리 장식을 쓴 시체나 유령처럼 보였다.

여자는 거울을 내렸다. 그녀의 입에서 흘러나온 영어는 훌륭했지만 고향 땅의 억양이 섞여 있었다. "우리 둘 다 아는 한 사람이 당신을 방문하라더군." 그녀는 말했다.

중국인, 아마도 북부 출신인 듯했다. 리암은 등골 깊은 곳부터 몸이 떨리는 것을 느꼈다. 그리고 그녀가 다음으로 입에 담은 말에 심장이 멎을 뻔했다.

"우즈마키를 가져오라고 하던데."

팅, 팅, 팅.

그 소리. 분명 아는 소리였다.

그는 아래를 내려다봤다. 그녀의 무릎에 유리 페트리 접시가 하나 놓여 있었다. 접시 가운데에 네 개의 반짝이는 물체가 꿈틀거리며 기어 다니고 있었다. 10센트 동전 정도 크기였다.

마이크로 크롤러였다.

엄청난 속도로 페트리 접시 안을 기어 다니며, 벽에 부딪칠 때마다 팅, 팅, 팅 소리를 내고 있었다. 면도날처럼 날카로운, 마디가 있는 규소질 다리가 부딪치는 소리였다.

눈을 감았지만, 규소와 유리가 부딪치는 팅 소리는 계속해서 귀를 파고들었다.

"여길 통째로 뒤엎기까지 했거든. 어디 둔 거지?"

리암은 집중하려 애썼다. 아직 총은 보지 못했다. 풀고 나갈 수만 있으면 기회가 있을 것이다. 왜소하고 엄청나게 나이를 먹기는 했지만 여전히 몸놀림은 제법 빨랐고, 얼마든지 과격하게 폭력을 휘두를 수도 있었으니까.

팅, 팅, 팅.

여자는 리암에게 손을 뻗어 금속 틀의 한쪽을 건드렸다. 기어 돌아가는 소리가 들렸다. 금속 틀이 기계답게 정확하고 저항할 수 없게, 금고 문을 여는 것처럼 그의 턱을 벌렸다. 후두부에 찬 공기가 닿는 게 느껴졌다.

팅, 팅, 팅.

여자는 오른손을 들어 주먹을 쥐었다. 순간 유리 접시 안의 크롤러들이 움직임을 멈추었다. 귀가 먹먹할 정도로 갑작스럽게 정적이 찾아왔다. 방법은 몰라도 장갑 낀 손으로 크롤러들을 조종하는 모양이었다.

여자는 핀셋으로 크롤러 하나를 집었다. 그리고 그 작은 로봇을 그의 입 깊숙이, 혀 뒤편까지 밀어 넣었다. 리암은 공황에 빠지지 않으려, 숨이 막히지 않으려 애써야 했다. 작은 메스처럼 날카로운 다리들은 아주 약간만 움직여도 조직 속으로 파고들었다. 혀 뒤편에서 솟아오르는 핏방울의 맛이 느껴졌다.

여자가 다른 버튼을 누르자 압력 장치가 작동하여 그의 입을 닫았고, 이빨이 부딪치는 턱! 소리가 울렸다. 여자는 그의 입에 손을 올려 입술을 다물게 했다. 우아한 손가락 두 개가 그의 얼굴을 타고 올라 코를 꾹 쥐었다.

"삼켜." 그녀가 말했다.

시간이 흘러갔다. 1분쯤 지나자 더 이상 숨을 참을 수 없게 된 리암은 몸부림쳤다. 그는 산소 결핍에 저항하는 육체를 격렬하게 흔들며 구속을 빠져나가려 애썼다. 당장이라도 뼈가 부러질 것만 같았다. 의지가 부족한 것은 아니었지만, 그의 육체로는 이런 고통을 참을 수 없었다. 최대한 오래 버티며 몸을 뒤틀었지만, 이내 눈앞이 흐려졌다.

호흡을 하지 않을 수는 없다. 호흡은 불수의 운동이니까.

결국 삼키게 된다.

식도를 타고 내려가는 크롤러가 느껴졌다. 크롤러의 다리가 부드러운 조직을 찢자 타는 듯한 통증이 느껴졌다. 비명을 지르려 했지만 턱을 움직일 수도, 혀를 들어 올릴 수도 없었다. 빠져나갈 수 없는 비명 소리를 머릿속에 담은 채로, 그는 그렇게 얼어붙어 있었다.

여자가 손을 떼자 리암은 악물린 이빨 사이로 숨을 헐떡였다. 가슴이 격렬하게 오르내렸다. 머릿속으로는 지금 무슨 일이 벌어지는 것인지 파악하려 애쓰면서.

여자가 버튼을 누르자 입이 다시 열렸다. 그녀는 작은 손전등으로 입안을 비추어보았다. "좋아." 그녀가 말했다.

그녀는 이런 고통스러운 과정을 세 번 되풀이해서, 리암의 배 속에 총 네 마리의 크롤러를 넣었다. 리암은 자신을 통제하고 공황을 다스리려 애썼다. 마음을 다부지게 먹어야 했다. 그녀가 무엇을 원하는지는 알고 있었다. 이렇게 넘겨줄 수는 없었다. 어떤 대가를 치르더라도. 어떤 고통을 겪게 되더라도.

그녀는 장갑 낀 손을 리암의 눈앞으로 들어 올리고는 자기 손이 거미라도 되는 것처럼 손가락을 굽혀 보였다. "맛보기 시간 10초." 그녀가 말했다.

그리고 손가락을 꼬물거려 크롤러들을 움직이게 했다.

순간 온몸이 타오르며 이빨이 부서질 듯 악물렸다. 배 속에서 갑자기 태양이 타오르기 시작한 것처럼 격렬한 고통이 위장을 뒤틀었다. 눈앞이 하얗게 변했다. 지금까지 이런 고통은 느껴본 적도 없었다. 배 속의 괴물이 꿈틀거리며 몸을 뒤틀 때마다 격렬한 고통이 파도처럼 밀려왔다. 시간이 느려지는 것 같았다.

그는 정신을 잃고 시간 속을 헤매었다. 새가, 날아다니는 새들이, 아주 커다란 총을 들고 그 뒤를 쫓아다니는 남자들이 보였다. 멀리서 종소리가 들렸다. 배가, 허공을 가로지르는 포물선이, 버섯구름이, 어제 일어난 일처럼 눈앞에 보였다. 수천 개의 작은 나선들이 불똥처럼 하늘 위에 펼쳐지는 모습이 보였다.

멀리서 숫자를 거꾸로 세는 그녀의 목소리가 들렸다. "셋, 둘, 하나…."

천천히 고통이 잦아들었다. 육체가 회복하고 위장의 경련이 잦아들기까지 거의 몇 시간이 걸린 느낌이었다. 리암은 자신도 모르게 눈을 질끈 감고 있었다. 뺨에 찬 기운이 느껴졌다. 울고 있었던 것이다.

그는 천천히 자신으로 되돌아왔다. 눈을 떠보니, 여자는 그대로 그 자리에서 장갑 낀 손의 검지로 입술을 톡톡 두드리며 앉아 있었다.

"그럼 말해볼까." 오키드가 말했다. "준비됐으면 눈을 두 번 깜빡여봐."

그녀는 신호를 찾아 그의 모습을 찬찬히 살폈다. 그가 무너지기 시작했다는 신호를. 눈길이 슬쩍 그의 손으로 향했다. 포기한 사람들은 손이 죽은 물고기처럼 축 늘어진다. 코너는 주먹을 단단히 쥐고 있었다. 포기하지 않은 것이다.

"코너 교수, 잘 들어." 그녀는 의료용 반창고를 들면서 말했다. "방금 그게 내가 할 수 있는 최악의 행동이라 생각할지도 모르지만, 아니거든. 훨씬 더 끔찍해질 수 있어."

그녀는 그의 눈꺼풀을 끝까지 끌어 올려 반창고로 단단히 고정했다. 여러모로 효과적인 고문 기술이었다. 노출된 안구가 건조해지면서 육체적으로 고통스러운 것도 사실이지만, 더 중요한 것은 저항의 수단을 하나 제거해버린다는 것이었다. 숨을 수 있는 공간을 한 꺼풀 벗겨내는 셈이다. 시각 자극을 막을 수단을, 외부 세계를 사라지게 하는 능력을 제거해버리기 때문이다.

그녀는 그대로 리암의 사진을 한 장 찍은 다음, 가방을 열어 노트북 컴퓨터를 한 대 꺼냈다. 그리고 명령어를 몇 개 쳐 넣고는 그의 얼굴 앞으로 화면을 들어 올렸다. 볼 근육이 떨리는 것을 보니 안구가 화끈거리기 시작한다는 것을 알 수 있었다.

"이제 이름을 몇 개 읽어줄 거야. 듣기만 해. 똑바로 보고만 있어."

그녀는 작은 플립형 패드를 열고는 이름을 읽었다. "조지 워싱턴." 초대 대통령의 얼굴이 화면에 나타났다. "찰스 다윈." 다윈의 얼굴이 등장했다. 리암의 머리가 떨리기 시작했다. 슬슬 안구가 지독하게 건조해져서 거의 앞이 보이지 않는 모양이었다.

그녀는 탁자에 놓여 있는 안약병을 집었다. 600마일 떨어진 약국에서 산 뮤린 안약이었다. 절대 근처에서 물건을 사지 말 것. 영수증을 남기지 말 것. 얼굴을 기억에 남기지 말 것.

코너의 시선이 컴퓨터 화면과 그녀의 얼굴 사이를 오갔다. 상황을 파악한 사람의 공포가 느껴졌다. 컴퓨터 화면 한쪽 가장자리에 부착된 적외선 레이저와 감광 다이오드에 그의 시선이 머물렀다. 이해한 모양이었다. 리암 코너가 똑똑하다는 사실은 분명했다. 그녀도 노벨상 수상자를 고문해보는 것은 처음이었다.

이 컴퓨터가 그녀의 진실 탐지기였다. 한 광고 기획사에서 컴퓨터 화면의 광고를 지켜보는 사람들의 반응을 평가하는 고도로 복잡한 프로그램을 개발했다. 안구의 움직임을 추적하고, 동공 확장을 파악하는 프로그램이었다. 흰자위와 공막 모세혈관의 혈류도 측정했다. 군대에서 포로를 심문할 때 사용하는 기술이었다. 그녀는 이 기술을 필요에 맞춰 개량했고, 꽤 효과가 좋았다.

다윈이 컴퓨터 화면에서 그를 바라보고 있었다. 확인을 위한 시험용 이름이었다. 영점 조절이었다. 코너가 자극에 어떻게 반응하는지를 살펴보고 반응 지도를 그리는 것이다.

시작은 직장 동료들이었다. "마크 샘슨." 오랜 과학계 동지의 사진이 떴다. 웹사이트에서 가져온 사진이었다. 반응은 없었다. 그녀가 이름을 하나씩 읽는 데 맞춰 새로운 사진이 떴다. "블라드 글라즈먼." 역시 반응은 없었다.

"제이크 스털링."

화면 하단의 작고 붉은 인식 막대가 흔들렸다. 아주 작은 신호지만 잡음과는 달랐고, 명확히 식별할 수 있었다. 그녀는 속으로 생각했다. 좋아. 이미 그녀의 목록에서 제법 높은 자리에 있는 자였다. 그의 집, 실험실, 전화까지 전부 이미 장치가 설치되어 있었다.

자, 그럼 진짜 중요한 쪽으로 들어가볼까.

안 돼, 안 돼, 안 돼, 제발, 아냐, 안 돼….

여자는 그의 동료, 친구를 지나 마침내 가족에 이르렀다. 생각을 그만둬야 해. 생각을 멈춰. 감정을 숨겨….

"마틴 코너."

"에델 코너."

"아서 코너."

"매기 코너."

화면 하단의 막대가 훌쩍 뛰었다.

여자는 그를 물끄러미 바라보다가, 화면에 뜬 그의 손녀, 매기의 사진으로 시선을 돌렸다.

그리고 기록했다.

리암은 온몸이 땀에 젖어 있었다. 격렬하게 떨리는 몸을 주체할 수가 없었다. 자신의 땀 때문에 몸이 얼어가고 있었다.

그녀는 리암의 얼굴에서 몇 인치 떨어진 곳까지 얼굴을 들이밀었다. 그녀의 체취가 느껴졌다. 목재와 방부제 냄새가 났다. "어디 있는지 말해, 코너 교수. 저항은 그만두고. 이게 어떤 식으로 끝날지는 이미 알고 있을 거 아냐."

그녀는 화면을 톡톡 두드렸다. "당신 손녀딸이지. 당신이 보는 앞에서 이 여자를 고문해주겠어. 말하지 않으면 이 여자는 죽어."

리암은 그녀를 죽이고 싶었다. 세상 그 무엇보다도 지금 이 구속을 벗어나서 여자의 목을 조르고 싶었다.

여자가 버튼 하나를 누르자 새로운 얼굴이 화면에 나타났다. 작고 붉은 막대가 치솟았다.

딜런.

"당신 손녀가 죽으면 그 여자 아들한테 시작할 거야. 그것까지 지켜볼 수 있을까? 견딜 용기가 있다고 생각해?"

아니, 그걸 견딜 수는 없을 것이다. 하지만 그렇다고 우즈마키를 넘길 수는 없었다. 그러나 선택지가 두 가지뿐이라는 점은 명확했다. 손녀와 증손자가 목숨을 잃는 모습을 제 눈으로 지켜보거나, 이 여자에게 모든 것을 털어놓거나.

그녀는 바싹 다가왔다. "1분 줄게. 말해. 그러면 모두 끝날 테니까. 당신은 죽고, 당신 가족은 사는 거야."

그는 여자의 해결책을 거부했다. 분명 다른 방법이 있을 것이다. 자신의 손으로 가족을 구할 방도가 없다는 사실은 잘 알고 있었다. 자신의 목숨을 구할 방법이 없는 것과 마찬가지로. 하지만 뭔가 할 수 있는 일이 있을 것이다. 자신이 고통을 받는 동안에는 시간을 벌 수 있다. 지금까지 살아오면서 그랬던 것보다 더 굳게 버티기만 한다면, 아주 작은 일이라도 할 수 있을 것이다.

나머지는 그들의 손에 맡겨야겠지만.

"10초 줄게. 얼른 말해." 그녀가 말했다.

리암은 굳게 마음을 다잡았다. 고통을 견디는 동안에는….

시간이 흘러갔다. 여자는 오른손을 들고 손가락을 꼬물거렸다. 배 속의 크롤러들이 다시 생명을 얻어 움직이기 시작했다.

리암 코너는 비명을 질렀다.

둘째 날
10월 26일, 화요일

우리 곁의 버섯

<u>3</u>

매기 코너는 침대 시트 아래로 더 깊이 파고들었다. "아무도 없어요." 그녀는 웅얼거렸다.

그러나 문 두드리는 소리는 계속 울렸다.

"그러니까 가라고."

정적이 흘렀다.

"아직 여기 있는데…." 문 너머에서 어린아이의 목소리가 들려왔다.

고치에서 떠나기를 못내 아쉬워하며, 그녀는 천천히 침대에서 기어 나왔다. 드러난 살결에 차가운 아침 공기를 맞자 소름이 가득 솟아올랐다. 그녀는 청바지와 털이 보송보송한, 편안하고 두툼한 연노란색 셔츠를 걸쳤다. 서른세 살의 나이치고는 훌륭한 몸매였지만, 아들에게 드러내 보이고 싶지는 않았다.

그녀는 문가로 어슬렁거리며 걸어가서 살짝 문을 열었다. 딜런이 문틈으로 안을 빠끔 들여다보았다.

"우리 곁의?" 그녀는 짐짓 근엄한 목소리로 아들에게 말했다.

"버섯!" 아들이 마주 대답했다.

매기는 옷을 입고 긴 복도를 따라 걸음을 옮겼다. 이베트의 침실 (대재해가 휩쓸고 지나간 듯한)과 홀치기염색 천으로 가득한 신디의 영역과 언제나 티끌 하나 없는 조지핀의 연녹색 쉼터를 지나 이 집의 중심 공간인 부엌에 이를 때까지. 그녀는 풍요로운 냄새와 온기를 흠뻑 들이마셨다. 벽 한쪽에는 골동품 냉장고 두 대가 나란히 서 있었다. 오른쪽에는 손으로 그린 노란색 태양이 떠올라 있고, 왼쪽에는 동거인들의 손바닥이 색색으로 찍혀 있었다. 그리고 당연하지만 엘프들도 있었다. 가장 큰 엘프는 짙은색 목재를 손으로 깎아 만든 구석에 서 있는 녀석으로, 키가 거의 4피트에 달했다. 냉장고 위에는 더 작은 녀석들이 줄지어 늘어서 아래를 빠끔 내려다보고 있었다.

5년 전 딜런과 함께 리벤델로 이사할지를 고민하고 있을 때, 결국 마지막으로 결정을 내리게 만든 것은 바로 엘프들이었다. "숲에서 들어온 거란다." 이후 하우스메이트가 된 저스틴은 당시 네 살이던 딜런에게 이렇게 말했다. 저스틴은 환경학과 진화생물학을 공부하는 대학원생으로, 마구 자란 갈색 수염에 부스스하게 늘어진 갈색이 섞인 금발 때문에 본인도 숲에서 막 기어 나온 것처럼 보였다. "착하게 지내면 저 녀석들이 널 지켜주면서 달콤하고 반짝이는 가루를 뿌려줄 거다. 하지만 나쁜 짓을 저지르면—그러니까 엄마 말을 듣지 않거나, 지나치게 소리를 지르거나, 자기 설거짓거리를 제대로 처리하지 않으면 꼬마 요정들과 함께 숲으로 돌아가서 두 번 다시 모습을 드러내지 않을 거란다." 저스틴은 1년 후 학위를 받아서 워싱턴주 야키마로 이주했다. 그 자리에 이베트가 들어오자 딜런이 집의 유일한 남자가 되었다.

이제 거의 열 살이 된 그녀의 아들은 우유 상자 위로 올라가 가스레인지에서 끓고 있는 오트밀 냄비를 지켜보고 있었다. 간신히 스테인리스 스틸 그릇의 가장자리를 넘겨다볼 수 있을 정도의 키였다. 아이는 귀리 조각이 냄비 바닥에 눌어붙지 않도록 숟가락을 놀려 앞뒤로 저었다. 터틀이라는 이름의 블랙 래브라도 잡종견은 아들의 발치에서 잠들어 있었다.

동거인 중 한 명인, 판화를 주로 하는 예술건축과 대학원생 신디 샤프가 부엌 탁자에 앉아 있었다. 커피가 절실히 필요해 보이는 얼굴로 커피가 든 커다란 머그잔을 양손으로 붙든 채였다. 올해로 스물세 살인 신디는 아직도 갓 성인이 된 사람의 특권인 향락주의 사조에 깊이 빠져 있었다. 곱슬머리에 살짝 튀어나온 앞턱을 가진, 남성 관계에 있어 매기로서는 이해할 수 없는 다양한 절충주의를 표방하는 아가씨였다.

"늦게 들어왔나 봐?" 매기가 물었다.

"아픈 친구를 방문하고 왔어." 그녀는 나름의 암호로 이렇게 대답했다.

매기는 터져 나오는 웃음을 억눌렀다. "그 사람 기분이 좀 나아졌으면 좋겠네."

신디는 함박 미소를 지었다. "아, 당연하지. 아주 많이 나아졌을 거야."

딜런이 냄비를 젓는 속도가 급격히 상승했다. 그들의 암호 체계를 해독한 것이 분명했다. 신디는 식탁을 밀면서 일어나서 걸음을 옮겼다. "아직 다 안 됐니?" 그녀는 물었다. "배고파 죽을 지경인데."

"거의 다 됐어요." 딜런이 대답했다.

"이 아이 말이야." 신디는 딜런을 뒤에서 껴안으며 말했다. "정말 잘생긴 데다 요리까지 할 줄 알잖아." 그녀는 딜런의 머리 위에 턱을 올린 채 매기를 돌아보았다. "조금 더 크면 내가 가질래."

"그 손 당장 떼지 못할까. 세상엔 법이라는 게 있거든." 그녀는 아들을 끌어오며 머리를 헝클어트렸다. 아버지와는 전혀 다른 완벽한 붉은색이었다. 오히려 증조할아버지의 젊은 시절과 비슷했다. 가슴이 터질 때까지 꾹 끌어안아주고 싶었지만, 그녀는 충동을 억눌렀다. 딜런은 슬슬 어머니의 품을 외면하는 나이에 가까워지고 있었다. 건드릴 때마다 슬쩍 몸을 빼는 모습에서 이미 충분히 느낄 수 있었다.

그녀는 대신 아들의 갈빗대를 팔꿈치로 찔렀다. "우리 곁의?"

"버섯!" 아들은 마주 대답했다.

어젯밤 내린 눈이 1인치 두께의 하얀 양탄자가 되어 정원을 뒤덮고 있었다. 두 사람의 집은 1970년대 초반에, '대자연으로 돌아가자' 부류의 사람들이 한데 모여 헐값에 사들인 버려진 농장이었다. 그들은 집을 치우고, 침실을 추가하고, 이타카의 혹독한 겨울 동안 채소를 재배할 수 있도록 커다란 온실을 지었다. 전설에 따르면 덤불을 제거하던 도중에 삽이 하나 발견됐는데, 그 손잡이에 호빗 머리와 엘프들과 성난 오크 한 마리가 섬세한 솜씨로 조각되어 있었다고 한다. 이주해 온 사람들은 그 삽 손잡이를 부족의 토템으로 삼았고, 이후 이곳에는 리벤델이라는 이름이 붙었다.

매기와 딜런은 뒷문으로 나가기 전에 단단히 몸을 싸맸다. 공기는 끔찍하게 찼지만 하늘은 비교적 맑았는데, 이 계절의 이타카에서는 보기 드문 날씨였다. 터틀을 꽁무니에 달고 리벤델에서 걸어 나오며 찍힌 발자국 위로 환한 햇살이 내리쬐었다. 그들은 이내 침엽수 그늘로 들어섰다. 1920년대에 농장을 일구려고 벌채한 이후 심은 나무였다. 이후 숲은 더욱 다양하고 풍요로운 모습으로 변했다. 솔송나무 사이로 낙엽송이 섞였고, 한 그루 외로이 서 있는 떡갈나무 주변으로 작은 포플러 군락이 자라났다. 가을과 겨울이 한데 중첩된 듯한 눈부신 아침이었다. 나뭇잎은 아직 대부분이 나무에 매달려 있었으나, 바람이 불 때마다 숨을 거두고 한 움큼씩 떨어져 나와 눈부시게 쌓인 눈 위로 내려앉았다.

낙엽과 눈이 바람에 쓸려 모습을 드러낸 통나무 근처에서 터틀이 걸음을 멈추더니 쿵쿵거렸다. 드러난 흙을 뚫고 때늦은 버섯이 고개를 내밀고 있었다. 밝은 오렌지색 갓에는 갈색 줄무늬가 보였다. 이건 이상하네. 그녀는 이렇게 생각하며 무릎을 꿇고 앉아서 더 자세히 살펴보며, 손가락으로 갓 표면의 질감을 확인했다.

"그건 뭐예요?" 딜런이 물었다.

"나도 모르겠네. 아마니타 잭소니(Amanita jacksonii, 미국달걀버섯)처럼 생겼지만, 여기 보이지? 갓 색이 달라." 그녀는 주머니에서 비닐봉지와 주머니칼을 꺼내서는, 반쯤 얼어붙은 흙에서 버섯을 파내 봉지에 담았다.

딜런이 말했다. "최고의 버섯 채집가가 또 신종을 발견한 건가요?"

"아직 모르지…." 매기는 이렇게 대답하며 아들의 어깨에 팔을 둘렀다. "만약 그렇게 되면 발견자로 저 멍멍이를 등록해야겠구나."

"풍구스 투르툴루스(Fungus turtulus)네요." 딜런은 웃으며 말했다.

이어지는 숲길은 군데군데 낙엽과 눈에 덮여 있었지만, 매기와 딜런은 아무 문제 없이 목적지로 향했다. 거의 매일 아침, 딜런이 등교하기 전에, 그리고 매기가 코넬대학 식물병리학 표본실로 출근하기 전에, 함께 숲을 한 바퀴 돌면서 '우리 곁의 버섯' 계획을 정비해왔기 때문이다.

거의 1년 전, 딜런의 아홉 살 생일을 몇 주 남겨놓고 시작된 일이었다. 길을 벗어나 숲을 둘러보던 와중, 딜런은 흥분해서 나무에 돋아난 갈색 버섯 무리를 가리키며 그게 알베르트 아인슈타인하고 똑같이 생겼다고 소리쳤다. 매기는 아무리 봐도 어디가 닮았는지 알 수 없었지만, 덕분에 한 가지 생각이 떠올랐다. 딜런의 생일에 맞추어 균류를 생물 페인트로 사용하여 '딜런-아홉 살!'이라는 글자를 쓰기로 한 것이다.

일주일 후, 그녀는 다리에 여러 군데 골절을 당한 채로 병원에 누운 신세가 되었다. 픽업트럭과 충돌하는 끔찍한 교통사고 때문이었다. 쇼핑을 갔다가 딜런을 뒷좌석에 단단히 붙들어 맨 채로 돌아오는 길에, 제어를 잃은 픽업트럭이 그들의 폭스바겐 옆구리를 들이받은 것이다. 딜런은 충격을 받았을 뿐 다치지 않았으나, 픽업트럭을 운전하던 이타카대학 4학년생은 앞 유리를 뚫고 그대로 날아갔고, 병원에 도착하기 전에 목숨을 잃었다.

이후 두 사람은 생명의 연약함에 대해 여러 차례 대화를 나누었다. 딜런은 사고의 경험에서 쉽사리 헤어나지 못했다.

"엄마도 죽었을 수 있잖아요." 딜런은 이렇게 말했다.

그녀는 아들을 껴안으며 대답했다. "나도 알아, 우리 아들. 하지만 살았잖니."

'우리 곁의 버섯' 프로젝트는 아들의 관심을 돌리는 데 효과가 있었다. 방법을 구상하는 일만도 쉽지 않았다. 결국 그녀는 식물이 벌레나 균류를 퇴치하는 데 쓰는 매끈한 피막에서 영감을 받아, 파라핀지로 스텐실을 뜬 다음 통나무에 붙이기로 했다. 그리고 파라핀지의 가장자리를 세심하게 나무 표면과 밀착시키고 촛농으로 밀봉

했다. 그러고는 그 위에 곰팡이 포자를 흠뻑 뿌린 채로 2주 동안 가만히 놔두었다. 촛농은 떨어지지 않았고, 드러난 부분에는 곰팡이가 자라났다. 최종 결과물은 정말 놀라웠는데, 마치 숲이 아들의 생일을 축하해주는 느낌이었다. 기쁨에 겨운 딜런을 보는 것은 정말 오랜만이었다. 아들은 사고가 일어난 며칠 후부터 악몽에 시달리고 있었다. 요즘은 예전처럼 자주 찾아오지는 않았지만, 아직도 주기적으로 밤마다 비명을 지르며 깨어나곤 했다. 사랑하는 모든 사람이 목숨을 잃는 꿈을 꾸고 겁에 질린 것이었다.

매기와 딜런은 다른 방식을 시도해보기로 했다. 감자 국물과 설탕을 섞은 용액으로 통나무에 붓질을 하자 며칠 안에 아스페르길루스, 그러니까 누룩곰팡이가 부숭하게 자라났다. 설탕물을 쓰면 숯에 가까운 검은색 질감을 낼 수 있었다. 고를 수 있는 종이 100만 가지나 있으니 가능성은 무한했다. 그들은 그녀의 다리가 회복되는 동안 함께 작업에 몰두하며 행복한 시간을 보냈다. 딜런은 그때까지도 악몽에 몸부림치며 땀에 젖은 채로 잠에서 깨어나곤 했지만, 예전처럼 빈도가 높지는 않았다. 매기는 사고를 떠올리게 하는 다리 깁스를 풀기만 하면 모든 것이 정상으로 돌아가리라 희망하고 있었다.

그러나 그때, 딜런이 처음으로 공황 발작을 일으켰다.

짧은 샛길을 따라가자 오늘 아침의 작업 목표가 보였다. 가장 최근에 만든 '우리 곁의 버섯' 프로젝트에서 파라핀지를 떼는 일이었다. 코너 모자의 작업 덕분에, 이타카 곳곳에 있는 고목과 나무 그루

터기에는 균류 예술 작품이 하나씩 그려져 있었다. 아무것도 모르는 여행객이 그 모습을 발견하면 숲의 정령이 장난을 쳤다고 여기리란 생각에 두 사람은 즐거워했다. 오늘의 작품은 타원호 세 개와 원으로 만든 트리퀘트라 문양이었다.

썩어가는 가문비나무 둥치의 가슴께 높이에, 호박만큼 커다란 문양이 그려져 있었다. 파라핀지는 아직 제자리에 붙어 있었다. "이건 네가 하렴." 그녀는 아들에게 말했다.

"진짜요?"

"자, 얼른."

딜런은 얼굴을 번쩍 들고는 작업에 매진하여, 세심하게 가장자리를 당겨 한 조각씩 떼어냈다. 매기는 원호가 맞물린 형태의 이 도안이 항상 마음에 들었다. 트리퀘트라 문양의 기원은 켈트이며, 기독교도들이 삼위일체의 상징으로 받아들인 것은 한참 후의 일이었다. 켈트인들에게 이 문양은 여성의 생명주기의 세 단계를 상징했다. 처녀, 어머니, 노파.

파라핀지를 떼어내는 과정은 제법 까다로웠다. 때론 균류 조각이 함께 틀어져서 홈이 있는, 가장자리가 찢어진 느낌을 줄 때도 있었다. 그러나 이번에는 파라핀지가 깔끔하게 떨어져 나왔고, 결과는 놀랍도록 아름다웠다. 고대의 문양은 우아하게 주변 풍경과 어울렸다. 마치 죽은 나무에서 스스로 자라난 것만 같았다. 그녀는 아들의 팔을 살짝 눌렀다. "아름답네."

"글쎄요, 저 아래쪽에 점 하나가 남았는데…."

그녀는 아들의 머리를 헝클어주었다. "너처럼 완벽하단다. 자, 그럼 갈까." 그녀는 주변을 둘러보았다. "터틀?"

개는 작은 둔덕 위에 올라서 있었다. 가을 나뭇잎이 반쯤 떨어져서 멀리 리벤델의 모습이 보였다. 그들은 걸음을 옮기기 시작했으나, 몇 발짝 가지 않아서 터틀이 걸음을 멈추고 고개를 갸웃거렸다. 곧 매기의 귀에도 들렸다. 다급한 목소리가.

"매애애애기이이이이이이!!!!!"

"딜런!!!!!!!!"

리벤델에 도착했을 때는 두 사람 모두 숨이 턱에 닿아 있었다.

신디가 팔을 몸에 두른 채 뒷문 현관에 나와 있었다. 그 옆에는 가슴팍에 반짝이는 금속 별을 단 카운티 보안관이 서 있었다.

신디의 눈꼬리에는 눈물이 맺혀 있었다. "아, 세상에. 정말, 정말 유감이야."

4

물리학과 1205, '대통령을 위한 물리학' 수업의 9시 강의가 열리는 슈워츠 강당에는 200명의 학생이 가득 들어차 있었다. 제이크 스털링이 강의를 시작한 지도 20분이 흘렀다. 도입부는 다소 느릿했다. 어젯밤 늦은 시간까지 그리 즐겁지 않은 대화가 이어진 데다가, 결국 새벽 3시에 이르러 4개월 동안 지속된 관계가 파탄을 맞이했다는 사실도 나름 영향이 있었다. 그러나 이제 슬슬 페이스가 돌아오는 중이었다.

'대통령을 위한 물리학' 강좌는 단순한 전제에서 시작한다. 미래의 미국 대통령들이 청자로 앉아 있다고 간주하는 것이다. 한 학기 동안 이들을 맡게 된다면, 가장 효율적인 성과를 내려면 어떤 수업을 해야 할까? 제이크의 답변은 단순명쾌했다. 세상의 법칙을 가르치는 것이다. 어떤 일이 일어날 수 있으며, 어떤 일이 불가능한지를 가르치는 것이다. 핵잠수함은 건조할 수 있지만 핵비행기는 만들 수 없다. 태양에너지로 미국이 돌아가게 하는 것은 가능하지만, 그러려면 네바다주 대부분을 태양광 전지로 뒤덮어야 한다. 그의 강의는 군인의 접근 방식을 따라 대안을 제시하는 식으로 이루어졌다. 군복을 벗은 지도 10년이 지났지만, 제이크는 여전히 허튼짓 없이 간결함을 지향하는 군인의 방법론을 유지하고 있었다.

"아이작 뉴턴이 바로 그 마지막 한 방울이었습니다. 고대 세계와 현대 세계를 가르는 분기점에 서 있던 단 한 사람이었죠. 뉴턴 이전의 우리는 미신을 섬기는 장인 집단이었습니다. 쟁기와 석궁과 투석기는 만들 수 있어도, 세계를 이해하고 조작하는 능력은 결국 경험, 즉 시행착오에 기반을 두고 있었습니다. 아니면 조금 더 심원한 진실에 닿아 있는 '전문가'들의 인도를 받아들여야 했죠. 종교 지도자나 무당 따위, 신들이 우주를 움직이는 신비한 힘에 대한 계시를 내려줄 것을 기다리며 평생을 보낸 사람들 말입니다. 하지만 여기서 그 모든 것이 끝났습니다. 뉴턴 이후로는 그냥 연필과 종이만 있으면 자리에 앉은 채로 모두 파악할 수 있게 된 겁니다. 마법도, 복잡한 의식도 필요하지 않습니다. 수학을 충분히 이해하기만 하면 특수한 훈련도 필요치 않게 된 겁니다."

제이크는 연속으로 3학기 동안 이 강좌를 맡았는데, 코넬에서 보낸 8년 동안 처음 있는 일이었다. 그는 최대한 강의 계획을 바꾸어가며, 같은 구멍을 계속 파기보다는 전체 커리큘럼을 떠돌아다니는 편을 택했다. 그러나 이 강좌는 그의 마음에 들었다. 다른 학과의 동료들은 예술, 정치, 문필 따위가 세계를 조각해나가는 망치라고 역설하지만, 제이크는 기술이야말로 그중에서 가장 큰 망치라고 생각했다.

제이크는 말을 이었다. "사람들은 뉴턴의 법칙뿐 아니라 그 뒤를 이은 맥스웰, 아인슈타인, 슈뢰딩거의 법칙을 조금도 망설이지 않고 생산적인 방식으로 사용했습니다. 그리고 크든 작든 모든 존재에 대한 법칙이 존재하기 때문에, 우리는 일상적인 인간의 크기를 넘어선 영역을 개척해나갈 수 있었습니다. 우선, 보다 큰 쪽으로 선택압이 작용했습니다. 거대한 댐, 대양을 오가는 커다란 선박, 그리고 대형화의 종착점이라 할 수 있는 달 탐사에 이르기까지요. 이제 우리는 두 번째 혁명을 앞두고 있습니다. 어디 한번 물어보죠. 그게 뭐라고 생각하십니까?"

학생들은 지루한 표정이었다. 그 무심한 태도는 항상 그를 놀라게 했다. 제이크에게 있어 자연계를 수학적으로 설명 가능하다는 사실을 발견한 것이야말로 인류 사상 최고의 진보였다. 그 당연한 귀결로서 세계를 제어하는 일이 가능해진 것이다. 단파도, 사과도, 행성도, 세계를 구성하는 모든 요소가 미분방정식이 일러주는 그대로의 행동을 보인다. 종이 한쪽에 모두 담을 수 있는 규격 기호를 조작하는 법만 배우면, 그걸로 대양 건너편과 통신할 수 있는 단파 라디오를 만들거나 끔찍할 정도로 정확하게 적의 머리 위로 투사체를 떨어트릴 수 있게 되는 것이다. 그렇게 간단한 일이었다.

"뭐라고 생각하십니까? 추측이라도 해볼 사람 없나요?"

"나노요." 앞줄에서 대답이 흘러나왔다.

"그렇죠. 나노입니다. 미소 기술의 영역이죠. 기술 세계를 탐험하는 이들에게 이제 테라 인코그니타는 큰 것이 아니라 작은 것의 영역입니다. 미소 세계가 새로운 서부 개척지인 셈이죠."

제이크가 컴퓨터의 아이콘을 클릭하자 뒤편의 10피트 높이 스크린에 인텔 코어 2 쿼드 프로세서 칩의 사진이 떴다. "현대의 집적회로는 인간 기술이 만든 가장 복잡하고 섬세한 작품입니다." 제이크가 말했다. 화면을 다시 클릭하자 이번에는 회로 안의 트랜지스터하나로 화면이 확대되었다. "이 트랜지스터의 크기는 인간의 머리카락 굵기의 1,000분의 1밖에 되지 않습니다. 트랜지스터 하나와 여러분의 크기 차이는, 지구와 여러분의 크기 차이 정도라고 보면 됩니다. 이 세계의 길이는 나노미터 단위로 측정합니다. 나노는 그리스어로 '작은 노인'을 의미하는 나노스(nanos)에서 따온 단어입니다. 10억 분의 1을 뜻하죠. 상당히 작은 단위입니다. 지구 인구의 10억 분의 1이면 이 강의실의 앞줄도 전부 채우지 못할 테니까요."

"나노 기술의 힘을 이용하면 전 세계를 1미터 안에 재구축할 수 있습니다." 제이크가 말을 잇는 동안 화면에 뜬 영상이 축소되더니, 트랜지스터 하나는 순식간에 트랜지스터와 콘덴서와 구리 배선의 직사각형 미로 속으로 사라져버렸다. "이 컴퓨터 칩은 전자가 돌아다니기 위한 문과 통로로 구성된 하나의 세계입니다. 이 안에서 지시에 따라 춤추며 이동하는 전자들의 움직임은 대도시에서 매일 수백만 명의 사람들이 움직이는 것만큼이나 복잡하고 혼란스럽죠. 전자들의 도시를 세우는 데는 우표 하나보다 더 작은 공간이면 충분합니다." 영상이 사라지며 네모난 구획으로 분할된 맨해튼 중심가의 공중촬영 사진이 나타났다. "맨해튼만큼 복잡한 회로도 이 손가락 끝에 올릴 수 있을 겁니다. 그리고 진짜 도시와는 달리 교통체증도, 교차점 정체 현상도 없죠. 도시 전체가 아무 문제 없이 매끄럽게 돌아가는 겁니다. 전자 꾸러미 하나도 제자리를 벗어나지 않습니다."

"컴퓨터 칩 속에서는 시간마저도 축소됩니다. 여러분의 컴퓨터는 두 수를 곱하거나 이웃과 통신하는 등의 활동을 1나노초에 한 번씩 할 수 있습니다. 1기가헤르츠의 프로세서는 대충 1초에 10억 번의 연산을 할 수 있죠. 생각해보십시오. 1초에 10억 번입니다. 인간의 평생은 길어봤자 30억 초 정도입니다. 시계의 초침이 세 번 움직이는 동안, 컴퓨터 한 대는 당신이 평생 하는 것과 같은 양의 생각을 할 수 있는 겁니다." 제이크는 그 사실이 받아들여지기까지 잠시 기다렸다. "따라서 3초마다 당신의 컴퓨터는 맨해튼의 인구 전체가 평생 하는 것과 같은 양의 활동을 하는 셈입니다. 이렇게 말하면 사람들은 컴퓨터를 부팅하는 건 왜 그렇게 오래 걸리느냐고 투덜대죠."

학생들 사이 여기저기서 웃음소리가 피어올랐다.

"소형화는 20세기 후반의 가장 혁명적인 힘으로 작용했습니다. 수많은 사람이 평생에 걸쳐 하는 생각을 몇 초 만에 해내는 작은 전자

도시를 건설하고 다스리기 위해서, 빌 게이츠에서 고든 무어에 이르기까지 수많은 사람이 제국을 세웠습니다. 사실 컴퓨터는 우리 사고를 미소화한 것이나 다름없습니다. 하지만 인간은 단순히 사고만 하는 존재가 아니죠. 인간이 그 외에 또 무엇을 할 수 있을까요?"

"잘 수 있죠." 뒤쪽에서 누군가 외쳤다. 더 많은 학생이 웃음을 터트렸다.

"물론 그렇죠. 또 뭐가 있습니까?"

"움직이죠. 걸어 다닐 수 있어요."

"맞습니다. 우리는 걸어 다니죠. 하지만 보행이란 꽤 세련된 이동 형태입니다. 조금 단순한 것부터 시작하기로 하죠. 예를 들자면 기어 다니는 건 어떻습니까? 기어 다니는 기계를 만들 수 있을까요?"

"저희 연구실의 대학원생 몇 명을 소개해드리겠습니다." 제이크가 이렇게 말하며 손을 흔들자, 두 사람이 무대 위로 올라왔다. "조 쑤와 데이브 그루버입니다. 여러분께 보여드릴 것이 있다는군요."

제이크는 데이브와 조가 준비하는 동안 말을 이었다. "이 중에서 DARPA에 대해 들어본 사람 혹시 있습니까?"

몇 명이 손을 들었다.

"DARPA는 국방고등기획연구소(Defense Advanced Research Projects Agency)의 약어입니다. 일종의 군용 벤처캐피털 회사라고 할 수 있는데, 항상 다음으로 세상을 선도할 발견을 찾아내려고 촉각을 곤두세우고 있죠. 인터넷, GPS 시스템, 프레데터 무인정찰기까지 모든 것이 DARPA의 기획이었습니다. 대부분은 물에 던진 바위처럼 가라 앉아 사라지지만, 성공하는 것들은 인류 역사를 바꾸어버렸죠."

"2004년에 DARPA는 혁신을 추구하는 새로운 방법을 고안했습니다. DARPA 그랜드 챌린지라는 시합을 기획한 겁니다. DARPA 에서 지정한 목적을 향해 전국의 과학자와 공학자들이 팀을 짜서 자유롭게 경쟁을 펼칩니다. 첫 번째 목표는 운전자 없이 사막의 경주로를 주행할 수 있는 자동차를 만드는 것이었죠. 1등상은 200만 달러였습니다. 2004년에는 아무도 성공하지 못했습니다. 2005년에는 다섯 명이 결승선을 끊었죠. 2007년에는 사막에서 도시의 도로로 무대가 바뀌었고, 이제 사람들은 자율 주행 차량이 미국의 고속도로를 달리는 가능성을 진지하게 토론하고 있습니다. 여기서 배울 점은 명백합니다. 어떤 문제에 자본과 재능을 던져주고, 직접 경쟁이라는 양념을 약간 뿌리기만 하면, 혁신은 놀라운 속도로 일어날 수 있는 겁니다."

"다음 경쟁에서 DARPA는 작은 쪽으로 시선을 돌렸습니다." 제이크는 말을 이었다. "그랜드 마이크로챌린지는 10센트 동전보다 작은 로봇이 외부의 지휘나 동력 공급 없이 삼림 환경에서 한 달을 살아남을 수 있는지를 겨루도록 설계되었습니다. 여기서 '삼림'이란 DARPA에서 버지니아주 마운트 버넌 근처, 포트 벨브와의 격납고에 건설한 거대한 테라리움이었죠. 첫해에는 모두 실패했습니다. 우리를 포함한 모든 팀이 목표 근처에도 가지 못했죠. 모든 참가자가 한 달이 되기 훨씬 전에 연료가 떨어져버렸습니다. 그러나 다음 해에, 우리는 리암 코너 교수님의 도움으로 모두를 따돌리고 승리했습니다." 이 말은 학생들의 주의를 끌었다. 리암 코너는 전설이었다. 그 노인의 주름진 얼굴은 캠퍼스 안에서 다른 누구보다 유명했다.

조와 데이브의 준비가 거의 끝나 있었고, 제이크는 무대 한쪽으로 몸을 피했다. 조의 진짜 이름은 신지엔으로, 크고 마른 몸에 커다란 눈을 가진, 세부 사항에 집착하는 성격의 고전물리학과 대학원생이었다. 이제 5년 차에 접어들어 초소형 로봇의 운동 역학에 대한 논문을 끝내가는 중이었다. 이미 홍콩에서 정교수 제의가 들어와 있었지만, 캘테크의 밀리컨 펠로십을 기다리느라 미루는 중이었다. 그루버는 조금 더 별난 축으로, 대중 연설을 좋아하는 근육질의 건장한 3년 차였다. 예일대학에 다니던 학부생 시절에는 연극도 조금 했던 모양이었다. 연단 위에서 두 사람은 제각기 맡은 역할이 있었다. 데이브는 청중을 다루고, 조는 크롤러들을 다루었다.

조는 무대 구석에 설치해놓은 현미경 앞에 앉았다. 현미경의 비디오카메라는 머리 위쪽의 프로젝터에 연결되어 있었다. 조가 스위치를 올리자 강의실 여기저기서 숨을 삼키는 소리가 들렸다. 거대한 로봇 거미 괴물이 화면에 등장한 것이다. 놈은 왼쪽으로 움직이다가 멈추고는 여섯 개의 다리로 몸을 180도 돌려 반대편으로 기어가기 시작했다.

"마이크로 크롤러를 소개하겠습니다." 데이브가 말했다. "세상에서 가장 진보한 초소형 로봇입니다. 그리고 걱정하지 마십시오, 해치지 않으니까요. 이건 1,000배 확대한 영상입니다. 규소질 마디 다리를 이용해 전진하고, 동체에 달린 초소형 연산 처리 장치로 운동을 제어하죠. 지금 보시는 건 가장 작은 기종인데, 겨자씨 정도 크기입니다. 25센트 동전만 한 제일 큰 기종에 이르기까지 다양한 크기가 있죠. 우리는 여기 코넬대학교의 나노 제조 설비로 일반적인 컴퓨터 칩을 만들 때 사용하는 패턴, 침전, 성형 기술로 이걸 제작합니다."

제이크는 홀린 듯이 크롤러를 바라보는 학생들을 지켜보았다. 그는 데이브와 조를 향해 웃음을 지어 보였다. 이들 세 사람은 이런 설명을 열 번도 넘게 반복해왔지만, 그들 사이의 열기는 조금도 가라앉지 않았다. 제이크는 두 사람이 자랑스러웠다. 크롤러를 설계하고 프로젝트 전체를 감독한 것은 제이크였지만, 그 설계를 현실로 옮기는 세세하고 고달픈 작업은 대부분 데이브와 조의 손에서 이루어졌다. 수천 시간의 시도, 실패, 새로운 시도가 이어졌다. 세 사람은 수년 동안 제조, 설계, 수정, 재설계의 과정을 반복하며 이 작은 짐승들을 만들어냈다. 예전에 시도된 적이 없는 존재를 만드는 일은 마치 어둠 속에서 모형 배를 만드는 것처럼 지독하게 어려웠다. 게다가 그 배를 어둠 속에서, 매우 작은 병 안에다 만들어야 하는 것이다. 하지만 그들은 성공해냈다. 그리고 기술이 가지는 장점에 의해, 한 번해낸 일은 누구나 어디서든 반복할 수 있다. 제작 설명서와 적절한 도구만 있으면 된다.

조는 현미경의 배율을 줄여서 작은 로봇들을 가두어놓은 페트리 접시를 학생들에게 보여주었다. 크롤러 열 마리는 바쁘게 돌아다니고, 열두 마리 정도는 작은 풍경을 구성하는 것처럼 꼼짝 않고 앉아 있었다. 한 마리는 날개를 다친 파리처럼 작은 원을 그리며 폴짝거리고 뛰어다녔다.

"쟤는 뭐가 문제인가요?" 앞줄의 한 학생이 물었다.

조가 대답했다. "이번 출하품에서는 스무 번째 공정에서 접촉 불량이 발생했습니다. 피에조 액추에이터를 놓는 과정에서요."

"공정이 스무 개나 되나요?"

"크롤러 한 대를 만들 때는 마흔일곱 개의 독립된 공정이 필요하거든요." 데이브가 말했다. "쌍방 통신 시스템을 갖추려면 마흔아홉 개로 늘어나죠. 인텔의 가장 복잡한 컴퓨터 칩과 견줄 수 있을 정도입니다. 전부 수행하려면 하루 스무 시간씩 5주를 꼬박 작업해야 하죠. 물론 아무것도 잘못되지 않는다는 전제하에서요."

"그리고 항상 뭔가 잘못되기 마련입니다." 조는 고통 섞인 웃음을 지으며 덧붙였다. "외줄타기를 하는 느낌이에요. 매번 정확하게 발을 옮겨야 하는 겁니다. 작은 실수 하나로도 전부 끝장나는 거죠." 그는 핀셋을 들어 작은 로봇들 쪽으로 움직였다. 거대한 핀셋 끄트머리가 현미경 화면 속에 등장했다. 그는 죽은 크롤러들을 조심스레 털어내서 바쁘게 돌아다니는 놈들과 원을 그리며 도는 놈만 남겼다.

"그럼 이 녀석의 고통을 끝내주기로 할까요." 조는 이렇게 말하며, 빙빙 도는 크롤러를 핀셋 끝으로 집었다. 그리고 압력을 가하자 크롤러의 동체는 수백 조각으로 부서져버렸다. 학생들은 얼굴을 찌푸렸다.

둘째 줄에 앉아 있던 학생이 손을 들었다. 데이브는 그를 가리켰다.

"뭔가를 찾고 있는 것처럼 보이는데요."

"사실입니다."

"뭘 찾는 건데요?"

"점심 식사죠."

조는 '크롤러 사료'라고 적혀 있는 작은 상자를 열어서 옥수수 알갱이를 한 줌 꺼내 유리 슬라이드 위에 올렸다. 이내 크롤러가 한 마리씩 옥수수 알로 내려와서 메스처럼 날카로운 다리를 놀려 섬유질 표피를 찢고 내부의 부드러운 조직을 드러냈다. 조는 잘게 자른 옥수수를 전면부의 작은 섭취구로 욱여넣는 크롤러 한 마리를 확대해서 보여주었다. "원하는 거의 모든 것을 먹이로 삼을 수 있도록 만들었죠." 데이브가 말했다. "옥수수 알갱이도, 포도 주스도 됩니다. 설탕 한 봉지면 며칠은 활동할 수 있습니다. 모든 개체가 유전자 변형을 거친 균류를 배 속에 품고 있어서, 당을 에탄올 연료로 전환하는 겁니다. 리암 코너 교수님 덕분이죠."

"초소형 로봇의 문제는 항상 동력이었습니다." 제이크가 다시 무대 가운데로 걸어 나오며 말했다. "첫 번째 그랜드 마이크로챌린지에서 이런 소형 로봇을 만든 팀은 몇 있었지만, 모두 같은 약점을 품고 있었죠. 내장 전지로 움직이기 때문에, 몇 분이 지나면 전지 내부의 전해질이 고갈되어버리는 겁니다. 게다가 전지를 그 이상 넣을 수는 없죠. 무거워서 움직일 수 없게 될 테니까요. 모두 여기서 막혀버렸습니다."

"그때 리암 코너 교수님이 등장하셨죠. 저한테 '걱정 말게, 젊은이. 이 꼬마 친구들에게 먹는 법을 가르치기만 하면 되는 거야'라고 말씀하신 겁니다."

제이크는 학생들이 자기 말을 이해할 때까지 기다린 다음, 말을 이었다.

"그분은 소화기 역할을 하는, 즉 섭취한 음식을 에너지로 바꾸는 균류를 만들어내자는 착상을 떠올리신 겁니다. 옥수수에 사는 우스틸라고 마이디스(*Ustilago maydis*, 옥수수깜부기균)라는 균류를 가지고 시작해서, 맥주 효모의 유전자를 추가하셨죠. 맥주나 포도주를 만들 때 당을 에탄올로 바꾸는 균류 말입니다. 크롤러는 음식을 다리로 잘게 쪼개서 섭취구에 집어넣는 식으로 식사를 합니다. 그 섭취구, 그러니까 입은 위장으로 이어지는데, 그 작은 공간에 이런 균류가 가득 차 있는 거죠. 균류는 거기서 음식을 분해해서 짠! 하고 연료를 만들어내는 겁니다. 연료는 크롤러를 움직이고, 크롤러는 다시 식사를 하죠. 식량이 버티는 한 계속 이렇게 살아갈 수 있습니다. 우리는 이 녀석들을 헝그리 크롤러라고 부르죠. 식성이 정말 대단합니다."

"그래서 DARPA 상금으로 뭘 하셨어요?" 한 학생이 물었다.

제이크는 웃음을 터트렸다. "내 몫은 아직 은행에 얌전히 잠들어 있습니다. 조, 자네는?"

"중국에 계신 부모님께 집을 한 채 사드렸죠."

"데이브?"

"주식을 샀습니다. 대부분 구글하고 인텔로요. 그리고 세그웨이도 한 대 샀고."

"지독하게 위험하더군요. 복도에서 맨날 그걸 타고 다니거든요." 제이크가 말했다.

앞줄에 앉은 학생이 손을 들었다. 붉은 윈드브레이커에 같은 색 하이탑을 신은, 잘 쳐줘도 열여덟 살로밖에 보이지 않는 학생이었다. "지적재산권은 어떻게 되나요?"

"특허를 일곱 건 신청해놨습니다. 세 건은 이미 획득했죠." 제이크는 요즘 학생들의 생각이 얼마나 빨리 사업 쪽으로 전환되는지를 볼 때마다 항상 놀라곤 했다. 15년 전 그가 학부생이었을 당시에는 특허나 지적재산권을 떠올리는 학생은 아무도 없었다. 이젠 상황이 달라졌다. 요즘 애송이들은 사방에서 달러 기호를 찾아내는 능력을 가지고 있었다.

"아직 라이선스 등록을 한 곳은 없나요?"

"몇 군데 있습니다. 보스턴의 스타트업 한 군데는 미국의 모든 가정에 마이크로 크롤러 초소형 자동 청소기를 보급하고 싶어 하더군요. 부엌 작업대에도, 벽에도, 천장에도, 사방에 붙어서 빵조각에서 거미줄까지 모든 걸 제거하는 겁니다. 노스캐롤라이나의 의료기 회사는 환자의 신체 내부에 크롤러를 넣어서, 외과 의사의 원격 조종을 통해 절개하거나 감염 위험을 무릅쓰지 않고 종양을 절제하거나 막힌 혈관을 뚫어내는 용도로 사용하려 하고 있습니다. 하지만 가장 강하게 구애해 오는 쪽은 군수 사업체입니다. 초소형 로봇은 전쟁에서 다음 세대의 최첨단 무기가 될 테니까요. DARPA가 그랜드 마이크로챌린지를 개최한 이유도 그거죠. 작은 스파이, 초소형 암살자, 이를테면….”

휴대폰이 울렸다. 제이크는 짜증이 나기는 해도 놀라지는 않았다. 수업 시간마다 한 번씩은 일어나는 일이었다. 제이크는 용의자가 주머니에서 전화를 꺼내는 장면을 목격했다. 그는 시선으로 그에게 부끄러움을 주입하려 최선을 다했다.

그러나 학생은 제이크의 시선 따위는 개의치 않고, 충격을 받은 얼굴로 전화 화면만 주시했다. 그가 다음으로 취한 행동은 제이크를 놀라게 했다. 옆자리 사람에게 뭔가 속삭인 다음, 자리에서 일어나 문 쪽으로 걸어간 것이다.

그 학생이 좌석 사이로 걸어 내려오는 동안, 다른 학생이 휴대폰을 꺼내 들고는 엄지로 조작했다. 그는 주변을 둘러보고 친구에게 속삭인 다음 문 쪽을 가리켰다.

그게 신호라도 되는 듯 순식간에 아수라장이 벌어졌다. 두 대의 휴대폰이 추가로 울렸다. 그 다섯 배는 되는 학생이 책가방, 포켓북, 배낭에서 조용히 휴대폰을 꺼냈다. 더 많은 학생이 떠나기 시작했다. 제이크도 지금까지 이런 광경은 본 적이 없었다.

그는 데이브와 조를 슬쩍 돌아보았다. 두 사람 다 무슨 일인지 모르겠다고 고개를 저었다. 데이브는 휴대폰을 열었다.

뒷줄 근처에 앉아 있던 학생 두어 명이, 이번에는 조금 더 큰 소리로 말하며 일어났다. "리암 코너래." 한 명이 모두가 들을 수 있을 정도로 크게 말했다.

"뭐지? 리암 코너 교수님이 뭐가 어떻다는 건가?" 제이크가 물었다.

"폴 크릭 계곡에서 시체를 하나 발견했답니다." 학생이 말했다.

"그래서?"

데이브가 휴대폰을 닫으며 창백한 얼굴로 말했다. "제이크, 이건 말도 안 돼요. 그 시체가 리암 코너 교수님이랍니다."

5

코넬대학이 서 있는 언덕은 지난 빙하기에 떨어져 나온 빙하 퇴적물의 일부다. 오랜 세월에 걸쳐 시냇물이 성기게 뭉친 흙과 이판암을 파고들어 보다 오래된 단단한 암반층에 도달하여, 캠퍼스의 명물인 인상적인 계곡과 폭포를 형성했다. 그중 가장 깊은 곳이 폴 크릭 계곡으로, 대지를 반으로 가르며 캠퍼스의 북쪽 경계를 담당한다. 좁은 현수교가 캠퍼스 중심부와 북쪽의 주택과 기숙사를 연결해준다. 계곡 아래 폴 크릭을 흐르는 시냇물에서 현수교 한복판까지 높이는 200피트 정도다.

제이크는 '대통령을 위한 물리학' 강의 후반부에 항상 학생들을 이리 데려오곤 했다. 학생들이 다리 한가운데 서서 아래 시냇물을 내려다보는 동안, 제이크는 빙하의 진출과 후퇴가 어떻게 이 계곡을 형성했는지를 설명하며 가벼운 지리학 수업을 하곤 했다. 그런 다음에는 항상 작은 시범 실험을 하나 수행한다. 가져간 수박 하나를 다리에서 떨어트리는 것이다. 그리고 학생들은 다 함께 손목시계로 시간을 잰다. 아래쪽 바위에 충돌해 박살 날 때까지의 시간을 재는 것이다. 평균 측정값은 3.2초였다. 그들은 이 결과를 뉴턴이 예측한 수치와 비교하곤 했다.

그러나 수업의 진짜 목적은 뉴턴의 중력 가속도 법칙인 $v^2=2gh$를 확인하는 것이 아니었다. 그건 연막일 뿐이었다. 제이크는 학생 한 명이 자살한 이후 이 야외 수업을 계획했다. 통계치는 이미 알고 있었다. 지난 28년 동안 열여섯 명의 학생이 이 다리에서 뛰어내렸다. 코넬이 압력솥 같은 학교인 만큼 어쩔 도리가 없는 고통스러운 현실이었지만, 제이크는 그 일에 큰 충격을 받았다. 그는 아직도 장례식장에 찾아온 학부모의 모습을 떨쳐낼 수가 없었다. 어떤 부모도 그런 일을 겪어서는 안 된다. 어떤 아이도 부모에게 그런 일을 겪게 해서는 안 된다.

수박 실험을 하는 진짜 이유는 투신자살이 얼마나 참혹한 결과를 불러오는가를 보여주기 위해서였다. 수박은 바위에 부딪치는 순간 산산조각이 나고, 햇볕 속에서 벌건 속살을 사방으로 퍼트리며 터진다. 낙하하는 매 순간 위치에너지가 운동에너지로 바뀌며 속도가 증가한다. 그가 매 학기 학생들을 이리 데려오는 것은 난간 너머로 몸을 날리면 무슨 일이 벌어지는지를 보여주기 위해서였다. 낭만의 장막을 찢고 현실을 드러내기 위해서였다. 뛰어내리면 낙하를 거쳐 충돌하게 된다고.

3.2초 만에. 콰직 하는 파열음을 내며.

❖

시간이 흐를수록 사람이 불어났다. 더 많은 학생이, 교직원이, 경찰이. 캠퍼스 전체에서 몰려들었다. 제이크는 인파에 합류해서 슈워츠 강당의 강의실부터 그대로 달려왔다. 제이크는 정말로 리암 코너가 사망한 거라면 캠퍼스 전체가 양쪽 절벽을 가득 메울 때까지 사람의 물결이 멈추지 않을 것이라고 생각했다.

리암 코너는 상징이었다. 모든 학생과 교직원과 졸업생이 코넬에 60년 동안 재직한 그의 얼굴을 알았다. 그는 여러 면에서 코넬의 얼굴이자, 세계를 뒤흔든 과학자 집단의 마지막 사람이었다. 한스 베테, 리처드 파인먼, 칼 세이건, 바버라 매클린톡과 같은, 뉴욕주 중부의 나른한 전원도시를 세계 과학의 심장부로 만들어낸 이들의 일원이었다.

제이크는 리암을 마지막으로 만났을 때의 광경을 머릿속에서 계속 되새기고 있었다. 이탈리아 음식점인 '반피'에서 점심을 함께 먹었을 때였다. 양쪽 모두 서두르는 중이었다. 두 사람은 최근 성공한 실험에 대해 이야기를 나누었다. 캘테크에 있는 친구 하나가 DNA 한 조각이 스스로 조합되어 50나노미터 지름의 스마일리 얼굴을 만드는 방법을 발견했다는 소식이었다. 하나가 아니라 시험관 하나를 가득 채우는, 수십억 개의 둥실둥실 떠다니는 얼굴을 만든 셈이었다. "인간이 만든 최고의 행복 농축액 아니겠나." 리암은 이렇게 농담을 했다. 그는 환히 웃고 있었다. 리암은 자신의 발견과 남의 발견의 차이를 거의 인지하지 못하는 것처럼 보였다. 그는 인류의 모든 새로운 발견을, 사다리 단을 올라가는 모든 걸음을 깊이 사랑했다.

리암 코너가 스스로 저 다리에서 뛰어내렸을 가능성은 전혀 없었다.

주변을 가득 메운 수십 명의 사람이 그를 밀쳐댔다. 제이크는 속이 울렁거렸다. 그는 죽음을 혐오했다. 아니, 증오했다. 죽음에 대한 공포가 혐오로 이어지는 대부분의 사람들과는 달랐다. 제이크는 죽음을 적으로서 증오했다. 죽음이 앗아가는 것, 그리고 뒤에 남기고 가는 모든 것을 싫어했다. 제이크는 4년 동안 군대에 있었고, 그 기간에는 1차 걸프전도 포함되었다. 전쟁 지역을 경험한 병사는 누구나 죽음이 어떤 모습인지, 어떤 냄새가 나는지를 알게 된다. 하지만 익숙해지면 경멸하게 되기 마련이다. 제이크는 죽음이 엄청난 낭비라는 사실을 깨달았다. 살아 있던 사람이 다음 순간에는 시체가 되는 것이다. 순식간에. 냉혹하게. 돌이킬 수 없게.

표식 없는 헬리콥터 한 대가 서쪽에서 날아오더니, 서쪽 캠퍼스의 기숙사를 넘어온 시점부터 하강을 해 계곡 바로 위에서 꼼짝 하지 않고 제자리 비행을 했다. 제이크는 열린 문의 활주부에 매달린 카메라맨이 렌즈를 바로 아래로 향하고 있는 모습을 목격했다. 지역 방송국에서 조종사를 수배해 보도진을 파견한 모양이었다.

"이것 좀 봐." 오른쪽에 있는 학생이 말했다. 휴대폰을 꺼내 친구에게 보여주고 있었다. "CNN에 떴어."

제이크는 아이폰을 꺼낸 다음 주차된 차량 옆으로 뚫고 들어가 공간을 마련했다. 그는 CNN 웹사이트를 열어 방송 내용을 확인했다. 머리 바로 위에서 100야드 정도 아래의 현수교를 찍고 있었다. 얇고 푸른 금속 띠가 허공에 매달린 것처럼 보였다. 다리에는 지역 경관밖에 보이지 않았다. 노란색 경찰 테이프와 늘어선 경찰들이 양쪽 절벽에 모여든 군중을 막아내고 있었다.

카메라가 계곡 아래의 모습을 확대해서 비췄다. 제이크는 일곱 명의 사람을 알아볼 수 있었다. 사진 촬영 중인 경관 하나, 지켜보는 경관 둘, 응급구조사 둘, 그리고 사복 경관으로 보이는 일반인 둘. 연출된 안무처럼, 프로답게 움직이며 제각기 임무를 수행하고 있었다.

카메라가 다시 원경을 잡더니, 이번에는 구조반을 떠나 폭포를 거슬러 올라서는 절벽에 붙어 있는 낡은 수력발전 시설의 폐허를 비췄다. 격렬하게 폭포로 흘러넘친 물이 아래로 쏟아져 내리고 있었다.

방송 소리는 주변의 온갖 소음 때문에 제대로 들을 수 없었다. 볼

륨 버튼은 어디 붙은 거야? 산 지 2주도 되지 않은 새 휴대폰이라 익숙지 않았다. 그는 볼륨 버튼을 발견하고 음량을 올렸다. 그래도 아무 소리도 들리지 않았다. 음소거 상태인가? 음소거 버튼은 또 어디 있어? 공포가 배 속에서 근질거리며 천천히 똬리를 틀었다. 처음 쌓아놓은 불신의 장벽이 쏟아져 들어오는 정보의 산성 용액에 삭아 들어가는 중이었다. CNN에 떴다면 이건 분명….

카메라가 다시 휙 움직이더니 사고 현장을 확대했다. 피해자의 모습을.

이제 보였다.

거친 영상이었지만 의심의 여지가 없었다. 낡은 갈색 코트. 흐트러진 백발.

명치를 한 방 얻어맞은 느낌이었다. 도저히 믿을 수 없다는 얼굴로, 제이크는 천천히 휴대폰을 내렸다. 그리고 허공에 꼼짝도 하지 않고 떠 있는 헬리콥터를 올려다보았다.

헬리콥터의 소음을 뚫고 대화를 하려는 사람들이 사방에서 소리를 질러대고 있었다. 빽빽하게 뭉쳐서는 그를 밀치고 그의 옆구리를 팔꿈치로 찔러댔다. 갑자기 군중이 거칠게 움직이며 제이크를 빈 순찰차 쪽으로 밀쳤다. 그러나 주변의 소란은 거의 인지하기도 힘들었다. 제이크의 눈에 비치는 것은 일주일 전에 본 리암과 딜런의 모습뿐이었다. 배꼽이 빠져라 웃으면서, 부패의 정원에서 크롤러 경주를 하는 두 사람의 모습이 눈앞에서 떠나지 않았다.

<u>6</u>

경찰서에서 매기는 격노해 있었다. 경찰들은 할아버지가 자살을 했다고 되풀이해 말했지만, 매기는 그들이 틀렸다는 사실을 명확하게 알고 있었다. "불가능한 일이에요." 그녀는 방 안을 이리저리 걸어 다니며 말했다. 벌써 열 번째였다.

"아주 끔찍한 충격이었다는 건 압니다. 정말 유감입니다. 하지만 부디 진정해주십시오, 코너 씨." 경찰서장이 말했다. 래리 스태커라는 이름이었다. 깔끔하게 차려입고 짧은 갈색 머리에 흰 셔츠 위에 푸른 넥타이를 받쳐 입은 남자였다. 매기는 은행가 같은 몰골이라고 생각했다.

"말도 안 된다고요." 그녀는 고개를 저으며 말했다. "그럴 이유가 없었어요. 건강하신 분이었다고요. 게다가…" 그녀는 감정을 다스리려 노력하며 시선을 돌렸다. 검소한 분위기의 사무실이었다. 페인트를 칠한 벽에는 졸업장 두어 장과 코넬 캠퍼스를 상공에서 찍은 사진만 걸려 있었다. 매기는 코넬 경찰서 서장의 방이 좀 더 화려하기를 원했다. 세상에 존재하는 모든 자원을 마음 내키는 대로 부릴 수 있는 사람이기를 바랐다.

"마지막으로 조부님을 만나신 게 언제였습니까?" 스태커가 물었다.

"어젯밤이었어요. 오후 9시 정도요. 자연과학부 건물 밖이었어요. 아무 문제도 없어 보이셨어요. 농담도 하시고. 오늘 오후에는 딜런하고 같이 레터박스를 하러 가기로 했었어요."

"딜런? 딜런은 누굽니까?"

"제 아들이에요. 그분의 증손자죠. 제발 제 말 좀 들어주세요. 리암 할아버지한테는 아무 문제도 없었어요. 딜런을 사랑하셨고, 저를 사랑하셨고, 그분의 일과 친구들과… 모든 것을 사랑하셨다고요. 제가 아는 모든 사람 중에서 가장 충만한 삶을 일구신 분이에요. 다음 달에 미국과학진흥회에서 엄청난 연설을 할 거라고 하셨다고요. 그 준비를 하고 계셨어요. 자살할 생각이셨다면 대체 왜 그런 온갖 일을 하시겠어요?"

스태커는 입을 열지 않았다. 감정의 폭풍이 지나가길 기다리고 있는 거네, 하고 매기는 생각했다. 유족들을 상대할 때 사용하는 표정을, 인내심과 동정이 절반씩 섞인 가면을 꺼내 쓰고 있는 거야.

"유서도 없었죠?"

"그렇습니다. 하지만 자살하는 사람은 대부분 유서를 남기지 않습니다."

그녀는 고개를 저었다. "그건 상관없어요. 똑똑히 들어요. 할아버지는 자발적으로 다리에서 뛰어내린 게 아니에요."

"코너 씨. 인정하기 매우 힘든 일이라는 건 압니다. 하지만 의심의 여지가 없습니다. 조부님은 스스로 뛰어내리신 겁니다."

"어떻게 그런 말을 할 수 있어요? 어떻게 알아요? 당신이 거기 있었어요? 직접 봤어요?"

"어떻게 보면 그렇다고 할 수 있습니다. 다리 위에 방범 카메라가 설치되어 있으니까요."

매기는 얼어붙었다. "아, 세상에. 농담이겠죠."

"참으로 유감입니다, 코너 씨. 거기다 목격자도 있었습니다. 여성 한 명이 조부님과 함께 다리 위에 있었습니다. 지금 그 여성을 찾고 있습니다." 그는 서류 봉투를 열더니 출력 용지를 한 장 꺼내 매기에게 건넸다. "누군지 알아보시겠습니까?"

매기는 출력된 영상을 자세히 살폈다. 픽셀이 드러나 보이는, 흐릿한 여성의 상반신이 찍혀 있었다. 원거리에서 찍은 모습을 확대한 것이 분명했다. 옆얼굴과 뒤로 묶은 검은 머리, 널찍한 이마, 움푹 팬 볼을 알아볼 수 있었다. 아시아계였다. 20대 중반 정도로 보였다. 검은 코트를 입고 장갑을 끼고 있었다.

매기는 고개를 저었다. 눈물을 억누르려 애쓰고 있었다. "본 적 없는 사람이에요. 그쪽에서는 누군지 모르나요?"

"아직 모릅니다. 하지만 조부님께서는 인상착의가 일치하는 여성이 자신을 미행하고 있다고 말씀하셨습니다. 일주일 전쯤 신고하셨죠."

"미행이요? 대체 왜요?"

"저희도 모릅니다."

"혹시 이 여자가…."

"사건이 벌어졌을 때, 이 여자는 가까이 있지 않았습니다. 코너 교수님은 앞질러 달려가신 것 같더군요."

"이 여자가 할아버지를 막으려 했나요?"

"단정하기는 어렵습니다."

"영상 좀 보여주세요."

"그게 무슨 도움이 될지 모르겠습니다만, 코너 씨."

"상관없어요. 보여달라고요."

5분 동안 실랑이를 벌인 끝에, 스태커는 머뭇거리며 노트북을 열었다.

매기는 쿵쿵 뛰는 심장 박동을 느끼며 영상을 지켜봤다. 화면은 거칠었다. 아무도 없는 다리가 바람에 조금씩 흔들리는 모습이 보였다. 화면 아래로 9-30-2 a.m. 이라고 적힌 타임스탬프가 보였다.

"아, 세상에, 저기 계시잖아." 그녀의 볼을 타고 눈물이 흘러내렸다. 그녀는 엉엉 소리쳐 울고 싶은 욕구를 억눌렀다.

리암이 비척거리며 천천히 걸어오고 있었다. 신원을 알 수 없는 여성이 그 옆에 있었다. 리암은 눈에 익은 낡은 갈색 외투를 걸치고 있었다. 커다란 나무 단추가 달린 외투였다. 얼굴은 간신히 알아볼 수 있을 정도였다. "아, 할아버지." 그녀는 입가로 손을 가져갔다.

리암은 옆의 여성과 함께 다리를 건넜다. 대화를 나누는지는 확신하기 힘들었다.

두 사람은 다리의 가운데 지점에 이르렀다.

그리고 순식간에 일이 벌어졌다. 다리 위를 비척거리며 걷고 있다가, 리암이 갑자기 달리기 시작했다. 빠른 속도로. 다리 난간을 넘어갔다.

그리고 그대로 모습을 감추었다.

7

이어진 네 시간은 제이크에게 있어 심해 바닥을 천천히 헤매는 것만 같았다. 첫 정거장은 코넬 경찰서가 있는 바튼 홀이었다. 에드 비크래프트라는 이름의 경위가 플라스틱 의자와 흰색 탁자가 있는 우중충한 작은 방으로 제이크를 데려갔다. 40대 후반으로 보이는 외모에, 구겨진 갈색 양복을 입고 푸른 눈에는 지친 기색이 감도는 남자였다. 부드럽고 높은 목소리가 덩치와 직업에 영 어울리지 않는다는 생각이 들었다. 제이크는 다리에 설치된 감시 카메라에 리암이 뛰어내리는 모습이 잡혔다는 이야기에 충격을 받아 그대로 굳어버렸다.

비크래프트는 제이크에게 리암과 함께 다리 위에 있던 여성의 사진을 보여주었다. "누군지 아시겠습니까?"

제이크는 고개를 저었다.

비크래프트는 고개를 끄덕이고 자리에서 일어섰다. "잠시 실례하겠습니다." 그는 이렇게 말하고, 제이크에게 자발적 진술서 양식을 한 장 주면서 작성을 부탁한 다음 자리를 떴다.

제이크는 눈앞의 양식에 집중하려 애썼지만, 이 모든 사건이 도저히 현실로 느껴지지 않았다. 일련의 단어를 계속 반복해 말해서, 마침내 그 뜻을 잃고 음절의 연속체가 되어버린 느낌이었다. 그리고 그 음절들은 모두 같은 말을 하고 있었다. 리암 코너가 죽었다.

복도의 대화 소리가 그의 귀로 흘러들어 왔다. 뜬소문이 퍼지고 있었다. 저마다 대체 무엇이 리암을 자살로 몰아넣었는지 추측하고 있었다. 유력한 가설은 불치병이었다. 암이나 알츠하이머의 초기 증상이 건강 상태나 판단력에 영향을 끼쳤으리라는 것이었다. 제이크는 그 모든 소리가 잡음일 뿐이라는 사실을, 사람들의 뇌가 갑자기 변화한 현실에 적응하려고 필사적으로 노력한 결과물일 뿐이라는 점을 알고 있었다. 뭔가 큰 사건이 발생하면 항상 질풍노도의 시기가 따르기 마련이다. 제이크는 그 너머를 보려고 애쓰는 중이었다. 잡음 속에 섞인 신호를 골라내야 한다. 20세기의 가장 위대한 생물학자 중 한 명이, 가족과 친구들에 둘러싸인 삶을 살던 사람이, 그 모든 사람들의 존경과 사랑을 받던 사람이, 왜 자살을 선택한 것인지를 알아내고 싶었다. 그리고 자살을 택했다 해도, 아무 설명도 없이 갑작스럽고 극적이고 자기 성격에 맞지 않는 방식으로 수행한 이유가 무엇일까?

제이크는 양식을 전부 채운 다음 복도로 고개를 슬쩍 내밀었다. 그를 본 비크래프트는 머그잔을 손에 든 채로 돌아왔다. "괜찮으십니까? 커피 드릴까요?"

"아뇨, 고맙습니다. 괜찮아요."

"그럼 차로?"

"괜찮습니다." 제이크가 말했다.

"다시 한 번 말씀드리지만, 고인에 대해서는 정말로 애석하게 생각합니다."

비크래프트는 자리에 앉아서 펜을 손에 들고는, 기록지에 한두 단어를 끄적거린 다음 고개를 들었다. 그리고 고개를 들자 그는 즉각 업무 모드로 들어가 빠르게 질문을 뱉어냈다. "코너 씨가 목숨을 끊고 싶었을 만한 이유를 아는 바가 있으십니까?"

"아뇨."

"우울증이 있었나요?"

"아뇨."

"병에 걸렸습니까?"

"아뇨."

"평소와 다른 행동을 보인 적은 없습니까?"

"아뇨, 전혀."

"지친 기색은 없었습니까? 행동이 굼떠졌다든가?"

"농담이시겠죠. 하루에 열두 시간씩, 밤이나 주말에도 일하는 분이었습니다. 항상 정원을 가꾸고 계셨죠."

"정원이요?"

제이크는 리암의 균류 연구에 대해서, 그리고 자연과학부 건물에 있는 화강암 탁자에 대해서 설명해주었다. 비크래프트는 상당한 양을 기록했다. 진술은 이후 10분 동안 계속되었지만, 비크래프트는 리암의 실험실에 관한 내용에만 반응을 보였다. 그는 자신의 상사인 스태커라는 이름의 경찰서장에게 연락했고, 그들은 경찰 병력을 투입해 실험실을 봉쇄했다.

그리고 제이크에게는 기다려달라고 부탁했다.

그는 바튼 홀의 주 공간으로 걸음을 옮겼다. 보잉747 격납고로 써도 될 정도로 휑하니 빈 공간이었다. 이곳 바튼 홀에는 코넬 경찰서 말고도 학군단과 실내 육상경주로가 있다. 1차 세계대전 때는 실제로 비행기 격납고로 썼고, 2차 세계대전 때는 병기창이었다. 당시에는 세계에서 가장 큰 단일 실내 공간이었다. 지금은 학부생들이 줄지어 앉아, 조교와 교수들의 눈길 속에서 쩔쩔매며 단체로 기말시험을 본다. 물리학 1112 강좌를 가르칠 때면 제이크도 여기에서 기말시험을 치렀다.

제이크는 멍하니 홀을 내려다보며 경주로를 따라 달리는 리암의 모습을, 여덟 바퀴를 돌아서 1마일을 채우는 모습을 그려보았다. 리암은 조금 더 젊었을 때는 달리기를 좋아했고, 실력도 상당했다. 50대 초반에 1마일 세계기록을 15초나 단축했던 적도 있었다. 제이크도 가끔 달리곤 했지만, 근력 운동 쪽이 조금 더 취향에 맞았다. 역기가 보여주는 명징성이 그의 구미에 맞았다. 쇳덩어리는 들거나 들지 못하거나 둘 중 하나니까. 성공과 실패가 명확하게 나뉘는 것이다. 달리기에는 끝이 없다. 영원히 계속할 수 있다.

제이크는 리암의 입장에서 생각해보려 했다. 리암이 지금까지 이 홀에 몇 번이나 서봤을까? 《뉴욕 타임스》에서 최고의 '그레이트풀 데드' 공연이 언제인지를 놓고 설문 조사를 한 적이 있었다. 가장 많은 표를 얻은 것은 1977년의 바튼 홀 공연이었다. 당시 리암은 글쎄? 50대 정도였으려나?

리암은 거의 언제나 옛날 아일랜드 민요만 들었다. 헤어진 옛사랑과 미루어진 복수에 대해 읊조리는 구슬프고 낭랑한 발라드였다. 그러나 그는 제이크와 1960년대와 1970년대 초의 음악에 대해 대화를 나눈 적이 있었다. 제이크는 리암이 밥 딜런이나 그리니치 빌리지의 포크 음악계에서 버즈, 비틀스, 그레이트풀 데드에 이르기까지 백과사전에 가까운 지식을 가지고 있다는 것에 깜짝 놀랐었다. 제이크는 당시를 음악의 혁명이 일어난 시기라고 말했지만, 리암의 생각은 달랐다. 그는 그 시대가 음악에 있어 조금도 혁명적이지 않았다고 말했다. 도리어 반동적인 시대였다고, 사회의 대중 예술이 단순한 빵과 서커스의 문제가 아니라 그날그날의 사건을 다루는 담화로 되돌아간 시대였다고 생각한다는 것이었다.

리암의 사고방식은 그에게 동의하든 반대하든 항상 사고를 자극

했다. 두 사람은 온갖 분야에 걸친 토론을 즐겼지만, 제이크는 언제나 원래 견해를 그대로 유지하지 못했다.

분명 그가 지독하게 그리울 것이다.

뒤에서 목소리가 들렸다. "스털링 교수님? 준비되셨습니까?"

비크래프트는 이스트 애비뉴를 따라 앞장서서 자연과학부 건물에 있는 리암의 연구실로 걸음을 옮겼다. 가을 낙엽의 내음을 머금은 공기가 상쾌하고 찼다. 평소라면 뉴욕주 북부에 햇살이 비치는 맑은 날씨가 찾아온 것만으로도 연중 기념행사를 열 만한 일이었지만, 오늘은 그조차도 추잡하게 번쩍이는 것처럼 보였다.

오른쪽으로 코넬의 초대 총장 이름을 붙인 건물인 앤드루 딕슨 화이트하우스가 보였다. 록펠러 홀이 그 뒤를 이었다. 존 D. 록펠러가 27만 4,494달러를 들여서 1906년에 지은 건물이다. 그 왼쪽으로는 에즈라 코넬의 동상이 지켜보는 널찍한 공간인 아츠 쿼드가 보였다. 옛 건물과 새 건물이 뒤섞여 그 공간을 둘러싸고 있었다. 일부는 대학을 창건한 1865년에 지은 건물이었다.

아츠 쿼드 아래, 도서관을 지나면 '라이브 슬로프'라고 부르는 언덕 사면이 도서관 끄트머리에서 서쪽 캠퍼스 기숙사까지 이어진다. 이곳이 바로 학교의 전통이 된, 언제나 예외 없이 개닛 헬스 서비스 센터를 너무 무리하게 몸을 쓴 학부생들로 가득 채우는 결말로 이어지는 연말 전교 축제가 벌어지는 장소다. 라이브 슬로프와 기숙사

너머로는 다양한 부류의 건물과 주택이 늘어서 이타카 시내를 구성하며, 그 너머로는 드넓은 카유가호수가 펼쳐져 있다.

그들은 오른쪽으로 돌아서, 베이커와 클라크와 록펠러 홀 사이에 비집고 들어서 있는, 석재와 강철로 지은 자연과학부 건물의 정면을 향해 걸음을 옮겼다. 5분 후 그들은 리암의 연구실에 도착했다. 제복 경관이 밖에서 보초를 서고 있었다. 명목상으로 B24F는 제이크의 연구실 중 하나였지만, 사실 리암의 구역이나 다름없었다. 리암이 서류를 붙들고 씨름하지 않도록 제이크가 공간을 주선해준 것이었다. 리암은 제국을 꿈꾸는 사람이 아니었고, 항상 이름을 알리지 않는 쪽을 선호했다. 리암은 수많은 학생과 포스닥의 노동력을 노예처럼 부리며 메뚜기 떼처럼 들판을 휩쓰는, 산업으로서의 과학을 결코 받아들이지 않았다. 학계의 정점에 오른 순간에도, 영원한 아웃사이더인 세계 최고의 균류 권위자는 학생 한두 명만 데리고 미지의 세계에 깊이 빠져 자신이 찾을 수 있는 가장 기발하고 흥미로운 발상을 추구하는 쪽을 택했다. 그의 방법론은 제이크와는 완전히 달랐다. 리암은 롱패스를 선호했다. 제이크는 짧게 정면으로 패스하면서, 꾸준히 몇 야드씩 전진하는 방법을 택했다.

비크래프트가 말했다. "스털링 교수님, 여기 위험한 물건이 있습니까? 폭발물로 사용될 수 있는 물질이라든가? 저희 쪽에서 주의해야 하는 화학 약품은 없습니까?"

"아뇨, 일반적인 것들뿐입니다."

"일반적이라면?"

"시약이 든 병이나 주사기 몇 개, 그 정도일 겁니다."

그는 고개를 끄덕였다. "좋습니다, 그럼 들어가죠. 문을 여십시오."

제이크는 리더기에 ID카드를 긁었고, 문은 달각 소리를 내며 열렸다. 비크래프트가 스위치를 올리자 정사각형의 공간에 조명이 들어왔다. 20피트 너비에 길이는 그 두 배 정도 되는 방이었다. 방은 질서정연하고 숨 막힐 정도로 고요했다. 한쪽 구석의 책상 위에는 화면이 텅 빈 노트북이 놓여 있었다. 반대쪽 벽에는 실험대 세 개와 피펫, 시약 플라스크, 샘플 큐벳 등으로 가득한 선반이 늘어서 있었다. 그리고 그 한가운데에는 부패의 정원이 세 개의 거대한 만다라를 이루며 놓여 있었다. 제이크는 항상 그 모습이 클레의 거대한 작품처럼 보인다고 생각했다. 크롤러가 기어 다니는 좁은 통로를 사이에 두고, 녹색과 황색의 영역이 마치 영혼을 사로잡는 태피스트리 문양처럼 복잡하게 얽혀 있는 것이다.

"저게 말씀하신 그겁니까?" 비크래프트가 물었다. "뭐라고 하셨죠, 그 정원⋯."

"부패의 정원이죠. 저게 그겁니다. 정사각형마다 다른 종류의 균류가 있습니다. 유전공학으로 특정한 종류의 쓰레기를 분해할 수 있도록 조작한 균류죠."

"대단하군요." 비크래프트가 말했다. 그러나 제이크는 그의 눈빛이 변하는 모습을 알아챘다. "스털링 교수님, 이런 사건에는 속도가 무엇보다 중요합니다. 뭔가 찾아내야 하는 것이 있다면 기왕이면 나중보다는 지금 발견하고 싶습니다. 무슨 말인지 아시겠죠?"

"그럼요, 당연한 일이죠."

"지금 해주셨으면 하는 일은 이런 겁니다. 천천히 연구실 안을 걸어 다니면서 세세한 부분까지 모두 확인해주십시오. 평소와 다른 부분은 없는지? 어색하게 느껴지는 부분은 없는지? 아무리 사소한 일이라도 관계없습니다. 잘못됐다는 느낌이 들기만 하면 즉시 말씀해주십시오." 그는 제이크에게 파우더 장갑을 건네며 덧붙였다. "하지만 저한테 묻기 전에는 아무것도 만지시면 안 됩니다."

제이크는 장갑을 낀 다음 작업에 들어간 비크래프트를 두고 연구실 가장자리를 따라 걸음을 옮겼다. 그는 문득 투명 봉투에 담아 가져온 흰 시트 위에 쓰레기통을 뒤집어 내용물을 늘어놓는 비크래프트를 호기심 어린 눈으로 바라보았다. "뭘 찾는 겁니까?"

"유서 초안이나, 지문이 제대로 남은 종이컵이나, 뭐 그런 겁니다. 뭐가 나올지는 아무도 모르죠. 로체스터 서에 있을 때는 희생자로부터 10피트도 채 떨어져 있지 않은 휴지통에서 살인에 사용한 범행 도구의 신용카드 영수증을 발견한 적도 있습니다. 남편이 그대로 거기 버리고 간 거죠."

제이크는 다시 수색을 했다. 금속 수납장의 문이 슬쩍 열려 있었다. 그는 안을 들여다보았다. 반쯤 빈 위스키병이 선반에 놓여 있었다. 그 옆에는 바닥에 갈색 물질의 흔적이 남아 있는 텀블러 두 개가 보였다. 리암은 좋은 것이든 나쁜 것이든 모든 사건에 위스키 한 잔으로 대처하는 사람이었다.

몇 년 전 일이 아련하게 떠올랐다. 제이크가 아침 조깅에서 돌아와보니 리암이 아파트 건물 복도에, 바로 집 문 앞에 책상다리를 하고 쭈그려 앉아 있었다. 한쪽 옆에는 종이봉투가 놓여 있었다. "인간 달팽이 아니신가?" 리암은 이렇게 말했다.

"달팽이요?" 제이크는 웃음을 머금으며 받아쳤다. "질투가 나시는 모양입니다."

리암은 시선을 위아래로 옮기며 조깅용 반바지와 트레이닝복 차림으로 땀을 뚝뚝 흘리고 있는 제이크를 훑어보았다. "자네한테?"

"제 무릎에요."

"그건 확실히 맞는 소리군." 리암이 말했다. 그는 무릎 때문에 거의 20년 전에 달리기를 포기했다. "오늘은 어느 쪽으로 돌았나?"

"카유가호수 쪽 길로 갔습니다. 호숫가를 따라 올라가다가 폴 크릭을 타고 13번 도로로 나갔죠."

"기록은?"

"오늘이요? 한 시간 45분이로군요."

"내가 자네 나이였을 때는 거기서 30분은 깎았을 걸세."

"선생님이 제 나이셨을 때 그 협곡은 빙하 아래 있었을 텐데요."

"자네 재미있구먼. 인간 거북이지만 웃기기는 해."

제이크는 손을 내밀었다. 리암은 손을 잡고 힘차게 당기며 자리에서 일어났다. 반대쪽 손에 든 종이봉투에서 금속 부딪치는 소리가 들렸다. 리암은 고개를 꼿꼿이 들면 5피트 6인치 정도 키였다. 제이크 쪽이 거의 1피트는 더 컸다. 거인으로 여기는 이 남자보다 육체적으로는 자기 쪽이 훨씬 크다니, 정말 묘한 기분이었다.

제이크의 아파트로 들어온 리암은 봉투에서 쿨리 위스키 한 병과 텀블러 두 개를 꺼냈다. 그리고 양쪽 텀블러에 각각 손가락 두 개 분량을 따랐다.

제이크는 말했다. "제가 뭘 저질렀길래 몸소 행차하신 겁니까?" 물론 알면서도 던진 질문이었다.

"한잔하고 싶은 기분일 것 같아서. 오늘 이런저런 일이 벌어지지 않았나."

그날의 '이런저런 일'은 2차 걸프전이었다.

제이크는 텔레비전을, 바그다드를 향한 미사일 공격을, 화면 아랫단에서 흘러가는 청색과 백색의 보도 내용을 피하려 애쓰고 있었다. "충격과 공포라지." 리암이 말했다. "요즘은 전쟁 기사만 가득해." 제이크는 그의 목소리를 거의 들을 수 없었다. 그런 시각적 이미지만으로도 전직 군인의 인계철선을 건드려 내부의 방아쇠를 당기기에는 충분했다. 근질거리는 느낌을 촉발하고, 두려움과 아드레날린을 치솟아 오르게 만드는 방아쇠를. 좋든 나쁘든, 자신 또한 전쟁의 일부로서 저곳에 있어야만 한다는 느낌이 들었다. 몇 시간 전에 육군이 전개를 시작해서, 거대한 강철과 대포의 벽이 쿠웨이트로부터 밀려 올라가는 중이었다. 13년 전에 있었던 첫 번째 전쟁보다 훨씬 쉬울 예정이었다. 분쇄해야 하는 이라크 병력은 얌전히 도열해 있지 않았다. 이미 학습했기 때문이었다. 그들은 모든 것을 짓이기며 나아가는 괴물 같은 전쟁 기계를 피하는 쪽을 택했다. 진짜 싸움은 나중에나 시작될 것이었다. 당시에는 아무도 모르는 일이었지만.

리암은 자기 몫을 들이켰다. "부디 짧고 무사히 끝나기를."

제이크는 기억을 밀어놓으며 수납장 문을 닫았다. 그리고 연구실 안을 둘러보며 자신의 임무에 집중하려 했다. **평소와 다른 것을 찾아야지.**

한 실험대에 연구 일지 하나가 엎어져 있는 게 보였다. 그는 비크래프트 쪽을 힐끔거렸다.

"이거 봐도 됩니까?" 제이크가 물었다.

비크래프트는 고개를 끄덕였다.

제이크는 연구 일지 가장자리를 잡고 뒤집었다. 그리고 쭈글쭈글한 붉은 표지를 손가락 하나로 건드려보았다. 리암의 이름과 3월 23일이라는 날짜가 시작일 칸에 적혀 있었다. 종료일은 없었다. 요즘은 거의 모든 사람이 컴퓨터로 연구 일지를 작성하지만, 리암은 아직도 종이와 펜을 사용했다.

제이크는 일지를 펼치고 기록을 훑었다. 대부분 일반적인 내용이었다. 실험 설명, 자료 파일 이름, 기획안 목록 등이었다. 그러나 다른 것들도 있었다. '흰눈썹박새는 겨울이면 하룻밤 사이에 전체 체중의 10퍼센트까지 손실할 수 있으며, 스물네 시간마다 음식을 섭취하지 못하면 거의 확실히 죽음을 맞이한다.'

리암의 연구 일지는 동료 교직원과 학생들 사이에서 유명했다. 모두가 그 내용을 훔쳐보는 일을 즐겼다. 리암은 그 안에 온갖 것들을 전부 적어 넣었다. 유전자 염기 서열과 옛 철학자의 금언 사이에서 별 차이를 느끼지 못하는 모양이었다.

제이크는 일지를 넘기다 일련의 만화 그림을 발견했다. 안경을 끼고 여송연을 피우는 호박벌. 비눗방울을 부는 거미. 상당한 솜씨로 세세한 부분까지 신경 써서 그린 벌레들이었다. 종이를 넘길수록 일지의 날짜는 현재로 근접해왔다. 그는 어제 날짜인 10월 25일에서 손을 멈추었다. 마지막 항목은 줄지어 늘어서 있는 숫자들이었다. 리암의 섬세한 손길로 적은 것이 분명했다.

"아무것도 없습니까?"

"아직은요."

"잠깐 이것 좀 봐주실 수 있습니까?"

수사관은 노트북에 리암의 인터넷 방문 기록을 띄워놓고 있었다.

http://www.msnbc.msn.com/
http://www.google.com/

http://www.msnbc.msn.com/

http://gene.genetics.uga.edu/

http://www.msnbc.msn.com/

http://www.letterboxing.org/

http://www.amazon.com/

http://www.rawstory.com/

http://www.nytimes.com/

http://www.msnbc.msn.com/

제이크는 목록을 눈으로 훑었다. MSNBC. 아마존. 모두 평범한 항목들이었다. 아무래도 다리에서 뛰어내리는 사람들은 뉴스를 보고 책을 사면서 최후의 시간을 보내는 모양이었다.

개소리.

"두어 항목이 눈에 띕니다만." 수사관이 말했다. 그는 http://gene.genetics.uga.edu/를 클릭했다. 해당 페이지가 화면에 나타났다.

"이건 균류 유전정보 데이터베이스입니다." 제이크가 말했다. "보셨죠? 원하는 생물종을 클릭하고 염색체를 선택하면 염기 서열이 출력되는 겁니다." 제이크가 키보드 몇 개를 누르자 거의 끝없이 이어지는 염기 문자들이 화면을 수놓았다.

GACTAGCCATTTAACGTACCATTACCTA⋯.

"그러니까 이건 연구의 일환으로 방문하는 사이트라는 말이죠?"

"항상 들르는 곳이죠. 균류의 유전자를 조작하고 계셨으니까요. 원하는 곳에 유전자를 끼우거나 빼면서 말입니다. 이 정원이 그 작업을 하는 실험장입니다."

그들은 계속 항목을 살폈지만, 다른 웹사이트들도 전부 마찬가지로 무해하게만 보였다. 자살을 다루는 사이트는 없었다. 암이나 우울증이나 기타 리암이 아프거나 고통을 겪고 있다는 단서가 되는 사이트도 없었다. 신이나 죽음이나 사랑에 대한 사이트도 없었다. 모두 일상에서 남길 법한 흔적뿐이었다.

제이크는 자신의 피부 안에 갇힌 기분이었다. 껍질을 벗어 던지고 다른 관점에서 상황을 살펴보고 싶었다. 아무리 생각해도 앞뒤가 안 맞았다. 애초에 자신이 알고 있던 사람과 그가 취한 행동을 연결할 수가 없었다. 슬쩍 힌트도 주지 않고, 아무런 전조도 없이 충동적으로 자살을 저지르는 사람은 없다. 분명 자신이 알아채지 못한 것이 있을 것이다. 하지만 그게 대체 뭘까?

제이크는 다시 한 번 연구실 안을 둘러보았다. 가지런히 쌓여 있는 서류. 실험대 위의 일지. 부패의 정원의 버섯들. 리암의 세계일 뿐이었다. 평소와 조금도 다르지 않았다.

그는 정원 앞에 서서 나란히 늘어서 있는 정사각형들을 내려다보았다. 어딘가 근질거리는 듯한, 뭔가 어긋난 느낌을 떨쳐낼 수가 없었다.

마침내 무엇이 잘못됐는지를 깨달은 제이크는, 자신이 그 순간까지도 위화감의 정체를 알아채지 못했다는 사실을 믿을 수가 없었다.

제이크는 비크래프트를 돌아보았다. "크롤러를 혹시 어떻게 한 겁니까?"

"크롤러요?"

"여기 정원에서 사용하는 것들 말입니다. 열 마리에서 스무 마리 정도가 있어야 하는데요. 저쪽 탁자 위에도 몇 마리 더 있어야 할 테고."

"지금 무슨 말씀을 하시는 겁니까?"

"마이크로 크롤러 말입니다. 작은 로봇인데요, 거미 비슷하게 생겼습니다. 그것들 덕분에 리암이 혼자서 수천 가지의 균류 샘플을 가꿀 수 있는 겁니다. 말하자면 그분 연구실의 대학원생인 셈이죠."

"크기가 얼마나 됩니까?"

"손톱 하나 정도 크깁니다. 부하들이 수거해 간 거 아닙니까?"

"아닙니다."

"우리보다 먼저 와서 연구실을 봉쇄했을 때는요?"

"그럴 리 없습니다. 지금까지 아무도 안에 들어오지 않았습니다. 건드린 것도 없습니다."

"확실한 거겠죠."

"그렇습니다."

"그런데 사라졌군요. 누가 가져간 모양입니다."

"그런 걸 왜 가져갈까요? 이 방 열쇠는 또 누가 가지고 있습니까?"

"저, 리암, 제 대학원생 몇 명뿐입니다. 정말 모르겠군요. 크롤러가 목적이었다면 여길 먼저 들를 리가 없습니다. 제 연구실로 오겠죠. 그쪽에는 수백 마리는 있으니까요."

"혹시 그쪽에도 분실된 로봇이 있는 건 아닙니까?"

제이크는 그 말에 생각에 잠겼다. "데이브와 조에게 연락을 해보죠."

8

공학부 건물을 굽어보며 서 있는 더필드 홀은 강철과 유리로 지은 네모난 거석 구조물처럼 보였다. 어둠 속에서 빛을 발하는 그 건물 안에는 코넬 나노제조 설비(Cornell Nanofabrication Facility), 학생들이 30년 동안 사용해온 약자를 쓰자면 CNF가 있다. 제이크는 손목시계를 확인했다. 오후 10시 15분이었다. 리암의 시체를 발견한 후로 열두 시간 이상이 흐른 셈이다.

제이크는 건물 북쪽에 있는 이중문으로 더필드 홀에 들어갔다. 문을 지나면 거의 100야드에 걸친 널찍한 내부 공간이 이어진다. 보통 낮에는 높은 천장의 투명 유리에서 햇살이 쏟아져 들어오고, 사방에 가득한 학부생과 연구원들은 잡담을 나누고, 가판대에서 커피를 주문하고, 벽을 따라 늘어선 의자에 앉아서 시간을 죽인다. 이 시간에도 평소라면 학생과 연구원들이 제법 눈에 띄게 마련인데, 오늘 밤은 기묘할 정도로 고요했다. 마치 리암의 죽음과 함께 캠퍼스 전체에서 생명이 빨려 나가기라도 한 것만 같았다.

오른쪽으로는 CNF 실험실로 통하는 창문이 줄지어 열려 있었다. 그 안에서는 조와 데이브가 분실한 크롤러의 흔적을 확인하고 이쪽의 수량에 문제가 없는지를 체크하고 있었다. 리암의 기록을 자세히 살피고, 매기가 경찰서에서 진술한 크롤러 장례식의 정보까지 더하면, 사라진 크롤러는 모두 열세 마리였다. 제이크와 그의 학생들은 크롤러들을 찾아 여섯 시간 동안 사방을 샅샅이 뒤지고, 어디에 있을지, 아니면 누가 무슨 목적으로 그것들을 가져갔을까를 궁리하며 열심히 의견을 나누었다. 대학원생이 장난삼아 가져가거나, 리암이 어딘가 안전하게 간수해놓은 것은 아닐까? 아직 그들은 아무 단서도 잡지 못했다.

제이크의 휴대폰이 울렸다. 그는 캘리포니아 지역 번호를 확인하고 전화를 받지 않았다. 지금까지 그의 전화는 쉴 새 없이 울려댔다. 동료, 기자, 친구, 모든 사람이 실제로 무슨 일이 일어났는지 알고 싶어 안달이 난 모양이었다. 제이크는 극히 일부의 사람에게만 전화를 다시 걸었다. 그리고 DARPA의 지원금 담당자에게도 연락했다. 스탠퍼드에서 버지니아 알링턴 DARPA로 출장 연구를 나가 있는 교수였는데, 사라진 크롤러에 대해 말하기 위해서였다. 돈을 대는 쪽이니 알 권리가 있다는 생각이 들었다. 다음으로 매기 코너에게 전화를 걸어 애도를 표하고 딜런이 잘 견디고 있는지 확인하려 했지만, 그쪽 전화는 계속 통화 중이었다.

제이크는 CNF의 이질적인 공간과 자신을 갈라놓고 있는 유리창에 다가서서 안쪽을 들여다보았다. 조와 제이크는 이곳에서 크롤러를 만들었다. 미켈란젤로가 대리석 덩어리 속의 다비드상을 찾아내듯이, 실리콘 웨이퍼를 조각해 크롤러를 빚어내는 곳이었다. 유리창 건너편 방은 GCA 영상 확대 인쇄기, 웨이퍼 코팅기, 낡은 EV620 접촉식 회로 교열기 등으로 가득 차 있었다. 전부 미소 세계를 구축할 때 필요한 생산 설비의 일부였다. CNF 구역의 목적은 표준 컴퓨터 칩 기술을 구현하는 것이다. 산화물을 제작하는 전기로, 에칭용 산성용액 용기, 금속 막을 정착시키는 증발기까지, 모두 그 목적을 위해 존재한다. 브리태니커백과사전 전질을 핀 끝에 올릴 수 있는 소형화 기술을 갖춘 곳이다.

밝은 청색 점프슈트에 파란 단화, 하얀 스카프를 머리에 쓴 여성이 들어왔다. 전처인 베스와 어딘가 비슷해 보였다. 둘은 젊은 나이에 결혼했지만, 그가 전쟁에서 돌아온 후로 점차 관계가 소원해졌다. 그녀는 이제 재혼해서 올리비아라는 이름의 딸을 데리고 피닉스에 살고 있었다. 1년에 한 번씩 통화하곤 했다. 딱히 할 말도 별로 없었다. 베스는 새 삶을 찾았으니까. 잘 지내는 모양이었다.

제이크는 유리창 너머로 한 여성이 일하는 모습을 지켜보았다. 실리콘 웨이퍼를 특수 핀셋으로 조심스레 집어 비커 안의 용액에 담그는 모습을. 그녀는 스톱워치의 버튼을 누른 다음 용액 안에서 웨이퍼를 흔들었다. 시간이 되자 그녀는 웨이퍼를 꺼내서 물통에 넣었다. 제이크는 눈앞에서 벌어지는 의식의 목적을 잘 알았다. 먼지와 티끌 하나까지 전부 세척해서, 모든 원자가 이웃에 대해 지정된 위치에 놓여 있는 순수한 규소 결정만을 남기는 작업이었다. 그곳에 속하지 않는 모든 이분자를 제거해, 완벽한 캔버스에서 임무를 수행할 수 있도록.

여자가 고개를 들고 자신을 지켜보는 제이크를 바라보았다. 제이크는 예의 바르게 미소 지으며 몸을 돌렸다.

리암의 죽음이 공허한 어둠을 다시 불러오고 있었다. 베스 때와 같았다. 아내와 제대로 공감할 수가 없었다. 동떨어지고 불안정한 기분이었다. 자신의 내면과 겉껍질이 분리된 것만 같았다.

그는 다시 리암을 떠올렸다. 리암은 생물학자면서도 정밀 기술을 사랑했고, 인간의 손으로 만든 놀랍도록 섬세한 구조가 이루는 풍경에 매료되곤 했다. 리암은 1차 정보혁명이 시작하는 모습을 직접 지켜봤으며, 혁명의 모든 주요 인사와 친한 사이였다. 앨런 튜링, 프린스턴의 폰 노이만, MIT의 웨이너까지. 컴퓨터의 주개념은 1950년대에 이미 정립되어 있었다. 일종의 선형 테이프에 저장된 알고리즘 프로그램을 수행하는 기계라는 개념 말이다. 생명 또한 그런 식으로 작용한다는 점이 갈수록 명확해지고 있었다. DNA가 테이프고, 세포가 프로그램을 수행하는 기계인 것이다. 또한 이런 식으로 작동하는 전자 제품을 만들 수 있다는 점도 명백했다. 자성을 띤 조각이나

전하의 패킷이 정보가 되고, 컴퓨터 칩이 처리 기관이 되는 것이다.

쇼클리, 킬비, 무어가 이 도전을 이어받았다. 리암은 그 모든 사람에 더해 빌 게이츠와 구글 쪽 친구들까지 알고 있었다. 그는 종종 자신이 정보혁명 관람석의 맨 앞줄에 앉아 있으며, 그 기회를 낭비하지 않을 생각이라고 말하곤 했다. 그는 버섯을 연구할 때처럼 반도체 산업의 성장을 연구하며, 새로운 기술의 진화 과정을 한 단계씩 짚어보고, 세계가 그런 기술에 어떻게 적응해나가는지를 지켜보았다.

그리고 그는 크롤러를 정말로 좋아했다. 군에서는 크롤러를 첩보 로봇으로 간주했지만, 리암은 크롤러를 새로운 혁명을 선도할 병사로 여겼다. 리암은 정보혁명보다도 더욱 거대한 두 번째 물결이 밀려오고 있다고 믿었다. 정보화 시대의 기술을 생물학에 적용하면, 생명 또한 공학을 통해 훈육할 수 있다. 미세유동 칩, PCR 장비, 마이크로 크롤러와 같은 조립공을 갖추면, DNA를 수많은 0과 1의 조합으로 간주해서 컴퓨터 칩을 제작하는 것처럼 생체 세포를 제작하는 것도 가능하다. 그는 정말로 흥분하고 있었다. 5년만 있으면 균류를 설계도에서 시작해 통째로 제작해낼 수 있다고 생각하기까지 했다. 컴퓨터로 염기 서열을 설계하고 버튼 몇 개만 누르면 새로운 균류가 등장하는 것이다. 프로그램을 코딩하는 것만큼 손쉽게 유전자를 써 내려갈 수 있다. 신종 균류를 집적회로만큼이나 간단하게 만들 수 있다. 그는 크롤러가 혁명의 일꾼이 되리라는 관점을 항상 유지하고 있었다.

그 모든 일이 벌어지는 현장에 리암이 없으리라는 사실을, 제이크는 받아들일 수가 없었다. 누군가 최초의 인공 세포를 만들어내는 순간 리암은 이 세상에 없을 것이다. 아이들이 자기 마이스페이스 페이지에 가장 좋아하는 유전자를 업로드할 때에도. 정교한 기술의 상징으로 컴퓨터 칩 대신 세포핵이 쓰이게 되는 순간에도.

딜런이 처음으로 자신만의 박테리아를 만들 때도 리암은 없을 것이다.

리암은 합성생물학의 기술이 해일처럼 밀려들 것이라고, 전자 혁명이 연못의 잔물결처럼 보이도록 만들 것이라고 생각했다. 제이크로서는 상상조차 할 수 없었다. 컴퓨터가 공산품 대신 생물을 제작해내기 시작하면 무슨 일이 벌어질까? 불만 가득한 아이들이 합성생물학 혁명의 도구를 이용해 컴퓨터가 아니라 생물을 해킹하기 시작하면 무슨 일이 벌어질까?

제이크의 몸에서 기운이 빠지기 시작했다. 그는 피로감을 떨쳐내려고 안간힘을 썼다. 분명한 것은 새로운 혁명이 엉망진창으로 진행되리라는 사실뿐이다. 생명에는 단순한 방정식이 존재하지 않는다. 완전히 다른 부류의 문제니까. 무작위적인 돌연변이가 일어나면 가장 작은 요소가 가장 큰 요소를 쓰러트린 다음 기하급수적으로 불어나고 또 불어날 수 있다. 원숭이에서 인간으로 바이러스 하나가 전이된 것만으로도 에이즈가 확산된다. 아프리카의 정글에서 에볼라가 탈출하면 수천만 명의 사람이 목숨을 잃는다. 호모사피엔스와 같은 우점종도 순식간에 바닥까지 추락할 수 있다. 수백만 가지 다른 세력이 참가해서 수십억 명의 병사들이 싸우는, 광기로 가득한 잔혹한 전쟁이 될 것이다. 누구도, 심지어 리암 코너조차도, 그 결과를 예측할 수는 없을 것이다.

조가 잔뜩 지친 얼굴로 CNF에서 나왔다.

"어떤가?" 제이크가 물었다.

"모든 곳을 확인해봤습니다. 서랍장이나, 웨이퍼 용기도요. 시료 상자도 전부 확인했습니다."

"그래서 뭘 찾았나?"

"제자리를 벗어난 크롤러는 하나도 없었습니다."

제이크는 행방불명된 크롤러에 중요한 의미가 있으리라는 가정을 폐기하기 직전이었다. 어떤 식으로 머리를 굴려보아도, 어떤 측면에서 살펴보아도, 사라진 크롤러가 리암의 죽음과 연관이 있을 가능성을 찾아낼 수가 없었다. 그리고 제이크가 항상 따르는 규칙은 다음과 같았다. 장난이나 우연으로 설명할 수 있는 현상에 음모론을 도입하지 말 것.

그러나 그때 두 가지 새로운 정보가 들어왔다.

그중 하나는 제이크의 친구이자 과학자 동료인 블라드 글라츠먼에게서 들어온 것이었다. 그는 쉰두 살의 러시아 망명자로, 컴퓨터

과학과 종신 교수로 재직하고 있었다. 블라드는 제이크에게 잠시 자기 연구실에 들러달라고 청했다. "한잔하자고. 세상을 떠난 우리 친구를 위해서." 그는 이렇게만 말했지만, 제이크는 그 이상의 뭔가가 있음을 알았다. 블라드 또한 리암을 잘 아는 사람이었다. 제이크만큼이나, 어쩌면 조금 더일 수도 있고.

자정이 살짝 지난 시간에 블라드의 연구실에 도착해보니, 러시아인 과학자는 고릴카 네미로프 한 병을 혼자 해치우는 중이었다. "괜찮은 우크라이나 보드카지." 블라드는 이렇게 설명했다. 땅딸막한 몸집에 각진 머리와 떡 벌어진 어깨를 가진, 마치 바이스로 조여놓은 것처럼 보이는 남자였다. 머리카락도 눈과 마찬가지로 검은색이었고, 입술은 놀라울 정도로 두툼해서 거의 육감적으로 보일 지경이었다. 유럽의 학회에서 만난 여성과 결혼했는데, 그가 검고 땅딸막한 것과 대비될 정도로 금발에 키가 훤칠한 사람이었다. 결혼 생활에도 이런저런 문제가 있는 모양이었다.

블라드는 제이크에게 한 잔 따라준 다음 말했다. "코너가 아팠다고 생각하나?"

"아무 생각도 안 납니다."

블라드는 투덜거렸다. "그 작자가 아팠을 리가 없어."

한 모금 홀짝인 제이크는 보드카가 즐거울 정도로 독하다는 사실을 발견했다. 목 뒤에서 느껴지는 거친 열기가 반가웠다. 그는 연구실을 눈으로 훑었다. 블라드의 연구실은 온갖 과학적 요소가 뒤섞인 난장판이나 다름없었다. UNIX 박스도 보였고, Cat5 케이블 옆에는 PCR 장비와 엄지손가락으로 작동하는 피펫들이 늘어서 있었다. 블라드의 연구실에 존재하는 거의 모든 표면에는 종이가 가득 쌓여 있었다. 술병을 놓기 위해 한쪽 구석을 비우고, 떨어져 나온 종이쪽을 다른 무더기 위로 쌓아놓은 모양이었다.

블라드는 잔을 들어 쭉 들이켰다. "내 생각을 알고 싶나?" 그가 말했다.

"말씀해보시죠."

"비밀을 알고 있던 거야."

"무슨 비밀이요?"

"놈들이 알려지기를 원하지 않는 비밀이지."

"'놈들'이요?"

"놈들."

"피해망상의 블라드답군요." 제이크가 말했다. 눈앞의 남자가 피해망상 기미를 보인다는 것은 사실이었다. 블라드는 모든 곳에서 어둠을 읽어냈다. 모스크바에 있을 때 그는 밤에는 폐기장에서 모은 부속으로 CPU를 만들고 낮에는 KGB 제1총국 휘하의 과학기술 담당국, 통칭 T부서에서 하급 기술 요원으로 근무했다. 블라드는 유대인이었기 때문에 주요 정규직에 오를 수 없었지만, 소련을 탈출해 도착한 서방세계에는 그런 제한이 없었다. 코넬에 온 이후 그는 비동기 정보처리 분야의 주요 연구자가 되어 서로 다른 컴퓨터 처리 장치들이 즐겁게 잡담을 나눌 수 있는 코드를 짜는 일에 몰두했다. 그리고 그는 5년 전에 생명의 언어를 코딩할 수 있다는 가능성에 이끌려 합성생물학으로 분야를 바꾸었다. 그는 기밀로 분류된 어둠의 영역에서 흘러나오는 돈줄을 끌어다 연구비로 삼았다. 군용 지원금 세계의 모든 곳에, ONR(Office for Naval Research, 해군연구청)과 AFOSR(Air Force Office of Scientific Research, 미 공군 연구소)과 DARPA에 전부 연줄이 있었다. 그리고 소련에서 얻은, 언제나 어깨너머로 자기를 지켜보는 사람이 있다는 감각을 잃지 않았다.

제이크는 옆에 쌓인 종이 무더기를 들춰보았다. 미소 RNA 유전자 제어에 관한 내용이었다. 전부 되는대로 쌓아놓은 것처럼 보였지만, 블라드는 어디에 어떤 내용이 있는지를 정확히 알고 있었다. 제이크는 지금까지 종종 블라드가 종이 무더기로 손을 뻗어, 대화의 주제였던 《사이언스》나 《미국 국립 과학원 회보》의 논문을 정확하게 뽑아내는 모습을 목격하곤 했다. 블라드는 이 종이 무더기가 '화석 기록'이라고 말하곤 했다.

제이크는 입을 열었다, "리암이 살해당했다고 말씀하시는 겁니까? 하지만 뛰어내리는 모습이 영상으로 찍혔는데요."

"내가 하는 말이 아니야. 보드카가 하는 소리라고."

"그 보드카 소리 좀 더 들어보죠."

블라드는 다시 한 모금을 들이켰다. "DTRA의 친구하고 이야기한 적이 있는데."

"디트라요?"

"국방위협감소위원회(Defense Threat Reduction Agency) 말이야. 생화학 무기 쪽으로 문제가 생기면 찾아가는 곳이지." 블라드는 한쪽 눈을 감은 채 열심히 생각을 가다듬었다. "버지니아의 그… 포트 벨브와에 있어. 직원이 2,000명 정도 되지. 1년에 예산을 20억씩 먹고."

"그래서 그 친구가 누굽니까?"

블라드는 귀찮다는 듯 손을 내저었다.

"좋아요. 이야기를 나눴다고요. 그래서?"

"무슨 일이 벌어진 건지를 알고 싶다더군."

"리암한테요? 그래서 뭐라고 해줬습니까?"

"아는 걸 전부 말해줬지. 아무것도 모른다고 말이야."

"물어본 이유가 뭐랍니까?"

"자네 리암을 좋아했지?"

"농담하세요? 리암을 위해서라면 살인이라도 했을 겁니다. 왜 그러는데요?"

"리암 코너는 똑똑한 친구였어. 복잡하기도 했고. 여러 층위의 게임을 즐겼지."

"요점만 말해요, 블라드."

"내가 아는 건 이것뿐이야. 모든 사람이 우리의 상냥한 아일랜드 노친네를 좋아한 건 아니라고. 때론 전력으로 맞서기도 한다고 들었어. 한두 해 전에 국토안보부의 수장하고 싸웠다고 하더라고. 안보

보좌관하고도. 그 유쾌한 던 씨하고 말이야."

"무엇 때문에요?"

"나야 모르지. 하지만 내 친구 말로는 코너가 꽤 불쾌해했다고 하더군. 그러니까 코너가…." 그는 알맞은 단어를 찾아내려 애썼다. "시뻘겋게 달아올랐다고. 격노했다는 거야."

"정말로 아무것도 모르는 거 맞는 겁니까?"

"보이스카우트 배지에 걸고 맹세하지."

"그래서? 어떻게 됐답니까?"

블라드는 빈 잔을 물끄러미 바라보았다. "내가 들은 이야기로는 던이 코너를 집무실에서 쫓아냈다더군. 지옥으로 꺼져버리라고 했다는 거야."

블라드는 다시 양쪽 잔에 고릴카를 채웠다. "조심하라고 하는 소리야. 그 친구도 꽤나 초조한 목소리였어. 그리고 그쪽 놈들은 장난을 즐기는 부류가 아니라고."

"무슨 뜻입니까?"

블라드는 생각에 잠겼다. "자네 나라가 갈수록 우리 고향처럼 느껴진다는 뜻이지. 이해가 가나? 게임의 규칙이 바뀐 거야. 그러니까—그 목소리 고약한 남자가 뭐라고 했더라? 시대가 바뀌고 있다고."

"밥 딜런이죠."

"맞아. 똑똑한 친구지. 자네도 그 친구 조언을 들으라고."

두 번째 정보 조각은 제이크의 휴대폰으로 날아왔다. 오전 2시가 넘어 귀가하는 중이었다. 걸어가는 중이었는데, 코넬과 그 아래 주거지역의 경계가 되는 오래된 공동묘지로 들어서서, 유령처럼 묘석 사이를 이리저리 헤치고 나아가는 중이었다.

발신자는 '코넬 경찰서'였다.

"스털링 교수님? 늦은 시간에 연락드려 죄송합니다. 코넬 경찰서의 에드 비크래프트 경위입니다. 오늘 낮에 뵀었습니다만." 책상에 연필을 두드리는 듯한 규칙적인 소리가 함께 들렸다.

"코너 교수님 사건 때문인가요? 새 소식이 있습니까?"

연필 소리는 꾸준히 같은 박자로 울렸다. "그런 건 아닙니다만. 방금 서장님이 전화를 받았습니다. 메릴랜드주 포트 데트릭의 엘버 소령이라는 사람 집무실에서요."

"포트 데트릭이요? 거기서 뭘 원하는 겁니까?"

"이건 기밀입니다만, 엘버는 USAMRIID의 생물병기 테러 수사관입니다." 비크래프트는 그 약어를 마치 하나의 단어처럼, 유-샘-리드라고 발음했다. 미 육군 감염 질환 연구소(U. S. Army Medical Research Institute of Infectious Diseases)라는 뜻이었다. "리암 코너의 사망 사건에서 어디까지 조사했는지를 알고 싶다고 했습니다. 그리고 사라진 크롤러에 대해 파악한 것이 있는지도요."

"왜 그런 걸 물어본 겁니까?"

"말할 수 없다더군요. 기밀 사항이라고요."

"그래서 뭐라고 하셨습니까?"

"수사가 진행 중이라고만 했습니다. 그리고 마이크로 크롤러는 여전히 찾지 못했다고요." 연필 두드리는 소리가 빨라졌다. "스털링 교수님, 코너 교수님의 연구비 지원 내역을 자세히 살펴봤습니다. 눈에 들어오는 항목이 하나 있더군요. 주 연구자는 블라디미르 글라츠먼이었습니다. 코너 교수님은 공동 연구자로 등재되어 있었죠. 교수님 성함도 올라 있었습니다. DARPA 프로젝트 번호 54756/A00이더군요."

제이크는 해당 프로젝트의 명칭을 기억 속에서 되살려냈다. "'상자 속의 크롤러: 생물병기 테러에 대한 혁신적인 접근법'이었죠."

"설명 좀 해주실 수 있습니까?"

"시간이 좀 걸릴 텐데요."

"뭐, 그럼 이 질문만 하죠. 코너 교수님의 연구실에 있던 버섯 말입니다. 위험할 소지가 있습니까?"

"아니라고 생각합니다만." 제이크가 말했다. "그 연구실은 위험 물질 등록이 되어 있지 않습니다. BSL-1, 그러니까 생물 안전 1단계 시설이었어요. 건강에 심각한 위해를 끼칠 만한 요소는 존재하지 않는다는 겁니다."

"그거 묘하군요."

"왜 그러는 겁니까?"

연필 두드리는 소리가 멎었다. "엘버라고, 그 데트릭에서 전화한 소령 있잖습니까? 그 사람이 코너의 연구실을 봉쇄하라고 명령했습니다. 아무도 출입하지 못하게 하라고요, 아침이면 봉쇄반이 도착할 거라고 했습니다. BSL-1 시설에 이런 조처를 할 것 같습니까?"

"그렇지는 않겠죠." 제이크가 말했다.

"그럼 아무래도 교수님과 이야기를 좀 해봐야겠습니다."

9

오키드의 손은 운전대의 10시 방향과 2시 방향을 쥐고 있었다. 그녀는 딱 붙는 검은색 포지에리 가죽장갑을 낀 손을 물끄러미 바라보았다. 그녀를 배신한 손이었다. 아직도 자신이 실패했다는 사실을 인정할 수가 없었다. 어디를 압박해야 하는지는 전부 알고 있었다. 그의 습관, 가족, 모든 것을 조사했다. 그러나 리암 코너는 그녀를 속여 넘기고 말았다.

마침내 입을 열고 자백했을 때 코너는 반죽음 상태였다. 그는 우즈마키를 코넬대학 캠퍼스 외곽의 숲속에 숨겨놓았다고 말했다. 그녀는 코너와 함께 연구실을 나섰고, 그를 따라 다리를 건넜다.

그리고 리암 코너는 뛰어내렸다.

그녀는 운전대에서 손을 떼어 손가락으로 허벅지를 두드렸다. 초조할 때 나오는 습관이 아니라, 키보드를 두드리는 것이었다. 그녀의 장갑 내피에는 압전기성 물질이 장착되어 있어, 손가락의 움직임에 따라 약한 전기 신호를 발산했다. 그녀의 안경 상단에 희끄무레한 녹색 글자들이 떠올랐다. **전령에게 가는 중.**

시간이 필요했다. 전령을 이용하면 시간을 확보할 수 있을 것이다.

검지와 엄지를 마주 붙이자, 안경에 장착된 초소형 카메라가 전방 도로의 모습을 찍었다. 약정에 따라 오키드는 이번 업무를 완벽하게 기록하고 있었다. 타임스탬프가 들어간 사진과 상세한 활동 내역을 처음부터 끝까지 남길 예정이었다. 고객이 요구하는 대로, 모든 사소한 내용까지 기록했다.

낡은 캠리는 그대로 길을 따라 달려갔다. 도로를 따라 늘어선, 군데군데 가로등 아래 고이는 흐릿한 불빛을 제외하면, 칠흑 같은 어둠이 사방을 감싸고 있었다. I-Deal 셀프서비스 창고 건물이 시야에 들어왔다. 그녀는 타이어에 밟히는 자갈의 진동을 느끼며 79번 국도를 벗어나, 이틀 전에 임대해서 필요한 정비를 끝마친 창고 건물에서 두 자리 떨어진 곳에 주차했다.

그녀는 2분의 시간 여유를 가지기로 하고, 눈을 감고 손을 맞잡은 채 엄지로 입술을 눌렀다. 침착하게, 자신이 있어야만 하는 곳에 있게 해주는 안정감을 불러오는 의식에 들어갔다.

2분 후 그녀는 다시 얼음처럼 차가워졌다. 그녀는 시트 뒤로 손을 뻗어 배낭을 끌어냈다. 그리고 위쪽 지퍼를 열어 내용물을 확인했다.

1. D-321G 적외선 고글

2. 펜 형식 X-액토 조각칼

3. 8인치 전정가위

4. 블레이저 초소형 부탄 토치

5. LSA-25를 채운 100시시 주사기

6. 샌드위치용 비닐 지퍼백에 넣은 존슨&존슨 의료용 반창고

7. 얼음을 채운 보온 지퍼백

그녀는 배낭을 어깨에 멘 채로 매끄럽고 조용하게 차에서 내렸다. 싸늘한 밤이었고, 아스팔트 위에는 군데군데 얼룩이 진 싸라기눈이 쌓여 있었다. 모든 의심을 차에 놔두고 온 그녀는 고요한 마음으로 정적 속을 걸어갔다. 손가락은 허벅지를 두드려서 '전령에게 접근 중'이라고 기록했다.

그녀는 I-Deal 209호 창고에 도착했다. 조심스레 다이얼을 몇 번 돌리자 번호 자물쇠가 달각 소리와 함께 열렸다. 그녀는 셔터를 2피트 정도 올리고 몸을 숙여 아래로 들어갔다. 그리고 문을 닫아서 칠흑 같은 암흑 속으로 모습을 감췄다. 안으로 들어가선 걸음을 멈추고 냄새를 확인했다. 나무와 금속과 희미한 화학물질 냄새가 났다. 아마 비닐일 것이다. 결국 될 수밖에 없기 때문에 벽과 바닥과 천장에 전부 비닐을 붙여놓았으니까.

그리고 다른 냄새들보다 강한, 한 가지 냄새가 더 있었다. 직업상

익숙한 냄새였다.

공포의 냄새.

그녀는 촉각에 의지해서 D-321G 야시 고글을 배낭에서 꺼내 눈 위로 착용했다. 어둠은 사라졌다. 3세대 야시 고글에는 인간의 눈에는 보이지 않지만 비소화갈륨 광전 음극과 321형 극소채널 감광판으로는 감지할 수 있는, 적외선을 내뿜는 손전등이 달려 있다. 방은 텅 비어 있었다. 구석에 서 있는 작은 자루 하나와 천장에 매달린 물체의 무게에 대롱거리는 나일론 밧줄만 제외하면.

방 가운데에 엎어진 자세로 밧줄에 매달려 있는 이 사람이, 바로 그녀가 준비한 전령이었다. 얼굴과 가슴만 빼고 인간 고치처럼 천으로 휘감긴 채로, 나일론 로프로 무릎에서 가슴까지 꽁꽁 묶여 매달려 있었다. 몇 시간 전에 브롱크스 어느 곳의 층계참에서 납치해 데려온 자였다. 팍스암즈 마크 24B 소형 투사체 발사기로 펜타닐을 칠한 다트를 쏜 다음, M-5050 해독제를 투여했다. 펜타닐에는 해독제를 정기적으로 주사하지 않으면 대상이 사망하는 부가 효과도 있어서 도주를 막기에는 제격이었다.

전령은 어둠 속에서 천천히 몸을 뒤틀고 있었다. 눈자위에 공포가 가득했다. 입에는 솜을 가득 물린 다음 테이프를 붙여놓았다. 이렇게 하면 낼 수 있는 소리가 신기할 만큼 극단적으로 제한된다. 사냥감이 일본인인데도 워낙 간단한 사냥이라 제대로 즐길 겨를도 없었다. 전혀 눈치도 못 채고 있었으니까. 물론 질문을 받는다고 해도 아시아에서 가장 몸값이 비싼 암살자가 자신을 목표로 삼은 이유는 짐작조차 할 수 없다고 대답했을 것이다. 사실 당연했다. 이 사냥감의 죄는 그런 이름을 가지고 있다는 것뿐이었으니까.

아무것도 보이지 않는데도 그녀가 다가오는 것을 느낀 모양이었다. 격렬해지는 몸부림에서 확인할 수 있었다.

그녀는 우선 약물을 주사한 다음, X-액토 조각칼을 들고 전령의 가슴팍에다 작업을 시작했다. 칼이 빠르고 날카롭게 움직이며 한자를 새겨 넣었다. 일본인이라 그런지 가슴 털도 방해될 만큼은 많지 않았다. 게다가 건강한 젊은이라 피부는 매끈하고 탄력이 넘쳤다. 피가 빗방울처럼 사방으로 튀었다.

글자를 마저 새기고 사진을 찍은 다음, 그녀는 흘러내리는 피를 거즈로 닦아냈다. 그리고 X-액토 조각칼을 집어넣고 전정가위를 꺼냈다. 처음에 묶을 때 중지를 제외한 다른 손가락은 전부 손바닥에 오므려 테이프로 붙여놓았기 때문에, 남자의 오른손은 엿을 먹이는 모양새가 되어 있었다. 그녀는 가윗날을 손가락이 손등과 연결되는 부분까지 바싹 가져다 댔다.

그리고 힘껏 눌렀다.

서걱!

남자는 신음을 흘리며 밧줄에 매달린 채로 몸부림쳤다. 피가 아래 깔린 비닐 시트 위로 떨어져 내리며, 그대로 가운데 웅덩이에 고였다. 주변으로 계속 핏방울이 떨어져 내려 잔물결을 만들었다. 비 내리는 소리처럼 들렸다.

그녀는 토치를 꺼내 불을 붙여서 상처를 지졌다. 피와 살점이 타는 역한 냄새가 그녀의 코를 간질였다.

이어 그녀는 잘린 손가락을 들어 거즈로 싼 다음, 보온 지퍼백의 얼음 속에 묻어서 배낭에 집어넣었다. 그리고 3분을 기다린 다음 출혈이 멎었는지를 확인했다.

그리고 도구를 치운 다음 다리에 대고 타자를 쳤다. 전령 준비 완료.

남자는 고치에서 꿈틀거리며 천천히 허공에서 회전했다. "걱정하지 마." 그녀는 한쪽 손으로 그의 머리 한쪽을 붙잡아 멈춰 세우고는 속삭였다. "내일이면 스타가 될 테니까."

셋째 날
10월 27일, 수요일
────────────────────
레터박스

잠을 이룰 수가 없었다. 제이크는 계속 몸을 뒤척이다 결국 포기해버렸다. 그는 자리에서 일어나 커피를 끓인 다음, 한밤중 어둠 속에 갇힌 아파트 안에서 천천히 걸음을 옮겼다. 기억 한 조각이 머릿속에 들어앉은 채로 그를 계속 괴롭혔다. 리암과 함께 세네카의 버려진 콘크리트 벙커 사이를 거닐며 대화를 나누던 기억이었다. 당시 제이크는 리암의 이야기를 단순히 인생의 짐을 내려놓으려는 노인의 추억담 정도로만 생각했다.

새벽이 오기 전, 어둠 속으로 뻗은 2차선 도로는 텅 비어 있었다. 가끔 반대 방향으로 농장의 픽업트럭이 지나갈 뿐이었다. 해가 뜨기도 전에 그는 96A 국도를 따라 이타카의 북서쪽으로 30마일 떨어져 있는 구릉지와 농장으로 가득한 전원 풍경 한가운데로 나왔다. 그는 작은 언덕 꼭대기에서 목적지 쪽으로 시선을 돌렸다. 헤드라이트에 비친 모습이 마치 폐허가 된 교도소 같았다. 한때 세네카 병기창이 었던 1만 에이커 넓이의 황무지를 세 겹의 철조망이 양파처럼 둘러싸고 있었다.

제이크에게 이곳의 역사를 일러준 사람은 리암이었다. 세네카 육군 병기창은 2차 세계대전에 대비하려는 루스벨트의 명령으로, 리암이 아직 아일랜드에서 학생으로 지내던 시절 건설되었다. 진주만에서 전함이 불타오르고 리암이 영국군에 입대할 차례를 기다리던 즈음에는, 세네카 병기창의 500개가 넘는 콘크리트 벙커가 온갖 병장기를 수납한 채로 전쟁 기계의 전진을 돕고 있었다.

전후에는 핵무기를 보관하기 위한 크고 새로운 벙커가 추가로 건설되었다. 이때쯤 리암은 이미 이타카에 와서 훗날 그의 명성을 높인 연구를 시작하는 중이었다. 병기창 또한 나름의 명성을 얻었다. 그 절정에서, 병기창은 1만 명 이상의 고용을 책임지는 작은 도시로, 이런 부류의 시설 중에서는 미국 최고 규모에 달했다. 제이크는 1980년대 후반 신문에 실린 사진을 떠올렸다. 벤저민 스폭 박사가 수천 명의 반핵 시위대의 응원을 받으며, 이곳의 철조망을 기어올라 안쪽 핵무기들의 존재를 환기시키던 사진이었다.

이제 이곳에 주목하는 사람은 아무도 없었다. 소련의 몰락과 함께 병기창은 문을 닫았고, 2000년에 공식적인 폐쇄 절차를 마쳤다. 이제 이곳의 주인은 사슴과 버드나무와 기러기였다. 외곽의 용지 일부가 떨어져 나가기는 했다. 한쪽으로는 교도소가 들어섰고, 다른 한

쪽으로는 청소년 센터가 자리 잡았다. 그러나 병기창의 중심부는 일종의 유령도시로, 거대한 콘크리트 영묘 건물로 남았다. 남북으로 8마일, 동서로 4마일의 공간에는 버려진 도로와 벙커 외에는 아무것도 없었다. 미국에서 가장 고립되고 통행량이 적은 지역 중 하나였다.

그는 철조망 바깥에 주차한 다음, 스바루에서 내려 후드 위에 걸터앉았다. 그리고 몸이 반쯤 얼어붙은 채로 줄지어 선 탄약고 벙커 너머로 슬금슬금 떠오르는 태양을 바라보았다. 한참 전에 사용이 중지된 불길한 콘크리트 건조물이 400피트씩 거리를 두고 서 있었다. 엉망이 된 도로가 그 사이를 가로질렀다. 풍경 전체가 천천히 잡초와 덤불 속으로 모습을 감추는 것처럼 보였다. 제이크는 벙커에 들어가본 적이 있는데, 곰팡이와 썩어가는 낙엽으로 가득한 축축하고 퀴퀴한 공간이었다. 리암은 그곳이 한때 핵무기를 보관했던 곳이라고 말했다. 격발장치는 다른 장소에, 경비 초소처럼 보이게 만들어놓은 흰색 건물 아래 보관되어 있다고도 했다.

리암은 병기창의 현재 관리자들에 연줄이 있었다. 이곳의 벙커에 최고 수준의 보안을 도입한 다음 컴퓨터 서버 보관소로 사용하려는 사업가 집단인 모양이었다. 속임수를 써서 게이트 하나의 열쇠를 손에 넣고, 심지어 아무 때나 방문해도 좋다는 허가까지 얻어놓았다. 그는 이곳에서 철조망 안쪽에 갇힌 희귀한 흰 사슴 무리로 실험을 하고 있었다. 폐쇄된 환경에서 유전적 다양성을 확인하는 실험이라고 했다.

리암은 이곳에 오면 보다 명확하게 생각할 수 있다고, 눈앞에 닥친 계획표의 요구로부터 정신을 방어할 수 있다고 말하곤 했다. 제이크는 이곳에 드리운 과거의 묵직한 무게가 사소한 문제를 날려버리는 것 같다고 생각했다. 제이크는 리암의 권유를 받아들여 여러 번 이곳을 방문했고, 두 사람은 되는대로 헛소리를 지껄이며 늘어선 콘크리트 벙커 사이를 함께 거닐곤 했다.

두 사람의 대화는 종종 전쟁이라는 주제로 돌아갔다. 그들이 겪은 전쟁, 그리고 앞으로 일어날 전쟁에 대해서. 두 사람 모두 미래를 예지하는 수정구 안에서 본 모습이 마음에 들지 않았다. 그들은 기술의 방향성에 대해 이야기를 나누다가, 이윽고 지난 50년 동안 미소 세계의 혁명이 진행되어왔다는 결론에 이르렀다. 이 혁명을 통해 정보를 새로운 단계에서 조작하고 통제하는 일이 가능해지자, 그에 맞춰 전쟁의 양상도 바뀌기 시작했다. 또한 전투 자체에서 사용하는 도구도 바뀌었다. 마침내 군 장성들도 거대 병기의 자리를 초소형 병기가 대체할 것이라는 점을 깨닫고 있었다.

탱크와 전투기가 지상과 공중에서 전투를 벌이는 시대는 이제 끝나고 있었다. 미래의 전쟁은 수천 가지 방향에서 일제 공격을 감행할 수 있는 초소형 병기를 이용해, 극도로 좁은 전역에서 벌어질 것이다. 컴퓨터 네트워크 안에서, 인간의 체내에서 벌어질 것이다. 사이버 전쟁. 크롤러와 같은 준자율 로봇. 생물학병기.

그렇게 이곳을 방문한 어느 날, 리암이 우즈마키에 대한 이야기를 들려주었다.

제이크는 리암이 털어놓는 일곱 명의 특공대원과 끔찍한 실린더에 대한 이야기를 듣고 충격을 받았다. 그런 일곱 명 중 한 사람을 태운 일본군 잠수함이나, USS 뱅가드호가 그 잠수함을 발견한 이야기도 마찬가지였다. 237명의 목숨과 함께 우즈마키를 순식간에 파괴해버린 끔찍한 핵폭발에 대해 이야기할 때, 리암의 눈은 격렬하게 타오르는 것만 같았다.

"개자식들이야." 리암은 이렇게 말했다. "윌로우비. 맥아더. 놈들은 우즈마키를 손에 넣고 싶었다네. 그리고 실제로 성공했지. 계속 비밀로 하고 있었어. 731부대의 끔찍한 악행과 함께 전부 기밀로 묻어놓고 있었다네. 그런데 이제 NSA의 비열한 놈들과 던이라는 작자가, 데트릭에서 그걸 재현하려 하고 있단 말일세."

리암은 아이러니가 섞인 웃음을 머금었다. "정말 끔찍한 녀석 아닌가? 골무만 한 용기에 담아 나를 수 있는 작은 균사체 조직이, 이곳에 저장되어 있던 모든 무기를 합친 것보다 더 위험할 수도 있단 말일세."

제이크는 벙커 너머를 멍하니 바라보았다.

11

《뉴욕 타임스》 부고란은 거의 한쪽을 가득 채웠다.

저명한 생물학자이자 마지막 남은 분자생물학의 창시자 리암 코너, 86세로 영면

벤저민 D. 루드게이트

선택 적응의 비밀을 풀어내 노벨상을 받은 리암 코너가 화요일 아침 뉴욕주 이타카에서 사망했다. 고인이 60년 동안 교편을 잡고 연구를 수행해온 코넬대학교 측에서 사망 소식을 발표했다. 고인의 유해는 캠퍼스 내의 계곡 아래에서 발견되었다. 사망에 얽힌 정황은 아직 수사 중이다.

고인은 DNA의 구조를 밝힌 제임스 왓슨과 프랜시스 크릭의 동시대인으로, 이동하는 유전요소에 관한 연구와 DNA가 세포핵뿐 아니라 세포의 다른 부분에도 존재한다는 사실을 발견한 업적으로 잘 알려져 있다. 그의 업적은 세포 및 진화생물학에 혁명을 일으켰다.

리암 코너는 1924년 아일랜드의 코크 카운티에서 자영업자의 여섯째로 태어났다. 고인은 어린 시절부터 식물과 버섯에 매료되었으며, 스스로 고안한 분류 체계에 따라 수집한 생물에 대한 백과사전에 가까운 지식을 수득했다. 고인은 14세부터 부친의 명에 따라 코크대학(당시 퀸스대학)의 교수였던 시머스 베일리를 스승으로 삼아 수학하였다. 몇 년 지나지 않아 고인은 전국에서 가장 유망한 젊은 생물학자로 이름을 떨치게 되었다. 1943년 고인은 시인이자 수필가인 이디스 서머빌과 결혼하여, 그녀가 2004년 사망할 때까지 부부 관계를 유지했다.

1942년 리암 코너는 영국군에 입대했다. 이후 4년 동안 고인은 영국군의 생화학 병기 연구소인 포트다운에 복무하며 추축국 병기의 대응책을 고안하는 임무를 수행했으며, 대전 말기에는 잠시 일본 쪽 병기의 대응도 맡았다. 1946년 고인은 미국으로 이주해서 메릴랜드주 프레드릭에 있는 캠프 디트릭(훗날의 포트 데트릭)에서 3년 동안 생물학병기에 대응하는 기밀 연구를 수행했다.

고인은 1950년에 코넬대학교로 근무지를 옮겨 농학부 교직원으로 근무하기 시작했다. 처음에 착수한 연구는 균류 분류 작업이었으며, 이 작업은 발전을 거듭하여 현재 40만 종 규모의 코넬 식물병리학 표본으로 남아 고인의 손녀인 마거릿 코너의 관리하에 있다. 그는 평생 표본 목록에 넣을 새로운 종을 확보하기 위해 전 세계를 여행했고, 특히 중국 북동부와 남아메리카의 생물종에 심혈을 기울였다.

고인이 처음 혁신적인 발견을 한 것은 1950년대 초반이었다. 바버라 매클린톡의 업적에 기초하여, 그는 유전체 내에서 이동할 수 있는 염기 서열인 트랜스포존을 연구했다. 코너는 이런 트랜스포존이 특정 유전자의 발현을 제어할 수 있음을 증명했고, 레트로바이러스가 트랜스포존의 특수한 형태라는, 훗날 옳다는 사실이 증명된 가정을 제시했다. 이보다 혁명적인 업적은 내공생(內共生)에 대한 실험으로, 1909년 러시아의 식물학자인 콘스탄틴 메레즈코프스키가 처음 제시한 개념에 기반을 둔 연구였다. 코너는 생물학자 린 마굴리스와 함께 미토콘드리아와 같은 주요 세포 구성요소가 원세포에 섭식당한 박테리아라는 사실을 증명해 보였다. 처음 제안했을 때는 심한 논란을 불러일으킨 개념이지만, 이제 내공생은 복잡성이 높은 생명체의 진화에 있어 중요한 초석이었을 것이라고 인정받고 있다.

고인은 1960년에 미국 국립과학원의 회원으로 선출되었으며, 1972년 울프상을, 1978년 국립 과학 훈장을, 그리고 1983년에 바버라 매클린톡과 함께 노벨 생리학 및 약학상을 받았다. 또한 퀸스 칼리지, 베이징대학, 시카고대학을 비롯한 전 세계 열일곱 개 교육기관에서 명예박사 학위를 받았다. 미국 과학진흥협회에서는 20세기의 가장 영향력 있는 생물학자 10인 중 하나로 고인을 선정한 바 있다.

학문적 업적 외에도, 고인은 FBI, CIA, 군대에 기밀 정보를 제공하는 학문 분야의 싱크탱크인 JASON의 창립 멤버이기도 했다. 닉슨 행정부의 국무 차관보였던 존 란드는 "코너가 한 일이다. 1969년에 생물학병기를 이용하는 공격 계획을 포기하도록 닉슨을 설득한 사람이 바로 코너였다"고 진술했다. 고인은 또한 1972년의 생물학병기 협정을 배후에서 주도한 사람 중 하나이기도 했다. 코너는 이 문제에 대해 항상 열성적으로 활동해왔으며, 미국에서 지난 수년간 진행되어온 방위를 위한 생물병기 사업에 적극적으로 반대 의사를 표하기도 했다.

동시에 코너는 생명공학의 건설적인 사용을 지칠 줄 모르고 설파하는 선각자이기도 했다. 그는 합성생물학 분야의 주요 옹호자로서, 여러 편의 사설을 쓰고 의회에 영향력을 행사하기도 했다. 미래에 찾아올 세포와 미소전자공학의 공생을 묘사한 그의 책 『통합』은 이 분야의 고전으로 여겨지고 있다.

고인은 외동딸과 손주 세 명, 증손자 한 명을 유족으로 남겼다. 마지막 순간까지 고인은 과학자로서 연구를 계속했다. 고인은 작년에 국방고등기획연구소(DARPA)가 주최한, 자율행동 소형 로봇을 주제로 삼은 그랜드 챌린지 우승팀의 일원이었다. 그 프로젝트의 동료

였던 제이크 스털링은 "다른 말로 표현할 수가 없습니다. 그분은 천재셨습니다"라고 말했다. 고인은 3년 전 모 인터뷰에서 자신의 가장 큰 업적이 무엇이냐는 질문에 이렇게 대답했다. "그걸 해내려고 지금도 노력 중이라오."

신문을 내려놓는 매기의 눈에 눈물이 글썽거렸다. 신디가 그녀의 어깨에 손을 올렸다. 두 사람만 있는 아침 식탁은 조용했다. 다른 사람들은 전부 아직 잠자리에 있었다.

매기가 부고란을 톡톡 치며 말했다. "존경심이 가득 담긴 기사네."

"당연하잖아."

"거의 다 몇 년 전에 써놓은 내용일 거야."

"그렇겠지."

매기는 조심스레 신문을 접어서 식탁 위에 내려놓았다. 1면의 기사는 아부가 좀 덜하고, 그가 자살한 이유에 대한 다양한 추측으로만 가득했다. 폴 크릭 계곡 상공에서 찍은, 현수교 양쪽으로 말 그대로 수천 명의 사람이 모여든 사진을 사용하고 있었다.

"매기? 괜찮은 거지?" 신디가 물었다.

매기는 자신이 머리를 움켜쥔 채 식탁을 내려다보고 있다는 사실을 깨달았다. "할아버지가 뛰어내린 비디오 화면이 계속 떠올라." 그녀는 손으로 얼굴을 문지르며 중얼거렸다. "할아버지하고 함께 다리 위에 있었던 여자도. 그 여자가 열쇠가 분명해. 리암 할아버지는 아무 이유 없이 뛰어내리실 분이 아니야. 아무 이유도 없이 딜런이 이런 일을 겪게 하실 리가 없다고."

"아직 그 여자 소식은 없는 거지?"

"응. 20분 전에 경찰서에 전화해봤어. 없더라고."

매기는 탈진 상태였다. 어젯밤에도 대여섯 번은 잠에서 깨어났다. 딜런이 안전한지를 확인해야 한다는 비이성적인 충동이 일어났기 때문이다. 그녀는 아들이 아직 잠들어 있는 침실 쪽을 멍하니 바라보았다. 지난 스물네 시간은 아들에게 지독히도 힘들었다. 딜런에게 증조할아버지는 우상이나 다름없었으니까. 매기는 딜런이 태어나고 여섯 달 후에 아들의 생물학적 아버지인 아서 믹스와 헤어졌다. 하버드의 경영분석학 교수였는데, 아들과 가까운 관계를 유지하는 데는 관심이 없어 보였고, 매기 또한 오래전에 강요하기를 포기해버렸다. 1년에 한두 번 정도는 만났지만, 딜런은 아서를 아버지라기보다는 먼 친척 아저씨 정도로 여겼다.

딜런은 아주 뛰어난 아이였지만, 이런 사건은 아홉 살 아이로서는 견디기 힘들 것이다. 아버지가 췌장암으로 사망하고 같은 해 어머니도 세상을 떠난 후, 매기는 지독하게 힘든 시간을 보냈다. 그것조차 매기가 스무 살 때의 일이었다. 딜런은 그 절반밖에 안 되는 나이였다. 게다가 공황 발작을 겪고 있었다. 바로 지난달만 해도 한낮에 학교로 달려가서 딜런을 데려와야 했다. 아들은 가슴이 아프다고 말했다. 자신이 죽을 거라고 확신한다고 말했다.

딜런은 아동정신과 의사와 면담을 하고 있었다. 매기와 비슷한 나이에 아이가 있는 사람이었다. 하지만 차도는 별로 없었다. 그녀는 딜런의 공황 증상이 심해지면 약물 투여를 고려해봐야 한다고 했지만, 매기는 그런 상황까지는 이르지 않기를 빌고 있었다.

누군가 정문을 두드렸다. "누구세요?" 신디가 깜짝 놀라 물었다. 방문객은 미리 연락해서 진입로 앞에 있는 경찰 저지선의 통과 허가를 받아야 한다. 언론에서 끈질기게 덤벼들고 있었다.

"내가 나가볼게." 매기가 말했다. "아마 멜일 거야. 리암 할아버지 변호사 말이야. 몇 분 전에 통화했거든."

문을 열자 멜빈 로린스가 큼지막한 접이식 서류철을 겨드랑이에 낀 채로 서 있었다. 마지막으로 멜을 만난 것은 넉 달 전 그의 아내 장례식장에서였다. 거의 리암만큼이나 나이를 먹은 사람으로, 허리가 구부정한데도 놀라울 정도로 큰 키에, 커다란 거미 같은 손을 가진 남자였다.

"매기, 갑자기 방문해서 미안하구나."

"언제 오서도 환영해드릴 텐데요. 자, 들어오세요."

"꼭 그럴 필요는 없다. 사실 너희 할아버지하고 약속하지 않았더라면 구태여 찾아오지도 않았을 거다." 그는 이렇게 말하며 접이식 서류철을 내밀었다.

"이게 뭐예요?"

"네 서명이 필요한 서류다. 유언장 사본이야. 집문서도 있고, 다른 것들도 있다. 네가 놀랄 만한 것도 있을 거야. 리암은 제법 여러 군데 투자하고 있었단다."

"무슨 투자요?"

"일단 살펴봐라. 자세한 회계 내역을 기록해놓은 장부가 있다. 편지도 한 통 있고. 네 앞으로 쓴 거란다."

"편지라고요."

그는 고개를 끄덕였다.

"할아버지가 이걸 언제 맡기신 거예요?"

"2주 전이다. 자기가 세상을 떠나면 최대한 빨리 이걸 전달해달라고 하더구나. 개인적으로 말이야. 큰 소리로 맹세하게 했단다."

다시 눈물이 고이는 것이 느껴졌다. "2주 전에요? 농담이시죠? 어때 보이셨어요?"

"평소하고 똑같았지. 농담도 했단다. 이런 식으로 말하더구나. '만약의 사태를 대비하는 것뿐일세. 버스에 치이거나 할 수도 있으니까. 아직 아무 데도 갈 예정은 없거든.'"

"진심으로 말씀하시는 것 같던가요?"

"당시에는 그렇게 생각했다. 지금은⋯모르겠구나, 매기. 이 상황이 전혀 이해가 되지 않아. 그 친구는 너하고 딜런을 정말로 사랑했단다. 항상 너에 대해 이야기했지. 너를 정말 자랑스럽게 여겼단다⋯." 멜은 말을 멈추었다. 그 또한 목이 메는 모양이었다.

매기는 눈가를 훔쳤다. 간신히 말을 꺼낼 수 있었다. "혹시 할아버지가… 이 상황을 준비하고 있었다고 생각하세요?"

멜은 고개를 저었다. "정말로 모르겠다. 사람을 읽는 데는 꽤나 자신이 있었는데도, 너희 할아버지가 나를 속이려 들면 알아챌 수가 없었어. 달이 아이스크림으로 만들어져 있다고 말해도 나는 믿었을 거다." 그는 마치 마룻널에서 다른 답을 찾아내기라도 하려는 것처럼 시선을 떨궜다. "자부심이 강한 친구였지. 재능도 많았고, 나이를 먹으면 재능이 사라져가는 것이 느껴진단다." 그는 다시 고개를 저으며 손으로 얼굴을 쓸었다. "늙는다는 건… 힘겨운 일이란다. 세상의 색이 천천히 빠져나가지. 그러다 어느 순간에 이르면 아무것도 남지 않아."

"그래서 자살이라고 생각하시는 건가요?"

"유감이구나, 매기." 그는 손을 내밀어 매기의 팔을 토닥였다.

그녀는 서류철을 들고 침실로 돌아와서, 아직 정리하지 않은 침대 가운데에 펼쳤다. 그리고 한 발짝 물러나서 정신을 가다듬었다. 할아버지가 자신을 위해 이걸 준비해놓으신 것이다. 돌아가시기 전에.

자신이 죽을 거란 걸 알고 있었을지도 모른다는 뜻이다.

편지는 바로 발견했다. 하얀 봉투에 수신인의 이름만 적혀 있었다. 매기 코너. 할아버지의 낯익은 글씨체였다.

손가락으로 글자를 훑으니 하얀 종이에 흑연 자국이 번졌다. 책상 앞에 쭈그리고 앉아 있는 할아버지의 모습이 눈앞에 어른거렸다. 할아버지는 편지 쓰기의 달인이었다. 단어 하나하나에 자신의 모습을 불어넣는 사람이었다. 몇 쪽에 걸쳐서 과학의 착상이나 예이츠에서 베케트까지 온갖 작가들에게서 빌려 온 단어로 그림처럼 구성하곤 하셨다. 할아버지의 편지는 마법처럼 아름다웠다.

그녀는 봉투 안을 들여다볼 수가 없었다. 아마 할아버지에게서 직접 전달받는 마지막 물건일 테니까. 할아버지가 존재하던 과거와 할아버지가 존재하지 않는 미래를 나누는 일종의 분기점처럼 느껴졌다. 이 경계선을 넘고 싶지 않았다.

그녀는 일단 편지는 잠시 미루기로 하고 서류철의 나머지 내용물을 살펴보았다. 법률 서류가 가득했지만, 부동산 서류와 마찬가지로 개인적인 내용은 조금도 없었다. 그녀는 이내 멜이 언급한 장부를 발견했다. 서두의 스프레드시트에는 리암 코너의 주식 보유 현황이 기록되어 있었다. 구입 일자와 매수 가격, 현금화했을 때의 가치에 대한 연례 보고도 포함되어 있었다.

매기는 충격을 받았다. 리암은 명석한 과학자일 뿐 아니라 명석한 투자가이기도 했다. 1950년에 1,200달러를 들고 주식판에 뛰어든 리암은 IBM, 인텔, 애플의 주식을 차례로 구매하며 자산을 불려나가 결국 구글에 이르렀다. 숫자를 제대로 이해한 것이라면, 리암의 재산은 수백만 달러에 달했다.

매기는 장부를 침대에 내려놓았다. 이게 전부인 걸까? 돈뿐인 걸까? 돈 따위는 아무 필요도 없다. 그녀가 원하는 것은 할아버지의 재산이 아니었다.

1,000만 달러의 값어치가 있다고 해도 아무 상관도 없었다. 이유만 알 수 있다면 그 정도는 전부 포기할 수 있다.

매기는 남은 서류를 뒤적여보았지만, 중요해 보이는 내용은 조금도 없었다.

편지만 빼고.

그녀는 천천히, 떨리는 손으로 봉투를 뜯었다. 그리고 심호흡을 몇 번 하며 감정을 다스리려 애썼다. 고작해야 편지를 펼치는 일인데, 이렇게 두려울 거라고는 상상조차 하지 못했다. 할아버지가 뛰어내린 진짜 이유를 알게 될지도 모른다는 사실이 이렇게 두려울 줄이야.

진정해, 매기. 마음 단단히 먹어.

그녀는 편지지 크기의 얇은 노란색 종이를 봉투에서 꺼냈다.

매기야,

딜런에게 마지막으로 황무지로 나가보자고 말해라.

제이크가 그 근처를 알 거다.

코끼리가 훼를 틀고 쉬는 곳이 어딘지 물어보거라.

정말로 사랑한다.

할아버지

"우리 보스가 사건 수사를 종결하라는 엄청난 압박을 받는 모양입니다." 비크래프트는 제이크와 함께 승강기를 타고 올라가며 이렇게 말했다. 두 사람은 캠퍼스 심장부에 새로 세운, 면적이 26만 제곱피트에 달하는 거대한 건물인 웨일 홀 안에 있었다. "자살이라고 선언하고 넘어가라는 겁니다. 기자들이 그 사람 집무실 밖에 진치고 있는 모습 보셨죠. 게다가 교무처장이 한 시간에 한 번씩 전화를 걸어오는 모양이더군요. 모두 2교대로 정신없이 일하는 상황입니다만, 서장은 아직 버티고 있습니다. 뭔가 수상한 낌새가 있다는 거죠."

비크래프트는 '상자 속의 크롤러' 프로젝트에 대해 필요한 모든 것을 알기 위해 이곳에 왔다. 지쳐서 입이 풀리는지 오늘따라 말이 많은 느낌이었다. 제이크는 이 기회를 이용하기로 마음먹고 질문을 던졌다. "경위님이 보기에는 어떻습니까?"

"끔찍하게 뒤가 구리죠. 다리에 있던 여성도 못 찾았고, 사라진 크롤러도 못 찾았고. 게다가 포트 데트릭 사람들이 입에 지퍼를 채운 채 이리로 오는 중이라더군요."

웨일 홀의 3층에 이르러 승강기 문이 열렸다. 두 사람은 중앙 공간을 건너 멸균 백색 도료를 칠한 복도를 따라 걸음을 옮겼다. 제이크는 '합성생물학-V. 글라츠먼'이라는 문패가 붙은 문 앞에서 걸음을 멈췄다. 문패 아래에는 그 안에서 발견할 수 있는 다양한 위험을 경고하는 검은색과 노란색 스티커들이 줄줄이 붙어 있었다. 제이크는 문을 밀어 열었다. "블라드?"

러시아인이 껌을 한가득 씹으면서 모습을 드러냈다. 블라드는 금연을 시작한 후로 상습적으로 껌을 씹었다. 술 마실 때만 껌을 뱉는 모양이었다.

제이크가 개요를 설명했다. 블라드는 주머니에서 껌 상자를 꺼내 비크래프트에게 권했다. 그는 고개를 저어 거절했지만, 블라드는 끈질겼다. "진짜로? 무려 과일 맛인데." 다시 거절당한 블라드는 자기 입에 한 줌을 털어 넣고는 말했다. "이쪽으로 오시게."

DNA 합성, 유전자 염기 서열 분석, 플라스미드 전달 감염, 유전자 설계에 필요한 장비가 세팅된 실험대를 줄지어 지나갔다. 땅딸막한 러시아인은 계속 그들을 끌고 가다가 구석에 있는 긴 탁자 앞에서 걸음을 멈추었다.

블라드는 입으로 팡파르를 울리며 주머니에서 담뱃갑 크기의 플렉시글래스 상자를 하나 꺼낸 다음, 비크래프트가 볼 수 있도록 들어 올려주었다. 안에는 컴퓨터 회로와 복잡한 초소형 기계가 마치 작은 공장처럼 가득 차 있었다. "NEWTON일세. 사실은 약어지만. 올리고뉴클레오티드 나노 유전자 분석을 위한 침형 전기 습윤 기술의 약자일세."

비크래프트는 고개를 저었다. "다시 한 번 말씀해주시겠습니까?"

"BSL-4 분석 실험실을 본 적 있나? 가장 위험한 병원균을 다루는 곳 말이야. 에어 록에 문에 압력 작업복까지 세상의 거창한 장비는 전부 모아놨지. 꼴이 꼭 심해 밑바닥에서 작업하는 것 같거든. 아마 전국에 한 열 군데쯤 있을 텐데, 작은 시설이라도 수천만 달러가 들어가지."

"이게 그런 실험실을 대체할 수 있다네." 그는 상자를 두드리며 말했다. "BSL-4 등급의 실험실을 길이 6인치, 폭 4인치, 높이 2인치짜리 방 안에 욱여넣는 셈이지. 전부 해서 1,000달러도 안 들지."

이어 블라드는 유리 슬라이드를 하나 꺼내더니 비크래프트에게 건넸다. "침 한번 뱉어보게."

"슬라이드에요? 이유가 뭡니까?"

"좀 어울려줘 봐."

비크래프트는 슬라이드에 침을 뱉었다. 블라드는 슬라이드를 들어 영상 모니터에 연결된 현미경 아래 놓았다. "당신이 천연두 바이러스를 가지고 있을지도 모르는 상황이라 해보세. 그럼 뭘 해야 할까? 슬라이드에 침을 뱉게 한 다음에, 뉴턴을 작동시키면 되는 거야."

블라드는 뉴턴 상자를 유리 슬라이드 근처에 놓고 레이저 포인터와 블랙베리를 꺼내더니 키보드를 두드렸다. 그들의 눈앞에서 뉴턴 상자 전면의 작은 문이 열렸다. 크롤러 한 마리가 기어 나오더니 탁자에서 종종걸음 쳤다. 비크래프트는 뒤로 반걸음 물러섰다.

"전자기파 신호로 조종하는 겁니다. 기본적으로는 휴대폰과 같은 원리지만, 주파수 대역이 다르죠." 제이크가 설명했다. 블라드가 레이저 포인터를 크롤러에 조준하자, 작고 붉은 점이 탁자 위에 떴다. 크롤러는 광선을 감지했는지 그쪽으로 옆걸음질을 했다. 녀석은 블라드가 광선을 움직이는 대로 탁자 위를 이리저리 돌아다녔다.

비크래프트는 감탄한 표정으로 그 모습을 지켜보았다. "빛을 따라다니는 겁니까?"

"열입니다." 제이크가 말했다. "크롤러에는 복사열 검출 장치가 달려 있습니다. 손에서 발산하는 열 신호도 감지할 수 있을 정도죠."

블라드는 크롤러를 포마이카 실험대로 이끌어서 유리 슬라이드 위로 올렸다. 그리고 블랙베리의 키를 눌렀고, 크롤러는 그 자리에서 멈추었다.

50배로 확대된 크롤러가 영상 화면을 채웠다. 마치 냇가에서 물을 마시는 사슴처럼 비크래프트의 침을 들이켜고 있었다.

"잘됐군." 블라드가 말했다. "크롤러가 시료를 확보한 거야. 그럼 이제 집으로 돌려보내보실까." 그는 블랙베리와 레이저 포인터를 이용해 크롤러를 상자 쪽으로 이끌었다. 문이 열리고 크롤러가 안으로 들어갔다. "실제로 위험한 상황이었다면 바로 옆방에서 했겠지. 아니면 이웃 주에서 했을 수도 있고."

블라드는 상자를 들어 현미경 아래 놓았다. "자, 이제부터가 흥미진진할 거야." 그들은 크롤러가 상자 안으로 들어가 긴 주둥이에서 침방울을 토해내는 모습을 바라보았다. 투명 플라스틱 조각 위에 둥글고 탁한 액체 방울이 맺혔다. 크롤러는 상자 구석으로 퇴각했다.

블라드가 버튼을 누르자 방울이 가느다란 관을 따라 빨려 들어가서, 다양한 소형 관이 얽힌 미로 속으로 사라져버렸다. "처리 준비 단계지." 블라드가 말했다. "타액에서 DNA를 분리해내는 거야." 잠시 후 조금 더 투명해진 침방울이 반짝이는 은빛 초원처럼 보이는 표면에 실려 다시 등장했다. 초원 아래로 전자회로의 윤곽이 희미하게 보였다.

"시료 준비가 끝났군." 블라드는 화면에 떠오른 거의 완벽한 구체를 가리키며 이렇게 말했다. "지금 이 시료 방울은 특수한 컴퓨터 칩 위에 있다네. 이 칩의 표면에는 실리콘을 에칭해 만든 작은 바늘이 빽빽하게 서 있지. 바늘 하나의 지름은 100나노미터 이하라네. 소수성, 그러니까 물을 싫어하는 성질 때문에, 방울이 표면에 떠 있는 거지.”

“빛나고 있는 것 같습니다만.” 비크래프트가 말했다.

“형광을 발하는 거야.” 블라드가 말했다. “저 방울 안에는 DNA에 달라붙는 염료 분자가 들어 있거든. 그래서 빛이 나는 거지.”

블라드가 현미경을 조작하자 화면이 뒤로 물러나며, 초원은 완벽한 정사각형의 소형 정원으로 변했다. 정원 옆에는 이름표가 붙어 있었다. 실리콘에 새긴 알파벳 열다섯 개였다.

AAACGACTTACGTAT. 블라드는 화면을 더욱 뒤로 당겨 수많은 정사각형 정원이 잡히도록 만들었다. 구역마다 A, C, T, G를 조합해 만든, 제각기 다른 알파벳 열다섯 개가 적혀 있었다. 유전자 부호였다.

블라드가 블랙베리를 조작하자 액체 방울은 갑자기 납작해지더니 바늘의 초원으로 떨어져 틈새로 스며들었다. “가볍게 전류를 흘려주면 물방울이 바늘에 들러붙게 되지.”

“쇠꼬챙이 블라드죠.” 제이크가 말했다.

블라드는 비크래프트를 흘끔 돌아보며 말했다. “자기가 재밌는 줄 안다니까.” 그리고 그는 블랙베리의 키를 하나 눌렀다. “좋아, 기상!” 방울은 다시 한 번 온전한 구체가 되어 바늘 위로 떠올랐다.

“이해가 안 됩니다만.” 비크래프트가 말했다. “이게 병원체를 검출하는 일과 무슨 연관이 있는 겁니까?”

“저 방울은 말하자면 소형 시험관 같은 걸세. 구역 하나마다 서로 다른 종류의 병원균을 확인하지. 여기서 방울을 내려앉게 만들면…" 블라드는 방울을 옆의 초원으로 옮긴 다음 하강시켜, 다시 바늘에 꿰뚫리게 만들었다. "이 바늘에는 올리고가 결합되어 있다네. 그러니까 외가닥 DNA의 짧은 조각 말이야. 제각기 서로 다른 종류의 병원체에서 가져온 유전자 서열이지. 만약 방울 속의 DNA가 바늘에 붙어 있는 DNA와 일치한다면 결합을 할 걸세. 외가닥 DNA는 서로 결합해서 이중나선을 만드니까. 서열이 일치하지 않으면 결합하지 않겠지." 키를 누르자 방울은 다시 허공으로 튀어 올랐다.

방울이 갑자기 움직이더니, 미로 속의 쥐처럼 정신없이 정원 사이를 이리저리 움직였다. 방울이 다른 정원에 도착해서 다시 내려앉았다 튀어 올랐다. "각각의 병원체에 대해 이런 식으로 계속 확인을 하는 거야." 방울이 쏜살같이 칩 안을 이리저리 돌아다니며 납작해졌다가 다시 튀어 오르기를 반복하는 모습을 보며, 블라드가 말했다.

비크래프트는 사각형 하나를 가리켰다. "잠깐. 저기 빛나는 곳이 있습니다만."

"DNA가 일치하는 곳이 있었군. 상보 외가닥 DNA가 발견된 걸세. 그러면 방울을 따라 떠나지 않고 연인처럼 철썩 들러붙게 되거든."

"그래서 저 사각형이 빛나는 거로군요."

블라드는 고개를 끄덕였다. "그걸 통해 어떤 병원체인지 알 수 있는 거지." 블라드는 빛나는 구역 한쪽 칩에 적힌 서열을 읽었다.

CACGTGACAGAGTTT. "흠. 인간 파라인플루엔자 바이러스 구면."

비크래프트는 움찔하며 뒤로 물러섰다.

블라드는 그의 어깨에 손을 얹으며 말했다. "평범한 감기일세."

비크래프트가 말했다. "이 연구에서 코너 교수님이 담당하던 부분은 뭡니까?"

블라드는 고개를 끄덕였다. "이 칩은 바이러스에 대해서는 잘 작동하지. 바이러스는 아주 쉽거든. 유전물질을 단백질 껍질로 싸놓은 것뿐이니까. 가벼운 처리만 몇 번 해주면 DNA나 RNA가 쏟아져 나오고, 그런 다음에 PCR을 몇 번 돌려서 수를 늘리면 되지. 하지만 박테리아나 균류는 문제가 다르거든. 녀석들의 유전자는 세포핵 안에 들어 있고, 세포핵은 세포막에, 세포막은 세포벽에 싸여 있으니까."

제이크가 말을 받았다. "코너 교수님은 그런 경우에 사용할 방법론을 개발하고 계셨습니다. 크롤러를 이용해서 시료를 수집하고, 세포를 잘라 열고, DNA를 추출하는 모든 준비 과정을 작성하는 거죠. 부패의 정원이 그분의 실험 장소였습니다. 크롤러에게 상상할 수 있는 모든 종류의 유전자 실험 방법을 가르치고 계셨죠. 그분의 방법론은 이 연구에 아주 간단히 적용할 수 있는 것이었습니다."

"그리고 조언도 해줬지." 블라드가 말했다. "그 친구는 주제를 하나 꺼내면 온갖 지식이 쏟아져 나오니까. 연관된 거라면 뭐든. 균류, 박테리아, 바이러스. 전염병의 역사와 생물병기로 사용된 실례까지도."

비크래프트는 제이크를 바라보았다. "코너 교수님이 위험한 연구는 하지 않았다고 말씀하셨을 텐데요."

"물론입니다. 체계를 구성하는 중에는 무얼 사용하든 상관없지 않습니까. 리암은 정원에서 키우는 무해한 균류 중 하나를 골라 사용했습니다."

"그럼 다시 한 번 확인하죠. 위험한 병원체를 이용한 연구는 전혀 하지 않았다는 겁니까?"

"그렇습니다." 제이크가 말했다.

블라드가 끼어들었다. "나도 마찬가지야. 무해한 놈들만 사용해서 기술을 개발하는 중이니까. 감기 리노바이러스나 $E.$ 콜라이(대장균)나. 전부 이미 체내에 있는 놈들이라고."

비크래프트는 아직도 마뜩잖은 표정이었다. "크롤러를 위험한 용도로 사용할 수 있습니까?"

"이를테면?"

"저도 모르죠. 병원체를 검출하는 대신 만들거나 하는 일도 가능합니까?"

"그럴 리가." 블라드가 말했다. "그러려면 크롤러만으로는 턱도 없어. 제대로 된 실험실이 필요하다고."

수사관은 눈가를 문질렀다. "그러니까 확실히 합시다. 크롤러 몇 마리가 사라졌다고 해서 그것만으로는 조금도 위험하지 않다는 거죠."

제이크가 입을 열었지만, 블라드가 먼저 대답했다. "뭐, 그런 셈이지. 그 자체로는."

비크래프트는 러시아인 과학자를 물끄러미 바라보았다.

제이크는 무슨 말이 이어질지 짐작하고 있었다. 그와 블라드는 종종 밤늦게 술을 걸치며 온갖 이야기를 나누곤 했다. 곤충 로봇을 이용한 차세대 전쟁. 사회에 불만을 품은 청소년이 리노바이러스와 천연두 바이러스를 조합해서 미국 인구 절반을 몰살해버리는 상황까지도.

블라드는 말을 이었다. "하지만 병원체를 이미 확보한 경우라면 어떻겠나? 크롤러 안에 병원체를 보관할 수도 있지. 크롤러는 껌 상자 안에 넣어서 가지고 다닐 수 있는 물건일세. 게다가 풀어놓으면 말 그대로 어디라도 들어갈 수 있어. 환기구로 들어갈 수도 있고, 문 아래로 기어들 수도 있고, 심지어 사람을 물 수도 있고. 상처에 병원체를 주입할 수도 있지. 퍼트리고 싶은 병원체가 있는 경우라면? 크롤러는 최고의 매개체가 될 수 있을 걸세."

제이크의 주머니에서 벨 소리가 울렸다. 휴대폰을 끄집어낸 제이크는 화면에 뜬 이름을 보고 깜짝 놀랐다.

"네?"

"제이크, 매기 코너예요. 이야기 좀 할 수 있을까요?"

13

장중한 불협화음이 타임스스퀘어를 가득 메우고 있었다. 점보트론 대형 스크린에서는 광고 문구가 귀청이 먹먹할 정도로 울려 퍼졌다. 거리에는 시티버스와 노란색 택시가 가득했다. 가끔씩 모습을 보이는 자전거 배달원들은 자세를 낮춘 채 차량 사이의 틈새를 뚫고 질주했다. 행인들은 저마다 뛰고 걷고 밀치고 가던 길을 되짚어 돌아갔다.

제임스 오스트랜드 경관은 이 장소를 사랑했다. 경찰이 된 후로 22년 동안 키워온 사랑이었다. 자갈밭에서 웅장한 성채가 되는 모습을, 스트립쇼 극장에서 세계 최고의 광고 중심지가 되는 모습을 자기 눈으로 지켜보았다. 그의 아내는 항상 이사를 가자고, 이 도시를 떠나자고, 가능하다면 처제가 사는 펜실베이니아로 내려가자고 보챘지만, 오스트랜드는 절대 그럴 생각이 없었다. 그는 빈자와 부자가 섞여 있는, 사교계의 총아와 부랑자가 한데 얽히는 이곳을 사랑했다. 타임스스퀘어를 사랑했다. 여기 그대로 서 있기만 해도 신이 창조한 모든 부류의 인간을 구경할 수 있었다.

불운하게도 그런 인간들 중에는 이 남자 같은 미친 개자식도 존재하지만.

"세상에, 그만 좀 꿈틀대라고!" 오스트랜드는 일본인 청년에게 수갑을 채우려 애쓰면서 이렇게 소리쳤다. 2분 전에 이 친구가 셔츠를 반쯤 풀어헤친 채로 광장 북쪽 끝에서 TKTS 부스를 지나 걸어오는 모습이 눈에 띄었다. 용과 피와 어둠에 대해서 머리가 떨어져 나갈 것처럼 소리를 지르면서. 오른손은 반쯤 풀어진 피 묻은 붕대로 감싼 채였다.

이 미친 자식은 관광객 두어 명을 부딪쳐 넘어트리고, 노부인을 옆으로 밀치면서, 오스트랜드가 도착하기 전까지 난장판을 남기며 걸어가고 있었다. 동공이 25센트 동전 크기로 확장된 모습이 눈에 띄었다. 20대 중반 정도로 보였고, 놀랍게도 머리카락은 비교적 단정하게 깎은 상태였다. 이런 친구들은 잊을 만하면 한 번씩 등장한다. 투약을 잊었거나 마약의 후유증이 심한 자들이었다. 이 경우에는 후자라고 거의 확신할 수 있었다. 약물에 정신이 나간 사람이 보이는 대부분의 징후를 발견할 수 있었으니까. 그 자체로는 이상한 일이 아니었지만, 이 젊은이는 비즈니스 스쿨에 다닐 법한 생김새다. 게다가 지금은 수요일 오후 5시다. 토요일 밤에 빌리지 쪽이라면 있을 법한 일이지만, 수요일 오후에?

오스트랜드는 붕대로 감싼 손을 자세히 들여다보았다. 중지가 있어야 할 위치를 중심으로 핏자국이 번져 있었다. 빌어먹을.

"내 말 들리나?" 오스트랜드는 일단 수갑을 채워 앉힌 다음, 다친 손을 건드리지 않으려 조심하며 이렇게 물었다.

"나는 피의 존재이니." 젊은이는 이렇게 중얼거렸다. 눈동자가 뒤로 넘어가 흰자위가 드러나 보였다.

"이름이 뭐지?"

"나는 피의 생명이라, 여주인께서는 어둠 속에서 나를 볼 수 있으시니."

세상에. 이게 무슨 꼴이야. 오스트랜드는 풀어헤친 옥스퍼드 셔츠를 뒤로 끌어내 벗겼다. 가슴이 엉망진창이었다. 피부에 새겨 넣은 괴상한 기호가 보였다.

七三一

鬼子

"저기요, 경관님?"

얼이 빠진 오스트랜드는 뒤에서 들리는 목소리를 무시했다. 칼자국을 따라 피가 엉겨 붙어 있었다. 뭘 가지고 이런 짓을 한 걸까? 나이프? 면도칼?

"경관님?"

"물러나 있어."

"저기요, 사진을 찍었는데."

오스트랜드는 고개를 돌려 그쪽을 바라보았다. 비쩍 말랐고, 아마도 스물다섯 살 정도에, 머리를 빡빡 민 남자였다. 그 뒤편으로 군중이 몰려들고 있었다.

"무슨 사진?"

"여자요. 저 친구를 내려놓고 간 젊은 여자요."

"내려놓고 갔다고? 직접 봤나?"

젊은이는 고개를 끄덕였다. "트렁크에 있었다고요. 트렁크 뚜껑을 열었더니 바로 저 친구가 뛰어내렸고, 여자는 그대로 차를 몰고 사라졌어요. 바로 저기서요." 그는 한쪽을 가리켰다.

"차종은 기억하나?"

"모르겠는데요. 붉은색이었어요." 그는 휴대폰을 꺼냈다. "직접 확인해보시죠. 꽤 잘 찍혔으니까."

오스트랜드는 휴대폰을 받아 들었다. 진짜로 잘 찍혀 있었다. 옆얼굴이 깔끔하게 찍혀 있었다. 20대 중반, 아시아인, 예쁘장한 얼굴. 회색 외투에 머리에는 녹색 모자를 쓰고 있었다.

오스트랜드는 등골을 타고 올라오는 불길한 예감을 애써 억누르며 몰려든 군중에게 휴대폰을 들어 보였다. "이 여자 본 사람 또 없습니까?"

14

제이크는 매기 코너의 집 앞에 스바루를 댔다. 그는 편지를 힐끔 내려다보았다. 아무 내용도 없는 노란색 종이 한 장이었다. 따로 인쇄된 내용도, 날짜도 없었다. 손으로 직접 쓴 단어 여섯 개뿐이었다. 리암 코너의 변호사가 20분 전에 직접 전해준 편지였다. 매기와 통화한 다음 자기 연구실로 돌아가보니 변호사가 그곳에 이미 와 있었다. 처음 보는 훤칠한 백발노인이었다.

그는 제이크에게 봉투 하나를 건넸다. 아무 설명도 없이, 그대로 건네기만 했다. 안쪽의 편지에는 직설적인 문장 하나만 적혀 있었다.

제이크, 부디 그 아이들을 보살펴주게. —리암

태양이 구름 사이로 오락가락하며 문으로 걸음을 옮기는 제이크의 발 앞에 빛과 그림자의 무늬를 만들었다. 리벤델 방문은 처음이었다. 리암은 몇 년 전에 매기를 소개해주었고, 그는 즉시 리암의 손녀에게 호감을 느꼈다. 가끔가다 교내에서 얼굴을 마주하기도 했고, 리암을 보러 연구실로 왔을 때 한두 번 인사를 나눈 적도 있었다. 화장기 없는 얼굴에 낡은 청바지 차림의, '이타카 스타일' 기준으로 볼 때 매우 매력적인 여성이라는 점은 분명했다. 그리고 놀라울 정도로 똑똑했다. 균류학 논문마다 남긴 이름과 인용 횟수를 보면, 국내의 어느 연구기관에 가도 자리를 얻을 수 있을 것이 분명했다. 리암은 그녀가 하키와 호크니 사이의 모든 것들에 대한 백과사전에 가까운 지식을 가지고 있다는 농담을 틈날 때마다 해댔다. 그러나 그녀는 논문 아니면 패배의 치열한 경쟁을 펼치는 학문의 육상 트랙을 떠나서 아들과 함께 버섯 예술품을 만드는 쪽을 택했다. 제이크는 그녀의 그런 결정을 존중했다. 분명 매기에게 호감이 있었고, 매기 또한 그런 사실을 안다고 생각했다. 그러나 매기는 그가 있을 때는 항상 절제된 모습만을 보였다.

1년 전, 7월의 어느 무더운 날에, 제이크는 조깅을 마친 후 땀을 비처럼 흘리며 리암의 연구실에 잠시 들렀다. 그의 기억에는 7월 23일이었다. 매기와 그녀의 아들 딜런이 리암을 방문하러 와 있었다.

제이크는 즉시 그 소년이 마음에 들었다.

딜런은 크롤러의 광신도였고, 그를 보자마자 계속해서 질문을 던

저댔다. 왜 다리가 여덟 개가 아니라 여섯 개인 거예요? 답: 여섯 개면 충분하니까. 뭐든 필요 이상으로 넣으면 안 되는 법이거든. 크롤러 한 마리의 가격이 얼마나 되나요? 처음 한 마리? 100만 달러지. 하지만 대량생산을 시작하면 한 마리가 모카 프라푸치노 한 잔 가격밖에 안 될 거다. 그들은 이런 식으로 30분 동안 질문과 답을 주고받았다. 마침내 매기가 아들을 끌고 가버릴 때까지.

그해 겨울이 되자 제이크는 거의 매주 딜런과 시간을 보내고 있었다. 그는 자신의 작업에 사용하는 공구를, 전자 주사 현미경과 공초점 영상 장치를, 초소형 로봇 팔과 광학 핀셋을 보여주었다. 나노 단위의 세계에서 작업하는 과학자의 손과 눈을 보여준 셈이다. 딜런은 그 모든 지식을 물을 빨아들이듯 흡수했다. 그 아이는 제이크가 자신의 학생들에게 기대하는, 거의 직관적인 공학적 재능을 가지고 있었다. 제이크는 또한 딜런의 문제에 대해서도 알고 있었다. 연구실에 혼자 놔두고 갔더니 그대로 무너져 내린 적이 있었기 때문이다. 제이크는 아이의 고통을 이해할 수 있었다. 전쟁에서 나름의 악몽을 겪었기 때문이다. 두 사람은 함께 공포에 대해서, 그리고 공포를 이기고 안심하는 방법에 대해서 대화를 나누었다. 제이크도 아이를 진정시키는 실력은 나름 쓸 만한 모양이었다.

제이크는 또한 짧은 만남과 딜런이나 리암과 대화를 나누며 얻은 정보를 이용해 매기의 모습도 조금 더 세밀하게 다듬어나가고 있었다. 코넬 식물병리학 표본실의 큐레이터를 맡은 외에도, 카유가 유기견 구조대라는 이름의 자원봉사 단체에서도 활동하는 모양이었다. 진지하게 사귀자고 청해볼 생각도 했지만, 항상 마지막에는 물러서게 되었다. 리암 코너의 손녀라는 사실 때문이라고, 그는 자신에게 변명했다. 난장판이 벌어질 위험을 감수하기에는 그 노인을 너무 존경하기 때문이라고. 그러나 그도 마음속 깊은 곳에 다른 이유가 존재한다는 사실을 인지하고 있었다.

리벤델의 널찍한 부엌은 천장에 위태롭게 걸려 있는 각종 냄비와 프라이팬, 그리고 오븐을 포위하듯 서 있는 커다란 두 대의 낡은 냉장고 덕분에 난장판으로 보였다. 가장 눈에 띄는 물건은 작고 우스꽝스럽게 생긴, 몇몇은 귀가 뾰족한 조각상들이었다. 한쪽 구석에 서 있는 목상은 키가 거의 4피트나 되었다. 보다 작은 플라스틱상이 냉장고 위에 각각 하나씩 서 있었다. 시계는 흰 장갑을 낀 푸른색 꼬마 모양으로, 손으로 시간을 가리키고 있었다. 제이크는 방 안을 이리저리 눈으로 훑었다. 침실 두 개짜리 그의 스파르타풍 아파트와는 완전히 다른 세계였다.

매기는 그가 작은 조각상들을 둘러보는 모습에 주목했다. "리벤델이잖아요. 엘프 도시죠." 그녀가 말했다.

"그건 알겠습니다." 그는 시계를 가리키며 말을 이었다. "하지만 엄밀히 말하면 저건 스머프인데요."

매기는 웃으려 노력했다.

제이크가 입을 열었다. "아직 충격이 가시질 않습니다. 정신이 송두리째 뒤집힌 것만 같아요. 조부님은… 제가 만나본 모든 사람들 중에서 가장 훌륭한 분이셨습니다."

"당신에게 정말 많이 신경을 쓰셨죠."

"언제나 입만 열면 당신 이야기를 하셨죠."

딜런이 어두운 복도에서 걸어 나왔다.

"어이. 괜찮니, 꼬마?"

"슬퍼요."

"나도 그렇단다. 슬프지 않다면 정신이 나간 거겠지."

제이크는 주머니에서 리암의 쪽지를 꺼내 매기에게 건넸다. "30분 전에 이걸 받았습니다."

"이걸 누가 줬어요?" 그녀는 쪽지를 한번 살펴보고 물었다.

"리암의 변호사분이요."

"멜빈이요?"

"저는 모릅니다. 성만 말씀해주시더군요. 로린스라고."

"여기도 들렀어요." 매기는 제이크에게 자기가 받은 쪽지를 건넸다. 그는 편지지와 필체를 비교해보았다. 양쪽 모두 자신이 받은 편지와 완벽하게 같았다. 그녀의 쪽지에는 이렇게 적혀 있었다. 딜런에게 마지막으로 황무지로 나가보자고 말해라. 제이크가 그 근처를 알 거다. 코끼리가 홰를 틀고 쉬는 곳이 어딘지 물어보거라.

"돌아가시면 제 앞으로 도착하게 해놓으신 법률관계 서류하고 이 편지를 같이 놔두셨어요." 매기가 말했다.

"무엇 때문일까요?" 제이크가 물었다.

"우리를 어딘가로 이끌어가시려는 거죠. 황무지라는 건…."

"할아버지는 레터박스 탐험을 떠날 때마다 항상 그렇게 말씀하셨
어요." 딜런이 끼어들었다.

"레터박스?"

"일종의 보물찾기예요." 매기가 말했다. "하이킹과 퍼즐 풀이를 조
합한 놀이죠."

딜런은 얼굴을 찌푸리며 흉내를 냈다. "황무지로 여행을 떠나보는
게 어떨까, 애야? 레터박스는 잉글랜드의 황무지에서 처음 시작한
놀이란다." 놀라울 정도로 증조할아버지와 흡사한 억양이었다.

"그래서 리암이 레터박싱을 했다는 거지?" 제이크가 물었다.

"할아버지하고 저하고 함께요." 딜런이 말했다. "제가 인터넷에서
읽고 나서 할아버지를 끌어들였거든요. 하지만 할아버지도 정말 좋
아하셨어요."

"할아버지하고 딜런이 항상 함께 다녔죠. 한두 번 정도는 저도 따
라갔는데, 남자애들은 자기들끼리 놀게 놔두는 게 낫다는 생각이 들
더라고요."

"코끼리가 홰를 트는 곳이 어딘지는 제가 압니다." 제이크가 말했
다.

"자기가 원하는 곳이면 아무 데나." 딜런이 대답했다.

제이크는 웃음을 지었다. "그러면 코끼리가 해를 트는 곳 아래 앉으면 안 되는 이유는 뭘까?"

"코끼리가 떨어지니까." 딜런이 대답했다.

매기는 제이크를 바라보았다. "지금 둘이서 무슨 소리를 하는 거예요?"

"코끼리가 해를 트는 곳 말입니다. 제가 리암에게 말해준 적이 있습니다. 코끼리가 앉는 곳이 어딘지 말입니다."

"어딘데요?"

"소우투스산맥입니다. 아이다호주 스탠리 근처예요."

"무슨 말인지 모르겠는데요."

"엘리펀트 퍼치는 8피치짜리 암벽등반 루트입니다. 거기서 거의 죽을 뻔했죠. 당시 데이트하던 여자가 저를 거기까지 끌고 올라갔거든요. 로프가 걸려서 움직일 수가 없는데 폭풍이 찾아왔죠. 벼락에 맞아서 끝장나기 전에 간신히 내려왔습니다. 리암이 그걸 코끼리 농담으로 바꾼 겁니다. '코끼리가 해를 트는 곳이 어딜까?'"

"리암이 그 이야기를 어떻게 알게 된 거죠?"

"가볍게 토론을 나누던 와중에 나온 이야기죠. 죽을 뻔한 경험에 대해 이야기하던 중이었습니다. 처음에는 전쟁 이야기로 시작해서 야외 활동 중의 사고로 이어졌죠. 저는 엘리펀트 퍼치 이야기를 했고, 리암은 중국의 협곡에서 익사할 뻔한 이야기를 했습니다."

"그게 레터박스하고 무슨 관계가 있는 거죠?"

"저도 모릅니다."

"딜런? 혹시 짐작이 가는 게…."

그러나 딜런은 이미 자리에 없었다.

두 사람은 자기 방에서 노트북 앞에 앉아 있는 딜런을 발견했다. 손가락이 키보드 위를 정신없이 움직이고 있었다. 제이크의 목 뒤편이 찌릿거리기 시작했다. 딜런은 레터박스 북미 지부라는 사이트에 들어가 있었다.

매기가 말했다. "레터박스란 건… 설명하기가 조금 힘드네요. 보통 숲속에 작은 상자를 숨겨둬요. 공책하고 고무 스탬프를 넣어서요."

"저기 책상 위에 하나 있어요, 엄마. 저쪽에요. 할아버지하고 같이 루시퍼 폭포 근처로 가서 숨길 예정이었어요."

엽궐련 상자였다. 안에는 납작하고 걸쇠가 달린 금속 용기에 담긴 잉크 패드, 기록장, 그리고 한쪽 면에 고무 스탬프가 붙은 작은 나무 토막이 있었다. 매기는 기록장을 꺼냈다. "이 레터박스를 찾아오는 사람들이 이 안에 자기 개인 도장을 찍는 거죠. 방문 기록을, 그러니까 자기가 이 레터박스를 찾아냈다는 기록을 남기는 거예요."

그녀는 스탬프를 꺼내 잉크 패드에 두드린 다음 기록장에 대고 눌렀다. 나선 모양이 나타났다.

"이게 리암의 레터박스 스탬프였어요. 소용돌이 모양이요."

"이해가 안 되는데요."

"참가자마다 자기만의 스탬프가 있는 거예요. 리암의 상징은 소용돌이였던 거죠. 제 거는 버섯이에요. 딜런은 화살촉이고요."

"놀이의 목적이 뭡니까?"

"딱히 없어요. 그냥 모험이랄까, 보물찾기인 거죠. 단서를 추적해서 레터박스를 찾아내고, 상자 속 기록장에 스탬프를 찍는 거예요."

"그래서 숨기는 거로군요. 단서는 어떻게 발견합니까?"

딜런이 대답했다. "레터박스를 찾기 위한 지시사항이 이 사이트에 있어요. 여기 등록된 레터박스가 수천 개는 되죠."

제이크는 딜런의 어깨 너머로 건너다보며 빠르게 깨달았다. 등록된 항목은 지리적 요건에 따라 정리되어 있었다. 주와 지역에 따라, 다음에는 도시에 따라. 딜런은 중부 아이다호 목록을 보고 있었다.

"할아버지는 놀이를 하고 계셨던 걸지도 몰라요. 그 코끼리 부분도 수수께끼의 일부인 거죠. 아이다호 스탠리 근처에는 레터박스가 네 개 있네요."

매기가 고개를 끄덕였다. "이럴 줄 알았어. 설명도 안 하고 우리를 두고 갈 리가 없잖아. 이럴 줄 알았어."

딜런은 그중 하나를 클릭했다.

소용돌이 LbNA # 23877

설치자: 우리 곁의 버섯

설치일: 10월 17일

주: 아이다호

카운티: 톰킨스

가장 가까운 도시: 스탠리

상자 개수: 1

"설치한 사람이 '우리 곁의 버섯'이잖아." 매기가 말했다. "지시사항 좀 클릭해봐."

딜런은 아이콘을 눌렀다.

레터박스 단서

텅 빈 곳에 숨어 있는 오솔길을 따라가면

the hollow hides a footpath, follow it you must,

신뢰로 묶인 땅을 휘돌아 춤추는 정착지의 냇물이 나온다네

to the settler's creek that dances across the land held in trust.

배를 발견하면 왼쪽으로 방향을 틀어 그대로 나아가라

after spotting a ship, veer left and keep going,

물을 따라, 위로 나아가면 만삭이 된 나무가 모습을 보이니

to water and up is a tree pregnant and showing.

선택을 한 다음에 위로, 왼쪽으로 움직인 다음

after making a choice, move up toward the left,

오래전 생명이 떠나 쓰러진 이들 사이를 뒤지면

then seek among fallen one whose life's long bereft.

새로운 왕국이 등장할 테니, 전투를 계속하여

a new kingdom you seek, so continue the fight,

왕족의 결혼을, 어둠과 빛의 만남을 이루라

to a marriage of royals, darkness and light.

이곳에서 영감과 노파밖에 찾을 수가 없다고?

can't find them here, this geezer and hag?

그러면 돌 사이를 찾으라, 꾸물거리지 말고

then seek among stones, don't dally or lag.

어둠이 찾아오고 싸늘한 바람이 불어도

Though comes the darkness, though the cold winds blow,

그 바람이 가장 끔찍한 것을 날려 보내, 온 세상에 빛을 찾아줄 것이니.

This will banish the worst, set the whole world aglow.

"리암이 이걸 썼다고 생각하십니까?" 제이크가 물었다.

"할아버지답기는 해요." 매기가 말했다. "바보 같은 시로 단서를 쓰곤 하셨거든요. 하지만 아이다호의 레터박스에 단서를 남기신 이유가 뭘까요? 우리가 아이다호까지 가줬으면 하시는 걸까요?"

딜런은 화면을 물끄러미 바라보았다. "신탁 구역 안에서 어디를 말하는 걸까요?"

"아, 세상에." 매기가 중얼거렸다. 눈이 타오르는 것처럼 반짝였다. 그녀는 아들의 어깨 너머로 손을 뻗어 인쇄 버튼을 눌렀다. 구석의 잉크젯 프린터가 소리를 내며 움직였다.

"무슨 일입니까?" 제이크가 물었다.

"이 레터박스는 아이다호에 있는 게 아니에요. 이건 여기서 몇 마일밖에 떨어지지 않은 곳이에요."

그들은 엘리스 할로우 크릭 로드에 있는 작은 주차장에 차를 댔다. 핑거레이크스 토지 신탁 보호구역이라는 푯말 바로 옆이었다.

"리암이 딜런을 데리고 여기 자주 왔던 겁니까?" 제이크가 물었다.

"우리 둘 다 종종 왔어요." 매기가 말했다. "할아버지는 핑거레이크스 토지 신탁의 자문 위원으로 계셨거든요. 그리고 딜런하고 저는 여기서 한두 번 정도 '우리 곁의 버섯' 프로젝트를 했고요. 아름다운 지역이에요. 숲과 계곡과 시냇물이 대부분을 차지하고 있고, 전부 핑거레이크스 토지 신탁이 소유하고 있죠. 전부 해서 100에이커 정도 돼요. 카유가 인디언 부족의 사냥터이기도 했죠."

오후 늦은 시간이라, 덤불을 헤치고 나아가는 그들의 앞길을 길게 늘어진 짙은 그림자가 뒤덮고 있었다. 매기는 두 번째 연을 읽었다. "배를 발견하면 왼쪽으로 방향을 틀어 그대로 나아가라. 물을 따라, 위로 나아가면 생명을 품은 모습의 나무가 있으니.' 갈림길 근처에 썩어가는 나룻배가 한 척 있어요. 4분의 1마일 정도 더 가면 될 거예요. 딜런이 어렸을 때 그 안에서 노는 걸 좋아했죠."

"제법 잘 견디고 있는 것 같더군요."

"맞서는 일에 능숙한 거예요. 코너 가문의 특성이죠. 하지만 리암의 죽음이 견디기 아주 힘들었으리라는 건 분명해요. 상처를 받은 데다 혼란스러운 거죠. 저처럼요." 딜런은 함께 오고 싶다고 언성을 높였지만, 매기는 단호하게 거부했다. 무엇을 발견할지 모르는 상황이니, 직접 확인하기 전까지는 아들에게 보여줄 생각이 없었다.

약한 산들바람이 나무 사이를 쓸고 지나가며, 나뭇가지를 서로 비벼 으스스한 소리를 냈다. 그들은 반쯤 뛰고 반쯤 걸으면서 오솔길을 따라갔다. 가는 동안 제이크는 코넬 경찰서에서 나눈 대화에 대해 이야기해주었다. 포트 데트릭에서 리암의 사망을 수사하고 연구실을 수색하려고 사람을 보냈다는 이야기를. 그리고 크롤러가 병원체를 전파하는 뛰어난 매개체가 될 수 있다고 말한 것도.

"그분이 연구실에 위험한 균류를 보관하고 계셨을 것 같습니까?" 제이크가 물었다.

"가능한 일이죠. 위험한 품종은 수천 가지가 있으니까요. 균류는 대부분 사체에서 양분을 취하지만, 그중 제법 많은 종들이 생명 현상의 속도를 올려 직접 먹을거리를 만들어내거든요. 저기 보이네요." 그녀는 오솔길 한쪽 그림자 속에 파묻혀 있는 부서진 나룻배를 바라보았다. 매기는 가져온 손전등으로 썩어가는 널판에 이리저리 빛을 비추었다. 갈림길은 직진하는 길과 왼쪽으로 휘어지는 길로 이어졌다. 매기는 왼쪽으로 방향을 틀었고, 제이크는 그 뒤를 따랐다. 수백 야드를 더 가자 냇물이 보였다. 오솔길은 작은 둔덕을 오른 다음, 왼쪽으로 보이는 더 큰 산등성이로 이어졌다. 그녀는 걸음을 멈추고 손전등으로 사방을 비추었다. 숲의 그림자가 빛을 그대로 삼켜버렸다. 그녀는 다시 인쇄물을 읽었다.

"만삭이 된 나무?"

"저기 있군요, 보이십니까?" 제이크가 말했다. "언덕을 조금 올라간 곳에. 저기." 그는 그대로 언덕을 달려 줄기가 굽은 괴상하게 생긴 나무를 향해 올라갔다. 옆에서 보면 배가 튀어나온 것처럼 보였다.

매기는 바로 뒤따라오고 있었다. "이게 분명하네요, '만삭이 된 나무의 모습'이에요." 그녀는 다음 연을 읽었다. "오래전 생명이 떠나 쓰러진 이들 사이를 뒤지면." 배가 나온 나무에서 조금 언덕을 내려간 곳에 쓰러진 나무줄기가 보였다. 거의 다 썩어가는 모습이었다. 그쪽으로 넘어가는 그녀의 손은 이제 땀으로 흥건했다. 그녀는 줄기 바깥쪽에 붙어 있는 녹색과 갈색의 이끼를 손으로 쓸어본 다음, 주먹을 쥐고 두드렸다. 부드럽게 울리는 소리가 들렸다.

"속이 비었네요." 그녀는 이렇게 말하고, 무릎을 꿇고 앉아 손전등으로 안을 비추어보았다. 줄기의 속심은 완전히 사라져 있었다. 산란된 빛이 어느 정도까지는 수평으로 안쪽을 비추어주었지만, 나무 자체가 굽어 있어서 가장 깊은 곳은 어둠에 잠겨 있었다. 그녀는 부드럽고 축축한 썩은 나무줄기 속을 손으로 더듬었다.

"앗!" 갑자기 매기가 소리치며 손을 빼냈다.

"무슨 일입니까?!"

"안에서 뭔가 움직였어요."

"뭐라고요?"

"지렁이나 곤충이나 그런 거겠죠." 그녀는 다시 팔을 밀어 넣었다. 구멍 입구가 어깨를 단단히 짓누를 정도로 깊었다. "아무것도 없네요."

제이크는 다음 연을 읽었다.

새로운 왕국이 등장할 테니, 전투를 계속하여
왕족의 결혼을, 어둠과 빛의 만남을 이루라

이곳에서 영감과 노파밖에 찾을 수가 없다고?
그러면 돌 사이를 찾으라, 꾸물거리지 말고

"잠깐요, 알 것 같아요." 매기가 말했다.

"뭐를요?"

"생물의 계(kingdom)에 대해 얼마나 알아요?"

"계 단위의 분류군 말입니까? 여섯 가지 맞죠? 식물, 동물, 박테리아, 균류. 그리고 또 뭐였더라."

"고세균과 원생생물이죠. 리암이 뭐라고 써놨는지 잘 봐요. 왕족 사이의 결혼이라잖아요. 왕국이 다르고요. 제 생각에 이건 지의류를 말하는 것 같아요. 균류와 조류가 공생하는 생물 형태거든요. 균류는 마치 정원사처럼 조류에 물과 광물질을 공급하고, 조류는 그 대신 광합성을 통해 균류에 양분을 제공해주는 거예요. 서로 다른 왕국, 그러니까 계의 경계를 넘은 공존 관계인 거죠."

제이크도 마침내 깨달았다. "그래서 왕족의 결혼인 거군요."

매기는 고개를 끄덕였다.

제이크는 고개를 저었다. "그러니까 리암이 지의류를 찾아달라고 한다는 겁니까?"

"제 생각에는 그래요."

일단 착상을 떠올리자 찾는 일 자체는 5분 정도밖에 걸리지 않았다. 매기는 적당히 쌓여 있는 돌무더기 앞에 쭈그려 앉더니, 맨 위의 돌 하나를 들어 제이크에게 보여주었다. 오래전에 칠한 페인트처럼 조각나고 갈라진 흔적이 돌 위에 자라나 있었다. 붉은색 부분과 노란색 부분으로 나뉘어, 마치 말라붙은 진흙처럼 복잡하게 간 금이 양쪽 구역을 갈라놓고 있었다.

"서로 다른 종류의 고착 지의류예요." 매기가 말했다. "이렇게 만나면 상대방을 밀어내는 화학물질을 분비해서 일종의 장벽을 형성하죠. 여기 검은 부분은 전쟁터의 무인지대인 셈이죠. 서로 자기 영역에만 머무르기로 협정을 맺은 거예요. 공생하는 생물이지만 명확한 하나의 종으로서 기능하는 거죠."

그녀는 지의류로 뒤덮인 돌을 하나씩 들춰보다가 마침내 그 아래에서 네모난 금속 상자를 발견했다.

그녀는 상자를 소중히 감싸 든 채 자리에서 일어났다. 제이크가 상자에 손전등을 비추어주었다. 녹이 잔뜩 슨 옛날 점심 도시락 통이었다. 밖에는 스쿠비두가 그려져 있었다.

그녀의 눈에서 눈물이 흘러넘쳤다. "이게 몇 년 만에 보는 거야."

"당신 물건이었습니까?"

매기는 고개를 끄덕였다. "제가 여섯 살쯤 되었을 때 할아버지가 사주셨어요."

매기는 떨리는 손으로 걸쇠를 풀었다.

안에는 단단한 원반 모양의 물건이 든 수납용 비닐봉지가 있었다. 그녀는 그 물건을 소중히 들어 올렸다. 원반 위에 세 가지 다른 색의 형광 얼룩을 알아볼 수 있었다. "손전등 꺼봐요." 그녀가 말했다.

"대단하군요. 빛나고 있잖습니까." 제이크가 말했다.

빛은 마치 숨을 쉬는 것처럼, 천천히 밝아졌다 흐려지기를 반복하며 맥동했다.

그녀는 조심스레 봉투를 열었다. 안에는 둥글게 자른 나무토막이 들어 있었다. 그 위에는 세 종류의 균류가 보송보송하게, 마치 식빵에 핀 곰팡이처럼 자라나 있었다. 이쪽은 서로 다른 색으로 빛나고 있기는 했지만. 붉은색, 녹색, 노란색이 세 가지 형태를 이루고 있었다. 노란 버섯, 녹색 화살촉, 그리고 마이크로 크롤러처럼 생긴 거미 모양의 붉은색 생물.

매기는 알아차렸다.

자신과 딜런의 상징인 것이다.

나머지 하나는 제이크였다.

제이크를 올려다보는 그녀의 눈에 눈물이 가득했다.

생명을 머금은 세 개의 부호가 고동치고 있었다.

어둠이 찾아오고 싸늘한 바람이 불어도

그 바람이 가장 끔찍한 것을 날려 보내, 온 세상에 빛을 찾아줄 것이니.

"제이크?"

"이해가 안 되는군요. 색깔 말입니다."

"녹색 형광 단백질이에요. 해파리에서 추출한 유전자를 쓰죠. 붉은색은….." 그녀는 목이 메어 더 이상 말을 이을 수 없었다. 그녀는 제이크를 보다가, 세 개의 부호 쪽으로 시선을 돌렸다. 흘러넘친 눈물이 볼 위에 작은 빗방울로 맺혀 흘러내렸다.

그녀는 다시 나무토막을 바라보았다. "왜?" 갈라지는 목소리로 그녀는 말했다. 그리고 지금까지 고여온 절망이 피부를 뚫고 터져 나오려 하는 것처럼, 격렬하게 몸을 떨기 시작했다. "우리한테 남길 게 이것밖에 없었어요, 할아버지? 곰팡이에 유전자 몇 개 넣어서 빛나게 한 게 다예요? 왜 이런 짓을 한 거예요?"

"유감입니다, 매기."

그녀는 리암이 그곳에서 기다리고 있기라도 한 것처럼 어둑한 숲속을 노려보았다. "이게 작별 인사예요? 이게 다예요? 할 말이 이것밖에 없었어요?"

15

티시 페이지는 기절해 쓰러질 정도로 피곤했다. 응급실 안은 비교적 조용한 편이었지만, 열두 시간을 꼬박 근무 중인 상황에서는 어찌됐든 상관없었다. 그리고 그전에는 클럽 순례를 한 다음 인생 최고의 섹스를 했다. 약쟁이 남자 친구는 분명 견디기 힘든 존재였다. 그렇게 귀엽지만 않았더라도 바로 쫓아내버렸을 텐데. 교대 근무가 끝나고 돌아가보면 항상 그 자식이 집에 있었다. 벌거벗고 있을 때도 있고, 근사하게 빼입고 있을 때도 있었지만, 언제나 피와 부러진 주삿바늘의 세계를 벗어나게 해주는 재주가 있었다. 쓰러지기 직전이 되어 집에 들어갈 때는 보통 새벽 2시 정도였지만, 그에게는 시간도 관계없는 모양이었다. 애초에 자는 모습을 한 번도 본 적이 없으니까. 어쩌면 그 자식이 생각하는 자신의 장점도 그게 아닐까 하는 생각도 들었다. 응급실 근무자라서 나머지 세상이 전부 잠들어 있는 동안에도 함께 지낼 수 있으니까.

"페이지 선생님? 묘한 환자가 들어왔는데요."

그녀는 자리에서 일어나서 환자 대기 구역으로 들어섰다. 아시아계 남자 한 명이 환자용 금속 들것에 허리가 묶인 채 누워 있었다. 카스터라는 이름의 인턴이 기본 처치를 하는 중이었다.

"뭐가 문제야?"

"아직 정확히는 모르겠어요. 어떤 여자가 타임스스퀘어에 버리고 간 모양인데요. 트렁크에 태워 왔다더군요. 구급차에서도 계속 소리만 질러대서 마취를 시켰답니다. 예비용 마취제를 전부 맞고 나서야 의식을 잃었다더군요."

페이지는 환자를 살펴보고 일본인이네, 하고 생각했다. 오른손에는 피 칠갑이 된 붕대가 감겨 있었다.

"저쪽은 어떻게 된 거고?"

"중지가 없어졌어요. 최근 상처입니다. 마흔여덟 시간 안에 일어난 것 같아요. 누군가 잘라낸 다음에 대충 지져놓은 모양입니다."

그녀는 콧등을 찌푸렸다. 소변 비슷한 강렬한 냄새가 주변을 맴돌고 있었다. "이 냄새 뭐야?"

"그래요, 악취가 고약하죠. 이 사람한테서 나는 거예요. 땀에 냄새가 배어 있는 것처럼요."

"바이털은?"

"체온만 빼면 정상 범위입니다. 35.8도니까 상당히 낮아요. 이유는 모르겠습니다. 기초 독소 검출을 시작했는데, 명확하게 나온 게 없어요. 아무래도 신종 마약에 맛이 간 것 같아요. 뭔지는 몰라도 제대로 끔찍한 물건이겠죠. 이쪽 좀 보세요."

인턴 카스터는 가운을 끌어 내려 남자의 가슴에 새겨진 기묘한 문양을 보여주었다. 중국 글자처럼 보였다. 소문자 t처럼 생긴 글자에 수직으로 늘어선 수평선 세 개, 그리고 수평선 한 개가 이어졌다.

카스터는 그쪽을 가리켰다. "저기 상처 주변에 피딱지 앉은 거 보이죠? 좀 된 모양인데요. 자기가 직접 한 짓일까요?"

"아닐걸." 페이지는 대답했다. "상처가 비교적 깨끗해. 누군가 공들여 새겨놓은 솜씨야. 자기 손으로 하기에는 환자 상태가 너무 엉망인걸. 저게 무슨 뜻인지 알아?"

"엑스레이 기사인 야스키를 불러서 물어봤죠. 첫 줄은 숫자라고 하던데요. 731이라고요. 그리고 둘째 줄은 중국어로 악마라는 뜻이랍니다."

페이지는 얼굴을 찌푸렸다. "여자가 버리고 갔다고 했잖아. S와 M으로 시작하는 그런 놀이를 하던 건 아닐까?"

"그런 거라면 전 빠질래요."

페이지는 남자의 신체를 살폈다. 젊고 건강한 육체였다. 바늘 자국도 없었다. 일상생활이 가능한 사람이라도 마약중독자라면 흔히 찾아볼 수 있는 늘어진 피부나 잔 생채기도 없었다. 페이지는 초조하게 손톱으로 앞니를 톡톡 두드렸다.

확신할 순 없었지만 뭔가 맞아떨어질 만한 구석이 있었다. 특히 저 숫자가. 그녀는 카스터를 돌아보았다. "731로 구글링 좀 해봐."

"왜요?"

"하라면 해."

그녀는 맥박을 확인했다. 느리지만 안정적이었다. 동공은 확장되어 있었고 불빛에 반응하지 않았다. 그러나 본인이 섭취한 약물 때문인지, 아니면 응급구조사가 주사한 약물 때문인지는 확신할 수 없었다. 그녀는 카스터를 바라보았다. 그녀는 컴퓨터 앞에 상체를 숙인 채 키보드를 두드리는 중이었다. 마침내 카스터가 말했다. "와, 세상에."

"뭔데?"

"731부대라는 게 있었네요. 2차 세계대전 때요." 그녀는 말을 멈추고 화면을 훑었다.

"그리고?"

"일종의 생물병기 연구 시설이었던 모양이에요. 일본에서요." 차츰 화면의 내용을 읽어가는 그녀의 얼굴이 핼쑥해졌다. "세상에. 이것 좀 들어보세요. 중국 민간인을 실험체로 사용했대요. 미국인이나 러시아인 전쟁 포로도 있었고요. 이 시설을 운영한 사람이 시로 이시이?라는 이름인데, 일본의 요제프 멩겔레라 불러도 될 만한 작자라고 하네요."

페이지의 얼굴이 굳었다. "사람을 실험용 생쥐로 사용했다고? 생물병기 실험에서?"

카스터는 고개를 끄덕였다. "점입가경인데요. 여기 페이지에 경고 문구가 붙어 있는데, 사진이 극도로 생생하니까 주의하라네요. 쉽게 동요하는 사람은 더 이상 읽지 말래요." 그녀의 손가락이 키보드를 눌렀다. "아, 세상에."

페이지는 인턴의 어깨 너머로 화면을 확인했다. 화면에는 금속제 부검대 앞에 서 있는 일본인 의사의 흑백사진이 찍혀 있었다. 부검대 위의 남자는 배가 갈라져 내장을 전부 드러내 보이고 있었다. "여기 설명 좀 봐요." 카스터가 말했다. "살아 있는 사람한테 이런 짓을 했대요."

"산 채로 해부했다고? 내가 왜 이런 이야기를 지금까지 못 들어본 거지?"

"저도 몰라요. 어쨌든 이 작자들은 온갖 것들을 전부 실험해본 모양인데. 탄저병, 흑사병, 전부 다요."

"움직이잖아!" 페이지가 소리쳤다. 남자가 허리에 두른 구속대를 풀고 한쪽으로 몸을 돌려 팔을 짚은 채 일어나려 하고 있었다. 두 사람은 남자를 붙들었고, 그는 다시 들것 위로 엎어져버렸다. 잠시 후 남자는 다시 움직임을 멈추었다. "얼른 움직여. 이 사람 일반 혈액 검사 돌려봐." 노곤함이 완전히 달아난 페이지는 이렇게 명령을 내렸다.

카스터가 휘파람을 불었다. "저것 좀 보세요."

등에 새긴 지 얼마 안 되어 보이는 문신이 있었다. 요추를 가로질러 숫자가 적혀 있었다.

800-232-4636

페이지는 일급 경계 태세로 돌입했다. 전신의 모든 신경이 꼿꼿이 곤두섰다.

"어떻게 해야 할까요?" 카스터가 말했다.

"전화 걸어봐."

카스터는 반대편 벽에 달린 수화기를 들고 번호를 눌렀다. 잠시 후 그녀는 얼굴이 잿빛이 되어 전화를 내려놓았다.

"어디래?"

"질병 통제 예방 센터예요."

페이지는 그대로 허리를 꼿꼿이 폈다. "모두 동작 그만. 이 시간부로 응급실 전체를 봉쇄한다."

16

제이크와 매기는 뒤뜰 베란다로 나와서 난간에 기댄 채 어둠을 바라보고 있었다. 매기는 엘리스 할로우에서 돌아와 아들에게 빛나는 곰팡이를 보여줬다. 딜런은 침울한 모습으로 천천히 점멸하는 붉은색, 녹색, 노란색의 곰팡이를 지켜보았다. 딜런에 따르면 두 달 전에 할아버지가 가장 최근의 노벨 화학상 수상 연구에 대해 말해줬다고 한다. 어떤 생명체에든 일단 삽입하면 형광을 발하게 하는 유전자의 사용법과 관련된 연구였다고 한다. 리암은 딜런에게 직접 보여주겠다고 약속했다. 아무래도 이게 그 약속의 결과물인 모양이었다.

매기는 집에 머물고 가라고 제이크를 설득하며, 딜런도 자기편으로 끌어들였다. 그녀의 하우스메이트들도 남자 친구 두 명과 함께 리벤델에 있었다. 조지핀, 에릭, 이베트, 신디, 브라이언. 이베트와 조지핀이 저녁을 준비했다. 모두 함께 낡은 젤리 단지에 담긴 와인을 마셨다. 제이크는 그 자리의 대화에, 친절과 유머와 슬픔과 희망의 혼합물에 완전히 취해버렸다. 모두가 나직하지만 한결같은 모습으로 매기와 딜런에게 유감을 표했다. 혈연이라고는 전혀 없는데도 불구하고, 제이크는 그곳에 존재하는 가족의 유대를 느꼈다. 그는 매기의 양친이 이 세상 사람이 아니라는 사실은 이미 알고 있었다. 고모와 사촌들이 장례식에 참석하지 않았다는 것도.

이윽고 제이크와 매기는 나머지 사람들과 떨어져 뒤뜰 베란다로 나왔다. 겨울 외투를 껴입고, 손에는 차가 담긴 김이 오르는 머그잔을 하나씩 들고서. 그들은 거의 한 시간 동안 리암에 얽힌 일화를 번갈아가며 서로에게 들려주었고, 양쪽 모두 이야기를 들을 때마다 그가 더 그리워졌다. 매기는 마지막으로 서쪽으로 몇 마일 떨어진 트레먼 주립공원으로 버섯 사냥에 데려가주었을 때의 이야기를 꺼냈다. "여섯 살이었죠. 믿거나 말거나 한 이야기지만, 새로운 종을 찾아냈어요. 할아버지가 그 버섯에 제 이름을 붙이셨죠."

"정말입니까?"

"코르디켑스 마르가레타이(Cordyceps margaretae)예요. 이식수술에서 면역억제제로 종종 사용하는 화학물질을 만들죠. 아직도 로열티가 조금씩 들어와요." 그녀는 웃음을 터트렸다. "물론 할아버지가 꾸며놓은 일이었을 거예요. 언제나 부인하기는 하셨지만. 저를 지금까지 본 중에서 가장 운 좋은 꼬마 아가씨라고 하셨어요."

뒷문이 열리며 딜런이 밖으로 나왔다. 터틀이 그 뒤를 따랐다. 소년과 개는 어둑한 뒤뜰로 걸어 나가서 흐릿한 달빛 그림자 속으로 모습을 감추더니, 이내 온실 문 앞의 가로등 아래로 다시 나와서 걸음을 멈추었다. 소년은 입가로 손을 가져가서 오므린 손안에 숨을 모으더니, 마치 숨을 퍼트리는 의식이라도 하는 것처럼 팔을 앞으로 쭉 뻗었다. 잠시 후 소년은 팔을 내리고는 그대로 온실로 걸어 들어갔다.

매기는 영문도 모른 채 그 모습을 지켜보는 제이크를 슬쩍 건너다보았다.

"숨을 퍼트리는 거예요." 그녀가 설명했다.

"그게 뭡니까?"

"재밌는 토막 상식이죠. 사람의 들숨 속에는 다른 모든 사람의 날숨이 들어가 있거든요."

"이해가 안 되는데요."

"인간의 날숨 속에 기체 분자가 몇 개나 있는지 알아요?"

제이크는 계산을 했다. "어디 봅시다. 공기는 물에 비해 밀도가 1,000분의 1밖에 안 되니까…"

매기는 미소를 머금었다. "됐어요. 그냥 알려줄게요. 10의 22승 개가 있어요. 그 정도면 이 세상에 존재하는 모든 숨결과 얼추 같은 숫자죠."

"그렇군요…."

"그러니까 딜런의 숨결이 온 세상으로 퍼져나가면, 세상의 누군가가 숨을 쉴 때마다 딜런이 방금 퍼트린 숨결의 분자 하나가 그 안으로 들어갈 거라는 거죠."

제이크는 그 착상을 검토하며 실마리를 찾아보았다. "그럼 반대 경우도 성립하는 것 아닙니까? 우리의 들숨 속에도 다른 모든 날숨의 분자가 포함된 거겠군요?"

그녀는 고개를 끄덕였다.

"그건 좀 거북한 상상이군요."

"그럴 수도 있겠네요."

"당신이 딜런에게 가르쳐준 겁니까?"

"리암이 가르쳐줬어요."

머리 위를 날아가는 기러기 떼의 소리가, 남쪽으로 날아가는 새들의 소리가 제이크의 귀를 간지럽혔다. "할아버님은 정말 대단한 분이셨습니다. 이 세상에서 제가 진심으로 존경하는 몇 안 되는 분이셨죠."

그녀는 고개를 돌려 제이크를 바라보았다. "그분도 당신을 정말 존경했어요, 제이크. 아주 올곧은 남자라고 생각하시더군요."

"퇴역 병사들 사이의 유대감이죠. 부대도 다르고 참전한 전쟁도 다른데도, 별 관계가 없더군요. 그런 유대감이 존재하는 모양입니다."

"그게 다는 아니었을 거예요."

제이크는 그 말에 뭐라 대답해야 할지 알 수가 없었다. 대신 그는 온실에서 물뿌리개를 손에 들고 자기 작업에 매진하는 딜런을 바라보았다.

"한 가지 물어봐도 될까요?" 매기가 머뭇거리며 물었다. "늘 궁금한 게 하나 있었는데요."

"얼마든지 해도 됩니다."

"왜 입대한 건가요?"

"진짜 답을 알고 싶습니까?"

그녀는 웃음을 터트렸다. "아뇨, 가짜 답으로 부탁드려요."

"좋아요, 그러죠. 가짜 답은 대학에 갈 돈이 필요했기 때문입니다."

"그럼 진짜 답은요?"

"옳은 일을 하는 거라고 생각했어요."

그녀는 그 말을 잠시 곱씹어보다, 이내 고개를 끄덕였다. "할아버지도 그런 비슷한 말씀을 하셨어요. 2차 세계대전에 종군한 이유에 대해서요. 800년 동안 압제에 시달리던 아일랜드 사람들은 영국인을 싫어했죠. 입대했다고 해서 매국노라고 부르는 사람도 있었대요." 그녀는 그를 물끄러미 바라보았다. "그래서 어땠나요?"

"걸프전 말입니까? 제일 기억에 많이 남는 건 모랩니다. 들어갈 수 있는 모든 곳에 모래가 들어가죠. 머리카락에, 침대에, 총에, 음식에. 이빨에 모래가 갈리는 느낌에 익숙해질 수밖에 없어요.

사막에서, 모래 속에서 6개월 동안 기다렸습니다. 저는 전투 공병이었죠. 46대대에 소속되어 있었습니다. 제1보병사단을 지원하는 역할이었죠. 다리도 만들고, 주둔지도 만들고, 도로도 만들었습니다. 우리 공병들은 그나마 나았습니다. 끊임없이 할 일이 쏟아져 들어왔으니까요. 언제나 작업을 하고 있었죠. 새로운 전진기지를 만들고, 임시 도로를 건설하고, 모래폭풍이 쓸고 간 다음에는 청소도 했습니다. 알보병 친구들 쪽이 훨씬 고약했겠죠. 그냥 자리에 주저앉아 싸울 때를 기다리고만 있었으니까요. 참호를 파고, 모래가 참호를 메우면 다시 파내고. 망가져가는 모습이 눈에 보일 지경이었습니다. 갈수록 미친 짓이나 괴상한 행동이 늘어갔죠."

"거기 얼마나 있었나요?"

"거의 6개월 있었습니다. 지독하게 더운 데다, 침공 날짜가 가까워지니 거의 하루걸러 생화학 경보 사이렌이 울려서 방호복을 껴입어야 했습니다. 모두가 사담 후세인이 탄저병 무기를 가지고 있다고, 그 외에도 무슨 병기를 가지고 있을지 모른다고 확신하고 있었습니다. 덕분에 우리는 전신 방호복에 방독면을 껴입고 뻘뻘 땀을 흘려야 했죠. 그걸 그대로 찢어발겨버리고 싶으면서도, 동시에 접합부의 결함을 통해 미생물이 스며들어와 목숨을 앗아갈지도 모른다고 두려움에 떨어야 했죠.

그러다 마침내, 쾅 하고 명령이 내려온 겁니다. 진격을 시작해서 국경을 넘어 쿠웨이트로 들어갔죠. 그대로 앞으로 밀고 들어가면서 길을 막는 모든 것을 파괴하라는 지령이 내려왔습니다. 하지만 이라크군은 참호를 파고 모래로 만든 벙커를 세워놓았죠. 상당히 골치 아픈 상황이었습니다. 물론 통째로 날려버릴 수도 있지만, 그러기에는 폭탄의 양이 충분하지 않았어요. 그래서 기갑부대로 밀어붙여 만든 돌파구로 기계화보병을 들여보내, 후방을 잡고 배후에서 공격하는 작전이 입안되었습니다.

그런데 그 와중에 누군가 묘안을 낸 거죠. 불도저를 사용하자고."

제이크는 고개를 들어 하늘을 바라보았다. "거칠지만 우아함이 깃들어 있는 그런 부류의 계획이었습니다. 안 될 게 뭡니까? 그대로 모래에 파묻어버릴 수 있는데 총알을 낭비할 필요가 있겠어요? 그냥 커다란 삽 한 자루만 있으면 되는 겁니다. 이런 묘안이 지휘 체계를 따라 쭉 올라갔다가 다시 내려왔습니다. 불도저를 준비하라는 명령의 형태로요."

제이크는 고개를 저었다. "우린 공병이었습니다. 전장에서 한 발짝 떨어져 있었죠. 그저 길을 뚫을 뿐이었습니다. 하지만 그때는 상당히 다른 방식으로 길을 뚫게 된 겁니다."

"끔찍했을 것 같네요."

"끔찍했죠. 이라크군이 막아낼 가능성은 조금도 없었습니다. 일부는 우리가 오는 걸 보고 도망쳤죠. 다른 병사들은 그대로 남아 있다가 모래에 휩쓸려 사라졌습니다. 파도가 밀려오기 직전에 백사장을 헤집고 다니던 작은 게 한 마리처럼요. 어중간한 경우가 제일 끔찍했습니다. 불도저의 삽날이 30야드 앞으로 다가왔을 때에서야 무슨 일이 벌어지는지를 깨닫고 튀어나온 겁니다. 하지만 그때는 이미 늦었죠. 우리가 받은 지령은 명확했습니다. 멈추지 말고 전진할 것.

그중 한 사람이 아마 평생 기억이 날 겁니다. 제 쪽으로 돌격해 왔어요. 열다섯 살도 안 되었을 겁니다. 불도저로 달려들면서 조그만 권총으로 삽날을 계속 쏴댔습니다. 나를 겨누지도 않더군요. 계속 삽날을 쏘면서, 소리를 질러댔습니다. 엔진 소리에 주변의 온갖 미친 소리 때문에 무슨 말인지 들을 수도 없었지만, 그래도 계속 목이 터져라 소리치면서 돌격해 왔습니다. 그리고 다른 사람들과 마찬가지로 모래 속으로 파묻혔죠. 순식간에 사라져버렸습니다." 제이크는 고개를 저었다. "다른 이야기 해도 될까요?"

"미안해요. 물론이죠."

그러나 두 사람 모두 입을 열지 않았다. 그저 밤의 어둠을 바라보며, 부엌에서 흘러나오는 대화의 파편에 귀를 기울일 뿐이었다.

어둠 속에서 미닫이문을 닫는 소리가 들렸다. 딜런이 터틀과 함께 온실에서 나오고 있었다. 제이크는 뜰을 가로질러 집으로 걸어오는 소년을 주의 깊게 바라보았다. "토마토는 어때?" 매기는 베란다로 올라오는 아들을 보며 물었다.

"거의 다 익었던데요. 조금만 있으면 따도 될 것 같아요."

그녀는 아들을 끌어당겨 이마에 입을 맞췄다. "잘됐구나. 그럼 이제 들어가서 잘 채비 하렴."

딜런은 제이크 쪽을 바라보며 손을 내밀었다. "좋은 밤 보내세요."

둘은 진지하게 악수를 나누었다. 딜런은 고개를 푹 숙이더니 그대로 집 안으로 모습을 감추었다. 매기는 아들이 들어가는 걸 지켜보고 한숨을 쉰 다음, 감사하는 표정으로 제이크를 바라보다 새삼스레 쑥스러운 기분이 들어 시선을 돌렸다.

제이크는 웃음을 머금었다. "질문 하나 해도 될까요."

"해보세요."

"그 퍼져나가는 숨결 이야기 말입니다. 기체 분자가 온 세상에 퍼져나가 섞이려면 얼마나 걸릴까요? 이를테면 중국까지 가 닿으려면 말입니다."

"10년이죠. 이 행성의 공기가 완전히 한 번 뒤섞이려면 10년이 걸린대요." 그녀는 혼자 팔짱을 끼며 바닥을 내려다보았다. "그러니까 리암의 숨결은 아직까지는 바로 이곳에 있는 거죠. 우리 주변에요."

제이크는 고개를 끄덕였다. "하루하루 시간이 흐를 때마다 줄어들 테지만 말입니다."

두 사람 모두 입을 열지 않고, 조용히 어둠 속을 바라보았다. 제이크는 슬쩍 시선을 돌려 그녀의 옆모습을, 산들바람에 가볍게 흩날리는 머리카락을 바라보았다. 사람이 죽으면 그를 둘러싼 모든 인간관계가 요동치며, 떠난 이의 빈자리를 메우기 위해 움직인다. 슬픔과 비탄이 그런 과정을 보다 수월하게 만들어준다.

접촉하고 싶었다. 그녀의 온기를 느끼고 싶었다. 제이크는 그녀와 어깨가 닿을 때까지 천천히 몸을 기울였다. 그녀의 시선은 여전히 숲 쪽을 향하고 있었지만, 천천히 몸의 긴장이 풀리는 것이 느껴졌다. 그는 그녀의 손 위로 자기 손을 올렸다. "위안이 필요한 건 딜런만이 아닐 겁니다."

"나도 알아요. 하지만 아무래도…."

제이크의 주머니에서 휴대폰이 울렸다. "죄송합니다." 그가 말했다.

그녀는 얼른 손을 뺐다. "괜찮아요, 상관없으니까. 얼른 받아요."

휴대폰을 꺼내 화면을 확인한 순간, 맥박이 요동치는 기분이 들었다. "비크래프트로군요." 그는 매기에게 이렇게 말하고 전화를 받았다. "네?"

"스털링 교수님? 이리 와주셔야겠습니다. 지금 당장요. 사라진 마이크로 크롤러 문제입니다."

"찾으신 겁니까?"

"그렇습니다. 다는 아니지만요. 오논다가 검시소에서 방금 연락이 왔습니다." 그는 잠시 말을 멈추었다. "아무래도 직접 와서 듣는 편이 나을 것 같습니다만."

제이크는 매기를 돌아보았다. "어디서 발견했는지는 말씀해주시죠."

"방금 리암 코너 교수님의 부검 보고서가 들어왔는데요. 위장 속에서 네 대가 나왔습니다."

17

로런스 던이 둘 차례였다. 그는 나무 그릇에서 작고 검은 돌을 꺼내 딱 소리와 함께 바둑판 위에 올려놓았다. 위엄 있게 보이고 싶었지만, 사실 절망적인 상황이었다.

상대편은 아랫입술을 깨물면서 바둑판 위에 늘어선 돌들의 형태를 곰곰 살폈다. 오리와 개의 그림이 노란 벽을 장식하고 있는 모텔 6의 방에는 두 사람뿐이었다. 여성은 벌거벗은 채 침대 위에 책상다리로 앉아 있었다. 던은 그 맞은편에, 똑같이 벌거벗고 앉아 있었다.

그녀는 딱 소리와 함께 반들거리는 흰 돌을 내려놓았다.

"젠장." 던이 말했다.

그녀의 환한 미소가 끔찍하게 평범한 모텔 방을 가득 메웠다. "당신은 내 거야." 그녀는 그에게 뛰어들어 침대로 밀어붙였다. 바둑돌이 사방으로 흩어졌다.

던은 그녀와 몸 씨름을 해서 침대에 눕힌 다음, 눈앞의 모습을 즐겼다. 그가 탐닉하는 두 가지 게임은 이기든 지든 언제나 즐길 수 있는 부류였다. 하나는 바둑이었고, 다른 하나는 바로 눈앞의 여자였다. 그녀의 이름은 오드리 칸도르, 처녀 시절 이름은 피스터였다. 10년 전 예일에서, 그녀가 자신의 게임이론 및 지정학 강의를 듣는 학부생일 때 처음 만난 사이였다. 롱아일랜드 출신으로, 부친은 월스트리트 금융가고 모친은 잘 알려지지 않은 1980년대 영화배우였다. 오드리는 프랑스에서 온 부유한 외교관의 아들과 결혼했지만 그동안 계속해서 던과 밀회를 가져왔다. 영리하고, 악마처럼 매력적이고, 믿을 수 없을 정도로 아름다운 여자였다. 던도 난봉꾼의 분위기를 풍기는 제법 매력적인 남자였지만, 그녀는 아예 다른 차원의 사람이었다.

그는 오드리 위로 몸을 숙이고 매끄럽고 하얀 피부와 석탄처럼 검은 눈을 지긋이 바라보았다. 그가 좋아하는 옅고 붉게 칠한 입술이 시선을 사로잡았다. 그는 매트리스 위에 굴러다니는 자신의 검은 돌을 집어 그녀의 젖꼭지 위에 올려놓았다. 그녀는 키득거리며 웃었다.

"나하고 함께 도망치자." 그가 말했다. "비행기로 태평양의 무인도에 불시착해서 과일하고 나무 열매를 먹고 사는 거야. 내가 덫을 놓아서 멧돼지를 잡아주지."

그녀는 웃음을 터트렸다. "홀푸드 매장이 있는 섬에 불시착하는 건 어때."

"날 우습게 보는군. 필요하면 짐승도 될 수 있거든."

"그럼 입만 놀리지 말고 움직여." 그녀는 그를 끌어당기며 이렇게 명령했다.

불쾌한 노크 소리가 문가에서 울렸다.

"뭐야?"

"던 부보좌관님? 휴대폰을 받지 않으셔서 말입니다. 비서분이 연락했을 텐데요."

"저리 꺼져." 휴대폰 벨은 상당히 고의로 꺼놓은 상태였다. "20분 후면 나갈 테니까."

"부보좌관님? 랜서 대통령께서 당장 통화해야겠다고 하십니다만."

"이런 젠장." 중얼거리는 던의 머릿속에서 태평양 무인도 따위는 순식간에 사라져버렸다.

모텔 앞에는 검은색 리무진이 서 있고, 직속 경호원 두 명이 그 앞에 서서 대기하고 있었다. 3분 후 던은 그 안에서 차량에 설치된 직통 회선으로 미합중국 대통령과 통화를 했다.

"로런스?"

"예, 대통령 각하."

"맨해튼으로 좀 가줘야겠네. 지금 당장."

경적을 울려대는 경찰 호위대의 인도를 받으며 속도를 내는 리무진 속에서, 던의 신경은 잔뜩 곤두서 있었다. 지금 그들은 레이건 국제공항으로 가는 중이었다. 대통령은 자신의 상징이 된 확신 넘치는 태도는 온데간데없이 심하게 당황한 목소리로 말했다. 두 사람은 서로 잘 아는 사이였다. 현 미합중국 대통령이 백악관을 향한 불가능이나 다름없는 행진을 시작했을 때, 던은 아시아 외무 분야의 주된 조언자로서 맨 처음부터 그를 지지했다. 가장 열성적인 지지자들조차 놀라 할 정도로 산사태처럼 인기를 휘몰아 선거에서 승리를 거두자, 대통령은 국가안보 부보좌관의 자리로 그에게 보답했다. 사실 보좌관 자리를 제안했지만, 던은 대중매체의 스포트라이트에서 벗어나 정책에만 몰두할 수 있는 지위를 선호했다.

지금 던은 FBI 부국장인 윌리엄 칼리슬과 통화하는 중이었다. 그는 타임스스퀘어에서 발견된 남자에 대해 설명했다. "스물세 살이고 일본 국적이네. 최근에 가운뎃손가락을 잘렸고, 상처를 불로 거칠게 지졌더군. 환각 물질에 취해 있는지 헛소리만 지껄여대고 있는데, 어떤 물질인지는 밝혀지지 않았네."

"그 친구에 대해 아는 건 뭐가 있나?"

칼리슬은 책 읽는 투로 읊조렸다. "컬럼비아대학 학부생으로, 미술 전공이군. 소조 쪽인데, 철사 조각으로 소품을 만드는 모양이야. 도쿄 출신이고. 배경도 딱히 특별한 곳은 없네. 부친은 하급 외교관으로 오타와의 일본 영사관에 근무하고 있고, 모친은 시인이고. 지금

요원들이 부모를 취조하는 중일세. 아직 눈에 띄는 구석은 없어. 딱 하나만 빼고. 들을 준비 됐나? 그 애송이 이름이 히토시 기타노야."

순간 던은 자신이 잘못 들었다고 생각했다. 같은 이름을 가진, 감옥에서 썩고 있는 여든다섯 살 노인의 모습이 눈앞에 떠올랐다. "히토시 기타노라고? 농담이겠지."

"아니라네."

그래도 여전히 믿을 수가 없었다. 칼리슬은 모르는 이유로, 던은 히토시 기타노라는 이름이 영원히 헤이즐턴 교도소의 죄수 목록을 떠나지 않기를 빌고 있었다. 그는 목청을 가다듬었다. "친족 관계인가?"

"아니. 적어도 우리 쪽에서는 발견할 수 없었네. 조금도 연관은 없어. 그러니 이건 완전히 우연이든가…."

"아니면 경고장이겠지."

18

제이크는 아파트의 문을 열고 어둠 속으로 들어섰다. 그리고 잠시 현관에 선 채로 귀를 기울였다. 낡은 건물의 보일러 파이프가 꽝꽝거리며 울렸다. 냉장고의 압축기가 찰칵하며 켜지더니 웡 하는 소리를 내질렀다. 모든 것들이 평소와는 전혀 다른 느낌으로 다가왔다.

검시 보고서의 결론은 명확했다. 리암 코너는 고문을 당했다. 혀는 입 바닥에 접착시켜놓았다. 구속복과 동일한 섬유가 셔츠에서 검출되었다. 그리고 마이크로 크롤러 네 마리가 배 속에 있었다. 조직이 미세하게 찢긴 상처가 수천 개 있었고, 내출혈이 심각했다. 병리학자는 그가 뛰어내리지 않았더라도 내출혈 때문에 목숨을 잃었을 거라고 말했다.

이제 악몽은 완전히 다른 형태로 바뀌었다. 사건은 FBI로 이감되고, 다리에 함께 있던 여인을 수색하는 작전은 전국 단위로 확장됐다. 심지어 아직 발견되지 않은 아홉 마리의 크롤러에 대해 전국 단위의 지명수배를 내릴 정도였다. 이제 크롤러 수색은 두 명의 대학원생과 학내 경찰서의 일이 아니라, 전국의 모든 법 집행기관의 임무가 되었다. FBI에서는 크롤러가 더 큰 음모의 일부로, 이를테면 생물병기 공격의 매개체로 사용되지는 않을지 걱정했다. 비크래프트는 포트 데트릭에 온 아베닉 장군이라는 사람과 대화를 나누었다고 했다. 그 사람 말로는 아침이 되면 추가 병력이 파견될 거라고 했다.

경찰서에서 돌아오는 내내 그와 매기는 거의 아무 말도 하지 않았다. 그녀는 심하게 동요한 모양이었다. 계속 울고 있었다. "대체 누가 그런 짓을 한 거예요?" 그녀는 계속 이렇게만 말했다. "선량한 노인을 고문하다니요?"

그녀가 무너지는 모습에 제이크는 가슴이 내려앉는 것 같았다. 견딜 수 없을 지경이었다.

긴 자갈길 진입로로 들어설 즈음에 리벤델은 어둠 속에 잠겨 있었다. 제이크는 그녀를 문 앞까지 데려다주었다. "매기, 어차피 오늘 밤에 여기 머물 예정이었으니까…"

"아뇨, 괜찮을 거예요. 조금 혼자 지낼 시간이 필요해요. 딜런에게 어떻게 말해야 할지도 생각해봐야 하고요."

"차에서 자도 됩니다. 제가 경비를 서죠."

그녀는 억지로 웃음을 띠었다. "제이크, 고마워요. 벌써 많은 일을 해줬으니까요. 진입로 앞에 순찰차가 와 있잖아요. 괜찮을 거예요. 집으로 가요."

"정말로 제가 여기 없어도 되겠…."

그녀는 그의 볼에 입을 맞추었다. "가서 자요. 아침에 이야기하죠."

제이크는 텔레비전을 켜고 채널을 CNN으로 돌려 그쪽에 소식이 들어오지는 않았는지 확인했다. 그러나 나오는 것은 일기예보뿐이었다. 더 북쪽에서는 눈이 내리기 시작하는 모양이었다.

그는 침실로 걸음을 옮기며 가는 길의 조명을 있는 대로 켰다. 그리고 주머니에서 종이쪽을, 리암이 남기고 간 편지를 꺼냈다.

제이크, 부디 그 아이들을 보살펴주게. ─리암

이제 와서 생각해보니 전부 아귀가 들어맞았다. 리암은 적어도 올여름부터는 의식적으로 제이크와 딜런이 함께 지내도록 부드럽게 권해왔다. 딜런을 데리고 제이크의 연구실에 들른 다음, 두 사람만 함께 시간을 보내도록 했다. 제이크가 개입하도록 계획을 꾸미고 있었던 것이다.

부디 그 아이들을 보살펴주게. 대체 그게 무슨 뜻일까? 살펴달라고? 지켜달라고? 무엇으로부터? 자신을 쫓는 자가 있다는 것을 안 걸까? 그렇다면 왜 말하지 않은 걸까?

제이크는 옷장으로 가서 몇 년 동안 건드리지도 않은 물건을 꺼냈다. 그의 군장 꾸러미였다. 그대로 끌어내자 지나간 길을 따라 모래가 줄을 그렸다. 물건에서 모래를 털어내는 것은 불가능했다. 사방에 있었으니까.

제이크는 모래의 이런 변용성이 가장 싫었다. 참호를 파면 그대로 벽이 무너져 내린다. 바람을 타고 들어오는 모래가 계속 발목을 잡는다. 전쟁이 끝나고 2년 후에 읽은 책에서, 그런 요소를 제대로 포착한 묘사를 찾은 적이 있었다. 일본인 작가인 아베 고보의 『모래의 여자』라는 소설이었다. 제이크는 모래 벽이 무너져 내리며 자신을 파묻어버리는 꿈을 꾸곤 했다. 파고 또 파도 다음 날이 되면 모래는 그대로 그곳에 있었다. 지금 제이크의 기분이 그랬다. 산 채로 파묻히는 느낌이었다.

말도 안 되는 생각 하나가 제이크의 머릿속에서 천천히 형체를 이루었다. 리암이 해준 이야기가, 일본에서 만든 대량 살상 무기 이야기가 계속 떠올랐다. 태평양에서 배가 침몰하고 그 배의 모든 병사들이 죽었다는 이야기도. 이 모든 사건이, 리암의 죽음이나 사라진 크롤러까지도, 리암이 언급한 우즈마키에 대한 비밀에 연결되어 있다는 가정은 설득력이 있었다. 리암은 제이크에게 비밀을 엄수하라고, 아직도 기밀 정보라고, 먼 옛날 끝난 전쟁에서 마지막으로 남은 거대한 비밀이라고 말했다. 당시 제이크는 리암이 노인답게 내밀한 이야기를 털어놓는다고만 생각했다. 하지만 그 이상의 뭔가가 있었다면? 그 여자가 리암의 입을 열기 위해 고문한 거라면?

집 안은 핀 떨어지는 소리도 들릴 정도로 고요했지만, 매기는 잠을 이룰 수가 없었다. 제대로 생각을 할 수 있을 정도로 진정하는 데만도 꼬박 한 시간이 걸렸다. 고문을 당하는 할아버지의 모습이 계속해서 그녀의 뇌리를 가득 메웠다. 고통에 몸부림치는 할아버지의 모습이. 비명을 지르는 할아버지의 모습이….

제이크를 왜 돌려보낸 걸까? 그가 곁에 있으면 거북한 감정이 일었다. 균형을 잃게 했다. 딜런에게 아주 잘해준다는 사실은 알고 있었지만, 역시 그 주변에 있으면 불안했다. 거리를 둘 필요가 있었다. 자신이 그만큼 강하기를 빌 수밖에 없었다.

그녀는 진정하려고, 생각을 정리하려고 애썼다. 앞의 탁자에는 멜로린스가 남기고 간 서류철이 있었다. 그 옆에는 레터박스를 찾는 단서를 출력한 종이가 보였다. 그리고 그 옆에는 빛을 발하며 깜박이는 곰팡이가 붙은 원반이 있었다. 버섯, 화살촉, 크롤러.

이제 할아버지의 죽음이 자살이 아니라는 점은 명백해졌다. 스스로 뛰어내린 것은 맞지만, 그 여자의 손에서 벗어나려 벌인 일이었다. 이제 적어도 말은 되는 듯했다. 끔찍한 일이기는 해도 앞뒤는 맞았다. 하지만 레터박스와 빛나는 곰팡이는 대체 무슨 뜻일까? 자신이 죽으면 바로 단서를 따라 여기에 도착하게 해놓은 만큼, 우연일리가 없었다. 분명 뭔가를 놓친 것이다. 리암은 이것 말고도 다른 뭔가를 남기고 갔을 것이다.

하지만 대체 무엇을? 그녀는 다시 한 번 리암의 변호사가 남기고 간 봉투 속의 내용물을 뒤졌다. 레터박스에 대한 쪽지 말고는 딱히 특별한 것은 없었다. 이제 어쩐다? 논리를 사용해야지, 미즈 코너. **잘 생각해봐.** 논리적으로 생각하면, 리암이 다른 뭔가를 남겼다면 분명 지금까지 그들이 추적해보았던 실마리의 끝에 있을 것이 분명했다.

그리고 그 실마리의 끝에는 반짝이는 곰팡이가 붙은 나무토막이 있었다.

그녀는 나무토막을 조명 근처로 들어 올려보았다. 할아버지는 나무 원반 측면에 드릴로 구멍을 뚫고 세 개의 유리 배양액 빨대를 넣어놓았다. 외부의 곰팡이가 죽었을 때를 대비해 곰팡이 균사를 넣어놓은 용기였다. 다시 생각해보면 이상한 일이었다. 살아 있는 곰팡이를 손에 넣는 일이 그토록 중요하다고 생각한 이유가 뭘까?

세 개의 문양이 빛을 발하며 깜빡였다. 그녀는 조금 더 자세히 문양을 들여다보며, 그 안에 숨겨진 표식을, 비밀 글자를, 자기도 모르는 무언가를 찾아내려 애썼다. 분명 저렇게 깜빡이게 만들려면 상당히 고생했을 것이다. 생물학적 피드백을 이용한 루프라는 사실은 그녀도 알고 있었다. 아이쿠오레아 빅토리아(*Aequorea victoria*, 발광평면해파리)의 녹색 형광 단백질 기작이 발현되도록 만든 다음, 그 발현에 유도되는 억제 효소를 만들면 된다. 붉은색과 노란색 곰팡이 또한 비슷한 단백질을 사용하면 된다. 리암은 예전에도 이런 장난을 한 적이 있었다. 유전자조작의 달인이었으니까.

그녀는 녹색 화살촉을 멍하니 바라보았다. 아들의 레터박스 문양이었다. 한 번은 길게, 한 번은 짧게 발광했다. 불규칙한 패턴이었다. 리암의 유전 회로에서 뭔가 잘못된 모양이었다.

아냐, 불규칙한 게 아니야. 패턴이야.

반복 패턴이라고.

어린 시절의 기억 하나가 떠올랐다. 그녀는 할아버지와 전신 보내기 놀이를 하곤 했다. 모스부호를 이용해 서로 메시지를 보내는 것이다. 그녀는 아들과도 같은 놀이를 하며, 자기 이름을 보내는 법을 가르쳐주었다.

붉은색은 긴 신호 한 번, 짧은 신호 두 번이었다.

녹색은 긴 신호 한 번, 짧은 신호 한 번.

노란색은 짧은 신호 한 번에 긴 신호 한 번.

세상에.

전부 딜런의 이름에 있는 알파벳이었다. 딜런을 말하고 싶었던 걸까? 다음 순간, 일련의 점과 선으로 이루어진 부호가 그녀의 머릿속에서 조합되었다.

— ·· = D

238

$—\cdot = N$

$\cdot— = A$

그녀는 리암의 곰팡이 원반을 손에 들었다. DNA. 순간 벼락처럼 한 가지 생각이 그녀의 뇌리를 강타했다. 그녀는 레터박스 단서를 손에 쥐었다.

텅 빈 곳에 숨어 있는 오솔길을 따라가면

신뢰로 묶인 땅을 휘돌아 춤추는 정착지의 냇물이 나온다네

마지막 연을 제외하면, 레터박스 단서의 각 행 첫 글자는 모두 A, C, T만으로 이루어져 있었다. 쭉 이어 쓰면 TTATATATCT가 되었다. 행의 마지막 글자는 전부 G와 T였다. TTGGTTTTGG.

첫 글자끼리, 그리고 마지막 글자끼리 이으면 짧은 유전자 부호 한 벌이 나오는 것이다.

프라이머다. 프라이머였다. 염기 서열의 시작과 끝인 것이다.

그녀는 피부가 따끔거리는 기분으로 점멸하는 곰팡이를 바라보았다. 지금까지 이토록 자신의 추론에 확신을 가져본 적은 없었다. 리암은 곰팡이 안에 자신의 메시지를 남겨놓은 것이다. 곰팡이의 유전자 안에 유언을 적어 넣은 것이다.

휴대폰 울리는 소리에, 제이크는 옷을 그대로 입은 채로 소파 위에서 눈을 떴다. 꿈 하나 꾸지 않고 그대로 쓰러져 자버렸다. 그는 커피 테이블에서 휴대폰을 집어 들었다. 오전 6시 30분이었다. 모르는 번호였지만 지역 코드는 202였다. 워싱턴 D. C.의 번호였다.

"네?"

건너편에서 여자 목소리가 들려왔다. "스털링 교수? 잠시 기다려 주시겠습니까? 국가안보 부보좌관께서 잠시 통화를 원하십니다." 그리고 그녀는 회선을 돌렸다.

로런스 던인가?

던은 외교정책 분야의 신동 같은 사람으로, 소련의 극적인 몰락과 중국의 극적인 부상을 동시에 예측해낸 극소수의 사람 중 한 명이었다. 제이크는 방위과학위원회의 환영 연회에서 부보좌관으로 승격되기 전의 던을 한 번 만난 적이 있었다. 던은 좌중을 사로잡는 방법을 잘 아는 사람이었고, 놀랍도록 명민하기도 했지만, 그런 장점은 제이크에게는 사람을 좋아할 이유가 되지 못했다. 사실 제이크는 그 자가 싫었다. 제이크의 경험으로는 국가안보 분야의 민간 측에서 일하는 사람들은 보통 위험할 정도로 자제력이 부족해서, 한 번도 베여본 경험이 없으면서도 나이프 묘기를 시도하는 경향이 있었다. 던도 예외가 아니었다.

"스털링 교수?"

"듣고 있습니다."

"로런스 던이오. 지금 처리해야 할 일이 아주 많으니 바로 본론으로 들어가겠소. 리암 코너와 아주 긴밀한 공동 연구를 하던 것이 맞소?"

"그렇습니다."

"코너가 히토시 기타노라는 이름을 언급한 적 있소?"

"억만장자 말입니까? 아뇨. 왜 그럽니까?"

침묵이 흘렀다. "이리 와줘야겠소. 포트 데트릭으로. 지금 당장."

"왜 그럽니까?"

"지금은 설명할 시간이 없소. 우리 직원 중 한 명이 연락해서 교통편을 주선해줄 거요."

"알겠습니다. 하지만 이게 대체 무슨⋯."

"스털링 교수, 이만 전화는 끊겠지만, 개인적으로 한 가지만 강조해두겠소. 이 시점까지 당신이 리암 코너와 나누었던 대화는 모두 국가 기밀을 포함하고 있을 가능성이 있으며, 따라서 공적인 책임을 가진 사람에게만 털어놓아야 하오. 무슨 말인지 이해가 가시오?"

문 두드리는 소리가 들렸다.

그는 전화를 귓가에 댄 채로 문가를 향해 걸음을 옮겼다.

"아뇨, 솔직히 완전히 이해했다고는 할 수 없군요. 내가 대체 왜⋯."

던이 말했다. "부디 따라주시오, 교수. 설명은 나중에 직접 만나서 하겠소."

전화가 끊어졌다.

제이크는 문을 열었다.

문 앞에는 매기가 발광하는 곰팡이와 레터박스 단서를 손에 들고 서 있었다. 춥고 지치고 겁먹은 것처럼 보였다.

"당신 도움이 필요해요." 그녀가 말했다.

넷째 날

10월 28일, 목요일

기타노

19

로런스 던은 저지선의 뉴욕 시경 경관에게 고개를 끄덕였다. 그의
양옆으로는 정보기관에서 나온 경호원들과 소수의 측근이 붙어 있
었다. 시경이 벨뷰 병원 근처 수 블록을 봉쇄해놓았다. 동서로는 2
번 애비뉴에서 이스트강까지, 남북으로는 25번가에서 30번가까지.
그는 블랙베리로 시간을 확인했다. 오전 6시 49분이었다. 아침의 첫
햇살이 미드타운의 고층 건물 상부를 비추기 시작하는 시간이었다.
던은 시청에서 바로 이곳으로 온 참이었다. 시장과 휘하 공무원들과
재해관리국 사람들은 혼란에 빠진 시민들을 진정시키고 최악의 사
태에 대비한 계획을 수립하는 일에 최선을 다하고 있었다. 던은 최
대한 빨리 그곳을 빠져나왔다.

이곳으로 오는 길에 스털링과 통화를 했다. 2년 전 던이 코너와 말
다툼을 벌인 후 내뱉은 권고에 따라, FBI에서는 코너를 도청하며 학

교 외부에서 우즈마키에 대해 털어놓고 다니지는 않는지를 확인했다. 증거는 발견할 수 없었지만, 프로파일러들은 그랬을 가능성이 가장 높은 대상 중 하나가 제이크 스털링이라고 지적했다. 일단 스털링을 데트릭으로 불러들여놓으면 나중에라도 진실을 확인할 수 있을 것이다. 지금은 다른 유력 후보인 매기 코너를 찾는 일이 더 중요했다.

한 블록을 더 들어가자 보다 철저하고 엄중한 저지선이 등장했다. 군에서 통제하는 저지선이었다. 스포트라이트가 사방을 대낮처럼 밝혔다. 생화학 대응부대(CBIRF)는 교범대로 작업을 수행해서, 병실을 봉쇄해서 공기의 유출입을 막고 병원 전체를 격리시켰다. 던 본인이 크게 기여해서 입안한 우즈마키 확산 사태에 대비한 작전 절차가 충실히 실행 중이었다. 6년 전 NSC의 자리를 맡기 전에, 정부에서 우즈마키에 대한 불간섭 정책을 취하려 했던 적이 있다. 1972년 닉슨이 공격을 위한 생물병기의 사용을 포기한 이후 우즈마키 포자는 봉인된 채 엄중하게 감시받고 있었다. 1979년, 래터렐이라는 여자의 손에 놀아난 지미 카터는 그 물건을 더욱 눈에 안 띄는 곳에, 군 작전과는 아무런 연관도 없는 기관인 USDA의 명령 체계 안에 쑤셔넣어버렸다. 우즈마키 포자는 그렇게 해서 이후 20년을 봉인된 채로 서늘한 보관소 안에서 썩어가고 있었다.

던과 생물병기 전문가와 정계의 거물 몇 명의 지속적인 로비 끝에, 마침내 보관소의 봉인이 풀리고 우즈마키가 되살아났다. USDA

의 마약 담당국은 꿈도 꾸지 못할 최초의 4등급 기밀 시설 안에서, 우즈마키를 배양하고 DNA 염기 서열을 확보하는 작업을 이어갔다. 이 소식을 들은 코너는 격노했다. 그는 즉시 던의 집무실로 쳐들어와서 역대응 계획은 판도라의 상자라고 말 그대로 고함을 질러댔다. 만약 중국 측에서 낌새를 챈다면 상상할 수 없을 정도로 분노할 것이라고도 했다. 코너는 우즈마키가 두 강대국 사이의 생물병기 군비경쟁을 촉발할 수 있다고 말했다. 수십 년 전 소련과 벌인 핵무기 군비경쟁보다 훨씬 강박적이고 위험하며 파괴적인 결말을 가져오는 상황이 될 것이라고.

하지만 틀린 쪽은 코너다. 던은 중국을 절대 신뢰할 수 없다고 확신했다. 분쟁에 대비한 역대응 계획은 반드시 필요했다. 우즈마키 실린더를 나르던 일곱 척의 일본군 잠수함 중에서 두 척은 결국 발견되지 않았다. 하나는 하와이와 캘리포니아 사이의 심해 어딘가에 가라앉아 회수가 불가능하다고 간주하고 있었지만, 마지막 하나 남은 실린더는 종적조차 찾을 수 없었다. 그리고 중국인들이 731부대 자리에서 무얼 발굴해냈을지 누가 알겠는가? 내성이 강한 포자 하나만 남아 있으면 충분한 것이다. 버섯을 배양하는 작업은 우라늄을 농축하는 작업과는 차원이 다르다. 최신 원심 분리 기술도 필요 없고, 산화 우라늄을 수입할 필요도 없고, 위성사진에 찍히는 대규모 설비를 갖출 필요도 없다. 중국이 우즈마키를 가지고 있다고 해도 미국에서는 알아챌 방도가 없을 것이다. 실제로 사용하기 전까지는.

중국에서 북한에 우즈마키를 건네주고, 그게 알카에다로 넘어가서, 알카에다에서 주요 미국 도시에 우즈마키를 살포하기 전까지는.

인류 사상 가장 끔찍한 테러 공격이 될 것이다.

❖

던이 수행원들을 뒤에 두고 홀로 접근하는 동안, 휴이 헬리콥터의 날개가 돌아가기 시작했다. FDR 대로 한복판에 설치된 임시 헬기 착륙장에 급유를 마치고 포트 데트릭으로 출발할 채비를 갖춘 헬리콥터가 대기하고 있었다. 주변 50마일 이내의 항공로가 출입 금지 공역으로 지정되었고, 전투기가 긴급 출동해 호위할 채비를 갖추었다.

던은 USDA의 해외 질병 및 마약 연구 전담반의 수석 과학자이자 포트 데트릭의 우즈마키 역대응 계획의 지휘자인 새디 톨로프를 발견했다. 던과 새디는 서로 잘 아는 사이였다. 그녀는 금발 머리를 페이지 보이 컷으로 자른 매력적인 여성이었다. 물론 살짝 개성적인 외모라서 고전적인 미인상에 포함되기는 힘들겠지만. 쭉정이 공벌레로 보일 정도로 홀쭉했지만 체력은 상당해서, 대학 시절에는 중거리 육상선수로 뛴 적도 있었다. 곡물류의 숙주-병원체 공진화에 관한 연구로 20년 전에 박사 학위를 취득했다. 그는 지금까지 몇 년 동안 그녀를 알고 지낸 사이였고, 마지막 승진 심사 서류에 직접 도장을 찍어주었으며, 4년 전에는 잠시 연인 관계로 지내기도 했다. 하지만 양쪽 모두 실수였다는 점을 인정했다. 두 사람 다 업무 외의 분야에는 충실할 수 없는 족속이었다. 감귤류 질병이 아프리카의 바람을 타고 대서양을 건너왔을 때, 맨 처음 대응에 나선 것은 톨로프와 그녀가 이끄는 전담반이었다. 또한 그녀는 작은 엘리트 집단 내에서 '우즈마키의 여왕'이라는 별명으로 통하기도 했다.

헬리콥터의 날개 돌아가는 소음을 뚫고, 톨로프는 소리를 질러대며 바로 본론으로 들어갔다. "저 안에 타임스스퀘어 사건 희생자의 혈액, 타액, 대변 샘플을 담은 삼중 밀봉 위험 물질 용기가 있어요. 공기 전염성 포자가 있을지도 모르니 호흡 샘플도 채취했고요. 개별 용기는 강철-몰리브덴 합금 상자 안에 보관되어 있으니, 핵폭발 미만의 모든 충격을 버틸 수 있을 거예요. 헬기가 추락하더라도 내부 용기는 어떤 상황에서도 파손되지 않을 거예요."

톨로프는 용기를 다루고 있는 네 명의 인원을 가리켜 보였다. "저기 두 사람은 USAMRIID에서 왔고 다른 두 사람은 USDA에서 온 우리 팀 직원이에요." 그녀는 얼굴을 찌푸렸다. "우리 마약국 사람들을 애송이 취급하더군요. 내가 지휘를 맡는 게 용납이 안 되는 모양이에요."

던은 고개를 끄덕였다. USAMRIID는 인간 도살자로 이름난 병원체, 이를테면 천연두나 에볼라 등을 다룬다. USDA는 외래 병원체를 다룬다. 두 조직이 긴밀한 협조하에 작업하는 상황은 그리 흔한 일이 아니었지만, 우즈마키 사태에는 모두가 참여할 수 있을 만큼 다양한 요소가 얽혀 있었다. "그래서, 아직까지 주먹다짐은 없었던 건가?" 던이 물었다.

"시간만 주면 순식간에 피가 강물처럼 흐를걸요." 그녀가 말했다.

"지친 것 같은데." 던이 말했다.

"아직 괜찮아요. 그래도 일단 데트릭으로 돌아가면 좀 나아지겠죠." 그녀는 손바닥으로 자신의 이마를 문질렀다. "대체 무슨 일이 터진 거예요, 로런스? 어떤 미친 여자가 코너를 죽인 다음에, 일본 애를 하나 잡아다가 우즈마키처럼 보이는 물건에 푹 절여서 타임스 스퀘어에 던져놨다고요? 대체 그걸 어디서 얻었다는 건데요?"

"나도 모르지. 아직 그 여자가 누군지도 모른다고. 중국이 배후에 있을 수도 있고, 독자적으로 움직이는 요원일 수도 있어."

"코너는 왜 죽인 건데요?"

"코너는 우즈마키에 대해 온갖 것을 알고 있었으니까. 정보를 캐내려고 고문한 걸 수도 있지. 어떻게 사용할 수 있는지, 우리가 어떤 대응책을 가지고 있는지 등에 대해 말이야."

톨로프는 고개를 저었다. "정말 개판이로군요. 코너의 손녀하고 얘기해본 사람은 있어요?"

"누군지 알아?"

"균류학계는 정말로 좁다고요, 로런스. 다들 서로 알고 지내죠."

"그래, 우리 쪽에서는 아직 위치를 확보하지 못했어. 아침에 집을 떠났다는데 그 이후로 본 사람이 없다더군."

조종사가 다가왔다. "여러분? 2분 후에 출발합니다."

던은 속도를 올려 돌아가는 헬리콥터의 날개를 바라보았다. 생각할 시간이 필요했다. 전화 회의나 브리핑에서 벗어나 있을 시간이 간절했다. "가는 데 얼마나 걸리나?"

"한 시간 반 정도일 겁니다. 얻어 타실 생각입니까?"

20

제이크는 인적 없이 적막한, 눈으로 뒤덮인 도로와 보도와 지역 경찰이 입구를 봉쇄해놓은 건물들을 지나 빠른 속도로 주 캠퍼스 외곽 도로를 돌았다. 오전 8시 12분이었다. 아침 첫 수업이 진행될 시각이었다.

그는 사과나무가 줄지어 늘어선 코넬 과수원을 지나 366번 국도를 타고 계속 동쪽으로 차를 몰았다. 서리가 내려앉은 농지의 작물들이 자동차의 전조등에 비추어 하얗게 반짝였다. 평소의 여느 아침과 다를 것이 없는, 시선을 사로잡는 목가적인 풍경이었다.

매기는 점멸하는 곰팡이를 무릎에 올려놓은 채 조수석에 앉아 있었다. 결의를 다진, 눈앞의 문제에 집중하는 심각한 표정이었다. 그러나 동시에 거리를 두는 느낌도 들었다. 마치 자신의 주변에 장벽을 두른 것만 같았다.

뒷좌석의 블라드 글라츠먼은 먹어 치우기를 잊은 것처럼, 마지막 젤리 도넛 한 조각을 오른손에 들고 있었다. 그는 설명할 수 없는, 또는 설명하고 싶지 않은 이유로 뒷좌석에 앉는 쪽을 선호했다. 제이크는 10분 전에 그를 말 그대로 질질 끌어낸 다음, 스토브 위의 미지근한 커피를 유리단지에 채우고, 냉장고 위의 젤리 도넛을 들고 나왔다. 블라드는 아주 완곡하게 표현하자면 아침형 인간과는 거리가 먼 사람이라, 막대한 양의 카페인과 설탕을 투입하지 않으면 제대로 작동하지를 않는다. 오전 강의는 모두 거부할 정도였다. 11시 이전에 일어나는 일을 죄악이라 여기는 사람이었다.

제이크는 블라드가 충분히 연료를 채우고 뉴런을 점화시킬 때까지 기다린 다음, 모든 내용을 털어놓았다.

블라드는 한참 동안 조금도 반응하지 않았다. 그는 마침내 마지막 남은 커피를 들이켜고 뒷좌석에 몸을 묻었다. "그러니까 내가 정리해보지. 코너가 자네한테 일본이 만든 대량 살상 무기에 대한 이야기를 해줬는데, 그 이름이⋯."

"우즈마키입니다."

"그래. 일본군 일곱 명이 나르고 있었다는 거지. 작은 황동 실린더에 담아서. 세계를 끝장낼 수 있는 버섯이라고."

"그렇습니다."

"그리고 던이 자네한테 개인적으로 전화를 걸었다는 거지. 자네 생각에는 우즈마키 때문인 게 분명하고. 하지만 다른 균류, 그러니까 빛나는 곰팡이에 대해서는 말하지 않았고, 자네들이 돌무더기 아래에서 찾아낸 곰팡이 말이야."

"그렇죠."

"그리고 그 곰팡이의 유전자 안에 비밀 메시지가 있을지도 모른다는 거지." 블라드는 손가락에 묻은 젤리를 깨끗이 핥아 먹었다. "이게 무슨 미친 소리야. 작은 새들이 아장거리며 돌아다니는 벽시계만큼 미친 소리잖나."

"블라드, 그러지 말아요. 그 여자가 리암을 고문해서 뭔가를 알아내려 했다는데…."

"알아, 안다고. 하지만 리암이 스스로 뛰어내린 건 맞지 않나." 블라드는 손바닥으로 관자놀이를 문지르면서 물었다. "자넨 믿나? 진짜로 믿냐고?"

"네."

그는 심호흡을 하고는 천천히 고개를 끄덕였다. "그럼 아무래도 나도 믿어야 할 것 같군."

블라드를 끌어들이는 것은 쉬운 결정이 아니었지만, 제이크와 매기에게는 유전자 연구소에 드나들 수 있는 사람의 도움이 필요했다. 캠퍼스가 봉쇄된 이상 매기가 평소에 유전자 서열 분석을 하던 코넬 생물자원 연구센터는 사용할 수 없었다. 그러나 제이크가 블라드의 친구 한 명이 개인 연구소를 가지고 있다는 사실을 기억해냈다.

블라드는 뒷좌석에서 계속 지껄이고 있었다. "DTRA에 있다는 내 친구 있잖나, 던과 코너가 싸웠다고 말해준 사람 말이야. 그 친구가 USAMRIID와 USDA에서 생물병기를 기밀로 개발하고 있다는 소문을 들었다는 거야. 아주 엄중하게 통제하고 있다더군. 이제 전부 아귀가 맞는 것 같구먼. 코너가 그렇게 화를 낸 일이 바로 이거였던 거야. 분명 일종의 역대응 계획이겠지."

"리암이 그렇게 화를 낸 이유가 뭔가요?" 매기가 물었다.

"뻔하지 않나. 비대칭 방어 수단의 원칙이지. 1950년대에 자네 조부가 제창해서 '코너의 법칙'이라는 이름이 붙은 내용이야. 치료제 제작은 병기 제작과 동급이라는 거지." 블라드가 말했다.

"그래도 모르겠는데요."

"월남전 동안에, 우리―그러니까 미군은 라오스의 북베트남군에게 비밀리에 천연두 바이러스를 사용할지를 진지하게 고려했다네. 이유가 뭐겠나? 미군은 백신 접종을 받았고, 북베트남군은 받지 않았기 때문이지. 우리 측에는 치료제가 있고 베트남에는 없으니까 천연두 바이러스가 사용 가능한 무기가 된 거야."

제이크도 말했다. "우즈마키도 마찬가지죠. 일본이 그걸 가지고 있을 때는 일본에는 페니실린이 없었으니 안전했던 겁니다. 미국인에게는 위험했지만요. 하지만 이제 전 세계가 페니실린을 사용하니 모두 위험해진 거고, 우즈마키는 더 이상 무기로 사용될 수 없게 된 겁니다."

"바로 그거야." 블라드가 말했다. "하지만 데트릭의 우리 쪽 과학자들이 치료제를 개발해내기만 하면⋯."

"코너의 법칙이 적용되는 거죠." 제이크가 말했다. "다시 무기가 되는 겁니다. 하지만 이번에는 우리나라가 조종하는 무기가 되겠죠. 치료제를 가지고 있는 국가가 우리 하나뿐인 동안에는 말입니다."

"바로 그거야. 언제든 사용할 수 있는 무기가 되겠지."

매기는 고개를 저었다. "미친 소리예요. 리암이 정말로 미국 정부가 생물병기를 사용할까 봐 걱정했다고 생각하세요?"

"당연한 소리." 블라드가 말했다. "코너는 1950년대부터 지금까지 일어날 만한 사건을 죄다 내다봤다고. 베트남뿐이 아니야. 쿠바 침공 작전에는 보툴리누스균을 이용한 생물병기 공격 계획도 입안되어 있었다고. 당시 합참의장이었던 라이먼 램니처는 거의 광인처럼 그 안을 지지했다니까. 카스트로의 잠수복에 독성 균류를 심으려는 계획도 있었어. 계획안이 거의 100가지는 됐지."

"하지만 그건 수십 년 전 일이잖아요." 매기가 말했다.

"세상에서는 같은 일이 되풀이되는 법이라고. 강자가 약자가 되고, 약자가 강자가 되지. 두려움에 사로잡힌 사람은 무슨 일을 벌일지 모르는 거야."

"하지만 우리를 두려움에 사로잡히게 할 만큼 강한 자들이 있어요?"

"로런스 던에게는 있겠죠." 제이크가 말했다. "중국입니다. 던은 우익 강경파예요. 지금 그가 누리는 모든 명성은 중국의 위협을 설파하는 과정에서 얻은 겁니다. 그는 현 정부 인사의 절반을 설득해서 2015년에는 중국이 우리를 군사적으로 앞설 거라고 믿게 했어요."

매기는 얼굴을 찌푸리며 의자에 몸을 기댔다. "하지만 리암이 우즈마키에 대해 알고 있었다고 해도 던의 계획을 반대한 건 사실이잖아요. 그 여자가 리암을 고문한 이유로는 부족해요. 대체 할아버지의 지식이 그 여자한테 무슨 도움이 되겠어요?"

"어쩌면 중국 공안의 끄나풀일 수도 있지." 블라드가 말했다. "미국이 생물병기를 이용한 선제공격 수단을 개발하고 있다고 믿어 의심치 않을 테니까."

"하지만 우리는 정의의 편 아니에요?" 매기가 물었다.

블라드는 음울한 미소를 지었다. "그래야 하는 건데, 모두 그런 건 아니지."

매기는 오른쪽으로 방향을 틀어 코넬 식물병리학 표본실 주차장에 차를 댔다.

"제 두 번째 집이라 할 수 있는 곳이죠. 예전에는 주 캠퍼스에, 그러니까 식물학 연구동에 있었는데 밀려나버렸어요. 이제 식물표본에 신경을 쓰는 사람은 아무도 없거든요. 죄다 유전자만 가지고 놀죠."

차에서 내린 제이크는 매기가 열쇠로 정문을 여는 동안 주변을 둘러보았다. 자갈길을 따라 서 있는 건물은 삼면이 평지에 뒤편에는 숲이 서 있었다. 외따로 떨어진 곳으로 나오니 불안감이 엄습했다. 그의 내면에 깃든 병사가 기습 공격에 최적인 장소라고 경고하고 있었다.

블라드가 뒷좌석에서 구르듯 나왔다. 그는 왼쪽 바짓단을 올리더니 총열이 뭉툭한 소형 권총을 꺼냈다. "난 여기서 망이나 보면서 기다리지."

접수 구역은 밝고 친절한 분위기에, 방문객을 위한 의자와 소파도 있었다.

"이쪽을 통해서 가면 돼요." 매기는 이렇게 말하며 제이크를 뒷문으로 이끌었다. 너비 40피트에 깊이가 100피트는 되어 보이는, 갈색 금속 캐비닛이 가득 줄지어 선 널찍한 공간이 등장했다. 콘크리트 바닥과 기묘한 냄새 때문에 차가운 산업 단지 같은 느낌이었다.

"정겨운 분위기로군요." 제이크가 말했다.

"원래 용도가 아니거든요." 매기가 말했다. "맹금류를 키우던 곳이었어요. 작년에 인부들이 들어와서 새장을 전부 치우고 바닥을 샌드블라스트로 벗겨낸 다음에 우릴 몰아넣었죠." 그녀가 캐비닛을 똑똑 두드리자 널찍한 공간에 소리가 울렸다. "캐비닛 하나마다 분류 단

위에 따른 균류 표본이 수천 개씩 들어 있어요. 표본이 전부 해서 40만 개는 되죠."

"곰팡이 지하 무덤이로군요." 제이크가 말했다.

"그런 시선으로 보는 것도 가능할 것 같네요."

매기는 앞장서서 시료 준비 및 탐지용 장비와 현미경을 갖춘 작은 실험실로 들어갔다. 그녀는 흰색 거름종이 위에 발광하는 곰팡이 가루를 몇 개 떨어트렸다.

"어떤 식으로 진행하는지 알고 있나요? 직접 분자생물학 실험도 하고 그러나요?"

"아뇨. 저는 실리콘 쪽 사람이라서."

"상당히 직선적인 과정이죠. 이건 DNA 추출용 상용 키트예요. 우선 버퍼 용액을 넣고 균류 시료를 갈아요." 그녀는 이렇게 말하며 사발과 막자를 사용했다. "세포를 파괴하기 위한 거예요. 그다음에는 단백질을 벗겨내서 DNA를 풀려나게 하는 여러 화학물질을 차례로 가해주죠."

"이제 균류의 GOM(genetic owner's manual), 즉 유전자 사용설명서라고 부르는 걸 찾아야 해요." 매기가 말했다. "유전체 안에 삽입한 인공 DNA 조각이죠. 리암은 생명체를 조작할 때 항상 GOM을 사용했어요. 유전자를 어떻게 조작했는지, 그게 무슨 역할을 하는지, 누가 만들었는지를 일러주는 거예요. 생명체의 분자 설계를 가지고 장난칠 생각이라면…."

"…자기 서명을 남길 정도의 각오는 해야 할 것이다." 제이크가 말을 맺었다.

"GOM에 대해 얘기해주신 모양이로군요."

"기초는요."

"뭐, 그럼 고급반 수업을 시작해볼까요. 여기서는 GOM의 시작과 끝을 나타내는 짧은 유전자 서열, 즉 프라이머의 정보를 확보하기만 하면 돼요. 그게 리암이 레터박스 단서에 숨겨놓은 첫 글자와 끝 글자인 거죠. 일단 프라이머만 알고 있으면 아주 간단한 작업이에요. 무려 물리학자도 수행할 수 있을 정도로." 그녀가 말했다.

제이크는 그녀가 침착하게 추출 작업을 수행하는 모습을 지켜보았다. 절제되고 정확한, 조금도 낭비하지 않는 움직임이었다. 그렇게 그녀를 바라보고 있자니 기억이 되살아나는 묘한 기분이 들었다. 리암이 실험하는 모습과 완벽하게 똑같았던 것이다.

"생각을 좀 해봤는데요." 그녀가 말했다. "일본에서 무기로 만든 우즈마키 말이에요. 그것도 분명 출처가 있겠죠."

"무슨 뜻입니까?"

"일본인들이 설계도부터 제작해내지는 않았을 거란 말이에요. 어디선가 찾아냈겠죠."

"그 지역의 균류 아니겠습니까? 일본 특산종이요." 제이크가 말했다.

"그건 아닐걸요. 숙주와 기생체는 함께 진화하니까요. 리암이 우즈마키가 옥수수 부생균이라고 하지 않았어요? 옥수수 균을 찾고 싶으면 옥수수의 원산지로 가야죠. 멕시코나 남미로요. 자, 그렇게 생각하면 한 가지 흥미로운 사실이 있어요. 우리 할아버지는 그 지역에서 꽤나 오랜 시간을 보내셨거든요. 새나 나비의 이주를 따라 균류의 포자가 퍼질 수 있는지를 연구하셨죠. 예를 들자면 매년 미국에서 멕시코까지 수천 마일을 날아서 이동하는 모나크나비 같은 경우 말이에요. 하지만 할아버지는 그런 연구 결과에 대한 논문을 발표하지는 않으셨어요. 저는 꽤나 허황하고 무모한 연구 여행이라고 생각했죠. 하지만 어쩌면, 할아버지는 아무에게도 알리지 않고 우즈마키와 연관된 뭔가를 찾아다니고 계셨을지도 몰라요."

"그러니까 리암이 뭔가 발견한 게 있다면, 그에 대한 정보를 여기 있는 DNA에 암호 형태로 기록해놨을 거라고 생각하는 거로군요."

"가능한 이야기잖아요." 매기는 투명한 액체로 가득한 작은 원심분리용 튜브를 들어 보였다. "끝났네요. 이제 염기서열 분석을 해야겠어요."

잠시 후 그들은 다시 건물 밖으로 나왔다. 블라드는 총을 든 채로 차 옆에서 기다리고 있었다. "뭔가 있었습니까?" 제이크가 물었다.

"꿩 한 마리가 습격해 왔는데, 훌륭하게 격퇴했지."

매기는 DNA가 든 튜브를 제이크에게 넘겼다. "둘이서 가요. 나는 필요 없잖아요. 여기 있을게요."

"뭐라고요? 왜요?"

"USDA APHIS의 경고 목록에 우즈마키와 유사한 종이 있는지 확인해보고 싶어요. 우려가 되는 병원체에는 경고 표지를 붙여놓거든요. 게다가 표본실 뒤편에는 리암의 답사 일지가 있어요. 연구 여행에 가지고 다니시던 물건이죠. 남미 여행 기록을 확인해보고 싶어요. 특히 브라질을요."

"이곳에 당신 혼자 두고 가지는 않을 겁니다." 제이크가 말했다.

"리암을 해친 여자는 한참 전에 여길 떠났어요. 뉴욕 벨뷰 병원 사건을 일으켰잖아요."

"상관없습니다. 절대 당신 혼자만…."

"원한다면 같이 있어도 돼요. 찾는 걸 도와줘요. DNA를 가져가는 건 블라드 씨가 하면 되니까."

블라드는 고개를 저었다. "단호히 거부하겠네. 난 운전 못 해."

제이크가 말했다. "자동차도 간신히 타는 분이란 말입니다. 비행기는 근처에도 못 가요. 함께 갑시다."

"제이크, 여긴 요새 같은 곳이에요. 문도 두 개밖에 없고, 양쪽 다 철제 강화문이라고요."

제이크는 여전히 내키지 않았지만, 그녀의 눈에는 리암과 같은 흔들리지 않는 고집이 떠올라 있었다. 그녀를 붙들어 차 안에 던져 넣고 가는 길 내내 깔고 앉아 있을 생각이 아니라면, 이건 패배할 수밖에 없는 전투였다.

"그 총을 매기에게 주시죠." 제이크가 말했다.

블라드는 권총을 매기에게 건넸다.

"농담이죠? 쏴본 적도 없다고요."

"걱정 말라고. 카메라하고 똑같으니까. 겨냥하고 누르기만 하면
돼." 블라드는 이렇게 대꾸했다.

21

대재앙의 가능성을 품은 화물을 실은 채로, 헬리콥터는 3,000피트 고도를 유지하며 메릴랜드주 프레드릭의 외곽을 날아갔다. 던은 휴 이 헬리콥터의 창문으로 성냥갑처럼 늘어선 집들과 출근 차량이 줄지어 가득 메우고 있는 복잡하게 얽힌 도로를 내려다보았다. 그는 문득 손목시계를 확인했다. 오전 8시, 러시아워였다. 던은 포트 데트릭이 얼마나 말도 안 되는 곳에 있는지를 새삼 깨닫지 않을 수 없었다. 생물병기 전쟁의 폭심지가 될 시설은, 인간 또는 자연이 창조한 가장 끔찍한 병원체들만 골라 보관하는 건물은, 당연히 외딴곳에 떨어져 있어야 한다. 사막 한복판이나 사우스다코타주의 황무지 같은 곳에. 그러나 포트 데트릭은 메릴랜드주에서 두 번째로 큰 도시에, 그것도 워싱턴 D. C.에서 50마일밖에 떨어지지 않은 곳에 있었다. 우즈마키가 누출될 경우 확산 방지를 위한 통제소 역할을 해야 하는 곳인데도.

휴이 헬리콥터는 북쪽 출입문의 경비 초소를 지나 한쪽으로 기울어지며 선회를 시작했다. 던은 아래로 지나가는 에잇 볼●을 지켜보았다. 1950~1960년대에 생물병기의 살포와 에어로졸화 실험에 사용했던 4층 높이의 강철 구체였다. 1940년대 이후 데트릭은 미국의 화학 및 생물학병기 역량이 집결되어 있던 곳이었지만, 1972년 생물병기의 사용이 금지된 이후 힘겨운 시대를 맞았다. 이제 데트릭은 새로운 도약을 위해 착실히 성장하고 있었고, 그 과정에는 던의 공로가 적지 않았다. 911 사태와 탄저균 공격이라는 원투 펀치가 생물병기 테러를 국가안보 대책의 중심부로 돌려놓았다. 1,200에이커 면적의 부지에는 서로 포개 쌓을 수 있을 만큼 빠른 속도로 건물이 올라가고 있었고, 결국 미국에서 3급과 4급 생물학 위험 시설의 밀도가 가장 높은 지역이 완성되었다. 그중에는 톨로프가 오로지 우즈마키와 그 역대응 방법만을 연구하는 일급 기밀 시설도 포함되어 있었다.

톨로프는 조종석 쪽으로 나가서 지상 인원들과 착륙 상황을 조율하고 있었다. 부조종사가 안전띠를 풀고 던의 좌석 쪽으로 나왔다. 그는 던 옆에 무릎을 꿇고 앉아서 로터 돌아가는 소리에 지지 않으려 힘껏 소리를 질러 말했다. "각하, 국가안보 보좌관 집무실에서 전갈이 들어왔습니다. 그대로 말씀드리죠. '당장 엉덩이 들고 백악관

<hr />

● 8-Ball. 포트 데트릭의 100만 리터들이 실험용 구체의 별칭.

264

으로 튀어 와.'"

던은 웃음을 억누를 수가 없었다. 그의 상관, 즉 국가안보 보좌관인 마빈 알렉스는 공화당과 민주당 정부 양쪽에서 국무부와 국방부의 요직을 맡은 바 있는 워싱턴 정계의 노회한 거물이었다. 그의 신랄한 말투는 이미 표준 운용 절차의 일부 취급을 받았다.

"어떻게 답변을 보낼까요, 각하?"

"두 시간 안에 거기 도착해서 손을 맞잡아주겠다고 해주게."

던은 이미 U 프로토콜을 발동해놓았다. 우즈마키 감염 사태의 가능성이 생길 경우 따라야 하는 단계별 절차였다. 그 일본인 젊은이의 우즈마키 감염을 확인할 때까지는 2단계 경보를 유지한다. 2단계에서 CDC나 USAMRIID나 기타 알파벳을 조합해 만들 수 있는 다양한 연방 기관들은 티가 안 나는 한도 내에서 적극 대응 상황을 대비한 경계 태세를 유지한다. 마치 아마겟돈의 최후 전투를 기다리는 적그리스도의 거대한 짐승처럼.

던은 노트북을 꺼내 젊은 중국인 여성의 사진 두 장을 불러왔다. 한 장은 코넬대학교의 다리에서 방범 카메라에 찍힌 모습이었고, 다른 하나는 타임스스퀘어의 행인이 찍은 모습이었다.

넌 대체 누구냐?

2년 전, 던은 생물병기 전문가와 전염병학자로 구성된 팀을 이끌고 우즈마키와 연관된 최악의 시나리오를 여럿 검토해본 적이 있었다. 테러 집단이 사라진 실린더 중 하나를 손에 넣거나, 중국 정부가 하얼빈에서 파내 선제공격으로 사용하는 경우 등이었다. 제대로 된 치료법이나 백신이 없으면—양쪽 모두 개발에 최소한 수개월, 아마도 수년이 필요할 터였다—단 하나의 살포 지점에서도 수백만 단위의 사망자가 발생할 수 있다. 한 사람의 실행자만으로도 간단하게 파국적인 대재해를 일으킬 수 있다는 뜻이다.

⟡

던은 헬리콥터가 USAMRIID 본관 건물 옆의 착륙장에 내려앉는 순간 자리에서 일어났다. 톨로프는 이미 아스팔트 위로 내려가 지상 요원들에게 명령을 내리고 있었다. 던은 위험물 용기가 들것에 실려 사라지는 모습을 지켜본 다음, 톨로프와 함께 데트릭의 중심부를 가로지르는 디토 애비뉴를 따라 달음박질쳤다.

톨로프는 앞에 보이는 붉은 벽돌 건물을 가리켜 보였다. "한 시간 안에 우리 상황이 얼마나 끔찍한지 확인할 수 있을 거예요. 3등급 구역에서 용기 외벽을 제거한 다음, 봉인된 생물학 안전용기를 4등급 구역으로 가져갈 예정이에요. 저는 여기서 진두지휘할 거고요."

던은 그녀의 팔을 붙들었다. "잠시 후 대통령 각하를 만나러 가야 하네. 좋든 나쁘든 대답을 요구하실 거야."

구태여 그녀가 입을 열 필요도 없었다. 고뇌로 달뜬 얼굴에 모든 답이 떠올라 있었기 때문에.

22

제이크와 블라드는 허물어져가는 집을 하나씩 지나치며 차를 몰았다. 정원에는 버리고 간 농기구나 자동차 부속이나 건조기 겸용 세탁기 따위가 널려 있었다. 버펄로 로드는 이타카 시내에서 10마일밖에 떨어져 있지 않지만, 실제로 보니 완전히 다른 세상에 도착한 기분이었다. 뉴욕주 중부는 군데군데 산업시설 주변에 형성된 마을을 제외하면, 전반적으로 가난한 시골 지방이었다. 반면 이타카는 과도한 교육을 받은 학자와 예술가를 2만 명 정도 뽑아서 애팔래치아산맥의 북쪽 구석에 처박아놓은, 여러모로 비정상적인 존재였다.

블라드는 앞으로 몸을 기울였다. "속도 좀 줄여. 늙어 골골거릴 때까지 살고 싶으니까."

"이 정도는 까딱없어요." 제이크가 말했다. 그는 속도계를 확인했다. 시속 75마일이었다. 언덕을 넘다가 맞은편에서 질주해 오는 트랙터를 마주치지 않는 한은 문제없는 속도였다.

"제발 부탁이야. 나라면 분명 아주 착하고 얌전하게 늙어 골골거리는 노인이 될 거라고." 블라드가 말했다.

제이크는 속도를 유지하며, 구멍이 숭숭한 채로 바람에 흔들리는 지붕을 이고 썩어가는 재생 합판으로 창문을 막은 버려진 농장 건물을 지나쳤다. 쌓아놓은 녹슨 바퀴 틀이 넘어져서 블랙잭 테이블 위의 포커 칩처럼 정원에 가득 널려 있었다. 뒤편 농장에 서 있는 낡은 곡물 사일로는 앞면이 전부 날아가서, 죽은 지 한참 지난 짐승 사체처럼 금속 갈빗대를 드러내고 있었다.

"꼭 그럴 필요도 없는데 이런 동네에 사는 이유가 뭘까요?" 제이크가 물었다.

"사격할 공간이 필요했다던데." 블라드도 총기를 좋아했다. 한번은 괴상한 남자가 카스카딜라 계곡 아래로 권총을 쏘고 있다는 제보가 들어와서 출동한 경찰에 체포된 적도 있었다. "대체 뭘 하고 있던 거요?" 경찰이 이렇게 물었다고 한다.

"바위를 쏘고 있었소."

"왜?"

"바위는 대응사격을 안 하니까."

블라드가 제이크의 어깨를 두드렸다. "좋아, 속도 줄여. 저기야."

제이크는 깔끔한 검은색의 최신형 캐딜락 에스컬레이드 뒤에 주차한 다음, 함께 진입로를 따라 걸음을 옮겼다. 제대로 깎지 않은 잡초가 디딤돌 사이로 비죽 고개를 내밀고 있었다. 하포가 사는 곳의 첫인상은 주변 다른 풍경과 완벽하게 어울린다는 것이었다. 정원은 다른 집들과 마찬가지로 고철과 잡동사니로 가득했지만, 이쪽 폐기장은 첨단기술 공동묘지라 부를 법했다. 컴퓨터 서버. 부서진 모니터. 제이크의 눈으로는 확실히 판별할 수 없었지만, 전반적으로 다써서 파손된 생물학 실험실 장비들로 보였다. 원심 분리기, 핫플레이트, PCR 증폭기. 심지어 DNA 합성 장비도 있었다.

"이걸 분석하는 이유는 말하지 않는 겁니다. 동의하죠?" 제이크가 물었다.

"걱정하지 말라고, 애초에 묻지도 않을 테니까."

집으로 들어가는 정문은 새것이었다. 문짝의 갈색 색조는 제이크도 알아볼 수 있는, 철제 강화문 포장 비닐 색이었다. 문고리 외에도 데드볼트 자물쇠가 추가로 두 개 보였고, 문 위에는 작은 검은색 철망으로 둘러싼 소형 보안 카메라가 달려 있었다.

미처 노크를 하기도 전에 문이 열려버렸다. 6피트 3인치에 250파운드는 족히 되어 보이는 덩치 큰 남자가 문 뒤에 서 있었다. 두꺼운 허리와 더 두꺼운 가슴이 눈에 띄었다. 트레이닝복 바지를 입고, 오렌지색 크록스를 신고, 플로우 앤드 스타스라는 케임브리지 근방의 술집을 광고하는 티셔츠를 입고 있었다. 손에는 스니커즈 초콜릿 바가 보였다.

하포라는 이름이 어디서 온 것인지는 어렵지 않게 추측할 수 있었다. 머리카락이 공연용 가발처럼 완벽한 백발 고수머리였다.[•]

"이 친구 제이크 아냐? 크롤러 만든 친구?" 그는 대뜸 블라드에게 이렇게 물었다.

"그 친구 맞아."

하포는 온갖 방범 장치를 갖춘 집주인치고는 사교적이고 외향적인 태도로 손님들을 집 안으로 맞이했다. 그는 제이크의 어깨에 한쪽 팔을 둘렀다. "당신이 만든 꼬마 로봇들을 정말 좋아한다고. 한두마리만 손에 넣을 수 있으면 뭐든 할 텐데. 좀 팔지 않겠나? 여기 보리스 바데노프[••] 한테서 몇 마리 털어내려고 애를 쓰고 있는데 말이야." 그는 블라드를 힐긋 바라보며 말을 이었다. "그런데 이빨도 안박힌단 말이지." 그는 제이크를 풀어주며 진지한 태도를 취했다. "생각해보라고. 꽤나 비싸게 쳐줄 수 있단 말이야. 한 마리에 200달러는 될 거라고. 과학 애호가들의 화제에서 떠나지를 않을 거야. 마카레나 MP3 파일을 재생하면 춤을 추게 가르치는 건 어때. 그러면 지금의 다섯 배는 나갈 텐데. 어떻게 생각하나? 흥미가 생기나?"

제이크는 살짝 과도하게 퉁명스러운 태도로 거절했다. 이미 충분히 초조한 상태였다. 얼른 DNA 서열 분석 작업을 끝내고 매기에게 돌아가고 싶었다.

....

● 고수머리 가발은 20세기 초 미국 배우이자 코미디언인 하포 막스(Harpo Marx)의 트레이드마크였다.
●● 1960년대 미국 만화 『록키와 친구들』에 등장하는 악역. 동유럽 출신 첩보원이다.

하포는 매끄럽게 그의 거절을 접수했다. "따라오게."

하포의 집 안은 겉모습과는 정반대였다. 거실은 조명이 훤하고 비교적 깨끗했지만, 가구라 부를 만한 물건은 하나도 없었다. 대신 대부분 검은색인 컴퓨터 서버들이 공간을 가득 메우고 있었다. "HP 블레이드시스템 c7000 하나 어떤가?" 하포는 이렇게 말하며 조용히 서 있는 서버 무더기 하나를 두드려 보였다. "싸게 팔아주지. 이제 여기서는 아무 쓸모가 없어. 한동안 데이터마이닝 서비스를 돌렸지. 웹서핑 패턴으로부터 고객의 프로필을 작성하는 건데, 이제 온갖 작자들이 그쪽으로 투신하지 않았나. 손쉽게 돈을 벌려면 처음부터 뛰어들어야지. 아무도 제공하지 않는 걸 팔아야 하는 거라고." 그는 웃음을 지었다. "지금 나처럼 말이야."

"뭘 파시는 겁니까?"

"자비 출판사라고 들어봤나? 책을 썼는데 대형 출판사에서 사주지 않을 경우에 가는 곳이지. 소정의 대금만 받고 자네 책을 출판해주는 곳이라네. 100부든 1,000부든 자네가 돈을 내는 만큼만 찍어주는 거야. 친구들에게 책을 돌리고 거물 작가인 척하기에 충분할 만큼 인쇄를 할 수 있지. 어떻게 보면 나도 자비 출판사인 셈이라네. 다만 나는 DNA로 출판을 하지만."

"그게 무슨 뜻입니까?"

"DNA 출판은 고객의 저작을 천문학적인 규모로 증폭시킬 기회를 제공해준다네. 원하는 메시지를 DNA에 넣고 PCR로 증폭해주면, 말 그대로 수백만 부를 보내줄 수 있는 거지." 그는 투명한 액체가 든 작은 약병을 들어 보였다. "이건 오늘 출하할 물건이야."

"농담이겠죠. 그런 걸 누가 삽니까?"

"살 사람이야 한가득이지. 좌절한 시인. 소설가. 어떤 여자는 자기 시를 60억 부 찍어달라고 주문했어. 지구상의 모든 사람에게 하나씩 배부할 수 있도록 말이야. 다른 얘기지만 죄다 칼라 릴리에 관한 시였는데, 하나같이 끝내주게 형편없더라고. 종교 쪽으로 빠져든 남자도 하나 있었는데, 산상수훈을 인쇄해달라고 하더군. 산상수훈을 담은 용기를 향수처럼 가지고 다니면서 어디서든 그걸 슬쩍 분사하는 거지. 그러면서 자기가 평화와 기쁨을 퍼트리고 다닌다고 말한다더군. 뭘 하든 대금은 제대로 지불하니까."

그는 손님들을 데리고 복도를 걸어가다, 욕실로 통하는 문을 지나 다른 방으로 들어갔다. 제이크가 보기에는 한때 침실로 쓰던 공간 같았다. 문은 경첩까지 완전히 제거되어 있고, 그 자리에 투명한 비닐 커튼이 달려 있었다. "쓸어서 먼지 일으키지 말라고." 그는 이렇게 말하며 커튼을 젖혔다. "여기 있네. 내 생산 공장 설비야."

제이크는 움찔하며 뒤로 물러섰다. 고작해야 비커와 젤 몇 개를 상상했지, 이 정도를 기대한 것은 아니었다. 한때 침실이었던 공간은 제대로 된 생명공학 실험실로 변모해 있었다. 벽을 따라 늘어선 검은색 실험용 탁자들과 머리 위에 달린 선반은 전부 새 물건처럼 반짝거렸다. 실험대 위에는 현대 생물학 실험실의 기본 장비가 설치되어 있었다. 원심 분리기, 피펫, 교반기, 줄지어 늘어선 시약병들. 직접 제작한 것이 분명한 몇 가지 독특해 보이는 장비들을 제외하면, 제이크의 눈에는 코넬의 100개쯤 되는 생물학 실험실과 조금도 달라 보이지 않았다. 마치 크레인으로 생명공학부 건물의 방 하나를 통째로 뜯어내서 버펄로 로드에 옮겨다 놓은 것 같았다.

"전부 해서 얼마나 들었습니까?"

"4만 달러도 안 들었어. 대부분 도브비드에서 얻었지. 그러니까 온라인 산업 설비 경매장에서 말이야. 바이오테크 기업 하나가 도산하기만 기다리고 있다가 얼른 입찰하는 거지. 몇 년 전의 통신대란 사태에서 주워 모은 물건 정도는 아니지만, 그래도 나쁘지 않은 가격이었다고. 나머지는 내가 직접 만든 거야. 이게 뭐 로켓 만드는 일은 아니잖나. 사실 원심 분리기라는 건 결국 좀 화려한 크록팟 압력솥 아닌가?" 그는 고개를 돌려 블라드를 보았다. "좋아, 이 러시아 개자식. 여기 캡틴 로봇 벌레를 데려온 이유가 유전자 자서전을 출판하고 싶어서는 아니겠지."

"한번 도전해볼 생각 있나?" 블라드는 리암의 점멸하는 곰팡이의 DNA를 담고 있는 작은 용기를 꺼내 보였다. "염기 서열이 필요해."

"농도는?"

"미확인."

"균질성은?"

"모르지."

"염색체 길이는?"

"몰라."

"아무리 그래도 프라이머 서열은 있겠지?"

블라드는 고개를 끄덕였다.

"언제까지 해주면 되나?"

"지금 당장."

하포는 용기를 받아 들고, 제이크를 돌아보았다. "조건을 말해주지, 멋쟁이 양반. 한 시간에 200달러, 소모품은 별도 계산. 실험 진행은 내 머릿속 시간표를 따를 거야. 지불은 현금으로만. 수표는 안 돼. 비자도 안 되고, 마스터카드도 안 돼. 아메리칸익스프레스는 절대 안 되고."

23

리암의 연구 일지에 우즈마키에 관한 기록이 처음 등장한 것은 1953년이었다. 매기는 표본실 뒤편의 콘크리트 바닥에, 사방에 널린 할아버지의 일지 한가운데 앉아 있었다. 코넬에서 가장 유명한 균류학자 여럿의 일지가 보관된 창고에서 꺼내 온 물건이었다. 골판지 상자가 바닥부터 천장까지 쌓여 있고, 종이가 느리지만 꾸준히 분해되는 과정에서 발산되는 방향성의 화합물이 공기 중에 가득했다. 그녀는 할아버지의 일지 상자를 발견하고, 그걸 끌고 창고에서 나온 다음, 그 안에서 남미와 브라질 연구에 관한 내용을 찾았다. 신경이 머리끝까지 곤두선 상태였다. 제대로 정렬되어 있지 않아서 하나씩 살펴봐야 했다.

작업을 계속하는 그녀의 주변에는 균류 표본으로 가득한 7피트 높이의 금속 캐비닛이 줄지어 늘어서 있었다. 좀약 냄새가 강렬했다. 기록 관리자의 천적이라 할 수 있는 권연벌레용 독극물인 나프탈렌 냄새였다. 그녀의 할아버지는 이곳의 캐비닛을 뒤지고 다니는 일을 사랑하던 분이었고, 여기서 반세기가 넘게 작업을 해왔다. 그가 발견한 모든 균류가, 직접 찾아내고 분류한 수백 가지 신종의 표본이 전부 여기 보관되어 있었다. 그는 신종을 찾아 세상을 떠돌아다녔다. 그 어떤 외진 지역에 가서도 현지의 균류 전문가와 우정을 쌓았다. 전문가의 직업이 학자든 농부든 그분에게는 아무 상관 없는 일이었다. 그러나 그중에서도 가장 많이 여행한 곳은 브라질이었다. 매기도 열일곱 살 때 할아버지와 함께 브라질로 여행 간 적이 있었다. 그녀는 할아버지의 교류 폭에 감탄할 수밖에 없었다. 나라 곳곳에, 거의 모든 주마다, 해당 지역의 균류에 대해 모든 것을 아는 사람들을 알고 있었다.

그리고 브라질 하면 떠오르는 기억이 하나 더 있었다. 상파울루에는 일본인의 후손이 100만 명도 넘게 살고 있다. 특히 그중에서도 리베르다데라는 이름의 지역이 있는데, 이곳에서 그녀는 갑자기 극동으로 끌려온 듯한 느낌을 받았다. 리암이 그 이유를 설명해주었다. 1907년에 일본과 브라질이 맺은 조약에 따라, 일본의 빈농들은 브라질로 이주해서 커피 농사를 지을 수 있게 되었다. 이곳 브라질에 있는, 본국 밖의 가장 큰 일본계 거주지는 그 일꾼들의 후손이 만든 것이었다.

매기의 관심을 사로잡은 항목은 1953년 현장 연구 일지 32쪽에 있었다. 당시 할아버지의 서체는 절제와 자부심으로 가득해서, 훗날 찾아온 떨림은 흔적조차 찾아볼 수 없었다. 할아버지가 발견물을 기록한 내용을 읽어가던 매기는 차츰 배 속에 응어리가 얹히는 기분이 들었다.

8/28/53

소용돌이 형태, 10/11월에 발생, 추수 후 밭에 남은 옥수숫대에 균사를 뻗음. 농부들이 두려워함. 혼령이 들어간다고 말함. "혼령이요?"라고 질문함. 설명에 따르면 환각 증상을 보이고 광기를 유발한다고 함.
이게 분명하다. 잠정 학명: *Fusarium spiralis*.

그녀는 계속 읽었다. 할아버지가 상세하게 기록한 표현형의 묘사와 균류계에서 차지하는 위치의 잠정적 분류는 띄엄띄엄 넘어갔다. 뒤이어 그 모든 단서를 하나로 연결해주는 문단이 등장했다.

일본인에 대해 물었다. 여기 왔던 적이 있는지? 포르투알레그리 외곽의 작은 마을에 사는 노인이 1939년에 소규모 일본인 파견단이 그곳에 들렀다고 말해주었다. 일본인 이민자 공동체를 돌아다니며, 기묘하거나 위험한 생물을 돈을 주고 사들이겠다고 했다는 것이다. 특히 농작물의 전염병 종류에 관심이 많았다. 자기네 말로는 일본 농림성에서 왔다고 했다지만, 그 말을 믿는 사람은 아무도 없었다고 했다. 마을 사람들 말로는 그 일본인들은 옥수수나 농사일에 대해서는 아무것도 몰랐다는 것이다. 게다가 재배 방법에도 아무 관심이 없었다. 사람을 병들게 할 수 있는 종류인지에만 신경을 썼다고 한다.

군에서 온 자들이라는 소문이 돌았다고 한다. 나는 "그자들이 균류 샘플을 가져갔습니까?"라고 물었다. 그는 고개를 끄덕였다. 커다란 상자를 샘플로 가득 채워 떠났다는 말이었다. 수백 종이 있었다고 했다. 만족한 기색이었다고 했다. 그리고 그는 "나는 그자들이 싫었소. 잔인하고 무정한 작자들이었으니까"라고 덧붙였다.

매기는 일지의 내용에 완전히 빠져 있었다. 그녀의 우주는 눈앞의 일지 안으로 좁아들었다. 덕분에 휴대폰이 울렸을 때 그녀는 심장이 내려앉을 정도로 깜짝 놀랐다.

제이크였다.

그녀는 자신이 발견한 내용을 알렸다. 제이크는 하포와 블라드가 서열을 분석하는 중이고, 한 시간이면 끝날 거라고 말했다. 그리고 잠시 후 그녀가 있는 곳으로 가겠다고 했다.

매기는 준비실의 컴퓨터를 사용해 균류 등록 데이터베이스로 가서 학명인 *Fusarium spiralis*를 쳐 넣었다. 아무것도 나오지 않았다. 이런 이름으로 등록된 균류는 존재하지 않았다. 리암은 언제나 이쪽

학문의 가장 큰 즐거움 중 하나가 신종의 발견과 그 발견을 나머지 균류 학계의 사람들과 공유하는 일이라 말했다.

하지만 이 종은 비밀로 간직한 것이다.

그녀는 다른 방식으로 시도해보기로 했다. 다른 사람이 등록한 내역이 있는지를 확인해보기로 한 것이다. 그리 오래 걸리지 않았다. *Fusarium spirale*라는 학명의 균류가 등록되어 있었다. 2002년 상파울루대학의 브라질 과학자인 알베르투 샤가스 박사가 등록했고, USDA의 새디 톨로프 박사가 공동 발견자로 기록되어 있었다.

새디 톨로프?

가까운 친구라 부를 수는 없었지만, 그래도 두 여성 학자는 서로를 알고 존중하는 사이였다. 지금까지 학계 또는 관료계에서 문제가 발생할 때마다 두 사람은 서로에게 자문하곤 했다. 톨로프는 다른 균류학자들이 집착하는 신종 발견 쪽에 연연하는 사람이 아니었다. 그렇다면 대체 어쩌다 브라질까지 가서 듣도 보도 못한 균류를 찾아 헤매게 된 것일까?

해답은 명백했다. 그녀 또한 리암이 찾던 바로 그 균류를 찾고 있었다.

소리가 들렸다. 순간 매기는 등골이 쭈뼛해졌지만, 이내 히터가 작동하는 소리라는 것을 깨달았다. 아드레날린 때문인지 두려움 때문인지는 알 수 없었지만, 누군가 자신을 주시하고 있다는 확신이 들었다. 그녀는 블라드의 총을 손에 쥐었다가 다시 내려놓았다.

정신 차려, 아가씨. 할 일이 있잖아.

매기는 푸사리움 스피랄레의 서술을 읽었다. 북부 브라질에서 발견되는 종으로, 옥수수나 기타 곡물류의 하층부를 감염시킨다. 두어 종류의 고약한 진균독을 만들어내는데, 하나는 B1이라 부르는 흔한 푸모니신으로 신장 독으로 작용하는 물질이고, 다른 하나는 클라비켑스, 즉 맥각균에서 발견되는 리세르긴산 분자와 흡사한 물질이다. 소화기를 통해 인체에 들어올 경우 이 두 종류의 진균독은 조증이나 환각 증상에서부터 말초 부위의 혈액순환을 괴저에 이를 정도로 저해하는 것까지 다양한 증상을 일으킨다. 그녀가 읽은 내용에 따르면, 현지 농부들은 '소용돌이에 다가가지 말 것'이라는 수수께끼 같은 금언을 따른다고 한다.

고약한 곰팡이기는 하지만 진균독을 만드는 수십 종의 균류 중에서 유달리 해로운 종은 아니었다. 그럼 이 균류는 어떤 면이 특별한 걸까? 몇 시간 전에 제이크는, 리암이 우즈마키가 지금까지 본 생물 병원체 중에서 가장 위험하다고 확신했다고 말했다. 그렇다면 어떤 과정을 통해 그렇게 된 것일까? 유전학에 대해 거의 아무것도 모르던 당시의 일본인들이 어떤 식으로 이 균류를 변화시킨 것일까?

추가로 몇 번 마우스를 클릭하자 첫 번째 단서가 등장했다. 푸사리움 스피랄레에는 흔치 않은 고약한 특성이 하나 있었다. 이형태성 균류였다. 이형태성 균류는 두 가지 형태로 존재할 수 있으며, 양쪽 형태는 그 표현형이 완벽하게 다르다. 마치 애벌레와 나비처럼. 그냥 보기만 해서는 같은 종이라는 사실을 도저히 알 방도가 없다.

환경에 따라, 푸사리움 스피랄레는 밭의 옥수수를 공격해 먹어치우는 소용돌이 형태를 취할 수 있다. 이 형태는 포식자를 떨쳐내기 위해 독소를 분비하고 유성생식을 해서, 비바람을 타고 퍼질 수 있도록 수십억 개의 포자를 하늘로 뿜어낸다.

두 번째 형태는 훨씬 단순한, 효모와 흡사한 단세포 형태다. 온도와 습도가 높은 환경, 이를테면 온혈동물의 체내에서는 이런 형태를 취한다. 그 후로는 인간 또는 조류의 소화관 내에 자리를 잡고 이분법으로 무성생식을 한다. 군체는 상당히 빠르게 자라나지만 비교적 무해한 편인데, 소용돌이 형태일 때의 독소는 전혀 분비하지 않기 때문이다. 이 형태의 목적은 단순하다. 큰 불편을 끼치지 않은 채 동물과 함께 이동해서, 숙주의 배설물을 타고 떨어져 나간 다음 다시 소용돌이 형태로 활동을 시작하는 것이다.

매기는 이 모든 퍼즐 조각을 한데 맞추려 애썼다. 그녀는 작은 소용돌이 모양 균사의 그림을 물끄러미 내려다보았다. 그렇다면 일본인들은 이 곰팡이를 어떻게 무기로 바꾼 걸까?

이형태성. 두 가지 형태. 하나는 사람을 죽이고, 다른 하나는 무해하단 말이지. 어떤 식으로 만든 것인지 대충 짐작이 갔다. 이 곰팡이를 어떻게 하면 살인용 기계로 바꿀 수 있는지.

매기는 위험을 무릅쓰기로 마음먹고 새디 톨로프에게 전화를 걸었다. 그녀는 아직까지 가지고 있는 낡아서 다 해진 수첩에서 번호를 찾았다. 새디하고 마지막으로 대화를 나눈 것은 2년쯤 전 토론토에서 학회에 참석했을 때였다. 하지만 믿을 수 있는 사람이라는 생각이 들었다.

매기는 휴대폰을 열고 번호를 눌렀다. 한 번 신호가 가더니 그대로 끊어졌다.

그녀는 전화를 끊고 다시 걸었다. 이번에도 결과는 같았다. 회선에 문제가 있나? 어쩌면 벨뷰에서 일어난 사건 때문에 회선이 과부하 상태인지도 모른다.

그녀는 접수처에 있는 일반 전화로 연락해보기로 했다. 그녀는 톨로프의 휴대폰에 전화를 걸었다. 이번에는 신호가 네 번 가더니 음성 메일로 연결됐다.

매기는 간략하게 설명했다. "매기 코너입니다. 전 괜찮아요. 할아버지 일로 충격을 받았을 뿐입니다. 푸사리움 스피랄레 때문에 할 얘기가 있습니다. 전화 걸어주시면 전부 설명할게요."

그리고 그녀는 전화를 끊었다.

히터가 철컥거리더니 자동으로 꺼졌다. 방 안은 죽은 것처럼 적막했다.

갑자기 지독한 고독이 엄습했다. 그녀는 제이크가 어서 돌아와주기만을 간절히 빌었다.

24

하포의 깔끔하고 질서정연한 실험실은 순식간에 난장판이 되어 버렸다. 사용한 피펫 팁이 실험대 위에 가득했고, 젤이 사방에 늘어져 있었다. 블라드와 하포는 PCR을 끝내고 생어 젤을 돌리며 밴드를 확인했다. 두 사람은 20년 전에나 쓰던 레트로 스타일로 작업하는 중이었다. 제이크도 그들이 수행하는 작업의 기본 이론 정도는 알고 있었지만, 직접 지켜보는 것은 완전히 다른 문제였다. 할리우드의 구식 편집실 한구석에 틀어박혀, 벽에 붙어 있는 필름 조각들 아래 얌전히 앉아서, 감독과 조수가 영상 속에 숨은 줄거리를 이어 붙이려 애쓰는 모습을 구경하는 느낌이었다.

블라드가 큐벳을 내려놓으며 욕설을 내뱉었다.

제이크는 겉보기로는 침착하지만 내면은 걱정으로 뒤틀린 상태로 그들을 바라보았다. "문제가 뭡니까?"

"뭔가 잘못됐어." 하포가 대꾸했다. "조각밖에 안 나온다고. 그래도 문제가 뭔지는 알 것 같아. 사이클 돌리는 온도를 낮추면 해결될 거야."

"얼마나 더 걸리는 겁니까?"

"한 시간. 최소로 잡아서."

제이크는 초조함을 억누르지 못한 채 집 안을 걸어 다녔다. 그러다 뒤편 차 문 앞에 도달해서, 하포의 안뜰 바로 뒤편으로 이어지는 숲을 바라보았다. 개 한 마리가 어슬렁거리고 있었다. 큰 귀에 검은 눈을 가진 제법 잘생긴 늙은 사냥개였다. 문 위에 듀크라는 이름표가 붙은 깔끔한 개집 앞에 서서, 꼬리를 세운 채로 제이크를 지켜보고 있었다. 개는 문득 짖기 시작하다가, 이내 마음을 바꿨는지 자리에 앉아 뒷발로 귀를 긁어댔다.

제이크는 NSA 사람들이 자신을 찾고 있을지 궁금해졌다. 몇 시간 전에 이타카를 떠난 여객기에 자기 자리를 예약했다고 했으니까. 제이크는 집 전화의 음성 메일을 틀어보면 대체 무슨 일이 벌어진 것인지를 묻는 내용이 잔뜩 녹음되어 있을 거라고 생각했다. 그건 확인하지 않고 남겨두기로 했다. 앞으로 조금만 더.

오른쪽의 유리 케이스 안에는 하포의 총기 컬렉션이 진열되어 있었다. 대부분 사냥용 소총이었지만 군용 물품도 몇 개 섞여 있었다. 제이크는 M16의 늘씬한 총신과 그 아래 검은색 권총집에 들어 있는 M9 권총을 알아볼 수 있었다. 권총은 제이크가 복무할 때 가지고 다녔던 휴대 총기의 민수 용품이었다. 아직도 가지고는 있지만, 아파트의 옷장 맨 위 서랍에 틀어박혀 있었다. 몇 개월마다 끄집어내서 청소하고 기름칠을 했지만 실제로 쓸 일이 있으리라 생각해서가 아니라 나름의 존중을 표하기 위해서였다. 병사의 의무를 수행하는 것일 뿐이었다.

사흘.

사흘 전만 해도 모든 일상이 평소대로 흘러가고 있었다. 사흘 전만 해도 리포트를 채점하다 슬쩍 빠져나가 한 시간 정도 체육관에 들르곤 했다. 리암의 실험실에 들를 수도 있었다. 그곳에서 딜런을 만나서, 둘이 함께 크롤러에 새 기술을 가르치려 시도할 수도 있었다. 그런데 이제 리암은 바로 그 크롤러로 고문을 당한 끝에 목숨을 잃었다. 제이크는 뒷마당 생물 실험실에 들러 가발 같은 머리카락을 가진 하포라는 작자가 리암의 유언을 해석해주기를 기다리는 중이었다. 숲속 돌무더기 아래에서 발견한 곰팡이의 유전자 속에 리암이 숨겨놓은 유언을.

그는 휴대폰을 꺼내 매기에게 전화를 걸었다. 신호가 여섯 번 울리더니 음성 메일로 연결됐다. 그는 메시지를 남기고 다시 시도해보았다. 이번에도 결과는 같았다. 대체 무슨 일이야? 고작해야 30분 전에 대화를 했다. 진전이 있다고, 리암의 연구 일지에서 우즈마키가 거의 확실한 균류를 찾아냈다고 말했다. 그런데 또 어딜 간 걸까?

그는 그녀의 직장 접수처로 등록된 번호로 전화를 걸었다. 이번에는 신호가 네 번 가더니 음성 메일로 연결되었다. 매기가 아니라 다른 여성의 목소리였다. 그가 코넬대학교 표본실에 전화를 걸었다고 안내한 다음 다양한 옵션을 설명해주었다. 제이크는 '0'을 누르고, 이번에는 매기에게 즉시 연락해달라고 청하는 메시지를 남겼다.

젠장. 대체 어딜 간 걸까? 게다가 표본실을 떠난 거라면 연락하지 않은 이유가 뭘까? 그가 생각할 수 있는 유일한 이유는 다른 사태가 발생했다는 것이었다. 어쩌면 집에 무슨 일이 생긴 걸지도 모른다.

그는 리벤델로 전화를 걸었다.

전화가 울리고 울리고 또 울렸다. 응답기로 연결되지 않았다. 음성 메일도 들리지 않았다.

대체 무슨 일이 터진 거야? 매기의 룸메이트인 신디가 리벤델에 남아 딜런을 지켜봐주기로 했는데.

그는 경찰에 연락할까 생각하다가, 문득 하포의 총기 컬렉션 안의 베레타 M9를 돌아보았다. 15분이면 표본실 건물까지 갈 수 있다. 그는 권총집에서 M9를 꺼내 빼 들었다. 유효사거리는 50미터 정도일 것이다. 슬라이드에 종종 문제가 발생하기는 하지만 괜찮은 총이다. 탄창을 확인했다. 꽉 차 있었다. 15발.

그는 M9를 손에 든 채로 블라드와 하포를 찾아갔다. "하포, 이것 좀 빌려야겠습니다."

"강력 범죄라도 저지를 계획이신가?"

"농담할 때가 아닙니다. 매기가 전화를 받질 않아요."

"무슨 일이라도 난 거야?" 블라드가 물었다.

"저도 모르겠습니다. 유전자 서열이 전부 나오면 바로 제 휴대폰으로 연락해주세요. 그리고 앞으로 30분 안에 제가 연락하지 않으면 경찰을 부르시고요."

제이크는 밖으로 나오자마자 코넬 경찰서의 비크래프트 경위에게 전화를 걸었다. 비크래프트는 그의 목소리를 듣고 깜짝 놀란 모양이었다. "스털링 교수님? 지금 어딥니까? 데트릭에서 온 친구들이…."

"한 가지 부탁 좀 드려도 되겠습니까? 매기 코너의 집으로 사람을 좀 보내주실 수 있습니까? 아무도 전화를 받지 않습니다. 신디 샤프라는 여성이 그곳에 있기로 했는데요. 딜런을, 그러니까 매기의 아들을 돌봐주기로 했었습니다."

"제이크, 지금 어딘데요? 문제가 생긴 겁니까?"

"또 연락하겠습니다. 매기의 집으로 순찰차를 보내주세요."

"대체 무슨…."

제이크는 그대로 전화를 끊었다.

　오키드는 손가락을 빠르게 두세 번 놀려 번호를 확인했다. 안경에 달린 헤드업 스크린이 반응했다. 비크래프트 경위. 코넬대학 경찰서.

　그녀는 제이크 스털링과 비크래프트의 통화 내용을 확인했다. 제이크 스털링과 매기 코너 양쪽의 휴대폰에 모두 도청 장치를 설치해 놓았기 때문에, 오키드는 모든 대화를 엿들으며 움직임을 확인할 수 있었다. 몇 주 전에, 그러니까 리암 코너를 납치하기 한참 전에, 두 사람의 휴대폰에 개조 SIM카드를 꽂아놓았다. 그녀는 통신 환경을 완벽하게 제어하는 쪽을 선호했고, 실제로 도청을 통해 매우 귀중한 정보를 여럿 얻었다. 몇 분 전에 매기는 데트릭에 있는 톨로프와 통화를 시도했다. 오키드는 즉시 그녀의 휴대폰을 차단해버렸다.

　오키드는 제이크 휴대폰의 현재 GPS 위치를 확인했다. 이동 중이었다. 버펄로 로드의 주소지에서 차를 타고 나온 모양이었다.

매기에게 가는 것이 분명하다고, 그녀는 생각했다.

좋아.

오키드는 페덱스 밴을 리벤델의 정문 앞에 대놓았다. 몇 분 안에 경찰이 들이닥치겠지만, 아직 시간은 충분했다. 다시 집 안으로 들어간 그녀는 신디 샤프의 시체를 현관으로 끌고 나와서 페덱스 밴의 뒷좌석에 던져 넣었다. 몇 주 전에 펜실베이니아주의 물류 창고에서 훔쳐 온 차량이었다. 그녀는 조심스레 문을 닫아 잠근 다음, 차를 돌아 운전석 쪽으로 걸음을 옮겼다.

그녀는 차에 올라 엔진에 시동을 건 다음, 제이크의 위치를 다시 확인했다. 자신이 왔던 길을 그대로 되짚어 코넬 생물병리학 표본실로 돌아가는 모양이었다. 도착하려면 15분쯤 남았을 것이다. 오키드 쪽에서는 5분이면 충분했다.

그녀는 페덱스 밴을 돌려 자갈길을 따라 몰았다. 밴 뒷좌석에서 끽끽거리는 소리가 들렸다.

그녀는 어깨 너머의 짐칸을 슬쩍 훑어봤다. 수갑으로 벽에 손이 고정되고 입에는 테이프가 붙은 딜런 코너가 그곳에 있었다. 먼지투성이인 뒤편 창문에 신발 끝으로 도와달라고 쓰기 시작한 참이었다.

똑똑한 아이네. 자기 증조부를 쏙 빼닮았어.

그녀는 차를 멈추고 밧줄을 꺼내 아이의 다리를 묶었다. "속임수는 그만두렴." 그녀는 이렇게 말하며, 손가락으로 아이가 쓴 글자를 쓸어 없앴다.

그녀는 차를 몰아 대로로 나왔다. 매기가 톨로프에게 전화를 시도했다는 사실이 걱정되었다. 만약 매기가 다른 전화를 사용했다면? 연락에 성공했다면 어떻게 되었을까?

오키드는 다리에 대고 일련의 명령어를 쳐 넣었다.

데트릭 사람들을 아주 많이 바쁘게 만들어줄 때가 된 것이다.

26

신타오 루는 탈진 직전이었다. 밤새 눈도 붙이지 못한 채로 처리 작업의 마지막 과정을 수행하고 있었다. 그는 메릴랜드주립대학 칼리지파크에서 물리학을 공부하는 대학원생이었지만, 이미 전기공학으로 전공을 바꿔야겠다고 마음을 굳히고 있었다.

그는 웨이퍼 카트리지를 에칭 탱크에 담가서, 불화수소산 용액의 도움을 받아 자신의 장치를 제작하는 마지막 공정을 수행했다. 지금 에칭하는 작은 실리콘 칩에는 바이러스보다 조금 더 클 정도의 아주 작은 구멍들이 존재한다. 헬륨 초유체가 이 구멍을 지나면 항성에 대한 지구의 절대운동에 따라 발생하는 결맞음 진동을 관찰할 수 있을 것이다. 적어도 그의 논문 지도 교수는 그렇게 말했다. 하지만 그는 슬슬 의문이 생기고 있었다. 실험 전체가 지나치게 과격한 착상에 의존하고 있었다. 실리콘 조각에 구멍을 새긴 다음에 절대영도에 가까울 정도로 냉각하면, 전체 우주에 대한 우리의 회전운동을 검출할 수 있게 된다니.

생각만 해도 머리가 아플 지경이었다. 특히 멸균실에서 흰색 버니슈트를 입은 채로 꼬박 스물네 시간을 보낸 후라 더욱 그랬다. 방진 환경을 유지하기 위해 쉴 새 없이 쿨렁거리며 돌아가는, 천장을 가득 메운 HEPA 필터에서 울리는 저주파 진동도 뼛골까지 스며들었다.

줄지어 늘어선 장비들 사이로 보이는 다른 사용자는 한두 명뿐이었다. 모두가 흥미를 느끼는, 카본 나노 튜브를 이용한 새로운 종류의 태양전지에 관한 세미나가 진행되는 중이었다. 몇 분만 있으면 세미나가 끝나고 사람들이 무균실을 가득 메울 것이다. 전자빔 노광 장치는 끊임없이 돌아가고 있었다. 수요가 끝이 없는 기계니까. 증발기나 이온 에칭기 같은 다른 장비 앞에도 모두 사람들이 붙어 기다리고 있었다. 다들 먼지나 피부 조각에 대한 방어전을 수행하기 위해 방진용 버니슈트를 차려입고 있었다.

신타오는 자기 물건을 챙기기 시작했다. 거의 끝나가고 있었다.

순간 삑 소리가 들렸다.

뭔가 이상한데. RF 플라스마 세척기 근처였다. 그가 이상한 점을 눈치챈 것은 바로 그때였다. 그는 종종 저 앞에 앉아서 안에 넣은 시료의 세척이 끝나기를 기다리곤 했다. 따라서 세척기 뒤편의 벽면은 그의 머릿속에 각인되어 있었다. 냉각장치에 냉각수를 공급해주는,

세로로 나란히 늘어선 두 개의 황동 파이프가 있는 벽이었다.

그런데 지금은 세 개가 되어 있었다.

그는 세 번째 파이프에 접근해서 손으로 만져보았다.

파이프가 살짝 진동했다.

순간 신타오는 자기도 모르게 당황하고 겁에 질렸다. 그는 몇 초 동안 그 파이프를 바라보다가, 황급히 주변을 둘러보며 직원을 찾았다.

놀랍게도 파이프가 다시 삑 소리를 냈다. 다른 방에서 울리는 자명종처럼 나직한 소리였다. 그는 손을 뒤로 빼고 빠른 걸음으로 그곳을 떠났다. 누구든 직원에게 알려야 한다고 확신하면서.

폭발이 일어날 때까지, 그는 그리 멀리 가지 못했다.

FBI 대테러 전문반의 대장인 리온 솔로몬은 J. 에드거 후버 빌딩에서 이곳까지의 짧은 거리를 아무 표식 없는 밴의 뒷좌석에 타고 이동했다. 순찰차와 원뿔형 도로 경고 표지와 노란색 접근 저지 테이프가 사고 현장에 가까이 가려는 인파를 막으려 애쓰고 있었다. 지역 소방서와 경찰 인력 외에도 FBI 요원 열두 명이 현장에 급파되어 있었다. 벌써 상당한 인파가 몰린 데다, 파괴라는 거부할 수 없는 미끼 때문인지 계속 불어나는 중이었다. 충격에 입을 떡 벌리고 얼어붙은 사람도 있었다. 다른 이들은 기묘한 에너지를, 희열에 가까운 흥분을 발산하고 있었다. 뭔가 사건이 일어났다는 이유만으로.

솔로몬은 아수라장이 된 사건 현장을 전부 확인할 수 있는 위치에 있었다. 건물의 창문은 전부 터져 나가서, 거리에 유리와 콘크리트 조각이 가득했다. 건물 위쪽 중앙부의 벽은 헐겁게 무너져 철근 몇 개에 의지해 매달려 있었다. 시체 냄새를 맡고 찾아온 텔레비전의 대머리수리들이 사방에 널려 있었다. 방송 3사가 모두 보였다. 헬리콥터 두 대가 머리 위를 선회했다. 대중매체는 언제나 과장 보도를 하고 관련자를 찍어누르기 위해 안달이 나 있다. 뉴욕의 신문사에는 벨뷰를 봉쇄한 것이 SARS 사태가 발생했기 때문이라고 전달했다. 당연히 말도 안 되는 소리였고, 일부 기자들은 이미 냄새를 맡기 시작했다. SARS 때문에 생화학 대응 부대를 파견하지는 않으니까. 게다가 하루도 지나지 않아 이번에는 메릴랜드주립대학에서 폭발 사건이 일어났다.

솔로몬은 끔찍할 정도로 초조했다. 대학 캠퍼스란 그 목적상 전 세계에서 모여드는 사람들로 가득하며, 따라서 문제가 발생하면 고향으로 돌아가려 하는 사람들이 넘쳐나기 때문에, 전파의 중심지가 될 수밖에 없다. 구조반, 학생, 교수들이 밀려들어가 병원체를 흡입하면 전염병 사태는 캠퍼스 전체를, 뒤이어 도시를, 뒤이어 국가를, 뒤이어 전 세계를 휩쓸게 된다. 병원체를 퍼트리고 싶다면 이만큼 좋은 방법이 따로 없다.

새디 톨로프의 받은 편지함에 자신이 폭발 사건의 범인이라 주장하는 무기명 이메일이 도착했을 때는, 말 그대로 고함지르기 대회가 열린 것만 같았다. FBI 국장은 대학 전체를 봉쇄하고 칼리지파크 구역 전체를 소개(疏開)할 것을 요구했다. 그러나 맨해튼에서 위기를 피한 덕분에 모든 사람이 행운은 자기편이라 생각하고 있었다. 50분 전에 데트릭의 톨로프 연구실에서 결과가 도착했기 때문이다. 타임스스퀘어의 젊은이는 LSA, 즉 우즈마키가 만들어내는 향정신성 알칼로이드인 D-리세르긴산아미드에 절어 있었을 뿐이었다. 그러나 LSA는 약물 승인이 난 제품이며, 주사약 형태로 처방할 수 있다. 모든 유전자 마커를 확인해본 결과 그 젊은이의 몸에 실제 균류는 존재하지 않았다. 우즈마키에 감염되지 않은 것이다. 상황은 나아질 것이다. 타임스스퀘어 사건은 화려한 눈속임일 뿐이었다.

수수께끼의 아시아 여성을 프로파일링 해본 결과, CIA에서는 그 여성이 반일 극단주의 단체, 이를테면 양광731이나 흑검회의 일원일 것이라 추측했다. 이들 과격 단체에서는 미국이 히토시 기타노를 넘기지 않기 때문에 전범으로 처벌할 수 없다고 격노하고 있었다. 프로파일러들은 그 여자가 게임을 즐기며 유명세를 노리고 있다고 분석했다.

솔로몬은 확신할 수 없었다.

현장으로 들어간 그는 지역 소방서장과 아직 충격에서 헤어나지 못한 시설 담당자를 만났다. 메인 홀은 혼돈 그 자체였다. 나무, 유리, 의자, 난간, 배관 등 온갖 잔해가 바닥에 널려 있었다. 천장의 유리창 중 하나는 깨져버렸다. 소방서장은 안쪽을 가리켰다. "저 안이 폭탄이 있었던 곳이오."

솔로몬은 폭심지로 똑바로 걸어 들어가며, 이메일에서 언급한 물건을 찾아 주변의 잔해를 두리번거렸다. 소방서장이 상세한 내용을 설명해주었다. 그들이 최대한 재구성한 사건 당시의 상황에 의거해보면, 폭발물은 가짜 배관 속에 있었다고 한다. 그걸 발견한 학생은 다행히 목숨은 건졌지만, 한쪽 팔과 양쪽 눈을 잃게 될 것이라 한다. 그는 폭발 전에 소리를 들었다고 말했다. 원격 기폭 시킨 것이 분명했다.

그러나 솔로몬의 관심 대상은 폭탄에 대한 세부 사항이 아니었다. 다른 물건이었다. 아직 아무도 눈치채지 못한, 석고조각에 반쯤 가려져 있는 물건이었다. 발신자 불명의 이메일에서 밝힌 대로, 구조대의 강한 조명에 바닥에서 그대로 반짝이고 있었다.

빌어먹을 작은 황동 실린더가.

27

매기는 푸사리움 스피랄레를 파괴적인 생물병기로 변화시키는 방법이 슬슬 이해가 되었다.

2차 세계대전 당시 유전학은 여전히 새로운 학문이었다. 1952년 허시와 체이스의 T2 박테리오파지 실험 전까지는, DNA가 유전정보를 저장하는 기본 구조라고 확신할 수 있는 사람은 아무도 없었다. 심지어 유전자의 절단 및 삽입 기술을 확보한 오늘날조차 유전자 변형 생물 제작에 성공하려면 막대한 노력이 필요하다.

그러나 731부대의 과학자들은 현명한 선택을 했다.

푸사리움 스피랄레는 소화기관 속에 살 때는 비교적 무해하지만, 옥수수 줄기에 감염되면 지독하게 위험하다. 이 균류를 이용해 괴물을 창조하려면, 그저 유전자 프로그램의 순서를 뒤섞어주기만 하면 된다. 이쪽에서 유전자 몇 개를 비활성화하고, 저쪽에서 몇 개를 활성화하고, 신호를 뒤섞어버리는 것이다. 인간의 소화기관 속에서 독소를 뿜어내게만 하면 된다. 매기는 이런 생각을 하며 몸을 떨었다. 배 속에 화학병기 공장이 들어앉아 사람을 죽이는 셈이니까.

매기는 일본군이 어떤 방법을 사용했을지도 충분히 짐작할 수 있었다. 화학물질이나 방사능을 사용해서 돌연변이를 유발한 다음, 그 결과물을 인간 실험체에 주입한다. 그리고 인간을 가장 빨리 죽인 돌연변이를 배양하면 된다. 인간 실험체를 사용할 의지가 있는 가학적인 괴물이기만 하면, 굳이 생명과학의 힘을 빌릴 필요조차 없다.

매기는 할아버지를 둘러싸고 있던 수수께끼의 장막이 녹아내리는 것을 느꼈다. 그의 인생을 구성하는 여러 조각이 하나씩 맞춰지기 시작했다. 할아버지는 전쟁이 끝나자마자 데트릭으로 가서 연구를 시작했다. 리암은 그 시절에 대해 이야기한 적이 없었지만, 매기는 이디스 할머니의 증언에서 어느 정도 단서를 그러모았다. 돌아가시기 몇 달 전에, 이디스와 매기는 상당히 많은 시간을 함께 보냈다. 매기는 할머니의 말문을 열어 인생 이야기를 듣는 것을 좋아했다. 치료의 고통에 시달리는 와중에서 생각을 돌릴 수 있으니 할머니에게도 바람직한 일이었다. 이디스는 리암이 캠프 데트릭에서 연구를 계속해야 하니 메릴랜드로 이주해야 한다고 주장했다고 말했다. "전쟁이 끝난 후로는 사람이 완전히 달라져버렸단다. 악몽을 꾸기도 했지. 정말 끔찍했을 거야. 나로서는 상상도 할 수 없구나."

매기는 그 악몽이 푸사리움 스피랄레와 연관이 있을 것이라고 내기도 할 수 있었다.

쾅! 쾅! 매기는 갑작스러운 충격음에 거의 제자리에서 펄쩍 뛰었다. 누군가 정문을 두들기고 있었다.

그녀는 접수 구역으로 걸어 나갔다. 제이크가 온 걸까?

쾅!

하지만 제이크라면 전화를 했을 텐데?

그녀는 걸음을 멈추고 전화를 꺼내 플립을 열었다. 주 디스플레이 창에는 메시지가 도착해 있지 않았지만, 그녀는 음성 메일 함을 여는 버튼을 눌렀다. 놀랍게도 일곱 통이나 도착해 있었다. 모두 지난 30분 동안 제이크가 보낸 것이었다. 전화는 왜 안 울린 거야? 어딘가 고장 난 것이 분명했다.

문 두드리는 소리가 커졌다. 지속적인 쿵, 쿵, 쿵 소리였다. 그녀는 블라드가 두고 간 총을 빼 들었다. 갑자기 총의 존재가 고맙게 여겨졌다.

"제이크?" 그녀는 접수 구역의 정문 앞에서 걸음을 멈추고, 총을 겨눈 채 물었다. 손이 떨리고 있었다. "당신이에요?"

두드리는 소리가 멎었다.

정적이 흘렀다. 심장이 두근거렸다.

그녀는 억지로 몸을 움직여 유리창을 확인했다. 주차장은 텅 비어 있었다.

그녀는 유리에 가까이 몸을 기대고 정문 앞을 살피려 했지만, 각도가 맞지 않았다. 창틀이 시야를 가리고 있었다.

다음 순간, 목소리가 들렸다. "엄마?"

"딜런?"

대답은 없었다.

"딜런?" 그녀는 서둘러 빗장을 벗기고 문고리를 돌렸다. 겁먹은 목소리였다. 진짜로 공포에 사로잡힌 목소리였다.

문이 쾅 하고 열리며 매기의 가슴팍을 정통으로 때렸다. 다음 순간 그녀는 정신이 멍해진 채로 바닥에 누워서 천장을 바라보고 있었다. 뒤통수가 끔찍한 고통을 호소하고, 오른팔은 등 뒤로 돌아가 있었다. 매기는 정신을 차리려 고개를 흔들며 몸을 일으켰다.

이마에서 6인치 위에, 총구가 기다리고 있었다.

제이크는 표본실 건물로 들어가는 도로에서, 200야드 정도 거리를 두고 차를 세웠다. 그리고 조수석의 베레타를 손에 들고 안전장치를 풀었다.

그는 정문에서 보이지 않는 각도를 유지하며 건물로 뛰어갔다. 가까이 다가갈수록 심장이 목구멍으로 나올 정도로 격렬하게 뛰었다. 정문은 슬쩍 열려 있었다.

매기라면 문을 열어놓을 리가 없다.

열린 문으로 슬쩍 몸을 넣어 대기실로 가는 동안, 맥박은 계속 쿵쿵대며 달음질쳤다. 총은 앞으로 내밀고 언제든 쏠 준비를 한 채였다. 무기를 보이면 항상 위험도가 상승한다. 일단 강력한 무력을 보이면 언제든 사용할 각오를 해야 한다.

방은 비어 있었고, 전화는 내려놓은 채였다. 창문 하나 없는 철제 강화문 너머에 표본실이 있고, 그 안에는 수납용 캐비닛이 줄지어 늘어서 있다. 눈에 띄지 않고 들어가기는 힘든 곳이다. 가슴에 과녁판을 붙이고 들어가는 것이나 다름없었다.

방도가 없다. 저 안으로 들어가야 한다.

제이크는 천천히 문을 열었다. 주 조명은 꺼져 있었고, 존재하는 빛이라고는 방 뒤편에서 흘러나오는 것뿐이었다. 높이 7피트에 너비 4피트에 달하는 갈색 캐비닛이 거대한 도미노처럼 4열로 줄지어서 있었다. 그는 혹시라도 들릴지 모르는 소리에 귀 기울이며, 천천히 안으로 들어섰다. 그리고 느리고 규칙적으로 숨을 쉬려 노력하며, 왼쪽으로 제일 가까운 캐비닛 뒤에 자리 잡았다. 누군가 여기 있다면 분명 그가 들어오는 모습을 보았을 것이다. 멍청한 척하는 편이 나았다.

"매기? 여기 있습니까?"

대답은 없었다.

"매기?"

방 가운데 어디선가 부스럭거리는 소리가 들렸다. 그는 총을 뽑은 채 캐비닛을 돌아서, 방아쇠에 반쯤 힘을 주며 내다보았다. 두 줄로 늘어선 캐비닛 사이, 그림자에 덮인 공간에 인간의 형체 하나가 서 있는 게 보였다.

세상에. 매기였다. 테이프로 입이 막히고, 손은 뒤로 돌려 묶여 있었다. 움직일 수도 말할 수도 없는 상태였다.

제이크는 총을 들고 왼쪽 벽을 따라 천천히 전진했다.

전화가 울렸다.

제이크는 주머니에서 전화를 뽑아 내려다보았다. 발신자는 '받지 않으면 여자는 죽어'였다.

제이크는 매기가 보일 때까지 벽을 따라 전진한 다음, 전화를 받았다.

"날 위해서 수고를 하나 해줘야겠어." 낮고 차분한 여자 목소리였다. 중국 억양이라고 확신할 수 있었다. 제이크는 창고 크기의 공간에서 소리가 울릴 때 나는 희미한 반향을 알아챘다. 이 방의 음향 구조는 꽤나 복잡하기 때문에, 벽과 캐비닛에 소리가 계속 반사될 것이다. 어딘지는 몰라도 이 안에 있다는 건 분명했다. 그 말은 곧 100피트 안쪽에 있다는 뜻이다.

제이크는 생각을 정리하려 애썼다. 방 건너편에, 매기가 있는 쪽에 있을 가능성이 높을 것이다. 최선의 방책은 왼쪽으로 방을 빙 도는 것이다. 배후를 잡는 것이다. "당신은 누구지?" 그는 전화에 대고 이렇게 말한 다음 반향음에 귀를 기울였다.

"오키드라고 부르면 돼."

"원하는 게 뭐지?"

"곧 설명해주지. 자, 일단 당신 휴대폰을 봐."

제이크는 마치 자신이 번호를 누르는 것처럼 화면 위에 하나씩 떠오르는 숫자를 바라보았다. 마지막 두 번째에서 숫자가 멈추었다. 그가 아는 번호였다. 블라드의 휴대폰 번호였다.

"이제 할 일을 지시해주겠어. 그 사람한테 아무 문제도 없다고 말해. 코너 여사의 휴대폰 배터리가 나갔다고 전하라고. 이해가 되지? 그런 다음에 얼마나 진행됐느냐고 물어봐. 알려주면 적절하게 반응하고. 그리고 전화를 끊는 거야. 이해가 되나?"

"그 대가로 뭘 줄 생각이지?"

"아무것도. 실패하면 여자를 죽일 거야. 나도 함께 듣다가, 당신이 곤란한 소리를 지껄이면 바로 끊어버릴 거야. 알겠지?"

제이크는 엉망으로 울리는 소리가 자신의 움직임을 가려주기를 바라면서, 그대로 전진했다. 한 손에는 총을, 다른 손에는 휴대폰을 든 채로 다음 캐비닛을 돌았다.

아무도 없었다.

이런 세상에, 어디 있는 거야?

마지막 숫자가 떠올랐다. 그리고 신호음이 들렸다.

신호음이 두 번 울리고 블라드가 전화를 받았다. "제이크?"

제이크는 총을 빼 든 채로 다음 캐비닛에 접근했다.

"제이크? 아무 문제 없어?"

그는 총을 쏠 준비를 한 채로 재빨리 모퉁이를 돌았다. 아무도 없었다. "아무 문제도 없어요. 서열 분석은 얼마나 진행됐습니까?"

"매기 휴대폰은 뭐가 문제였던 거야?" 블라드가 물었다.

"배터리가 나갔더군요."

제이크는 총을 든 채로 다음 캐비닛을 돌았다. 아무도 없었다.

"지상 회선은?"

"모릅니다. 그냥 받지 않은 모양이죠."

"물어보지 않은 건가?"

"안 물었습니다, 블라드. 아무 문제도 없어요. 서열 분석 얘기나

해봐요."

블라드는 한동안 대답하지 않다가, 문득 물었다. "정말 문제없는

거지?"

"블라드, 적당히 좀 해요. 이틀 동안 정말 힘들었단 말입니다." 제

이크는 계속 왼쪽 벽을 따라 돌면서 말했다. 이제 캐비닛은 세 개밖

에 남지 않았다.

이제 얼마 남지 않았다. 그의 추측으로는 다음 캐비닛일 가능성이

제일 높았다. "거의 끝났어, 제이크. 30분 정도면 될 거야."

고무가 끽끽거리는 소리가 들렸다. 신발이었다. 지금 마주하고 있

는 캐비닛의 반대편에서 들려오고 있었다. 오른쪽으로 고개를 돌리

니 매기가 보였다. 매기의 신발 소리는 아니었다.

진실이 밝혀지는 순간이었다. 이제 모퉁이를 재빨리 돌면서 쏘기

만 하면 된다.

그는 숨을 들이쉰 다음 참으며, 전화를 음소거 상태로 놓은 다음 방 건너편으로 던졌다. 전화는 깡 소리를 내며 반대편 벽에 부딪쳤다. 제이크는 양손으로 권총을 쥔 채로, 오키드의 머리를 날려버릴 준비를 하고 모퉁이를 돌았다.

그곳에, 그의 앞에, 눈을 홉뜬 딜런이 서 있었다. 다리에 힘이 빠졌다. 방금 저지를 뻔한 일 때문에 손이 부들부들 떨렸다. 몇 분의 1초만 늦었으면 그대로 발포했을 테니까.

그는 흐늘거리는 무릎을 가누려 애쓰며 방아쇠를 누르려던 손가락에서 힘을 뺐다.

뒤에서, 아주 가까이서, 목소리가 들렸다. "총 내려놔. 천천히."

28

황동 실린더는 한 시간도 안 되어 데트릭에 도착했다.

던은 근처 보안실에서 내선 영상으로 실린더를 들어 장갑 낀 손으로 이리저리 돌려보는 톨로프의 모습을 지켜보고 있었다. 그녀는 USDA의 4등급 우즈마키 설비에서, 외부 공기와의 접촉을 완전히 차단하는 가압복을 입은 채 작업하고 있었다. 마치 달에 착륙한 우주 비행사 같은 모습이었다. 이 시설에 잔뜩 달린 카메라들은 항상 작동하고 있었지만, 평소에는 그저 기록 관리용으로만 사용될 뿐이었다. 그러나 지금은 온갖 회선이 끼어들어 와 생방송을 하는 중이었다. 보안 분야 먹이사슬 위아래의 모든 주요 인사들이 이 모습을 지켜보고 있었다. 데트릭의 수장인 아베닉이라는 장군과 FBI 국장은 분명 보고 있을 것이다. 던은 대통령 쪽으로도 회선이 연결되어 있을 것이라고 생각했다.

병기 전문가와 법의학자들이 이미 실린더를 온갖 방식으로 괴롭히고 구슬려보았다. 외형이 일본군 잠수함에서 회수한 실린더와 같다는 건 분명했다. 기울이면 안에서 뭔가 구슬처럼 굴러다니기도 한다. 하지만 금속이 전자파를 차단하기 때문에 MRI로도 확인할 수 없다. 엑스레이로는 아무것도 보이지 않는다. 어떻게 대응할지를 놓고 즉각 격렬한 토의가 이어졌지만, 결국에는 그 빌어먹을 물건을 열어보자는 단순한 결론에 도달했고, 톨로프가 그 임무를 맡았다. 던은 비디오 화면으로도 실린더를 돌리는 떨리는 손과 얼굴을 흘러내리는 땀방울을 알아볼 수 있었다. 카메라가 그녀의 장갑 낀 손을 확대해 비췄다. "쉽게 안 열리는데요." 그녀가 이렇게 말한 순간, 손이 살짝 한쪽으로 움직였다. "됐어요. 나사가 돌아가네요. 엽니다."

던은 마치 그녀와 같은 방에 있는 것처럼 단단히 긴장하고 있었다. 실린더가 부비트랩일 수도 있다. 금속의 두께에 대한 질량도 측정하고, 그 결과를 초음파로 확인하기도 했다. 폭발물일 가능성도 있었다.

그녀는 실린더를 돌려 연 다음, 윗부분을 실험대 위에 내려놓았다. 그리고 나머지 절반의 안쪽을 들여다보았다.

"세상에." 그녀는 이렇게 말하며 잠시 안을 살펴보다가, 카메라 쪽으로 고개를 들었다. "다들 믿지 못할 것 같군요."

그녀는 텍스와이프 타월 한 장을 실험대 위에 깐 다음, 실린더를 가볍게 털어 내용물을 쏟아냈다.

농담이겠지. 던은 혼잣말을 중얼거렸다.

뼈였다. 인간의 손가락뼈였다. 던은 손가락뼈가 가지는 의미를 잊지 않았다. 아마 타임스스퀘어에 등장한 남자의 잘린 손가락일 것이다.

톨로프가 말했다. "글자가 적혀 있는데요. 카메라 확대해봐요."

너무 작게 새겨서 거의 읽을 수도 없을 정도의 글자들이 모여 메시지를 이루고 있었다.

기타노는 대가를 치러야 한다. 兰花.

맨 끝의 간체자는 던도 아는 글자였다. 난초라는 뜻이었다.

29

모든 것을 제대로 처리하는 여자였다. 오키드는 제이크가 직접 자기 입에 테이프를 붙이게 한 다음, 정면 외에는 아무것도 보지 못하게 앞장세웠다. 그다음에는 그가 던진 총 근처에도 가지 못하도록 방향을 잡아 그를 뒷문으로 데려갔다. 탈출 경로는 안전하고 잘 감추어져 있었다. 표본실 뒤편의 작은 숲을 통과하는 경로였다. 아직 앞은 보였지만 이미 해는 낮게 걸려서, 나뭇가지의 그림자가 군데군데 쌓인 눈더미 위에 검은색 페인트로 붓질한 것처럼 남았다.

가장 가까운 도로까지는 수백 야드나 된다. 멀리서 누가 보더라도 한 무리의 등산객 정도로 여길 것이다.

그의 뒤에는 매기가 딜런을 가까이 붙든 채 따라오고 있었다. 제이크의 귀에 그녀의 울음소리가 들렸다. 오키드는 걸음을 옮기며 우즈마키가 숨겨진 장소를 물었다. 매기는 계속해서 "난 몰라요"라는 말만 반복했다.

제이크는 신경이 바짝 곤두서 있었다. 지금까지 벌어진 일을 계속 되짚어보았지만, 그에 따른 결과는 도저히 마음에 들지 않았다. 오키드가 우즈마키를 추적하는 중이라면, 자기 손으로 이 일을 끝내야 한다. 어떤 대가를 치르더라도.

오키드가 그에게 말했다. "저 위야. 왼쪽으로 20도 방향."

흰색 페덱스 밴이 길가에 주차되어 있었다.

"뒷문." 그녀가 말했다.

제이크가 당기자 문은 끼익하는 소리를 내며 열렸다.

매기는 비명을 지르며 끔찍한 광경을 보지 못하도록 딜런을 감쌌다. 내다 버린 인형처럼 젊은 여성이 밴의 바닥에 몸을 말고 있었다. 여자의 머리에 총상이 나 있었고, 밴의 바닥은 끈적거리는 붉은 물질로 가득했다.

"들어가." 오키드가 말했다. 제이크는 그 말에 따랐다. 지독한 쇳내가 코를 가득 채웠다. 붉은 곱슬머리 때문에 누군지 알 수 있었다. 신디였다. 리벤델에 사는 매기의 룸메이트였다.

오키드는 오른쪽 벽을 가리켰다. "저걸 차." 벽에 걸린 건 검은색의 두꺼운 허리띠로, 등 쪽에 문고본 크기의 플라스틱 상자가 붙어 있었다. 제이크는 그 물건을 허리에 둘렀다. 무슨 용도인지 충분히 짐작이 갔다.

오키드가 자기 허벅지를 여러 번 두드렸다.

허리띠에서 윙윙거리는 소리가 나더니 전류 5만 볼트가 그의 등골을 타고 흘렀다. 그는 무릎을 꿇고 주저앉으며, 주먹을 쥔 채 신음을 흘렸다. "이건 경고야. 최고 전압을 쓰면 즉사할 테니까." 오키드는 바닥의 여자를 가리키며 말을 이었다. "저 여자 꺼내. 숲속에 버리고 와. 확실하게 눈에 띄지 않는 곳에 둬."

제이크는 그녀가 시킨 대로 생명을 잃은 신디의 육신을 끌어냈다. 차갑고 진득한 그녀의 피부 감촉에, 끔찍할 정도로 새하얀 팔에 신경 쓰지 않으려 안간힘을 쓰면서. 불도저 돌격에서 고양이 화장실의 배설물처럼 모래 속에 파묻혀 있던 이라크 병사들의 기억이 그를 강타했다. 작전이 끝난 후에 본 모습 중에는 군화 한 짝을 꽉 쥔 채로 모래에서 뻗어 나와 있는 햇볕에 그을린 팔도 있었다. 자다가 일어나서, 눈앞의 아무거나 쥐고 달아나려 했던 것이 분명했다.

멈춰야 해. 제이크는 현재 상황에 집중하며 차근차근 정리해보았다. 제이크는, 그리고 그의 내면에 존재하는 군인은, 세상에는 반드시 수행해야 하는 임무가 존재한다는 걸 알고 있었다. 그리고 지금 자신의 임무는 저 여자를 막는 것이었다.

그는 신디를 낙엽 사이에 내려놓고 주변을 둘러보았다. 거리는 충분했다. 지금 여기서 시도하면 성공하거나, 적어도 다른 사람의 주의를 끌 수 있을 것이다. 이 숲의 반대편은 주요 도로로 이어진다. 그는 밴 쪽을 힐끔 바라보았다. 울고 있는 딜런과 아들을 달래려 애쓰는 매기가 보였다. 오키드는 그대로 서서 제이크를 바라보고 있었다. 매기의 머리에 총을 겨눈 채로, 그녀는 제이크에게 간신히 들릴 정도의 소리로 말했다. "가자고."

30

"거의 두 시간 동안 저렇게 앉아 있기만 했습니다." 기타노의 감시 담당인 스탠 로빈스는 이렇게 말했다. 로빈스와 던은 웨스트윙의 길 건너에 있는 60만 제곱피트 넓이의 육중한 건물인 아이젠하워 행정부 청사의 국가안보위원회 기밀 회의실에 있었다. 눈앞의 화면에는 히토시 기타노의 독방을 머리 위에서 찍은 화면이 떠 있었다. 웨스트버지니아주 헤이즐턴에 있는 미연방 교도소의, 최고 수준의 보안 설비를 갖춘 감방의 감시 카메라에서 실시간으로 흘러들어오는 영상이었다.

20년 전 처음으로 히토시 기타노를 만났을 때, 던은 비교적 무명인 예일대 교수였다. 당시까지 가정의 영역이었을 뿐인 소련의 몰락과 중국의 부상을 예언한 던의 박사 학위 논문이 노인의 관심을 끈 것이었다. 당시 기타노는 일본에서 가장 부유한 사람 중 하나였다. 그리고 그들의 관계는 지금으로부터 22개월 전, 여든세 살의 히토시 기타노가 헤이즐턴에 감금되는 것으로 파국을 맞았다. 기타노에게 있어 지난 60년은 제자리로 돌아오는 여행이나 다름없었던 셈이다. 시작점도 종착점도 미국의 교도소였으니까. 기타노를 감금한 이후, 던은 FBI가 그의 일거수일투족을 철저하게 감시해야 한다고 주장했다. 고달픈 서류 작업을 거쳐 결국 로빈스가 이 일에만 매달리게 되었다. FBI에는 요원이 1만 2,000명이나 된다. 한 명 정도는 빼줘도 될 것이다. 기타노와 우즈마키가 연관된 일이라면, 던은 아무리 사소한 일이라도 놓치고 싶지 않았다.

천장의 조명 기구에 기타노의 독방을 촬영하는 카메라를 설치해 놓았다. 기타노는 꼼짝도 하지 않고 앉아서 허공을 바라보고 있었다. 타임스탬프에는 오후 4시 41분이라고 찍혀 있었다. 대체 어디가 잘못된 걸까? 던은 그의 두개골을 따서 안을 들여다보고 싶었다.

던은 감방의 나머지 부분을 훑어보았다. 벽에 달린 작은 선반에는 책 세 권이 있었다. "뭘 읽던가?"

"한 권은 비둘기 경주에 대한 내용입니다."

"거기 미쳐 있지." 던이 대꾸했다. "특히 장거리 경주에. 2년 전 수감되기 직전에 저 작자의 비둘기 중 한 마리가 남아프리카에서 열린

12회 선 시티 100만 달러 경주에서 우승했다네. 세계에서 가장 권위 있는 비둘기 경주 대회지."

"그거 잘 됐군요. 두 번째 책은 데루토모 오자와의 『일본의 기관, 산업 개선, 경제 역량-'기러기 비행' 패러다임으로 본 후발주자의 경제성장』이라는 책입니다. 작자가 '간코 게이타이'라는 걸 설파하고 다닌다고 하더군요."

"가나메 아카마쓰가 주장한 '기러기 행렬 동반'을 위한 아시아 협력 이론일세. 아시아의 경제가 날아가는 기러기 떼의 독특한 행렬과 같은 형태로 성장하리라는 주장이지. 일본이 선두에서 지휘를 하고, 다른 나라들, 중국이나 한국이나 말레이시아가 그 뒤를 따라야 한다는 걸세. 세 번째 책은 뭔가?"

"유키오 미시마입니다. 『태양과 철: 예술, 행동, 의식으로서의 죽음에 관하여』"

던은 고개를 끄덕였다. "기타노는 미시마를 숭배하다시피 했지."

"일본인 소설가를 숭배할 이유가 있습니까?"

"그가 죽은 방식 때문이지. 미시마는 1970년에 자살을 했다네. 마흔다섯 살밖에 안 되었는데도 이미 문화계의 거물이었지. 일본 자위대 총감을 인질로 잡고 도쿄의 어느 발코니에서 천황을 정치의 중심으로 복귀시킬 것을 요구하는 연설을 했다네. 군을 선동하려 한 거지. 그런 다음 실내로 들어가서 할복자살을 했다네."

"왜 그런 짓을 한 겁니까?"

"전후 일본이 거세되었다고 생각한 자였으니까. 무사도를 광신적으로 신봉했지. 기타노는 미시마의 동료가 목을 쳐줄 때 사용한 칼을 사들였다네. 계속 서재의 벽에 걸어놓았지." 던은 노인을 지켜보았다. 기타노는 일본의 승리를 위해 싸웠지만, 시간이 지나가며 무력만큼이나 재력에도 가치가 있다고 믿게 된 모양이었다. 그는 일본 경제의 토대를 재건하는 일을 돕고, 자위대가 일본 사회에서 수행하는 역할을 확장하도록 지원했다. 일본의 재부상을 위해서는 엔화와 칼 양쪽의 힘이 필요한 것이다. 그러나 일본은 역사의 물결 아래로 미끄러져 들어가고 있었다. 이제 아시아의 새로운 용은 중국이었다.

던은 기타노의 이력을 자기 일처럼 상세하게 알고 있었다. 64년 전 뱅가드호에서 벌어진 사건 이후, 기타노는 호놀룰루의 군 수용소에 억류되었다. 태평양 사령부는 우즈마키가 든 황동 실린더를 운반하는 임무를 맡은 나머지 잠수함들을 찾는 방대한 수색 작업에 착수했다. 세월이 흐르며 그들은 일곱 개 중에서 다섯 개의 실린더를 확보했다. 네 개는 종전 직후에 발견되었고, 그중 하나는 뱅가드호에서 발견된 물건이었다. 다섯 번째는 1970년대에 캘리포니아 남해안에 좌초한 잔해에서 발견되었다. 그러나 존재한다고 추정하는 실린더 중에서 두 개는 결국 찾아낼 수 없었다.

기타노는 결국 몇 달 동안 옷장 크기의 감방에 갇히게 되었다. 우리 속의 야수처럼, 격렬하게 분노하면서. 잔혹한 심문이 이어졌고, 전쟁범죄로 재판정에 서고 처형을 당할 것이라는 협박이 계속되었다. 그는 계속해서 자신이 아는 모든 것을 털어놓았다고, 특공대원들의 이름과 그 목적지 외에는 아무것도 모른다고 주장했다. 그들은 맥아더가 시로 이시이와 거래할 때까지 계속 그를 쥐어짜댔다. 1947년 5월, 이시이는 731부대에서 획득한 생물병기 '연구 기록'을 정리한 수만 페이지짜리 자료를 넘기고 면책권을 얻었다. 그 자료 안에는 우즈마키에 관련된 것도 있었다. 731부대와 연관된 모든 기소는 종료되었고, 기타노는 자유의 몸이 되었다.

석방된 기타노는 일본 의학 및 제약계의 권위자가 된 731부대의 퇴역병들로 구성된 인맥 관계의 일부가 되었다. 그는 종전 이후 급성장한 일본의 제약회사 녹십자의 공동 창립자였다. 녹십자는 일본에서 가장 큰 혈액은행 중 하나를 운영하기 때문에 기타노는 상당한 수익을 올렸다. 1980년대 초반, 기타노는 갑작스럽게 녹십자를 떠나며 자신의 지분을 매각해 2억 달러의 이득을 챙겼다. 그 직후에 녹십자는 HIV에 오염된 혈액을 판매하여 논란에 휩싸였다. 1,000명 가량의 일본인이 질병에 걸려 결국 목숨을 잃었다.

기타노는 돈을 싸 들고 미국으로 이주해 왔다. 그리고 라호야와 북쪽의 실리콘밸리를 오가며 다양한 생물학 관련 스타트업 회사들을 돈으로 사들였다. 이 중 몇 군데가 대박을 터트렸고, 1990년대 중반에 들어 기타노의 순 자산액은 5조 달러에 근접했다. 1990년대 동안 기타노는 다양한 건강 관련 닷컴에 투자하여 더 많은 돈을 벌어들였는데, 그 모습을 보면 인터넷의 약속과 허상을 명확하게 꿰뚫

고 있는 것이 분명했다. 그는 2000년 닷컴 버블이 터지기 직전 실리
콘밸리를 빠져나왔다. 그리고 현금을 물 쓰듯 뿌리면서 다음 파도를
탐색했다.

911 이후 그는 기회를 발견했다. 그의 투자회사인 기타노 그룹은
군사 관련 스타트업에 돈을 들이부었다. 연방 정부의 관료 체계를
확장하지 않으려는 성향의 정권이니, 민간 군사 분야에 돈을 쏟아부
을 것이라는 올바른 예측을 했기 때문이었다. 그들은 데이터 마이닝
부터 인적 자원까지 모든 분야의 군 지원이 가능한 회사들에 투자했
다. 생명공학 벤처 쪽으로는 기타노가 직접 나섰고, 특히 생물병기
테러에 대한 역대응에 중점을 두는 회사들에 투자했다. 그들은 제네
시스에서 DNA 바이오시스템스에 이르는 모든 주요 사업체에서 상
당한 지분을 확보했다. 기타노는 또한 일본, 한국, 중국 등지의 생명
공학 회사를 매수해서, 합성생물학이 실리콘 미소전자공학을 대체
하여 주력 성장 기술이 될 경우 경제 발전의 주춧돌이 될 수 있는 전
아시아를 아우르는 네트워크 구축에도 착수했다.

기타노는 사업 쪽으로만 사람을 만나는 것이 아니었다. 그는 미국
의 주요 매파 외무 정치가들과 조심스럽게 관계를 일구어왔고, 로런
스 던도 그런 인맥 중 하나였다. 기타노는 신보수파의 친일 성향 싱
크탱크 세 곳에 자금을 대고 있었고, 그중 한 곳에는 던도 정부 요직
을 맡거나 강의를 하는 틈틈이 참석하고 있었다. 이들 싱크탱크는
부상하는 중국의 힘에 대항하는 견고한 방어 체계를 구성하기 위해

공조하며 만만찮은 능력을 발휘하고 있었다. 물론 그중 가장 큰 위업은 친미반중의 성전을 기꺼이 수행하고자 하는 현 대통령을 선거에서 승리하게 한 것이었다.

기타노는 또한 던의 하찮은 재산을 하찮다고는 말할 수 없는 재산으로 바꾸는 일을 도와주기도 했다. 거기다 막대한 부와 권력을 가진 이들이 즐기는 다른 부류의 도락(道樂)도 소개해주었다. 던의 동료 중 대부분은 기타노와 일정한 거리를 유지하려고 노력했다. 그 노인에 관한 수상쩍은 소문이 여전히 떠돌았기 때문이다. 그중에서는 2차 세계대전 동안 그가 일본의 전쟁 수행에 어떤 식으로 기여했는가에 관한 소문도 있었다. 노인의 이런 개인사는 던을 부나방처럼 끌어들였다. 거의 20년 동안, 두 남자는 중국에 대한 불신과 고급 스카치 및 여성에 대한 사랑을 바탕으로 공사 양면에서 관계를 쌓아 올렸다.

기타노는 모든 것을 가진 사람이었다. 재계에서는 대제국을 이룩했고, 지구상에서 가장 강력한 정부에도 연줄이 있었으니까.

그러다 이 노인은 실수를 저질렀다.

기타노는 석상처럼 꿈쩍도 안 하고 독방 한가운데에 앉아 있었다.

"감시를 받는 줄은 알고 있나?" 던이 물었다.

"그런 낌새는 없었습니다. 올려다본 적도 없고요. 모를 겁니다." 로빈스는 고개를 저으며 덧붙였다. "이해가 안 되는군요. 오늘 아침에는 정상적으로 행동했는데요."

"보여주게."

로빈스가 키보드를 몇 번 두드리자 두 번째 화면에 영상이 나타났다. 타임스탬프에는 오전 7시 22분이 찍혀 있었다. 기타노는 무릎을 굽히는 체조를 하는 모양이었다. "매일 아침에 30분 동안 가벼운 체조를 합니다. 그다음에는 문이 열리고 공용실로 나가는 시간이 될 때까지 독서를 합니다. 그러고는 그리 가서 텔레비전을 보죠. 잠깐 기다려보시죠. 그쪽에도 카메라가 있습니다. 오늘 아침의 영상을 불러와보겠습니다."

영상이 바뀌었다. 타임스탬프는 오전 8시 4분이었다. 기타노는 홀로 의자에 앉아 홀린 듯 텔레비전을 보고 있었다. 나머지 수감자들은 최대한 거리를 벌리고 있었다. 노인을 피하는 것이 분명했다.

던은 이유를 알고 있었다. 헤이즐턴 연방 교도소에 도착하자마자 기타노가 무력한 노인이라 여긴 수감자 한 명이 점심 배식을 훔쳤다. 기타노는 반응하지 않았다. 그러나 이틀 후, 뉴욕의 이스트 피시킬에서 종업원으로 일하던 그 수감자의 부인이 거의 형체를 알아볼 수 없을 정도로 구타를 당한 시체로 발견됐다. 신원을 확인하기 위해 DNA 감정을 해야 할 정도였다. 다음 날에는 수감자 본인이 시체로 발견되었다. 복부에 심각한 자상을 입어 출혈사한 것이었다. 독방에 갇혀 있던 기타노의 알리바이는 의심할 여지가 없었다. 기타노와 연관 지을 만한 증거는 단 하나도 없었지만, 그런 일이 벌어진 이후 다른 수감자들은 히토시 기타노를 역병처럼 피했다.

던은 화면의 영상을 뚫어져라 바라보았다. 기타노는 엄청난 집중력으로 텔레비전을 지켜보고 있었다.

"뭘 보는 건가?"

"잠시 기다려보시죠." 로빈스가 키보드를 몇 번 더 누르자, 화면이 분할되며 오른쪽에 CNN 영상이 나타났다. 기타노를 찍는 카메라의 타임스탬프와 일치하는 화면이었다.

CNN에서는 벨뷰 사건을 보도하고 있었다. 예쁘장한 금발 기자가 입가에 살짝 웃음을 머금은 채로 시청자를 향해 계속 보고를 했다. "소리도 들을 수 있나?"

"물론이죠."

목소리가 훅하고 울렸고, 너무 커서 로빈스는 음량을 줄여야 했다. "…는 이번 사태와 같은 날 타임스스퀘어에서 광기에 빠진 일본인 젊은이가 발견된 사건 사이에 아무런 관계도 없다고 부인하고 있습니다. 하지만 병원 근무자라 자신을 소개한 익명의 제보자에 의하면 그런 단언은 사실과는 다릅니다. 그 일본인은 컬럼비아대학의 학부생인 히토시 기타노로, 오른손 중지가 절단되었다고 합니다…."

그 이름을 듣는 순간 기타노의 몸이 얼어붙었다. 다른 수감자들이 그를 바라보았다.

"어이, 저 사람 당신이잖아!" 누군가 말했다. "기타노라고! 당신 이름이 텔레비전에 나왔단 말이야!"

기타노는 자리에서 일어섰지만 충격에 비틀거리다, 잠시 의자를 붙들고 몸을 가누려 애썼다. 그리고 그 자세로 보도를 마지막까지 지켜보았다. 보도가 끝나자, 그는 단호하게 방을 나섰다. 다른 수감자들이 양쪽으로 갈라지며 길을 내주었다.

"그러고는 저 상태입니다." 로빈스는 이렇게 말하며 다시 기타노의 독방으로 화면을 돌렸다. "방으로 돌아와서 뉴스 채널에 라디오 주파수를 맞추고, 자리에 앉은 다음, 지금까지 꿈쩍도 안 하고 있는 겁니다."

거의 10년 전에 기타노와 나누었던 대화가 계속 떠올랐다. 던의 인생에서 가장 중요한 대화라고 할 수 있었다. 그때까지도, 그 이후로도. 서른여섯 살의 외무정책 분야 일벌레와 일흔다섯 살의 억만장자는, 평소에 늘 그렇듯 최고급 위스키를 곁들여 생물병기가 가질 수 있는 지정학적 함의에 대해 이야기를 나누고 있었다. 두 사람 모두 이제 생물병기 전쟁이 거의 피할 수 없는 미래로 다가왔다고 믿고 있었다. 기술이 너무 빨리 발전하고 있기 때문에, 머지않아 적대관계인 국가들 사이에 생물병기 공격이 흔하게 이루어질 것이라는 예측이었다.

유럽이나 일본에서 생물병기로 미국을 공격할 가능성은 없다고 봐도 좋았다. 소련에서는 방대한 규모의 생물병기 계획을 수행했지만, 신께서 도우셨는지 소련은 몰락해버리고 말았다.

그러나 중국은 조금도 망설이지 않을 것이라는 점에 두 사람은 의

견의 일치를 보았다. 위협을 느끼면 그대로 행동에 옮길 것이다. 던은 그런 상황을 피하기 위한 유일한 방책이 팍스 아메리카나라고 믿었다. 중국의 공산당 수뇌부를 절제해버리고 미국의 인도를 따르는 다른 지도층을 세우는 것이다.

하지만 어떻게? 중국이라는 폭주 전차가 멈출 수 없게 되기 전에 궤도를 이탈하게 만들 방법이 있을까?

그들은 한동안 그 문제를 둘러싸고 논의를 거듭했다. 마침내 던이 먼저 말을 꺼냈다. 우즈마키.

우즈마키가 있으면, 그리고 미국이 치료제를 개발해내기만 하면, 목적을 단숨에 이룰 수 있을 것이라고 두 사람은 동의했다.

그로부터 거의 10년이 지난 후에도, 던은 대화의 내용을 단어 하나까지 완벽하게 기억했다. "어디다 풀면 될 것 같나?" 기타노는 이렇게 물었다.

"우선 하얼빈을 고려해봐야겠죠. 건설 현장에서 풀려난 것처럼 보이게 할 수 있을 겁니다. 아니면 하얼빈 남쪽에 있는 중국 농무부의 생물학 연구 시설 근처도 괜찮을 겁니다. 능력 없는 작자들이 우즈마키를 만지작거리다 실수로 풀려나게 한 것처럼 보이게 할 수 있죠."

"1979년에 스베르들롭스크에서 발생한 소련의 탄저병 사태처럼?"

"바로 그겁니다."

그들은 사태가 어떤 식으로 발전할지를 그려보았다. 우즈마키가 퍼지면 중국은 고립될 것이다. 다른 모든 국가는 전염병 사태를 두려워하여 국경을 폐쇄하고 중국과의 무역을 차단할 것이다. 이미 공산당 권력은 위태로운 상태로, 민족주의 자존심과 경제성장이라는 두 개의 지팡이에 매달려 간신히 버티고 있다. 번영이 사라지고 두려움이 퍼져 무능한 지도부에 대한 분노로 표출되면, 이내 인민은 폭동을 일으킬 것이다. 처음에는 농촌에서, 그다음에는 도시에서. 국무원은 몇 주면 무너질 것이고, 나라 전체가 혼란에 빠질 것이다. 그러면 미국과 일본의 통합군이 치료제와 총검을 등에 업고 중국에 진주해서 질서를 회복하는 것이다.

기타노와 던은 미국에서 치료제를 개발하기만 하면 중국을 원하는 대로 몰락시킬 수 있을 것이라 생각했다. 두 사람 사이에는 비밀스러운 공감대가 형성되었고, 중국이 힘을 키워감에 따라 관계는 점점 깊어져만 갔다. 일본의 초병기인 우즈마키는 여전히 세상을 바꿀 수 있는 것이다. 두 사람이 벌이는 일종의 게임이었다. 세계에서 가장 인구가 많은 나라의 몰락을 계획하는, 두 남자가 은밀히 벌이는 게임.

그러나 기타노가 게임의 판도를 바꾸고 말았다.

던이 뭔가 잘못되었다는 사실을 처음 깨달은 것은 CIA를 통해 묘한 소식이 들어왔을 때였다. 중앙아메리카와 아시아의 농업 관련 투자자들이 브라질에서 1만 에이커의 농지를 구매했다는 것이었다. 그런데 그 땅은 톨로프가 푸사리움 스피랄레를 발견한 곳에서 400

마일밖에 떨어져 있지 않았다. 그들은 수백만 달러를 투자해서 그곳에 선아그라라는 이름의 농업유전학 연구 시설과 농업 실험 단지를 구축했다. 작물학에서 균류 유전학에 이르기까지 다양한 분야의 박사 학위를 가진 과학자 수십 명이 그곳에 거주하며 근무했다. 그들이 표방한 목적은 극동 시장을 위한 새로운 품종의 유전자 변형 옥수수를 만드는 것이었다. 겉보기에는 꽤나 말이 되는 목표였다. 옥수수는 아시아 전역에서 필수 작물이 되었으니까. 중국은 세계 2위의 옥수수 생산국이자 소비국이고, 북한은 김일성 체제에서 완전히 옥수수에 의존하는 식량 체계를 수립했다. 그러나 조금만 파헤치자 우려할 만한 사소한 문제가 몇 가지 떠올랐다. 우선 선아그라 연구 시설의 과학자들은 논문도 발표하지 않고, 연구비 요청서도 작성하지 않고, 특허도 거의 내지 않았다. 게다가 그들이 연구하는 생물종 중 하나는 푸사리움 스피랄레라는 희귀한 곰팡이였다. 브라질의 네 개 주에서만 확인되었으며 극동 시장과는 아무런 연관도 없는 곰팡이니 특이한 선택이라고밖에 볼 수 없었다. 게다가 다른 무엇보다, 투자한 회사들은 대부분 껍데기뿐이었다. 이번 계획의 배후에 존재하는 자본의 90퍼센트 이상은 단 한 명의 일본인 투자자, 억만장자인 히토시 기타노에게서 나온 것이었다.

기타노가 자기만의 우즈마키 계획을 진행하고 있었던 것이다.

던은 행동을 취할 수밖에 없었다. 그러나 그 또한 기타노에게 엮여 있는 상태였다. 그와 함께 불구덩이로 끌려들어갈 수 있는 것이다. 수년에 걸쳐 던이 공유한 중국에 대한 정보 중에는 기밀 사항도 있었고, 따라서 그는 연방기밀보호법을 위반한 것이었다. 기밀로 분류된 외국 공개 불가 정보를 외국 인사와 공유했으니 반역죄가 성립한다. 외국 정부를 전복시킬 계획을 꾸민 일은 언급할 필요도 없을 것이다. 이 정도 규모의 범죄라면 아주 오랜 형기를 받을 것이 분명했고, 잘못하면 사형도 가능했다.

던이 기타노에게 기밀 정보를 제공한 대가로, 기타노는 일본의 특정 일반 기업들의 내부 정보를 공유했다. 기타노는 언제라도 연방 검사들 앞에서 던이 기타노의 비싼 스카치를 홀짝이며 민감한 국가 기밀을 거리낌 없이 공유했고, 그 대가로 아시아의 주식시장에서 한 재산 챙겼다는 사실을 털어놓을 수 있었다.

한 가지 던에게 유리한 요소가 있기는 했다. 미 정부는 어떤 경우라도 우즈마키에 시선이 쏠리는 상황만은 피하려 했다. 일본의 종말 병기를 아는 사람은 아직까지도 안보 분야의 엄격하게 통제되는 소수 인원뿐이었다. USDA에서 수행한 톨로프의 계획은 일급 기밀로 취급되며 외국인은 한 명도 참가하지 않았다. 만약 미국이 이 정도 규모의 생물병기를 만지작거리고 있다는 소문이 퍼진다면, 거기다 그 생물병기가 731부대 및 중국 민간인을 대상으로 한 실험과 연관이 있다면, 중국은 즉시 분노를 터트릴 것이다.

그러나 던은 기타노의 회사 같은 거대 조직이 법률을 온전히 지키고만 있을 수는 없다는 사실 또한 알고 있었다. 그는 사건을 파헤쳐 볼 것을 주문했고, 기타노가 다음번 미국에 입국했을 때 연방 법원의 집행관이 그를 탈세 혐의로 체포했다. 재판은 신속하고 깔끔하게 진행됐다. 기타노는 재판 내내 입을 다물고 있을 뿐, 자기변호를 위한 행동은 조금도 취하지 않았다.

그렇게 되게 한 사람은 던이었다. 재판 전 기타노의 사유지에서 개인적으로 만난 자리에서, 던은 자신이 소지한 가장 큰 무기로 기타노를 위협했다. "원한다면 얼마든지 나를 끌어들여보시지. 우즈마키 계획을 흔적도 없이 숨긴 다음에 네놈과 관련된 모든 혐의를 중국 국가안전부에 넘길 테니까. 이시이로부터 얻은 정보, 사진, 기록물까지. 네놈이 중국 민간인의 고문 및 대량 학살과 연관되어 있다는 모든 증거물을 말이야. 그리고 그쪽에서 충분히 증거물을 확인한 다음에는, 네놈을 직접 넘겨서 전쟁범죄자로 처형되게 해주지."

이 말에 기타노는 즉시 입을 다물었다. 한동안 두 사람 모두 침묵을 지켰다. 마침내 기타노가 입을 열었다. "내가 중국인들에게 모든 것을 털어놓을까 봐 두렵지는 않은가?"

"네놈에게 신용이 조금도 없다는 사실을 인지하지 못하는 것 같군. 자기 목숨을 부지하려고 헛소리를 지껄이는 일본인 전쟁범죄자이자 대량 학살자에게 누가 귀를 기울여줄 것 같나? 잘 들어. 탈세 혐의야 벗어날 수 있을 것 같으면 얼마든지 노력해보라고. 하지만 선아그라는 즉시 폐쇄해. 그리고 앞으로는 우즈마키 근처에도 얼씬 거리지 마."

❧

로빈스의 목소리에 활기가 돌아왔다. "보십시오. 움직이기 시작했 습니다."

기타노가 자리에서 일어나 작은 책상 쪽으로 걸음을 옮겼다. 그는 선반에서 책 한 권을 꺼내서, 빈 후면지를 한 장 뜯어내더니, 펜을 쥐 고 글자를 썼다.

"읽을 수 있겠나?" 던이 물었다.

"너무 멉니다. 어디 한번 확대를…"

기타노는 감방 가운데로, 카메라 바로 아래로 의자를 가져오더니, 글을 적은 종이를 붙들었다. 그리고 의자 위로 올라서서 종이를 카 메라 앞으로 들이밀어 화면을 가득 덮었다.

"젠장. 카메라에 대해 알고 있었군요." 로빈스가 말했다.

던은 그 목소리를 거의 듣지 못했다. 모든 의식이 노인이 쓴 글자 에 붙들려 있었기 때문이다.

그 여자가 누군지
알려줄 수 있다

블라드 글라츠먼은 하포가 젤에서 읽어주는 내용을 그대로 받아서 타이핑했다. 두 사람은 30분 전에 두 번째로 PCR을 돌리고 전기영동을 끝냈고, 지금은 점멸하는 곰팡이의 유전자 서열을 기록하는 중이었다. 하포가 띠의 위치를 A, C, T, G로 구성된 서열로 읽어주면 블라드는 충직하게 그 내용을 전사했다.

하포는 읽던 것을 멈추고 큰 한숨을 쉬었다.

"이걸로 끝인가?" 블라드가 물었다.

"이걸로 끝이야."

블라드는 줄지어 늘어선 알파벳을 바라보았다.

GACTCGACTAGCTAGCAATTACTGATCAGCATTTTSC CCAATGC

AGCATTTTCGACTGACCCGACTCGACYAG CTAGCAATTACTGAT

CAGCATTTTSCCCAAGCAGCAT TTTCGAGCAAATCAGACTCGAC
TAGCTAGCAATTACT GATCAGCATTTTSCCCAATGCAGCATTTTC
GAGACTC GACTAGCTAGCAATTACTGATCAGCATTTTSCCCAAT
GCAGCATTTTCGA….

전부 해서 3쪽에 달했다.

"번역기로 돌려봐."

블라드는 키보드를 연속으로 두드려 '바벨진(BabelGene)'이라고 부르는 간단한 서열 번역기로 데이터를 옮겼다. 염기 세 개로 이루어진 코돈 단위 하나하나가 개별 알파벳에 대응한다. AAA는 'a'로, ACA는 'b'로, 기타 등등. 이런 표준규격을 처음으로 제안한 사람이 바로 코너였다.

바벨진 프로그램은 작업을 수행했고, 텍스트가 화면을 채웠다.

우즈마키는 푸사리움 스피랄레라는 종을 개량한 극도로 위험한 병기다. 전염성이 매우 높으며, 인간이나 조류의 체내, 또는 농작물에서 살아남을 수 있는 포자 상태로 퍼져….

"세상에." 하포가 말했다.

블라드는 그의 목소리는 제대로 듣지도 못한 채로 화면의 문장을 찬찬히 읽었다. 코너가 우즈마키를 어떻게 알게 되었는지, 그리고 우즈마키를 무력화시키기 위해 무슨 일을 했는지가 전부 적혀 있었다. 그뿐만 아니라, 코너 본인도 우즈마키 실린더를 하나 가지고 있었다. 메시지 안에는 그 실린더가 숨겨져 있는 위치의 GPS 좌표가 포함되어 있었다.

"빌어먹을. 젠장, 빌어먹을." 블라드가 말했다.

그는 인쇄 버튼을 눌렀다. 컴퓨터 옆에 놓인 레이저젯이 움직이더니 이내 코너의 고백을 담은 노란색 종이를 뿜어냈다.

하포는 인쇄물을 손에 쥐었다. "누구한테든 이걸 보내야 해. 지금 당장. CDC든 FBI든 CIA든. 아무나."

블라드는 휴대폰을 열고 제이크의 번호를 눌렀다. 그러나 한 번 울리더니 그대로 꺼졌다.

다시 시도해보았다. 결과는 같았다.

신호를 확인했다. 아주 잘 잡히고 있었다. 뭐가 문제인 거지?

다음 순간, 폭 하고 터지는 소리와 함께 볼에 액체가 튀었다.

블라드는 고개를 돌렸다.

뒤통수가 날아간 하포가 바닥으로 쓰러지고 있었다.

제이크는 두 번의 총성을 들었다. 이어 네 번이 더 들렸다. 그는 수갑을 잡아당기며 빠져나가려 애쓰는 중이었다. 제이크는 페덱스 밴의 조수석에서, 바닥에 용접해놓은 고리에 달린 사슬에 구속되어 있었다. 매기와 딜런은 묶인 채로 화물칸에 있었다. 입은 살구색 테이프로 막혀 있었다.

그를 구속하고 있는 수갑은 무광 스테인리스스틸 골격에 가장자리에는 고무를 입히고, 강화 플라스틱으로 만든 신축성 있는 끈으로 연결된, 무슨 수를 써도 부술 수 없는 부류의 물건이었다. 수갑이 부서지기 전에 그의 뼈가 먼저 부서질 것이다.

그는 안의 움직임을 확인하려고 하포의 집을 뚫어져라 바라보았다. 다시 총성이 들렸다. 제이크는 다시 팔을 당겨 바닥에 용접한 고리를 뜯어내려 했지만, 당연하게도 헛수고였다.

누군가 움직이는 모습이 보였다. 블라드가 한쪽 모퉁이를 돌아서, 오른 다리를 질질 끌며 나오고 있었다. 심한 부상을 입은 듯했고, 손에는 노란색 인쇄물을 든 채로 한쪽 발로 뛰어나왔다. 한 발짝 떼어 놓을 때마다 고통이 점점 심해져가는 듯 얼굴을 일그러뜨리면서도, 오직 목표에만 집중해서 필사적으로 전진하고 있었다.

제이크는 소리치려 했다. 경고하려 안간힘을 썼다.

블라드는 오키드가 바로 뒤에 있다는 사실을 모르고 있었다.

"블라디미르." 오키드는 이렇게 말하고 그가 몸을 돌리기를 기다렸다.

그녀는 첫 번째 총알을 목젖 바로 위에 박아 넣었다. 입이 커다란 O자를 그렸지만, 목소리는 새어 나오지 않았다. 그는 반항조차 하지 못하고, 거품을 물고 피를 토하며 그대로 쓰러졌다.

그녀는 그의 몸을 밟고 섰다. 여전히 노란색 출력물을 손에 쥐고 있었다. 죽어가는 신경세포의 마지막 신호 때문에 종이가 떨리는 모습이 보였다.

그녀는 무릎을 꿇고 앉아서 소음기를 그의 관자놀이에 대고는, 두 번째 총알을 발사해 확인 사살을 마쳤다.

그리고 그의 몸이 움직임을 멈출 때까지 기다린 다음, 손가락에서 출력물을 빼냈다.

오키드는 자리에서 일어났다. 그녀의 손도 떨리고 있었다. 바로 지금이었다. 성공과 실패가 판가름 나는 순간이었다.

그녀는 출력물을 읽어 내려갔다. 네 번째 문장에 도달하자 답이 확실해졌다.

고개를 드니 제이크가 증오를 담은 눈으로 그녀를 바라보고 있었다.

상관없는 일이다. 저 남자도 곧 죽을 테니까.

오키드는 출력물을 조심스레 접어 주머니에 찔러 넣었다. 몇 시간 안에 그녀는 우즈마키를 확보하게 될 것이다. 며칠 안에 전부 끝날 것이다. 기타노는 목숨을 잃고, 우즈마키는 풀려날 것이며, 그녀는 돈을 받아 챙길 것이다. 그녀는 한동안 자신과 연관이 없었던 일을 했다.

오키드는 미소를 머금었다.

32

던은 탁자 맞은편의 기타노를 바라보았고, 기타노도 그 눈길을 피하지 않았다. 방 안에 다른 사람은 펠릭스 카터라는 FBI 심문관뿐이었다. 변호사도, 보좌관도, 보안 요원도 없었다. 여기서 획득한 정보는 수사와는 연관이 없으며, 법정에서 증거로 사용할 수도 없다. 기타노 본인이 원한 대로였다. 할 말이 있는 것이 분명했다. 그리고 온전한 면책권이 확보되기 전에는 말할 생각이 없는 모양이었다.

세월의 흐름 앞에서 무너져가는 와중에도, 기타노는 여전히 손쉬운 상대가 아니었다. 뼈와 힘줄이 드러나 보이는 몸이었다. 황달이 낀 흰자위 안에서 차갑게 빛나는 검은색 눈동자가 밝은 주황색의 수감자용 점프슈트와 대조되어 보였다. 던은 3,000달러짜리 푸른색 핀스트라이프 정장을 입고 있었다. 새빌 로의 명장인 H. 헌츠먼의 작품으로, 옷장에 걸려 있는 그 사람의 양복 네 벌 중 하나였다. 던이 처음 기타노를 만났을 때, 그가 가진 가장 비싼 양복은 브룩스 브라더스의 기성품이었다. 두 사람의 운이 서로 엇갈림에 따라 관계에 따르는 지위 또한 바뀐 셈이었다. 억만장자와 앞날이 유망한 일벌레가, 한쪽은 화려하게 부상하고 다른 한쪽은 극적으로 몰락하게 된 것이다.

기타노는 그 외에도 추가 조건을 달았다. 하나는 던이 직접 자리에 입회해달라는 것이었다. 던은 그 이유를 잘 알고 있었다. 기타노가 자신에 대해 가지고 있는 영향력을 사용할 준비가 되었다는 뜻이었다.

반면 두 번째 요구는 독특했다. 기타노는 메릴랜드주 교외, 워싱턴 D. C.에서 바로 북쪽에 있는 자택에 커다란 비둘기 번식장을 만들어놓았다. 수감된 상황에서도, 그는 스물네 시간 비둘기를 돌봐줄 사람을 확실히 주선해놓았다. 히토시 기타노는 주기적으로 비둘기와 제대로 접촉하게 해줄 것을 요구했다.

세 번째 요구는 원초적인 생존 본능에서 나온 것으로, 따라서 아마도 가장 노골적이라 봐도 좋을 법했다. 던은 FBI와 대화하는 기타노의 영상을 보고 확신할 수 있었다. 그는 기타노의 몸짓언어를 자기 아버지의 것처럼 잘 알고 있었다. 기타노는 그 여자가 자신을 쫓고 있다고 말했다. 자신을 죽이려 한다고 확신하고 있었다. 그 말을 하는 순간 기타노의 온몸이 경직되고, 손은 단단히 주먹을 쥐었다. 죽을 정도로 두려운 모양이었다.

세 번째 요구는, 어떤 상황에서도, 무슨 일이 벌어지더라도, 어떤 식으로 압박을 가하더라도, 절대 자신을 그 여자에게 넘기지 말라는 것이었다.

옆방에는 취조 전문가들로 구성된 작업반이 기타노의 성문 진동 패턴, 동공의 확장 변화, 피부의 전기전도도를 분석하고 있었다. FBI 심문관은 기타노의 스트레스 수준을 실시간으로 수집해 전달할 예정이었다.

심문관은 우선 그 여자에 관련된 사건을 요약해 서술하는 것으로 대화를 시작했다. 벨뷰 병원으로 수송된 희생자의 가슴팍에 '731. 악마'라는 글자가 새겨져 있었다는 말에 충격을 받는 기타노의 모습은 던이 보기에도 그리 기분 좋은 것이 아니었다. 실린더 속의 손가락 뼈에 '기타노는 대가를 치러야 한다'라는 말이 적혀 있었다고 알려줬을 때도, 그는 비슷한 반응을 보였다.

오늘 이전까지만 해도 기타노는 던과 함께 나락으로 떨어질 각오를 하지 않으면 그들 사이의 따스하지만 극도로 부적절한 관계에 대해 말할 수 없었다. 그러나 저 교활한 사기꾼은 이제 완전 면책권을 손에 넣은 상태였다.

·

질문은 쉬운 것부터 시작했다. 기타노의 개인 정보나 사업 관계 따위의, 장비를 다루는 친구들이 영점 조절을 하기 위한 질문이었다. 이후 대화는 보다 흥미로운 영역으로 움직여갔다. 우선 타임스 스퀘어에 버려진 남자에 대해 물었다. 던은 기타노의 모든 몸짓을 유심히 살폈다. 기타노는 차분한 모습으로, 평서문의 형태로 모든 질문에 답했다.

마침내 심문관은 던에게 고개를 끄덕였다.

"좋소, 히토시." 던이 말했다. "그럼 이야기해보시지. 그 여자가 누군지 알고 있소? 아니면 그냥 우리를 휘두르고 싶은 거요?"

기타노는 던의 눈을 똑바로 바라보며 입을 열었다. "희생자에게서 문신을 찾았나? 난꽃이나, 그 비슷한 물건을?"

"그렇소."

기타노는 고개를 끄덕였다. "오키드라는 이름을 쓰는 여자일세."

"오키드라. 그걸 어떻게 아는 거요?" 던이 말했다.

"사진을 봤으니까. 얼굴을 알아볼 수 있다네."

기타노의 말이 옳았다. 그들 쪽에서 여자에 대한 제대로 된 정보를 확보한 것은 고작해야 한 시간 전이었다. 손가락뼈에 새겨진 이름을 들은 CIA 베이징 지국 책임자가 경보를 울린 것이었다.

"오키드가 누구요?" 던은 기타노에게 물었다.

"일종의 특수 요원이라네. 중국의 우익 집단 사이에서 이름을 날리고 있지. 일본 야스쿠니 신사 폭탄 테러도 그 여자의 짓이라는 소문이 돌고 있네. 작년 일 말이야. 그리고 국회의원 암살도."

"국회의원?"

"일본 의회의 보수파 의원일세. 교과서에서 반황실 표현을 몰아내는 정화 운동에 앞장섰지. 당신네 신문에서 수정주의자라 부르는 사람이라네. 난징대학살과 한국의 종군위안부를 부정하지."

"오키드가 당신을 원하는 이유는?"

"내 과거를, 하얼빈에서 일어난 사건을 아는 사람은 아주 많으니까. 그 여자의 후원자가 복수를 원하는 거겠지."

"누구의 명령을 받아서 움직이는 거요?"

"억만장자인 중국 은행가라는 소문이 돌고 있네. 지독한 반일주의자지."

"이름은 없고?"

"중국의 억만장자들은 암세포 같은 존재야. 2003년에는 한 명도 없었는데 지금은 수백 명이나 되지. 그렇게 갑작스럽게 부와 권력을 손에 쥐는 것은 아주 위험한 일이라네. 개인의 숨겨진 욕망을, 숨겨진 편견을 증폭시키지. 그런 사람은 매우 위험하기 마련이라네."

당신이야 잘 알고 있겠지. 던은 이렇게 생각했다. "오키드가 리암 코너를 고문한 이유는 뭐요?" 그는 물었다.

이 질문에 기타노의 태도가 바뀌었다. 던은 그의 얼굴을, 몸짓언어를 읽어낼 수 있었다. 눈앞의 남자의 자부심이라는 갑옷에 균열이 생기는 모습이 보였다. 이제 그 균열을 파고들 때였다.

방 안은 고요했다. 던은 노인이 심장마비라도 일으키는 것은 아닐지 걱정이 될 정도였다.

마침내 그가 입을 열었다. "1946년 USS 뱅가드호를 파괴한 공격 직후에 무슨 일이 벌어졌는지 알고 있나? USS 노스다코타호에서 내가 코너와 대면했던 일은?"

노크 소리가 들리더니 심문실 문이 열렸다. 던의 수행원이었다. 그는 던에게 쪽지 하나를 건넸다. 쪽지에는 단어 하나만 적혀 있었다. '중요'.

던은 복도로 나왔다. 직속 하급자가 그곳에서 기다리고 있었다. "대체 뭔가?"

"이타카에서 사건이 터졌습니다. 매기 코너의 직장에서 총에 맞아 사망한 여성이 발견되었습니다. 코너 씨는 행방불명 상태입니다. 아들도 마찬가지입니다. 경찰 말로는 화재가 벌어졌다고 합니다. 두 번째 화재 사건은 더 괴상합니다. 백인 하층민들이 사는 시골에서 벌어진 일인데, 소방관들이 최신 생명공학 실험실처럼 보이는 잔해를 발견했다고 합니다. 현장 안에서는 시체가 두 구 나왔는데, 양쪽 모두 총상이 발견되었습니다. 사망자 중 한 명은 코넬대학 교수로 제이크 스털링의 친구였습니다."

"스털링? 아직 아무도 그자를 심문하지 않았나?"

"스털링 또한 발견하지 못했습니다."

"뭐라고? 지금쯤이면 데트릭에 와 있어야 하는데."

"모습을 보이지 않았습니다."

"그런데 왜 나한테 연락이 오지 않은 건가?"

설명할 길이 없었다.

"이 동네에는 빌어먹을 무능한 놈들밖에 없는 건가? 스털링이 나타나지 않은 이유가 뭐야?"

"모르겠습니다, 부보좌관님."

던은 충격에서 회복하지 못한 상태로 심문실로 돌아왔다. 악의로 가득한 무늬가, 위험한 검은색 거미줄이 자신의 손이 닿는 곳 바로 밖에서 모습을 드러내는 것이 느껴졌다. 이제 답이 필요했다. "더 이상 질질 끌 수 없소, 히토시. 오키드가 코너를 죽인 이유가 뭐요?"

기타노는 잘려나간 오른손 손가락을 던의 눈앞에 들어 보였다. "그 여자는 작은 황동 실린더를 찾고 있는 걸세. 중지 뼈와 같은 크기의 실린더지. 731부대에서 그걸 내 손가락에 이식했다네. 그걸 끄집어내고 있는데 코너가 찾아와서 저지하고는 그 실린더를 가져갔지. 나는 그걸 세상에 풀어놓기 전에는 출혈로 죽지 않겠다고 결심했다네. 내가 바로 일곱 번째 특공대원이야."

던의 머릿속에 경고등이 켜졌다. "코너가 실린더를 가져갔다고? 그 작자가 지금까지 우즈마키 견본을 가지고 있었다는 거요?"

"그렇지."

그는 충격을 받은 채 의자에 몸을 묻었다. 이타카에서 들어온 매기 코너가 사라졌다는 보고가 떠올랐다. 모든 조각이 맞춰지며, 던의 가슴속에 차가운 응어리가 여물기 시작했다.

33

제이크는 96A 국도를 따라 페덱스 밴을 몰았다. 어제 아침에 따라갔던 바로 그 길이었다. 사람들은 페덱스 밴을 전신주처럼 지형의 일부로 간주한다. 대통령이라 해도 페덱스 유니폼을 입고 등장하면 아무도 알아보지 못할 것이다.

오키드는 그의 뒤편 화물 구역에 총을 빼 든 채 쭈그려 앉아 있었다. 딜런과 매기는 포장용 테이프로 입을 싸맨 채로 뒤쪽에 꽁꽁 묶여 있었다. 오키드는 블라드에게서 빼앗은 노란색 종이에 적힌 리암의 유언을 따라가는 중이었다. 제이크는 무슨 내용이 적힌지는 보지 못했지만, 지금 어디로 가는 중인지는 아주 잘 알고 있었다. 이쪽에는 세네카 육군 병기창 외에는 딱히 특별한 장소가 존재하지 않는다. 이제 몇 분만 더 가면 도착할 것이다.

후면경으로 그림자 속에 파묻혀 있는 매기와 딜런의 모습이 흐릿하게 보였다. 오키드는 그에게 사용했던 것과 같은 첨단기술 수갑으로 그들을 벽에 매달아놓았다. 수갑은 전자식으로 열리고 닫히며, 오키드는 오른손으로 자기 다리를 두드려서 수갑을 조작했다. 제이크의 허리띠가 방출하는 전기 충격 또한 같은 방식으로 두드려 조작하는 것으로 보였다. 오키드의 장갑 속에 일종의 압력 변환기가 장착된 것이 분명했다. 뭐든 저걸로 조작하는 것이다.

그는 그녀가 허벅지를 두드리는 패턴을 주의 깊게 관찰했다.

밴의 전조등 불빛에, 앞쪽으로 철조망이 보였다. 제이크는 오키드의 지시에 따라 잠긴 게이트 근처에 밴을 주차했다. 그리고 전조등을 껐다.

"이걸 차." 오키드는 이렇게 말하며 수갑을 던졌다.

제이크는 그 말을 따라 헐겁게 걸쇠를 걸었다.

오키드가 자기 다리에 타자를 치자 수갑이 작동을 개시해서, 고통이 찾아오기 직전까지 제이크의 손목을 단단히 조였다.

그녀는 작은 군용 야전삽을 하나 던졌고, 제이크는 한 손으로 그걸 받았다. 그녀가 다시 허벅지를 두드리자 제이크가 펄쩍 뛰어올랐다. 허리띠에서 방출한 전류가 그의 몸을 타고 올라가다 갑자기 멈췄다.

제이크는 과호흡 상태에 빠져 헐떡였다. 심장이 춤추듯 격렬하게 뛰었다.

"잊지 말라고." 그녀가 말했다.

⚜

그들은 줄지어 늘어선 벙커를 따라 걸음을 옮겼다. 주변을 뒤덮어가는 어둠 속에서, 거대한 벙커의 모습은 불길하고 음산하게만 보였다. 제이크가 앞장서고, 오키드는 40피트 거리를 두고 뒤를 따랐고, 딜런은 그녀의 바로 앞에 서 있었다. 매기는 의식불명인 채로 밴 안에 두었다. 오키드가 그녀의 목에 주사를 찌르자 1분도 안 되어 그대로 기절해버렸다. 오키드는 '견인차 오는 중'이라고 쓴 쪽지를 밴의 앞창문에 꽂아둔 채로 그녀를 그대로 놔두고 들어왔다.

제이크는 오키드의 장비를 찬찬히 살폈다. 밴에서도 여기서도 그녀를 주의 깊게 관찰하며 최대한 모습을 확인하려 했다. 등에는 작은 검은색 배낭을 메고, 손에는 글록 권총을 들고 있었다. 얼굴에 딱 붙는 두꺼운 고글을 착용하고 있었는데, 야시 기능이 있는 것이 분명해 보였다. 그리고 저 장갑이 있었다. 손가락을 몇 번 타닥거리면 그를 감전시키는 것이 가능하다. 비슷한 식으로 수갑도 조작할 수 있다. 제이크는 검지로 두 번, 약지로 한 번, 엄지로 세 번을 두드리면 수갑이 조여진다고 거의 확신하고 있었다. 순서를 거꾸로 하면 수갑이 느슨해진다.

일단 접근해서 기절시키거나 죽일 수 있다면 수갑을 풀 수는 있을 것이다. 하지만 우선 총을 피해야 한다. 그리고 딜런을 죽게 만들지 않고 해내야 한다.

수백 피트를 걸어갈 때마다 새로운 콘크리트 벙커가 등장했다. 모두 한참 전에 사용을 멈춘 것들이었다. 지금까지 열두 개를 지나쳤다. 제이크는 모든 것에, 주변의 모든 모습과 소리에 주의를 기울였다. 멀리서 꽥꽥거리는 소리가 들렸다. 리암에 따르면, 나무가 줄지어 늘어선 산등성이 너머에 연못이 있어서, 여행하는 기러기들이 잠시 그곳에서 몸을 쉬어간다고 했다.

흰 사슴 한 마리가 앞길을 가로질렀다. 어둠 속에 떠 있는 흐릿한 유령처럼, 달빛에 하얀 몸을 반짝이면서. 1941년 이 둘레에 철조망을 설치할 당시, 상당한 수의 사슴이 병기창 영역 안에 갇혔고, 그중에는 제법 드문 흰 사슴도 몇 마리 있었다. 시간이 흐르는 동안 병기창 경비대는 갈색 사슴만 쏘고 흰 사슴은 벙커 주위에서 풀을 뜯도록 놔두었다. 이제 세네카 육군 경비창에는 세계 최대 규모의 흰 사슴 군락이 존재한다. 진화학, 생태학, 또는 도덕률의 근간이라 할 수 있는 뿌린 대로 거둔다는 법칙이 효력을 발휘한 것이다.

리암은 종종 흰 사슴을 보여주겠다는 명목으로 제이크를 이곳에 데려오곤 했다. 리암은 소금 덩어리를 여기저기 설치해놓고, 그걸 핥은 사슴의 혀에서 떨어진 DNA를 채취했다. 제이크의 눈에는 항상 기묘해 보이는 실험이었다. 리암은 집단생물학을 연구하는 사람이 아니었기 때문이다. 흰 사슴은 겉모습은 훌륭하지만 유전적으로는 조금도 독특한 구석이 없다. 그저 흰색 모피를 만드는 유전자가 많을 뿐이다.

이제 제이크는 모든 것을 이해할 수 있었다. 리암이 세네카 육군 병기창에 이끌린 이유는 사슴이 아니었다. 진짜 이유는 이곳의 격리된 환경과 벙커였다. 수 마일에 걸친 황무지였다. 리암은 이곳 전체를 단 한 명의 경비병이 총괄하여 순찰한다고 말하곤 했다.

위험한 병원체를 숨기고자 했다면, 이곳이야말로 완벽한 장소였을 것이다.

"멈춰." 뒤에서 오키드가 말했다. 그리고 오른쪽으로 방향을 틀라고 지시했다. 시야가 조금 트였다. 달빛에 휘감긴 콘크리트 벙커들이 섬뜩한 하얀색으로 달아오른 모습이 보였다.

어깨 너머를 슬쩍 돌아본 제이크는 오키드가 겁에 질려 죽기 직전인 딜런을 앞으로 몰아대는 모습을 보았다. 그녀는 휴대용 GPS를 꺼내 들고, 머리 위 1만 2,000피트 상공을 비행하는 네 대의 인공위성의 도움을 받아 주변 시공간을 측량했다. 리암은 분명 우즈마키를 찾을 수 있는 장소의 위도와 경도를 남겨놓았을 것이다. GPS를 확인할 때마다 오키드의 발걸음은 일정 비율로 느려졌다. 계속 확인하고 있는 모양이었다.

"오른쪽으로 45도 돌아."

제이크는 명령을 따랐다. 아무것도 없었다. 허리까지 자란 무성한 수풀뿐이었다. 잡초 속에 콘크리트 몇 덩이가 비죽 튀어나와 있는 것이 보였다.

"저 안으로 들어가라고?"

"20미터." 그녀가 말했다.

그는 걸음을 세면서 잡초와 덤불이 얽혀 있는 곳으로 헤집고 들어갔다. 그리고 스물을 센 다음 자리에 멈추었다.

처음에는 무성한 풀과 덤불밖에 보이지 않았지만, 문득 정찬용 쟁반 크기의 콘크리트 덩어리가 눈에 들어왔다. 콘크리트에 거칠게 새긴 문양이 달빛에 간신히 눈에 들어왔다. 세 개의 선이 가운데에서 곡선을 그리며 뻗어나가는 모양이었다. 나선이었다.

"그거야." 오키드는 리암의 유언장을 내려다보며 이렇게 말했다. "그걸 옆으로 치우고 아래를 파."

제이크는 여전히 수갑을 차고 있는 손을 들어 보였다.

그녀는 수갑을 앞으로 내민 제이크를 보며 옆에 선 딜런을 총으로 가리켜 보였다. "허튼짓하면 바로 쏠 거야." 그리고 손가락으로 다리를 두드려 제이크의 오른쪽 수갑을 풀어주었다.

제이크는 그녀가 두드린 순서를 주의 깊게 기억했다.

10분 후, 약 3피트 정도 파 내려간 끝에, 삽이 콘크리트를 때렸다. 그는 흙을 쓸어냈다.

"그대로 파내." 오키드가 말했다.

5분 후 물건은 완전히 땅속에서 빠져나왔다. 원통 형태의 콘크리트 덩어리로, 지름 1피트에 길이 2피트 정도 되는 물건이었다. 무게는 50파운드 정도 나갔다. 철근 한 토막이 마치 손잡이처럼 위쪽에 솟아 나와 있었다.

오키드가 말했다. "여기 벙커 중 하나에 있을 거라고 확신했는데. 빌어먹을 저것들을 하나씩 샅샅이 뒤졌다고."

제이크는 리암의 생각을 이해했다. 벙커는 결국 주의를 끌기 위한 눈속임이었다. 리암은 우즈마키를 아무 표식 없는 풀숲 가운데 숨겼다. 오키드 혼자서는 100년이 걸려도 이걸 찾아낼 수 없었을 것이다. 바로 이것이 리암이 숨기고 있던 비밀, 보호하기 위해 목숨을 바친 물건이었다.

"이리 줘." 그녀가 말했다.

벙커의 입구는 육중한 철문으로 막혀 있었다. 높이가 10피트에 두께는 은행 금고에 버금갈 정도였다. 커다란 금속 빗장이 그 위를 가로지르고, 끝에는 단순한 숫자 조합식 자물쇠가 달려 있었다. 오키드는 노란색 종이에서 자물쇠 암호를 읽었다. 제이크는 자물쇠를 열고 손잡이를 들어 올렸다. 놀랍게도 문은 아주 간단하게, 끼익 소리도 거의 내지 않고 열렸다. 벙커 안쪽은 어두웠지만, 제이크의 눈에는 안쪽 어디선가 심장 박동과 같은 박자로 천천히 점멸하는 기묘한 빛이 보였다.

"들어가." 오키드가 명령했다.

안으로 들어간 제이크는 점멸하는 광원의 정체를 깨달았다. 붉은색, 녹색, 노란색으로 발광하는 얼룩이 벽을 가득 뒤덮은 채로, 천천히 깜빡이고 있었다. 리암이 레터박스 안에 남겨놓은 빛나는 곰팡이였다. 이곳에는 끝없이 줄지어 늘어서 있었다.

"안쪽으로 들어가." 오키드가 말했다.

오키드가 스위치를 올리자 머리 위 조명이 켜졌다.

벙커는 원통을 반으로 자른 형태로, 중심부 높이는 20피트에 길이는 100피트 정도 되어 보였다. 잠수함을 반으로 자른 것과도 흡사했다. 바닥에는 콘크리트가 그대로 드러나 있었다. 하지만 이곳은 제이크가 리암과 함께 왔을 때 들렀던 벙커처럼 텅 비어 있지는 않았다. 벽에는 실험대가 줄지어 늘어서 있고, 그중 일부에는 비커와 피펫과 그보다 큰 실험 장비들이 놓여 있었다. 다른 실험대에는 붉은색, 노란색, 녹색으로 점멸하는 발광 곰팡이를 배양 중인 실험용 트레이가 늘어서 있었다. 코넬에 있는 리암의 실험실에서 중요한 것만 옮겨와 만든 작은 복제품 같은 곳이었다. 아마 몇 달에 걸쳐 조금씩 옮겨 왔을 것이다. 몇 년일 수도 있다. 흰 사슴을 관찰하러 온다고 하면서 조금씩 구성했을 것이다.

오키드는 제이크에게 콘크리트 원통을 내려놓으라고 지시했다. 딜런을 단단히 붙들고 머리에 총구를 댄 채로.

딜런은 눈을 크게 뜨고 벙커 중앙에 놓인 기묘한 의자를 바라보았다. 검은색 강화 탄소 골조로 만든, 최첨단 처형용 전기의자처럼 보였다. 팔다리에는 구속용 끈이 보였고, 머리를 넣고 볼트와 죔쇠로 조이는 끔찍한 기구도 달려 있었다.

그 옆에는 작은 금속 탁자가 펼쳐져 있었다. 그 위에 앉아 있는 마이크로 크롤러 한 마리가 제이크의 눈에 들어왔다.

알아채는 데 잠시 시간이 걸렸다.

이곳이 저 여자가 리암을 고문한 곳이었다.

딜런의 눈은 의자에 못 박혀 있었다. 죽도록 겁에 질린 표정이었다. 그 의자의 용도를 알아챈 모양이었다. 완전히 공황 상태에 빠져 온몸을 떨고 있었다.

아이는 그대로 문을 향해 뛰쳐나갔다.

오키드는 한쪽 팔로 딜런을 잡아 뒤로 내팽개쳤다. 아이는 그대로 빛나는 곰팡이가 담겨 있는 케이스 하나에 부딪쳐 나뒹굴었다. 곰팡이가 담긴 쟁반이 아이의 머리 위로 쏟아졌다.

제이크는 여자 쪽으로 한 걸음 내디뎠다. "그 아이를 해치면 가만두지…."

오키드가 다리를 두드리자 전류가 벼락처럼 제이크의 등골을 타고 올랐다. 그는 그대로 몸을 움찔거리며, 눈앞이 새하얗게 타오르는 것을 느끼며 바닥에 쓰러졌다.

마침내 전류가 멈췄다. 잠시 후 그는 간신히 일어나 앉았다.

딜런은 온몸이 반짝이는 곰팡이로 덮인 채 벽에 등을 대고 앉아 있었다. 제이크가 지금껏 알고 사랑하던 아이가 이젠 존재하지 않는 것처럼, 텅 비고 공허한 얼굴이었다.

"얌전히 있어. 총 맞기 싫으면." 그녀는 딜런에게 말했다.

오키드는 콘크리트 덩어리를 가리키며 제이크에게 말했다. "저거 깨트려."

제이크는 천천히 자리에서 일어섰다. 그는 콘크리트 원통을 들어 올렸다가 힘차게 콘크리트 바닥에 내리쳤다. 그러나 모서리가 약간 떨어져 나갈 뿐이었다. 다시 한 번 해도 별로 달라지는 것은 없었다. 세 번째 시도에서는 모서리가 제대로 맞았는지, 깔끔하게 갈라지며 안의 텅 빈 구형 공간이 드러났다. 그 안에는 큼지막한 어린이용 빨간 풍선이 들어 있었다.

옛날 건축가들이 사용하던 방법이다. 콘크리트 안에 공간을 만들어 무게를 줄이고 싶으면, 콘크리트를 부을 때 바람을 채운 풍선을 넣으면 된다.

제이크는 풍선을 손에 들었다. 풍선 안에 다른 물건이 있었다.

제이크는 낡아서 약해진 풍선을 그대로 찢어버렸다. 문고본 크기의 직사각형 금속 상자가 안에 있었다. 제이크는 그 재질이 티타늄일 것이라 추측했다. 상자 가운데를 따라 거의 보이지 않는 접합선이 나 있고, 맨 꼭대기에는 색인 카드 크기의 디스플레이 패널이 달려 있었다. 그 외에 딱히 눈에 띄는 구석은 없었다. 제이크가 상자를 건드리자 패널에 전원이 들어오며 부드러운 하얀 빛을 뿜기 시작했다.

패널 화면에 글자가 떠올랐다.

#1 입력

오키드는 한참 동안 상자를 바라보다가 말했다. "오른손 검지를 패드에 대봐."

제이크는 시키는 대로 했다. 화면의 글자가 사라지더니 다른 글자가 떠올랐다.

신원 #1 확인
#2 입력

오키드가 말했다. "딜런한테 가져가."

제이크도 깨달았다. 리암은 제이크와 딜런이 있어야만 열 수 있도록 이 물건을 프로그램해놓은 것이다. 제이크는 매기의 지문으로도 열 수 있으리라 추측했다. 셋 중에서 두 명만 있으면 되는 것이다.

그는 딜런에게 상자를 가져갔다. 아이의 손은 여전히 수갑이 채워져 있었다.

딜런은 겁에 질려 있었다.

"꾹 참고 있으렴. 언제 블루베리가 올지 모르니까." 제이크는 이렇게 말했다.

딜런은 이해한 것처럼 보였다. 코끼리 농담이었다. 오는 것은 블루베리가 아니다. 코끼리가 올 것이다.

제이크는 상자를 내밀었다. 딜런은 손가락으로 패드를 건드렸다. 화면이 다시 변하며 글자가 나타났다.

신원 #2 확인

제이크는 아이에게서 뒤로 물러섰다. 달각 소리가 들렸다. 그는 뚜껑을 열었다.

안에는 회색 점토가 깔려 있었다. 점토를 밀어내자 작은 황동 실린더가 모습을 드러냈다. 1인치 길이에, 볼펜에 쓰는 잉크심 만큼이나 가늘었다. 그게 뭔지 제이크는 충분히 추측할 수 있었다. 리암이 일본의 특공대원들이 작은 황동 실린더에 우즈마키를 담은 채 운반했다고 일러주었기 때문이다.

"탁자에 그대로 내려놔." 오키드가 말했다.

제이크는 그녀의 말을 무시했다. 그는 조심스레 상자에서 실린더를 꺼냈다. 가운데 부분에서 살짝 두께가 변하는 것을 보니 이음매가 있는 모양이었다. 나사가 달린 두 개의 금속 통을, 돌려 붙여놓은 것이다. 이걸 돌려서 내용물을 꺼내면 수백만 명의 사람들이 목숨을 잃을 것이다.

"스털링 교수."

그는 오키드의 얼굴을 바라보았다. 여자의 얼굴에는 희열이 새겨져 있었다. 바로 이 순간이다. 지금이야말로 그녀가 허점을 드러내는 순간인 것이다.

"그대로 탁자에 내려놔. 그리고 수갑을 차." 오키드가 말했다.

제이크는 그녀를 돌아보았다. 오른손에는 실린더를 단단히 쥔 채로.

"당장 내려놔." 그녀는 이렇게 말하며 총을 들어 그의 머리를 정통으로 겨누었다.

제이크는 입을 열었다. "싫은데."

제대로 된 병사라면 자신보다 거대한 존재에 이어지는 실낱같은 생명줄을 가지고 있게 마련이다. 이 생명줄은 어떤 대가를 치르더라도 보다 큰 대의를 위해 행동하도록 해주는 굳건한 닻줄이 되어, 두려움이나 망설임을 떨쳐낼 수 있도록 병사의 정신을 지탱해준다. 어떤 이들에게는 특정 인물과의 관계가, 이를테면 아내나 부모나 자식 등이 이런 생명줄이 된다. 다른 이들에게는 임무의 정당성을 보장해주는 사상이 생명줄이 된다. 제이크의 생명줄은 병사 한 사람이 겪거나 가하는 고통이 그보다 더 큰 고통을 방지할 수 있다는 믿음이었다. 걸프전 동안 그 신념이 그의 닻줄이 되어주었다. 자신이 저지른 일을 극복하고 돌아올 수 있게 해주었다.

닻줄이 사라진 병사는 시한폭탄이나 다름없다. 그런 이들이 군대를 떠나 규율과 서열에서 해방되면, 그 영혼은 방황을 시작한다. 오키드의 눈에 깃든 어둠을 보면 무슨 짓이든 할 수 있는 자라는 점은 명백했다. 가까운 거리에서 조금도 망설이지 않고 블라드를 사살했다. 리암 코너를 상상조차 할 수 없을 정도로 잔혹한 방법으로 고문하기도 했다. 이 여자라면 보통 사람이 파리를 잡듯이 간단하게 전염병을 퍼트릴 수 있을 것이다.

저 여자에게 실린더를 넘겨서는 안 된다.

제이크는 딜런을 슬쩍 보았다. 소년은 모든 상황을 주의 깊게 주시했다. 겁에 질려 있으면서도, 주변 상황을 명확하게 파악하고 있었다. 사건이 터질 것이라는 걸 알고 있었다. 준비가 되어 있었다.

"이리 내놔. 아니면 이 아이가 대가를 치를 거야." 오키드는 제이크에게 말했다.

"좋아." 제이크는 이렇게 말하며 팔을 뒤로 힘껏 휘둘렀다. "자, 받아보시지."

제이크는 실린더를 던졌다.

시간이 4분의 1 속도로 느려진 기분이었다. 오키드는 총을 들지 않은 손을 앞으로 뻗었다. 어쩔 수 없는 일이었다. 자신이 가장 원하는 물건을 허공에서 잡아채고 싶었기 때문이다. 그러나 그녀의 손은 실린더에 닿을 수 없었다. 그녀에게 던진 것이 아니었으니까. 제이크는 딜런에게 실린더를 던졌다.

몇 분의 1초 정도, 아주 잠깐 오키드의 집중력이 흐트러졌다. 총을 든 손이 살짝 흔들렸다. 제이크는 이미 그녀를 향해 달려들고 있었다. 균형을 잃은 그녀는 자세를 바로잡으려다 무게중심을 지나치게 옮겼다. 동시에 두 가지 행동을 하려고 했기 때문이다. 다시 제이크를 겨누고 총을 쏘면서, 동시에 오른손으로 다리를 두드려 감전시키려 했기 때문이다.

두 가지를 노리면 둘 다 실패하기 마련이다. 양쪽 모두 평소보다 아주 약간 느려졌다. 그리고 제이크에게는 그 찰나의 지연이면 충분했다. 한쪽 시야 끝으로 딜런이 실린더를 받는 모습이 보였다. 동시에 오키드가 총을 쐈지만, 탄환은 굉음을 울리며 제이크의 오른쪽 귀 옆을 스쳐 날아갔다.

제이크는 그녀를 그대로 붙들고 바닥에 넘어뜨렸다. 총이 콘크리트 위로 굴러가는 소리가 울렸다. 제이크는 그대로 그녀의 뺨에 주먹을 날렸다. 뼈가 부서지는 느낌이 들며, 몸에 힘이 빠지는 듯했다. 그러나 그녀의 손은 양쪽 허벅지에 그대로 있었다.

파직! 전류가 둔기처럼 제이크의 몸을 강타하며, 온몸의 신경이 불붙은 것처럼 타올랐다. 그는 고통을 참으며 머릿속에서 벌어지는 불꽃놀이 속에서 집중력을 유지하려 애썼다. 온몸에 불이 붙은 기분이었다.

그는 여자의 손을 붙들고 손가락을 다시 다리 쪽으로 가져다대며,

그 과정에서 최소한 하나 이상을 부러트렸다. 집중력을 유지하려 이를 악물고 신음을 흘리며, 그는 오키드의 부러진 손을 다리에 대고 전기 충격을 멈추는 코드를 두드려 넣으려 했다. 그러나 의식이 흐릿해진 그의 행동은 여자의 손을 붙들어 다리를 때리고 또 때리는 정도로 변해버렸다. 단단하게 붙들고 있었지만, 여자는 마치 뱀장어처럼 계속 몸을 비틀어 빠져나가려 애썼다.

"딜러어어언, 도망쳐어, 도망쳐어어어." 거의 알아들을 수 없는 목소리가 질질 흘러나왔다. 이가 격렬하게 맞부딪치며 속이 뒤틀렸다. 그는 구토를 시작했다.

그런데도 제이크는 손길을 늦추지 않았고, 오키드는 몸부림쳤다. 제이크의 생각은 단 하나의 명령으로 좁아들었다. 눌러, 눌러, 눌러. 전기에 바싹하게 구워져 윤곽만 남은 기괴한 정신 속에서, 그는 사냥감을 졸라 죽이는 비단뱀이 되었다.

제이크가 그녀를 붙들고 있는 동안, 전류는 계속해서 파도처럼 그를 덮쳤다. 얼마나 오래 이러고 있었는지 짐작도 가지 않았다. 몇 초? 몇 분? 이제 그가 느낄 수 있는 것은 육체의 모든 신경을 타고 위아래로 움직이는, 전류가 끊임없이 재잘거리는 소리뿐이었다.

다음 순간, 오키드가 그의 손아귀를 빠져나가갔다. 그녀를 향해 손을 뻗으려 했지만, 팔이 죽어가는 거미의 다리처럼 돌돌 말려버렸다. 모든 근육이 수축하며 모든 신경이 신호를 보냈다. 더 이상 오키드의 모습이 보이지 않았다. 더 이상 아무것도, 폭발하고 또 폭발하는 백색 섬광 외에 아무것도 보이지 않았다.

떠오르는 생각은 하나밖에 없었다. 도망쳐.

34

딜런은 도망쳤다.

소년은 황동 실린더를 손에 든 채로 벙커에서 뛰쳐나왔다. 그리고 최대한 빨리 길을 따라서, 자신들이 온 방향으로 달려갔다. 본능적으로 어머니에게 돌아가는 것이었다.

수백 야드 정도 달린 다음, 딜런은 이 행동이 오키드의 예측 그대로일 것이라는 사실을 깨달았다. 소년은 오른쪽으로 방향을 틀어 최대한 빠르게 두 벙커 사이로 달음박질쳤다. 길게 자란 잡초가 팔다리를 휘감아 베인 상처를 남겼고, 벌써 옆구리가 아려오기 시작했다. 자신이 온갖 종류의 소리를 내고 있다는 것은 알고 있었지만, 지금은 달아나야 했다. 옆의 길까지 가서 페덱스 밴이 있는 쪽으로 방향을 틀면 된다. 길을 따라 달려가는 게 나을까? 아니면 그대로 잡초 속에서 움직이는 편이 나을까?

멀리서 금속음이 울렸다. 딜런은 벙커 문을 닫는 소리라고 추측했다. 소년은 걸음을 멈추고 귀를 기울였다. 누가 문을 닫은 걸까? 제이크? 오키드?

제발, 제이크 아저씨여야 하는데. 소년은 그대로 몸을 돌려 제이크에게 달려가고 싶었다.

하지만 제이크가 아닐 수도 있다.

소년은 다시 속도를 올려 가던 방향으로 달려갔다. 발소리가 들렸다. 풀숲으로 들어온 모양이었다.

분명 오키드다. 제이크라면 소리쳐 부를 테니까.

소년은 손에 든 황동 실린더를 바라보았다. 딜런은 확실히 이해했다. 지금까지 겪은 모든 일 중에서, 지금 이 임무야말로 가장 중요한 것이었다. 어쩌면 앞으로 평생을 통틀어서 가장 중요한 임무일지도 모른다.

저 여자에게 넘겨서는 안 된다. 무슨 수를 써서라도.

숨어야 한다.

오른쪽 벙커의 커다란 금속 문이 몇 인치 정도 열려 있었다. 소년은 동굴에서 피신처를 찾으려는 원초적인 본능 때문에 벙커 안의 어둠에 이끌렸다. 그리고 간신히 열린 틈을 통해 안으로 들어갔다.

벙커 안은 칠흑처럼 컴컴했다. 빛나는 푸사리움이 있는 아까의 벙커와는 달랐다.

들어온 문을 닫고 싶었지만, 그러면 소리가 날 것이다. 안으로 쭉 들어가자. 그러면 안전할 것이다. 이곳의 벙커를 모두 살펴볼 수는 없을 테니까.

소년은 벙커 안으로 더욱 깊숙이 들어갔다.

어둠이 그를 삼켰다.

벙커는 물이 새서 축축했고 별로 좋은 상태는 아니었다. 곰팡내가 강렬했다. 소년은 손을 앞으로 내밀고 뒤편 벽에 닿을 때까지 걸음을 옮겼다. 살짝 열린 문으로부터 들어오는 한 줄기 달빛으로부터 최대한 멀리 떨어져야 했다.

소년은 추위와 공포로 몸을 둥글게 말고 쭈그려 앉았다. 최대한 주변에 귀를 기울이며, 숨을 참으려 했다. 들리는 소리라고는 꾸준히 떨어지는 물방울 소리뿐이었다. 몸 안으로 들어가기라도 해서, 더 멀리 숨고 싶었다.

완벽한 어둠이 주변을 감쌌다. 지금까지 본 어떤 장소보다도 어두웠다.

그렇지 않았더라면 아예 알아채지 못했을 것이다.

셔츠 소맷단에서 핀으로 찍은 것처럼 작은 점들이 천천히 점멸하며 빛을 뿜고 있었다. 빛나는 곰팡이가 아직도 옷에 붙어 있었다.

오키드는 야시 고글을 낀 채로 좌우를 둘러보며 소년의 흔적을 찾았다. 장갑을 낀 오른손은 왼손으로 붙든 채였다. 그 스털링 개자식이 손가락 두 개를 부러트려버렸다. 그녀는 의식을 잃을 때까지 그를 걷어차준 다음, 금속 쟁반에 담긴 코너의 형광 곰팡이를 최대한 빨리 배낭 가득 채웠다.

그녀는 벙커 문 근처에 설치해놓은 전자제어 장치의 스위치를 올렸다. 벙커의 구조에 맞춰 전략적인 위치에 설치해놓은 방화 기구에 순차적으로 불을 붙이는 자폭장치였다. 코너의 은신처를 언젠가 파괴해버릴 생각으로 설치한 장치였다. 2분이면 안에 있는 물건은 모두, 코너의 작업 결과물까지도 전부 재가 되어버릴 것이다. 그리고 머지않아 제이크 스털링도 잿더미에 포함될 것이다.

이제 그 아이만 처리하면 된다.

아이는 상당히 앞서 출발했고, 세네카 육군 병기창은 빌어먹게 거대한 장소다. 소년이 숨으려 든다면 절대로 제시간 안에 찾지 못할 것이다. 벙커를 모두 둘러보려면 며칠이 걸릴 것이다. 그리고 며칠이나 쓸 여유는 없었다. 남은 시간은 몇 분뿐이었다. 머지않아 폭발이 일어나면 이 장소는 사람들로 버글거리게 될 것이다. 실린더를 되찾은 다음, 페덱스 밴을 타고 국경으로 가야 한다.

기본에 충실하자. 계속 둘러보는 거야.

오키드는 벙커 사이의 텅 빈 길을 이리저리 훑어보았다. 어느 쪽으로 갔을까?

문득 이상한 것이 눈에 띄었다. 적외선 전극 센서에 일렁이는 잡음으로 생각하고 거의 지나칠 뻔했다.

하지만 다시 보였다. 작은 발광체였다. 고글을 벗었더니 사라졌다. 너무 희미해서 고글을 낀 상태로만 확인할 수 있었다.

오키드는 그 광원의 정체를 확인하기 위해 그쪽으로 뛰어갔다. 작은 곰팡이 조각이 풀잎에 붙어 있었다. 점멸하는 곰팡이였다.

그녀는 장갑 낀 손가락으로 곰팡이를 쓸어보았다. 아이의 옷에 묻어 있던 것이 분명했다.

그녀는 주변 풀숲을 둘러보았다. 얼마 지나지 않아 작게 빛나는 다른 점이 눈에 띄었다. 이내 또 하나가 보였다. 빵조각처럼 줄지어 이어져 있었다.

흔적을 따라가기가 정말로 쉬울 모양이었다.

제이크는 천천히 의식을 되찾았다. 둔기로 얻어맞은 양, 일어나 앉는 동안에도 온몸의 근육이 쑤시고 아렸다. 빛을 뿜는 곰팡이와 문가에서 깜빡거리는 붉은빛을 제외하면 방 안은 컴컴했다.

얼마나 오래 기절해 있던 거지? 알 도리가 없었다. 제이크는 무슨 일이 있었는지 떠올리려 애썼다. 처음에는 거슬리게 부분부분 떠오르는 꿈처럼 기억이 엉망으로 뒤섞여 있었다. 그러나 몇 초 안에 생각은 제자리를 찾아들었다. 땅 파기. 실린더. 싸움.

딜런.

그는 황급히 자리에서 일어나 문을 열려고 시도했다. 힘껏 밀면서 손잡이를 찾아보았지만 눈에 띄지 않았다. 그는 온몸으로 문을 들이받았다. 그러나 육중한 문은 꿈쩍도 하지 않았다.

밖에서 잠근 것이 분명했다. 이리로 나가는 건 무리였다.

제이크는 잠긴 문 옆의 깜빡이는 붉은빛 쪽으로 시선을 돌렸다. 시한장치였다. 54초에서 줄어들어가고 있었다.

이런, 젠장. 제이크는 46공병대대 소속이었다. 항상 폭발물을 다루는 부대였다. 그는 눈앞에 있는 상자의 정체를 정확히 알고 있었다. 파괴 명령을 수행하는 시한장치였다. 숫자 아래 있는 세 개의 점은 폭발물이 세 개라는 뜻이었다.

그는 시한장치를 집어 들고 전선을 찾으려 해보았다. 하나도 없었다. 무선식이 분명했다.

"빌어먹을!" 그의 고함 소리가 밀폐된 벙커 안에 울렸다. 이 시한장치는 잘 아는 물건이었다. 고장 복구 장치가 달려 있어서, 파괴 명령이 시작된 다음에는 해제할 수가 없다. 일단 작동을 하면 폭탄을 향해 계속해서 신호를 보낸다. 신호가 종료되면 폭발물이 터진다. 시한장치를 무력화시키거나 파괴해도 신호가 멈추기 때문에, 폭발물은 즉시 터지게 된다.

폭탄을 찾을 수밖에 없다.

첫 폭탄은 쉬웠다. 문 근처 구석에 테이프로 붙여놓았기 때문이다. 플라스틱 껍질에 밀봉되어 있었다. 기폭시키지 않고 해제하는 것은 불가능했다.

제이크는 몸을 숨길 공간을 찾아 주변을 둘러보았다. 조명이라고는 곰팡이에서 흘러나오는 빛뿐이었다.

구석의 숫자는 계속 줄어들고 있었다.

40초.

이런 벙커에는 분명 환기구가 있을 것이다. 제이크는 고개를 들고 높은 쪽 벽을 살펴보았다. 벙커 내부의 맨 뒤편 벽에, 모든 입자의 출입을 막을 수 있도록 설계된 HEPA 필터 유닛이 보였다. 그는 실험대를 끌어다 놓고 뛰어올라 필터 유닛을 통째로 뜯어냈다. 그 뒤로 콘크리트로 만든 가느다란 통로가 이어졌다. 기어서 지나갈 수 있을지 확신할 수 없을 정도의 크기였다. 반대쪽 끝에는 금속 격자가 보였다. 철제 주물일 가능성이 높았다. 시간 내에 저걸 뚫고 나갈 수 있을 리 없었다.

폭발물의 도움을 받지 않는다면.

그는 첫 번째 폭발물을 환기구 안으로 던져 넣고 다른 폭발물을 찾았다. 두 번째는 방 끝 구석에서 발견됐다. 그는 그걸 들고 첫 번째를 넣은 환기구 안으로 던졌다. 하지만 세 번째는 어디 있는 걸까? 그는 타이머를 확인했다. 10초 남았다.

9초, 8초….

젠장, 대체 어디야?

제이크는 실험대를 엎으며 사방을 뒤졌다. 문득 한 가지 생각이 그의 뇌리를 강타했다. 그 여자라면 환기구에 폭발물을 하나 설치했을 것이다. 환기구에서 폭발이 일어나면 압력파가 내부로 밀려들어와서 다른 두 개의 폭탄에서 일어나는 열기와 압력을 내부에 봉인해버릴 것이다. 폭탄 세 개의 힘이 합쳐지면 벙커는 고온고압의 지옥이 되어 내부의 모든 것은 잿더미가 될 것이다.

문제는 하나뿐이었다. 환기구 통로에 폭탄이 없었던 것이다.

5초 남았다. 4초….

제이크는 바닥에 떨어져 있는 HEPA 필터 쪽으로 달려갔다. 그리고 뒤판을 뜯었다.

3초.

2초.

있었다. 제이크는 팔을 크게 휘둘러 환기구 안으로 폭발물을 던진 다음, 실험대 아래로 뛰어들었다.

구석에 쪼그린 딜런의 귀에 폭음이 울렸다.

소년은 온몸을 떨고 있었다. 소리치고 싶은 충동이, 비명을 지르고 괴성을 울려 다른 사람을 부르고 싶은 마음이 다른 무엇보다 간절했다. 누구든 와줬으면 하는 생각만 들었다. 하지만 어머니는 약에 취한 채로 묶여 있다. 제이크는? 제이크가 어떻게 됐는지는 알 수가 없다. 저 밖에 있는 사람이 제이크이기를 간절히 빌었지만, 그렇지 않다는 걸 알고 있었다. 제이크라면 딜런의 이름을 소리쳐 부를 것이다. 소리쳐 부르지 않으며 그를 찾아다닐 만한 사람은 그 여자밖에 없었다. 오키드일 것이다.

다시 밖에서 발소리가 울렸다.

소년은 손에 든 실린더를 바라보았다. 이걸 없애야 한다. 제이크는 딜런을 신뢰해주었다. 소년은 제이크라면 이걸 어떻게 했을지를 추측하려 애썼다.

수풀 속에 던져버릴 걸 그랬다. 여기에는 숨길 곳이 전혀 없었다. 저 여자가 자신을 찾아내면 실린더를 손에 넣게 될 것이다.

물방울이 떨어졌다. 물 떨어지는 소리가 계속 들렸다. 물이 어디로 흘러 나가는 걸까?

소년은 다른 벙커의 모습을 떠올려보았다. 바닥에, 방 한가운데에 배수구가 있었다. 어쩌면 이 벙커에도 있을지도 모른다.

딜런은 벙커의 중심부라 짐작되는 쪽으로 네발로 기어갔다.

어떻게 한다? 실린더를 삼킬까? 아니야. 무슨 짓을 했는지 알게 된다면, 그 여자라면… 생각만으로도 딜런의 온몸이 떨렸다. 그럼 어떻게 하지?

문득 딜런은 실린더를 지킬 필요는 없다는 사실을 깨달았다. 위험한 건 그 안에 있는 물건이다. 그걸 비우면 어떻게 될까? 텅 빈 실린더만 넘겨준다면? 알아챌 방법이 없지 않을까?

돌려보니 나사는 손쉽게 돌아갔다. 벙커의 문으로 들어오는 정사각형 빛이 순간 일렁였다. **용기를 내라, 딜런.** 소년은 제이크의 말을 되뇌었다.

문가의 그림자가 움직였다. 밖에 오키드가 있는 것이다.

소년은 서둘러 실린더를 돌려 열었다. 그리고 하수도에 대고 거꾸로 털어 내용물을 쏟았다.

어라?

아무것도 나오지 않았다고 거의 확신할 수 있었다.

소년은 실린더의 절반을 들어 바닥에 대고 두드렸다.

아무것도 없었다.

실린더의 나머지 절반이 콘크리트에 떨어져서 굴러갔다.

비어 있던 걸까? 실린더 안이 이미 비어 있던 걸까? 할아버지가 대체 왜 빈 실린더를 숨기려 한 걸까?

표면장력. 할아버지는 벌레가 수면을 따라 미끄러져 이동할 수 있는 이유를 가르쳐주셨다. 표면장력으로 몸을 지탱하는 것이다. 같은 이유로 암석 속의 좁은 공간에서 액체를 빼내는 일이 힘들다는 점도 가르쳐주셨다. 할아버지는 가느다란 빨대를 이용해 직접 시연해주셨다. 그 빨대는 이 실린더와 비슷한 크기였다. 안에 물을 넣으면 흔드는 정도로는 빼낼 수 없다.

그렇다면 빼낼 방법은 하나뿐이다. 흡인력을 가하는 것.

빨아내면 되는 것이다.

용기를 내라.

문가에 오키드의 그림자가 어른거렸다. "꼼짝도 하지 마." 그녀가 말했다.

딜런은 반만 남은 실린더를 입에 대고 그대로 빨았다. 짭짤한 액체가 그의 입안으로 들어왔다. 소년은 액체를 뱉었다. 하수도로, 계속 뱉고 또 뱉어서 전부 없애려 했다.

죽도록 겁에 질려서 벌벌 떨면서, 소년은 주변을 둘러보았다. 실린더의 나머지 반쪽은 어디 있는 거지?

정신이 든 제이크의 귀에는 아무 소리도 들리지 않았다.

폭발 때문에 정신이 몽롱하고, 귓가가 쩡하고 울리고, 머리가 깨질 듯 아팠다. 말을 하려 해보았지만, 거의 들리지 않을 정도로 먹먹한 소리만 흘러나왔다.

그래도 살아 있었다.

제이크는 기침을 콜록거리며 몸을 일으키려 애썼다. 방 안은 연기로 가득하고, 공기는 몸을 찌르는 것처럼 뜨거웠다. 아무것도 보이지 않았고, 숨을 쉴 때마다 허파가 불타오르는 것만 같았다. 그는 환기구를 찾아낸 다음 가장자리를 붙들고 힘껏 당겨서 위로 올라갔다. 열기에 손이 타들어가는 것만 같았다. 그는 제대로 숨도 쉬지 못하는 채로 앞으로 기어가서, 남은 격자를 밀어붙이며 머리부터 거꾸로 떨어졌다. 10피트 아래의 땅으로, 돌멩이를 가득 채운 자루처럼.

처음 들이켠 한 모금의 공기는 지금까지 마신 다른 무엇보다도 감미로웠다.

그는 기침을 하고 침을 뱉으며 여전히 불붙은 것처럼 뜨거운 허파 속의 공기를 내뱉었다. 손은 물집으로 가득했다. 그는 비척거리며 일어나 벙커 주변을 돌아 앞으로 나갔다. 하지만 아무도 보이지 않았다.

제이크는 "딜런!"이라고 소리쳤지만, 자기 목소리조차 제대로 들을 수 없었다.

그는 길 한복판을 따라 달려 내려가기 시작했다. "딜런!"

첫 갈림길에서는 아무것도 보이지 않았다. 그저 벙커들이 끝없이 늘어서 있을 뿐이었다. 아무 소리도 들리지 않았다. 머릿속이 벌 떼로 가득 찬 느낌이었다.

오른쪽 도로의 풀숲에서 그림자가 하나 튀어나왔다. 사람의 형체가 길로 나와서 그를 향해 달려왔다.

딜런이었다!

제이크는 소년을 향해 달려가서 그대로 안아 올렸다. 딜런은 울고 있었다.

"괜찮은 거냐?"

딜런은 대답했지만, 정작 제이크가 머릿속에 울리는 소음 때문에 소년의 말을 알아들을 수 없었다.

"괜찮은 거지?"

딜런은 고개를 끄덕였다.

"그 여자는 어디 있지?"

딜런은 다시 말했지만, 이번에도 제이크는 알아들을 수 없었다.

"어디라고? 손으로 가리켜봐!"

딜런은 계속 말을 하며 손을 들어 한쪽을 가리켰다. 병기창의 외곽, 그들이 페덱스 밴을 세워둔 쪽이었다.

"여기 있어!" 제이크는 소리쳤다.

딜런은 달려가는 제이크의 뒷모습을 바라보았다.

다시 어둠 속에 홀로 남은 채로.

갑자기 엄청난 한기가 소년의 몸을 휘감았다. 이빨이 딱딱 부딪칠
정도로 추웠다. 혀에는 짭짤한 액체의 뒷맛이 여전히 남아 있었다.

다섯째 날
10월 29일, 금요일
_____

매개체

리바이 브라운은 고요함을 사랑했다. 아직 아침 6시도 되지 않은 지라, 점점이 흩어진 별들을 제외하면 검푸른 하늘은 텅 비어 있었다. 로체스터 중심가의 바로 외곽을 흐르는 제니시강 근처 낡은 놀이터를 홀로 선 가로등 하나가 비추고 있었다. 부지런한 엄마들이 애들을 끌고 등장하기까지는 적어도 30분의 시간은 있었다. 최고 수준의 동네라고는 할 수 없었지만, 이 시간에 강도를 두려워하지 않을 정도는 되었다. 이런 시간까지 밖에 나와 있을 정도로 정신이 나간 비행 청소년은 존재하지 않는다. 이렇게 추운 시간에. 지금부터 할 거래를 방해할 사람은 아무도 없을 것이다.

리바이는 북쪽에서 다가오는 고객의 모습을 발견했다. 잘 차려입은 40대 정도의 남자로, 아마도 코닥의 상급 임원으로 이룰 만큼 이루고 남은 공허감을 채우려 드는 부류인 모양이었다.

양쪽 모두 아무 말도 하지 않았다. 리바이는 색색의 작은 알약이 든 병 두 개를 건네고, 대가로 현금을 받았다. 그는 얼른 돈을 세어보 았다. 800달러였다.

거래 완료.

리바이는 현금의 감촉을 즐기며 고객이 시야에서 사라질 때까지 기다렸다.

멀리서 사이렌 소리가 울리기 시작했다.

자리를 뜨려고 몸을 돌린 순간, 벤치에 놓인 물건이 눈에 들어왔 다. 여성용 핸드백 하나가 아주 자연스럽게 덩그러니 놓여 있었다.

붉은 가죽으로 만든, 얇은 어깨끈이 달려 있는 작은 가방이었다. 젊은 여자들이 가지고 다니는 종류의 물건이었다.

그는 핸드백을 들어보았다. 지퍼는 열려 있었다. 안을 보니 지폐 다발이 있었다. 상당히 많은 양의 돈이었다.

그는 돈을 꺼내려 손을 넣다가, 찌르는 것처럼 날카로운 통증을 느꼈다.

"아야!"

그는 핸드백을 땅에 떨어트리며 뒤로 한 걸음 물러섰다.

손을 들어보니, 손가락 옆면 두 군데에 피가 고이고 있었다. 피를 닦아내니 가늘게 베인 자국 두 개가 보였다. 순식간에 피가 다시 솟 아올라 상처를 가려버렸다.

이건 또 뭐야?

리바이는 핸드백 앞에 무릎을 꿇고 앉아서 조심스레 주워 들었다. 그리고 내용물을 바닥에 털어냈다.

사이렌 소리는 차츰 가까워지고 있었다.

지폐도 있었고, 펜 몇 개와 립밤 용기, 포장을 뜯지 않은 콘돔이 보였다. 그는 돈만 주워 들었다.

지폐 사이에서 뭔가 미끄러져 콘크리트 위로 떨어졌다. 작은 물체가 처음 찾아드는 아침 햇살을 받아 반짝였다. 리바이는 처음에는 크리스털이나 유리 조각이라고 생각했지만, 가느다란 철사 비슷한 것들이 튀어나와 있었다. 아주 작은 컴퓨터 칩처럼 보였다.

"저거 설마 다리야?" 리바이는 소리 내 중얼거렸다.

그는 펜 끝으로 작은 물체를 찔러보았다. 놈은 다리를 바삐 움직여 뒤로 물러나더니, 싸움을 거는 것처럼 뒷다리에 의지해 몸을 세웠다.

사이렌 소리가 점점 커져갔다. 건물 사이로 회전하며 점멸하는 조명이 보이기 시작했다.

이제 리바이의 머릿속에 떠오르는 생각은 하나뿐이었다. **당장 여길 벗어나야 해.**

UH-60 블랙호크가 저공으로 접근을 시작했다. 조종간을 잡고 있는 사람은 제10산악사단의 제임스 맥니어 육군 대위였다. 제10전투항공여단 2대대 소속의 아서 릭스 소령이 열린 문 앞에 서 있었다.

그가 이번 임무의 지휘관이었다. 이 헬리콥터는 포트 드럼에서 이륙해서 그대로 전속력으로 온타리오호수를 가로질러 20분 만에 현장에 도착했다. 긴급 지령의 내용은 명확하지만 정말로 괴상했다. 로봇 거미 한 마리를 추적하라는 것이었다. 그리고 대상을 확보하거나 대상을 발견한 지역 주민을 찾아내면, 대상을 회수해 생물학적 위험물 보관 용기에 밀봉한 다음 최대한 빨리 그 지역에서 이탈하려는 명령이었다.

릭스의 눈에 공원이 들어왔다. 나무가 줄지어 선 정사각형 형태의 공원에 사람은 보이지 않았다. 지역 경찰이 주변 봉쇄를 마친 모양이었다. 전부 해서 여덟 대의 순찰차가 보였다.

"소령님. 저깁니다."

릭스의 적외선 감지기에 모습이 들어왔다. 남자 한 명이 강가를 따라 공원에서 도망치고 있었다.

릭스는 헤드셋을 두드린 다음 드럼에 있는 대대 지휘관에게 보고했다. 높으신 분들도 통신을 듣고 있으니, 최대한 단어를 골라 사용하면서. "도주하는 민간인을 발견했습니다. 도보입니다."

릭스가 모르는 목소리가 대답했다. "이런 세상에. 그놈 잡아. 당장."

리바이는 계속 달렸다. 무슨 일이 벌어지는지 이해할 수가 없었다. 아주 크고 고약한 일이 벌어지는 중이라는 점은 분명했다. 그 순간 소리가 들렸다. 멀리 들리는 사이렌 소리에 묻혀 거의 알아듣기 힘들 정도의 슉, 슉, 슉, 하는 소리가, 매 순간 커지고 있었다.

그는 고개를 들었다. 가로수를 넘어 다가오는 헬리콥터가 보였다. 크고 위협적인 형체의 헬리콥터는 그의 머리 바로 위에서 멈추었고, 격렬한 바람을 일으켜 주변의 낙엽을 허공으로 휘감아 올렸다.

그는 그대로 얼어붙어 돈을 땅바닥에 떨구었다. 헬리콥터가 일으키는 바람이 지폐를 사방으로 날렸다.

머리 위에서 우렁찬 목소리가 울렸다. "꼼짝도 하지 마!"

36

로런스 던은 타운카를 타고 캠프 데이비드의 게이트를 통과하던 중 목표를 성공적으로 확보했다는 소식을 전해 들었다. 40분 전에 오키드가 추적 불가능한 위성 전화로 뉴욕주 로체스터의 어느 공원 GPS 좌표를 전달해 왔다. 그녀는 우즈마키에 감염된 크롤러 한 마리가 그곳에 있다고 주장했다. 포드 드럼에서 출격한 블랙호크 한 대가 크롤러를 발견한 남자를 잡아 구속했다. 지역 경찰에서 주변 지역에 저지선을 쳐놓았고, CBIRF 처리반이 현장으로 향하는 중이었다.

검문소의 장교들은 차 내부를 완벽하게 수색한 후에야 던의 자동차를 들여보내주었다. 경호부서 수장의 주장에 따라, 대통령과 비상대응 담당 관료들은 서몬트 해군지원 시설, 통칭 캠프 데이비드로 이동했다. 이유는 단순했다. 백악관에서 수백 피트 떨어진 곳을 매일 수천 명의 사람들이 오가는데, 그중 한 사람이 포자를 뿜어내기라도 하면 그대로 건물의 환기구를 타고 들어올 수 있기 때문이다. 반면 캠프 데이비드는 커톡틴산맥 가운데 고립된 면적 180에이커의 시설로, 워싱턴 D. C.에서 북쪽으로 60마일 떨어져 있고, 지구상에서 가장 경비가 엄중한 시설 중 하나다. 이곳의 근무자는 가장 높은 수준의 훈련을 통해 특별하게 선발한 해군 최정예이며, 모두 최고 수준의 양키 화이트 배경 검증을 거친 이들이다. 캠프 데이비드에는 그 어떤 사람도 접근할 수 없다.

본관 건물에 도착해 차 문이 열리자, 던의 눈에 자신을 기다리고 있던 거만한 꼬마 개자식이자 FBI 부국장인 윌리엄 칼리슬이 보였다. 한 손에는 9×12인치 크기의 봉투를, 다른 한 손에는 휴대용 영상 재생기를 들고 있었다.

그는 던에게 봉투를 건넸다. "오키드가 누군지 알아냈네. 란펀 윙이라는 여자야."

던은 봉투를 받아 열고 안의 사진을 꺼냈다. 젊고 예쁘장한 여성의 사진이었다. 던은 그 여성이 중국 인민군 군복을 입고 있다는 사실을 깨달았다.

"FBI에 파일이 있더군. 열심히 조사 중이라네. 50명 정도가 스물네 시간 붙어서 기록을 확인하고, 신용카드든 전화든 가능한 건 전부 뒤지고 있어. 그런데 지금까지 나온 건 과거 이력뿐이라네. 외국 국적, 상하이 소속, 인민군 복무 경력. 2000년에 미국으로 건너와서 웨인주립대학에서 공학을 공부했다네. 믿을 수 없을 정도로 영리해서 1학년에 전부 A학점을 받았다더군. 하지만 사람을 해치는 버릇이 있었던 모양이야. 2학년 때는 B학점을 받았다는 이유로 말다툼을 벌이다 강사 한 명의 팔을 부러트렸다고 하네.

그런 다음에는 블랙워터와 계약을 했다더군."

"블랙워터? 놈들이 외국 국적자도 받아주나?"

그는 고개를 끄덕였다. "미합중국 외부의 작전에서는 사용하지. 하지만 그쪽에서도 통제할 수가 없었던 모양이야. 1년 정도 있었다는데 결말이 아주 고약했지. 2003년에 아프리카에서 작전을 수행하는 와중에 동료 직원 몇 명이 그 여자를 강간하려 시도한 모양이야. 그래서 한 명을 죽이고 다른 한 명의 척추를 박살 내놨다더군. 그리고 체포되기 전에 중국으로 돌아갔지. 그다음에는 아무런 단서도 없어."

"그런 정보는 언제 확보한 건가?" 던은 칼리슬에게 물었다.

"20분 전에."

"그런 자가 미국에 입국했다면 훨씬 전에 발견했어야 하는 것 아닌가?"

"안면인식 장치로는 확인할 수가 없었어. 그래서 흉터가 있는 거지. 얼굴을 바꾼 거야. 컴퓨터로는 동일 인물이라고 인식할 수가 없어. NSA 친구들은 '고유 얼굴형'을 바꾸었다고 표현하더군."

"그래서 2003년 이후로는 아무 정보도 없다는 건가?"

"4년 전에 뱅크 오브 아메리카에서 발급한 신용카드를 취소했더군."

"그거 말고는?"

"아무것도 없어. 그 여자를 알고 있던 사람들은 죄다 심문하면서 미국에서 어떤 식으로 살았는지를 추적하는 중일세. 운이 좋으면 목격자가 나올 수도 있고, 과거에 머물던 장소를 사용하려 들지도 모르니까."

"정치 성향에 대한 내용은 없나? 반일주의자라든가?"

"그게 재밌는 점인데. 사실 그 여자는 순수 중국 혈통이 아니야. 4분의 1은 일본인이지."

"말도 안 돼."

"사실이라니까. 가족이 난징에 살았는데, 할머니가 전쟁 전에 일본군에게 강간을 당했다고 하네. 그러니까 그 여자 모친은 절반은 일본인인 셈이지. 그리고 전후 중국에서는 그런 문제에 대해 조금도 용서가 없었던 모양이더군. 그 여자의 어머니는 삼등 시민 취급을 받았다네. 강간 피해자의 손녀도 마찬가지고. 태어날 때부터 일본 핏줄이라는 낙인이 찍혀 있었던 거지. 그래서 미국으로 온 거라네.

게다가 한 가지가 더 있어. 이건 좀 더 큰 건수인데. 30분쯤 전에 동영상이 첨부된 이메일이 몬태나주 칼리스펠의 FBI 지국에 도착했다네. 그 이메일을 추적해보니 '타임 케이브'라는 인터넷 사이트로 연결되더군. 이메일을 작성하면 그걸 훗날 지정된 시각에 전송해주는 거지."

"그래서?"

"NSA의 컴퓨터 꼴통 한 놈이 조금 전 그 사이트를 해킹했다네. 훔친 신용카드로 통신비를 지불했더군. 어젯밤 늦은 시각에 입력한 이메일이었다네. 장소는 모르겠어. 추적할 방법도 없고. 하지만 계좌명은, 잘 듣게, '고환'이었다네."

"고환?"

"귀엽게 구는 거지. 오키드라는 단어는 오키스라는 그리스어에서 유래한 것 아닌가. 그게 고환이라는 뜻이지. 난초의 구근이 덜렁거리는 불알처럼 보인 모양이야."

"우리 불알을 꽉 쥐고 있다고 유세라도 하는 건가."

"분명 그런 상황이기는 하군." 칼리슬이 말했다. "원하는 건 세 가지라더군. 첫 번째, 절대 언론에 알리지 말 것. 두 번째, 돈. 일단 1,000만 달러를 받고, 추후에 추가 요구를 하겠다더군. 세 번째, 히토시 기타노. 중국 하얼빈의 인민들에게 저지른 전쟁범죄로 기타노를 고발하는 내용을 첨부했어. 살인, 고문, 생물학 실험, 기타 등등. 협상의 여지는 없다더군. 뭔가 안 좋은 쪽으로 일이 돌아가면, 로체스터에 풀어놓은 우즈마키를 담은 크롤러는 시작일 뿐이라는 거야. 자신의 명령을 따르는 군대가 있다더군."

"무슨 군대?"

"마음에 들지 않는 광경일 걸세." 그는 이렇게 말하며 영상 화면을 클릭했고, 화면에는 완전히 검은색으로 차려입은 아시아계 여성이 나타났다. 대낮에 마주친 것처럼 명확하게 얼굴을 알아볼 수 있었다. 오키드였다. 다음에는 장갑을 낀 손바닥이 등장했다. 손바닥 위에는 둘로 나뉜 작은 황동 실린더가 들려 있었다.

"저게 코너네 증손자한테서 빼앗아 간 실린더일 가능성이 높아. 스털링이 말한 그 물건 말이야." 카메라 화면은 한동안 그대로 머물다가 뒤로 물러났다. 그녀의 반대편 손에는 비치볼 정도 크기의 거의 투명한 유리 구체 하나가 절묘하게 균형을 잡고 있었다.

"저건 대체 뭔가?" 던이 물었다.

"좀 기다려보게. 금방 알게 될 테니."

유리 구체의 표면에 무수히 많은 검은색 점이 박힌 것이 보였다. 던은 그 점들이 움직이고 있다는 사실을 깨달았다.

카메라가 확대를 시작했다.

"이런, 세상에. 지금 농담하는 거겠지." 던이 중얼거렸다.

구체 안쪽에는 수천 마리의 마이크로 크롤러가 벌집 속의 꿀벌들처럼, 서로를 뒤덮으며 사방으로 기어 다니고 있었다.

37

데트릭의 검역 구역은 통칭 '감방'이라 불린다.

전부 해서 일곱 개의 방이 있는데, 각각 침대 하나와 관찰실로 통하는 창문이 붙어 있다. 방문객은 관찰실 안에서 격리 대상자와 전화 통화를 할 수 있다. 제이크가 들은 바에 의하면 이곳의 방은 거의 항상 비어 있으며, BSL-4 시설에서 드물게 사고가 일어날 때를 대비해 준비해놓을 뿐이라고 한다. 장갑에 상처가 나거나 밀폐가 제대로 되지 않아서 4등급 병원체, 즉 마르부르크 바이러스나 에볼라 따위와 접촉했을 가능성이 생긴 사람을 수용하는 장소인 것이다.

제이크는 오전 4시부터 격리실 하나에 수용되어 있었다. 딜런은 옆방에 있었다. 매기가 어디 있는지는 아무도 몰랐다.

세네카 육군 병기창에서 폭발이 일어나자 제네바 소방서에서

CIA에 이르기까지 온갖 사람들이 그곳으로 몰려들었다. 제이크는 여전히 반쯤 귀가 먹은 채로 지역 경찰서에서 FBI에 이르기까지 온갖 기관의 책임자들이 소리쳐 묻는 질문에 대답하려 애썼다. 그는 결국 모든 인력을 매기가 뒷좌석에 묶여 있는 페덱스 밴을 찾는 일에 집중해야 한다고 마주 고함을 쳤다. 사람들은 모든 도로를 봉쇄하고 헬리콥터를 띄워 지역을 수색하고 있다고 말해주었다. 그러나 수색팀은 아무것도 발견하지 못했다.

제이크는 보안 회선을 통해 던에게, 그리고 데트릭의 수장인 앤서니 아베닉 장군에게 자신이 아는 모든 것을 털어놓았다. 한 시간도 되지 않아 제이크와 딜런은 오염 방지 슈트를 입은 채로 공수되어 구역을 이탈했다. 비행기가 이륙하자마자 폭격기들이 날아와 병기창 내부의 1마일에 달하는 구역에 소이탄을 투하해 휩쓸어버리는 모습이 보였다. 하늘은 오렌지색 지옥처럼 타올랐다. 제이크는 흰 사슴 무리가 불길을 앞지르려 애쓰며 필사적으로 도망가는 모습을 지켜보았다.

앤드루스 공군기지에 착륙한 것은 한밤중이 되어서였다. 앤드루스에서는 수송기로 갈아타고 데트릭으로 이동한 다음, 딜런과 떨어져 각각 감방에 갇히게 되었다. 이후 다양한 검사가 끈질기게 이어졌다. 온갖 기구에 찔리고 몰려다니고, 엄청난 양의 혈액과 타액 샘플을 제공하고, 긴 관절경을 이용해 허파 조직을 채취하는 고통스러운 과정을 견뎠다. 게다가 항균 물질인 암포테리신을 몸이 푹 절어버릴 정도로 투약당했다.

그런 다음에는 보고 시간이 찾아왔다. 그는 자신이 겪은 일을 반복해서 설명하고, 끝도 없이 이어지는 질문에 성실하게 대답했다. 붕대를 감은 손과 아직도 말라붙은 허파에서 느껴지는 고통을 이겨내려 애쓰면서. 30분 전까지는 생각을 가다듬을 시간조차 없었다. 바로 옆방의 BSL-4 실험실에서 진행 중인 DNA 마커 검사는 오전 11시면 끝날 것이다.

지금은 10시 50분이었다.

제이크는 감방 안을 이리저리 걸어 다녔다. 아직도 귀가 지독하게 아팠지만, 청력은 단계적으로 돌아오는 중이었다. 50대 중반에 깡마른 체구, 말라붙은 피부와 맑고 푸른 눈을 가진 선임 의사 앨버트 로스코는 영구적인 청력 손상이 있는지를 확인하려면 최소 하루는 기다려봐야 한다고 했다.

제이크는 자신의 청력이나 손에 입은 화상 따위에는 신경도 쓰지 않았다. 지금 걱정하는 대상은 오직 딜런뿐이었다. 그 용감한 아이가 어떤 식으로 우즈마키를 처리해버리려 했는지 외에는 아무것도 떠오르지 않았다. 실린더를 열고 내용물의 절반을 입으로 빨아들인 다음 벙커 바닥에 뱉어버렸다는 것이다. 하지만 나머지 절반도 같은 식으로 처리하기 전에 오키드가 그 장소를 발견하고 말았다.

딜런은 간신히 잠든 모양이었다. 두 시간 전에 전화로 이야기를 나누게 해주었다. 두 사람의 거리는 고작해야 몇 피트밖에 되지 않겠지만, 사실상 나라 반대편에 있는 것이나 다름없었다.

딜런과 그는 제법 오래 대화를 나누었고, 주제는 대부분 매기에 관한 것이었다. 딜런은 어머니에 대한 걱정에 사로잡혀 있었다. 제이크는 적당히 거리를 두려고 애쓰는 중이었다. 이미 너무 지나쳐서 도움이 되지 않을 정도로 그녀만 생각하고 있었기 때문이다. 당장 매기를 도울 방법은 없다. 지금은 그녀의 아들을 도우려 최선을 다해야 할 때다.

로스코 박사는 제이크에게 어떤 증상을 주의해야 하는지, 우즈마키가 인체에 어떤 영향을 끼칠 수 있는지를 설명해주었다. USS 뱅가드호에서 벌어진 사건 기록뿐 아니라, 731부대에서 회수한 내용도 있었다. 거기다 1950년대 후반에 미국인 죄수에게도, 널찍한 감방과 좋은 음식을 위해 위험을 무릅쓰는 종신형 재소자들을 상대로 시험해보기도 한 모양이었다. 증상은 하루 안에 일어나는데, 체온이 내려가고 발한이 증가하며, 초조한 기분이 들며 운동량이 많아지고, 피부가 가려워진다. 다음으로 시각적 환각이 시작되며, 정신이 전반적으로 무너져 내려 헛소리를 지껄이는 위험한 광인이 되어버리고 만다.

제이크 쪽은 아무 문제도 없었다. 예상 증상은 하나도 보이지 않았다. 그러나 그의 가슴을 옥죄는 끔찍한 느낌은 전혀 사라지지 않았다. 로스코 박사는 이타카의 지역 보건의에게서 받아 온 딜런의 의료 기록을 보여주었다. 아이는 지난 6개월 동안 페니실린 항생제를 두 번 복용했으며, 마지막으로 복용한 것은 5주 전이었다. 딜런은 잠들기 전에 머리가 멍한 것 같다고 말했다. 계속 땀이 난다고도 했다.

복도에서 웅성거리는 소리가 들려왔다. 제이크는 자리에서 일어나 창문 두 개 너머의 주 복도에서 벌어지는 일을 지켜봤다. 제이크와 딜런이 입던 것과 같은 격리복을 입은 남자 한 명을 몰아넣고 있었다. 거리가 제법 됐지만 제이크는 남자의 얼굴을 어느 정도 확인할 수 있었다. 잘생긴 중부 미국인이었다. 죽도록 겁에 질려 있는, 서른이 넘어 보이지 않는 젊은이였다.

이내 로스코가 관찰실에 모습을 드러냈다. 그리고 수화기를 들며 제이크도 따라 하라고 손짓했다.

"무슨 일이 난 겁니까?" 제이크가 물었다.

"자네 크롤러 중 하나를 로체스터의 애들 놀이터 근처에서 찾았다네. 놈한테 물렸더군. 그 안에 우즈마키가 들어 있었다고 생각하고 있다네."

"크롤러를 매개체로 사용하는 거로군요."

로스코는 고개를 끄덕였다. "일단 저 남자는 매개체와 접촉하고 10분 안에 확보했지만, 이제 사태가 최악을 향해 치닫고 있네. 저 남자를 확보한 팀도 격리해놓았네."

"잠깐요, 10분이라고요? 어떻게 그렇게 빨리 처리한 겁니까?"

"나도 모르지. 이보게. 그 사람 걱정은 우리가 알아서 하겠네. 자네에게 중요한 소식은 따로 있어. 자네 검사 결과가 나왔네. DNA 서열과 배양 결과는 음성이었네. 자네 폐와 위장에는 우즈마키의 흔적이 조금도 없어. 지금까지 확인한 바로는 완벽하게 깨끗하네. 확실해질 때까지 앞으로 며칠 정도 격리 구역에 감금해놓겠네만, 감염되지 않았을 가능성이 매우 높네."

"딜런은 어떻습니까?"

로스코는 머뭇거렸다. "아직 그쪽은 결과가 안 나왔어."

"왜죠? 저는 끝났는데 왜 저 아이는 끝나지 않았다는 겁니까?"

"딜런의 폐 조직이 오염되어버렸다네. 처음부터 다시 돌려봐야 해."

"오염이라고요? BSL-4 실험실에서 말입니까?" 로스코가 진실을 숨기고 있는 것이 분명했다. "아는 게 있으면 그냥 말해주시죠."

"자네를 만나러 온 사람들이 있어."

"젠장, 당장 털어놓으라고요."

"우선 검사를 끝내야 하지 않겠나, 제이크. 곧 결과가 나올 걸세. 자네를 만나러 온 사람들이 있어."

❖

제이크를 만나러 온 남자와 여자는 제복을 입고 있었다.

"USAMRIID의 대니얼 윌러 대령입니다. 이쪽은 멜리사 락스퍼 소령입니다."

"저는 데이튼의 라이트—패터슨 공군기지에서 파견된 전자공학 전문가입니다. 교수님의 크롤러를 연구하면서 그걸 막을 방법을 연구해왔습니다." 락스퍼가 말했다. "로체스터 사건에서, 오키드는 크롤러가 열원을 감지하고 반응해 공격하도록 프로그램해놓았습니다. 플래시 드라이브의 레지스터를 확인해봤는데, 그 여자가 마지막으로 입력한 프로그램이 그곳에 있더군요."

"오키드는 교수님의 크롤러에 대해 아주 잘 아는 모양입니다." 윌러가 말을 받았다. "지금 혹시 그녀가 교수님의 컴퓨터 시스템을 해킹해 침입한 것은 아닌지 조사하는 중입니다."

"그럴 필요도 없었을 겁니다. 위키에 개인 사용자용 매뉴얼을 올려놓았으니까요. 오픈 액세스입니다. 제 학생인 조 쑤가 만든 매뉴얼이죠."

"신지엔 쑤 말씀입니까? 그 사람은 FBI에 구금돼 있습니다." 윌러가 말했다.

"구금이요? 왜요?"

그는 질문에 대답하지 않고 넘어갔다.

락스퍼가 말했다. "교수님의 크롤러는 전자기 펄스에 얼마나 민감합니까? 기관을 날려버릴 수는 없습니까?"

"상황에 따라 가능할 겁니다. 왜 묻는 겁니까?"

"전자기 펄스를 이용해 무력화시킬 수 있을지를 연구하는 중입니다."

"EMP 무기 말입니까? 농담이겠죠. 대기권 상층에서 핵폭발을 일으킬 생각입니까? 전국의 통신 기반 시설이 상당한 피해를 볼 겁니다."

"더 작은 것들도 있습니다. 핵을 사용하지 않는 무기죠. 특정 지역의 모든 전자제품을 무력화시키는 것이 가능합니다. 건물 한 채에도 가능하고, 도시를 통째로 범위에 넣을 수도 있습니다."

"진지하게 EMP로 크롤러를 무력화시킬 수 있으리라 여기는 겁니까?"

"그걸 교수님에게서 듣고 싶은 겁니다."

"그 위키에 크롤러 제작 설계도도 올라가 있습니까?" 윌러가 물었다.

"물론입니다. 전부 공개되어 있습니다. 모든 회로 기판의 CAD 파일이 올라가 있습니다. 자세한 공정도요."

락스퍼는 고통스러운 표정을 지었다. "거기서 얻은 거군요." 그녀는 윌러에게 말했다.

"뭘 얻었다는 겁니까? 우리 실험실은 연방 정부의 지원금을 받는 학술 연구 기관입니다. 모든 것을 공개하는 게 당연하죠. 불법인 내용은 아무것도 없습니다. 그래서 조 쑤를 구금한 이유가 대체 뭡니까?"

"중국 국적자이기 때문입니다."

"그래서요?"

"설계도를 그 여자와 공유했을 가능성이 있으므로…."

"설계도는 누구나 손에 넣을 수 있다고 하지 않았습니까. 공유할 내용조차도 없…."

순간 제이크의 머릿속에서 모든 의문이 맞아떨어졌다. "크롤러의 설계도에 대해 걱정하는 이유가 뭡니까?"

락스퍼가 대답했다. "두 달 전에 오키드와 인상착의가 일치하는 여성이 Unafab이라는 상호의 대만 실리콘 제조 업체에 대량 주문을 했기 때문입니다. 특수한 전자 및 미소전자공학 시스템을 주문 생산하는 일이 주력 사업인 회사더군요. CIA에서는 2007년 이래로 그 회사를 주시해왔습니다. 고객을 가리지 않고, 군대나 테러 집단으로부터도 수주하는 모양이더군요. 2주 전에 그 물량이 스타 테크놀로지라는 상호의 중국 회사로 넘어갔습니다. 그 회사에 대해서는 아무것도 알아낼 수가 없었죠. 하지만 화물을 받은 사람의 사진은 확인했습니다."

그녀는 제이크 쪽으로 사진 한 장을 밀었다. 멀리서 찍은 사진이지만 제이크는 그 인물을 확실히 알아볼 수 있었다. "오키드로군. 저 여자가 크롤러를 대량으로 주문 생산했다고 생각하시는 거군요."

"아뇨. 알고 있는 겁니다."

그녀는 제이크에게 크롤러가 가득한 유리 구체를 들고 있는 오키드의 동영상을 보여주었다.

한 시간 동안 이어진 질문 끝에, 제이크는 홀로 남아 생각에 잠겼다.

모든 면에서 철저히 확인했다. 크롤러는 정규 실리콘 제조 공정으로 생산한 칩셋을 사용한다. 안테나 역할을 하는 외부 전선이 없는 이상 딱히 EMP에 취약하지는 않을 것이다. 지난 10년 동안, 군에서는 휴대용 장비와 노트북 컴퓨터에 EMP가 끼치는 영향을 극도로 체계적으로 분석했다. 그리고 지금은 코넬에 있는 제이크의 실험실에서 회수한 크롤러로 같은 분석을 시도할 예정이었다. 운이 좋으면 강한 전자기 공명이 존재하는, 즉 크롤러 자체가 안테나로서 강하게 기능하는 주파수대역을 발견할 수 있을지도 모른다. 그러면 그 대역에 최대한 충격을 집중하는 EMP 폭탄을 개발할 수 있을 것이다.

나름의 계획은 있었다. 하지만 제이크는 계획이라는 것이 항상 생각대로 진행되지는 않는다는 걸 잘 알고 있었다. 그리고 실패한다면, 크롤러가 곰팡이를 풀어놓는다면, 대재앙이 그 뒤를 따를 것이다.

제이크는 현대 약학의 선구자 윌리엄 오슬러의 격언을 떠올렸다. "인류의 적은 오직 세 가지뿐이다. 질병, 기아, 전쟁. 이 중에서 가장 강대하고 가장 끔찍한 적은 바로 질병이다."

오슬러는 세계대전의 참상을 목도했다. 1차 세계대전 동안 1,600

만 명이 죽었고, 그중에서 베르됭에서만 30만 명이 스러져갔다. 4년 동안 1,600만 명이 목숨을 잃은 것이다. 그러나 뒤이어 찾아온 1918년의 인플루엔자 사태는 고작 몇 달 만에 그 몇 배나 되는 목숨을 앗아갔다.

질병은 단순한 사망자 수의 문제가 아니다. 생물학병기의 위협은 사회를 갈기갈기 찢어버린다. 전쟁은 물론 끔찍한 일이지만 동시에 사회에 충격을 주어, 공동의 적에 대해 국민을 하나로 뭉치게 만든다. 그러나 질병은 전혀 다른 부류의 적이다. 질병은 국가 내부에서 공격을 시작해서, 모든 사람들을 주변 사람들과 접촉을 꺼리는 피해 망상에 걸린 고립 주의자로 만들어버린다. 제이크는 걸프전에서 그런 상황을 직접 경험했다. 생화학 병기 경보가 울려서 방호복을 착용하면, 후덥지근한 고치 안에 무력하게 홀로 갇힌 상태가 되는 것이다.

명예 없는 고통일 뿐이다. 용기 따위는 식수나 접촉이나 호흡을 통해 퍼지는 박테리아나 균류 포자나 바이러스를 상대로는 아무런 쓸모도 없다. 가시 영역 밖에 존재하는 위험에 대해서는 용감하게 맞설 방도가 없는 것이다. 인플루엔자 희생자를 기리는 전쟁 기념비를 마을마다 세울 수는 없다. 그들은 그저 고통을 겪다가 죽은 이들일 뿐이고, 모든 사람들이 그런 일이 벌어졌다는 사실 자체를 잊으려 들기 때문이다.

우즈마키 사태는 1918년의 독감 사태보다 훨씬 심각할 것이다.

사망자 수에서도, 질병의 성질에서도. 독감은 육체만 공격하지만, 우즈마키는 사람을 미쳐 날뛰는 광인으로 만든다. 자해 충동으로 끝나면 그나마 다행이고, 심한 경우에는 살인 성향을 드러내는 위험 요소로 바꾸어버린다. 우즈마키 사태가 발발하면 말 그대로 지옥도가 펼쳐질 것이다.

제이크는 초조하게 감방 안을 서성였다. 자신과 외부를 격리하는 플렉시글라스 창문을 때려 부수고 싶을 지경이었다. 수천 마리의 크롤러라니. 여러 번에 걸쳐, 동시에 수백 군데에 풀어놓을 수도 있을 것이다. 몇 군데만 성공해도 충분하다. 언젠가 휴대폰으로 사람들의 이동 패턴을 추적해서 표시해놓은 지도를 본 적이 있다. 빽빽한 선이 L. A., 시카고, 뉴욕, 보스턴, 시애틀과 같은 주요 중심지를 연결하고 있었다. 더 얇은 선이 사방으로 뻗어 있었다. 몇 명만 감염시키면 알아서 흩어져 직장이나 학교에 가고, 지역 월마트에 들르고, 친구를 만나러 비행기를 타고 캘리포니아로 갈 것이다. 며칠이면 우즈마키가 사방에 퍼질 것이다. 그렇게 되면 막을 방법은 전혀 없게 된다.

게임 오버다.

로스코 박사가 창문을 두드렸다. 탈진하기 직전이었다.

제이크는 가슴이 두근거리는 것을 억누르며 수화기를 손에 들었다. 그녀는 매기를, 어딘지는 몰라도 아들로부터 너무 멀리 떨어진 곳에 있는 그녀를 생각했다. "말씀해주시죠." 제이크는 말했다.

로스코는 심호흡을 하며 바닥을 내려다보다가, 다시 제이크를 향했다. 남자 대 남자로서 제이크를 마주하고자 하는 모습이었다. "딜런의 검사 결과가 나왔네. 유감일세. 나쁜 소식이야."

38

매기는 춥고 컴컴한 어둠 속에 둥실 떠 있었다. 그녀는 어둠에서 현실로 빠져나가기 위해 의지력을 모아보았다. 그러나 아무것도 느껴지지 않았다. 심지어 자기 팔이 움직이는 느낌조차 없었다.

딜런. 딜런의 기억. 여섯 살의 딜런과 함께 토가낙 폭포에서 화살촉 문양을 찾아다니던 기억.

딜런은 토가낙이 누군지 물었고, 그녀는 토가낙이 델라웨어족 인디언이었다고 일러주었다. 이로쿼이족이 그를 붙잡아 폭포로 던져버렸다고.

딜런은 한참 동안 폭포 둑에 서서 아래 계곡을 내려다보았다. 인디언 추장이 떨어지는 모습이 보이기라도 하는 양. "내가 떨어지면 엄마가 구해줄 거예요?"

"나만 믿으렴, 우리 꼬맹이."

달빛에 반짝이는 은빛 물고기처럼, 깜빡이는 감각 하나가 찾아왔다.

고통이었다.

다리가, 왼쪽 다리가 아팠다. 이유는 기억나지 않았다. 숨쉬기가 힘들었다. 충분한 공기를 빨아들이지 못한 허파가 가슴을 옥죄었다.

딜런. 딜런은 어디 있지?

그녀는 퍼뜩 눈을 뜨고 잠에서 깨어나, 잔혹하게 쏟아지는 따가운 빛에 얼굴을 찡그렸다. 구역질이 물밀 듯 밀려왔다. 그녀는 눈을 감고 이를 악문 채 빠르게 숨을 쉬면서 버텨내려 애썼다. 구역질은 차츰 가라앉아서 사라져버렸다. 이번에는 아주 살짝 가늘게 눈을 뜨고 빛이 천천히 들어오게 했다. 빛을 온전히 버틸 수 있을 때까지, 실험을 하듯이 빛의 양을 조금씩 조절했다.

그녀는 수평에서 30도 정도 기울어진 탁자에 묶여 있었다. 머리 위로는 반구 형태의 둥글고 높은 천장이 보였고, I자형 철골 대들보 여럿이 하얗게 칠한 금속판을 지탱하고 있었다. 그녀는 자리에서 일어나 앉으려 했지만, 가슴을 단단히 조인 신축성 있는 회색 벨트가 움직임을 막고 있었다. 게다가 손목도 누워 있는 탁자에 수갑으로 고정되어 있었다.

매기는 방 안을 둘러보았다. 바로 앞에 작업대 두어 개가 있고, 그중 하나는 전자 장비로 뒤덮여 있었다. 오실로스코프, 납땜용 인두, 둘둘 감긴 전선 따위. 다른 작업대는 비어 있었다. 작업대 위편의 고리에는 가면처럼 생긴 물건이 두 개 걸려 있었다. 이내 그녀는 그게 방독면이라는 사실을 깨달았다.

매기는 묶인 채 몸을 움직여 최대한 왼쪽으로 고개를 돌리려 애썼다. 10피트 떨어진 캐비닛 위에 보통의 총보다 총신이 긴 권총 한 자루가 놓여 있었다. 그 옆에는 박하사탕 한 줄 정도 크기의, 끝에 바늘이 튀어나와 있는 원통이 두어 개 놓여 있었다. 진정제 권총이었다. 그 너머로는 유리로 만든 것으로 보이는 커다란 투명 구체의 위쪽 절반이 보였다. 지름 2피트 정도 크기였다.

그녀는 오른쪽으로 고개를 돌리다 즉시 얼어붙었다. 시야 구석에만 들어와도 즉시 알아볼 수 있었다. 머리에서 1피트도 떨어지지 않은 금속 탁자 위에 있었다.

그녀는 따귀를 맞은 것처럼 얼얼한 기분으로 녀석들을 바라보았다. 다섯 마리의 마이크로 크롤러를.

그 옆에 핀셋 하나가 보였다. 치과의사의 작업 도구처럼 하얀 정사각형 천 위에 모두 가지런히 놓여 있었다.

매기는 공황을 억누르려 애쓰며 구속구를 잡아당겼다.

계단 쪽에서 문이 열리고 닫히는 소리가 들렸다. 발소리가 이어졌다.

오키드가 시야에 들어오자 오싹한 한기가 매기의 등골을 타고 내려갔다. "깨어났군." 오키드는 무심한 목소리로 말했다. 몸에 딱 붙는 검은색 옷을 입고, 검은색 장갑을 끼고 있었다. 머리는 남자처럼 짧게 잘랐다. 지쳐 보였다. 얼굴 한쪽은 검푸르게 멍이 들어 있었다. 오른손 손가락은 테이프로 한데 붙여놓았다.

"딜런은 어딨어?" 메말라 갈라진 목에서 목쉰 소리가 흘러나왔다.

오키드는 물병을 들었다. "입 벌려." 그녀는 이렇게 말하고, 반 모금 정도를 입에 넣어주었다.

매기는 콜록거리며 물을 삼켰다. 기침이 나오기는 해도 물은 달콤했다.

"내 아들 어디 있냐고?"

오키드는 대답 대신 자리에서 일어나 방 건너편의 작업대로 갔다. 그녀는 벽에 걸려 있던 방독면 하나를 들고 매기에게 돌아왔다. 오키드는 마스크를 매기의 가슴팍에 내려놓았다. 커다란 투명 얼굴 판에, 끝을 자른 어금니처럼 양옆으로 튀어나온 미립자 필터가 붙은 물건이었다.

오키드는 매기 쪽으로 몸을 기울이며 그녀의 눈을 똑바로 바라보았다. "우즈마키에 대해서 얼마나 알고 있으려나?"

"헛소리 집어치워. 내 아들 어디 있냐고?"

오키드의 눈에 분노가 스쳐 지나가는 모습이 보였다. 그녀는 팔을 높이 들더니 매기의 가슴을 세게 때리며, 손바닥 아랫부분을 흉골에 박아 넣었다. 몸이 쪼개져 열린 것처럼 맞은 부위의 충격이 사방으로 뻗어나갔고, 그녀는 숨을 헐떡였다. 눈앞에 붉은 점들이 떠올랐다. 토할 것 같았다.

오키드가 말했다. "충고 하나 해주지. 지금부터 벌어지는 일이 어떤 식으로 진행되든 썩 즐겁지는 않을 거야. 하지만 얼마나 고약해질 수 있을지는 당신에게 달렸어. 이제 질문에 대답해보실까. 우즈마키에 대해 얼마나 알고 있지?"

매기는 아직도 흉골이 욱신거리는 채로 숨을 몰아쉬었다. 대답하지 않을 이유를 도저히 찾을 수 없었다. "저기, 어제까지는 그 이름도 들어본 적이 없어."

"감염경로는 알고 있나?"

"경구 섭취. 내가 아는 대로라면 섭취를 해야 해." 매기가 대답했다.

오키드는 고개를 끄덕였다. "맞아. 소화기로 들어가는 것이 한 가지 방법이지. 하지만 하나 더 있지. 뭔지 알겠어?"

"흡입이겠지. 포자 상태로."

"정확해."

오키드는 방독면을 들어 매기의 얼굴에 씌웠다. 매기의 머리 뒤로 끈을 두른 다음, 꽉 맞을 때까지 끈을 조였다. 그리고 철저하고 체계적인 동작으로, 손가락을 들어 확실하게 밀봉되었는지 확인했다.

"숨 쉬어봐. 완벽하게 밀폐되는 게 중요하거든. 최대한 세게 숨을 내뱉어봐. 빠르게."

매기가 빠르게 연이어 숨을 내쉬자 가슴팍에 새 고통이 물결처럼 밀려왔다. 방독면은 약간 부풀어 오르기는 했지만 밀봉 상태를 그대로 유지했다.

"다시 한 번. 더 세게. 일단 들이쉬고."

매기는 천천히 숨을 들이쉬었다. 고무와 플라스틱 냄새가 나고, 잠수할 때처럼 미립자 필터 사이로 공기가 들어오는 소리가 났다.

"내쉬고. 최대한 세게."

매기는 세게 숨을 내쉬었다. 다시 한 번 마스크가 부풀어 올랐지만 밀폐 상태는 유지되었다.

"좋아."

오키드는 크롤러들이 놓인 탁자를 가까이 끌어온 다음, 매기 옆의 앉은뱅이 의자에 앉았다. 오키드는 망가진 오른손을 들어서 손가락을 한데 모은 다음 앞뒤로 흔들어보았다. 오른쪽 끝에 있는 크롤러한 마리가 앞으로 졸졸 달려 나와 그 앞에 놓아둔 핀셋에 부딪쳤다.

매기는 온몸을 천천히 감싸는 차가운 공포를 느끼며 그 모습을 바라보았다.

오키드는 천천히, 주의 깊게 마이크로 크롤러 한 마리를 핀셋으로 집어 들었다. 반대쪽 손은 매기의 방독면 가장자리를 슬쩍 들어 올렸다. 그리고 열린 공간으로 핀셋을 넣어, 크롤러를 매기의 뺨에 올렸다. 고개를 저어 크롤러를 떨구려 했지만 무리였다. 크롤러의 다리가 그녀의 피부를 단단히 붙들고 있었으니까.

안 돼, 안 돼, 안 돼….

매기는 떨고 있었다. 온몸이 사시나무처럼 떨렸다. "아냐, 안 돼,

제발. 그만해. 대체 나한테서 뭘 원하는 거야?"

"아니, 그런 문제가 아니거든. 딱히 당신한테서 알아낼 건 없어."

"그럼 왜 이러는데?"

"증거가 필요하거든."

매기는 과호흡 상태에 빠지기 직전이었다. "무슨 증거?" 그녀는 꿈쩍도 못 하는 상태로 최대한 힘껏 구속구를 당겼다. 왼쪽 눈 근처에서 크롤러의 모습이 어른거렸다. 그녀는 녀석이 다른 곳으로 가기를 간절히 빌었다.

오키드가 손을 살짝 까닥였다. 크롤러는 몇 분의 1인치 거리까지 졸졸 다가왔다. 다리는 낚싯바늘의 가시처럼 피부를 단단히 붙든 채로. 매기는 눈을 질끈 감고 곧 찾아올 고통을 생각하며 마음을 다잡았다. 크롤러가 가죽을 뚫는 모습도 본 적이 있었다. 그녀의 피부 정도는 종이처럼 찢겨 나갈 것이다.

"준비됐나?" 오키드가 물었다.

매기는 의지를 단단히 그러모은 다음 눈을 뜨고 말했다. "나가 뒈져."

오키드는 미소를 머금더니 빠르게 주먹을 두 번 쥐었다 폈다.

매기는 얼굴을 찡그렸지만, 날카로운 고통은 느껴지지 않았다. 그 대신 향수를 뿌릴 때처럼 작게 칙 하는 소리가 들렸다. 방독면 안쪽의 공기가 갑자기 뿌옇게 변했다.

매기는 눈을 깜빡이며 방독면 안에서 콜록거렸다. 크롤러는 다리로 그녀의 피부를 단단히 붙든 채 뺨 위에 꼼짝도 하지 않고 앉아 있었다.

무슨 일이 일어난 거야?

매기는 오키드를 바라보았다. 두 사람의 눈이 마주쳤다. 오키드는 다시 웃음을 지었다.

얼굴에 쓴 방독면. 필터는 미세 입자를 막도록 설계되어 있다. 평소라면 위험한 물질을 안으로 들이지 않기 위해 사용한다. 하지만 이번에는 밖으로 내보내지 않기 위해 사용하고 있었다.

"흡입이랬지." 오키드가 말했다.

우즈마키였다.

안개 속에는 우즈마키 포자가 가득했다.

39

국가안전보장회의의 요인들이 캠프 데이비드의 로렐 로지 회의
실에 모여 있었다. 방 안의 분위기는 침중했다. 잡담도, 농담이나 북
적대는 소리도 들리지 않았다. 로런스 던은 뒤쪽 벽을 따라 늘어선
의자 중 하나에 자리를 잡았다.

길쭉하고 폭이 좁으며, 천장에는 경사가 있고 사방의 벽은 목재로
만들어진 방이었다. 가운데에는 30피트 길이의 목재 탁자가 놓여
있었다. 부통령, 대통령 비서실장, 국가안보 보좌관이 한쪽에 앉아
나직한 목소리로 대화를 나누고 있었다. 국무, 재무, 국방 장관과 합
참의장이 바로 그 건너편에 앉아 있었다. 반대쪽 끝에는 국가정보부
와 국토안보부의 수장이 FBI 국장, CDC의 수장, 그리고 포트 데트
릭의 지휘관과 함께 도사리고 있었다. 평소라면 하급 실무자들이 벽
에 늘어선 의자에 착석해 있겠지만, 오늘은 아니었다. 오늘은 반드

시 필요한 사람 외에는 누구도 방에 들어오지 못했다. 지금 이 방에서 차관 이하 직급의 관료는 대통령의 직접 명령으로 참가한 딘뿐이었다.

POTUS, 즉 미합중국 대통령이 권위의 기운을 물씬 풍기며 홀로 방에 들어섰다. 누가 봐도 이 자리의 최고 권위자가 누군지 명확하게 알 수 있을 정도였다. 할리우드 스타 뺨치는 외모에 자수성가로 수조 달러 규모의 인터넷 서비스 제국의 CEO가 되었다는 배경을 이용해, 그는 미국 시민 외에는 다른 누구에게도 고개를 숙이지 않는 변화의 상징으로서, 조국을 누구도 부정할 수 없는 세계경제의 지도자 위치로 돌려놓겠다는 약속과 함께 대통령 선거에 뛰어들었다. 거기다 버터핑거 초콜릿 바 중독에 스포츠를 광적으로 즐기는 사람으로, 지금은 핸드볼에 푹 빠져 있었다. 대중 앞에서는 차분하고 느긋한 성격으로 보이기를 원하면서도, 필요할 때는 자리에서 일어나는 것만으로 방 안의 분위기를 사로잡는 사람이었다.

대통령은 천천히 좌중을 둘러보며 한 사람씩 호명해 현 상황에 대한 보고를 들었다. 건장한 덩치에 납작한 이목구비와 쭈글쭈글한 피부를 가진, 관료라기보다는 트럭 운전사처럼 보이는 국토안보부 수장 마이크 리어든이 시작이었다. "일단 언론은 통제하고 있습니다. 폭격은 ATF 단속국이 세네카 병기창에서 마리화나 재배지를 발견해서 불태운 것이라는 이야기를 흘렸습니다. 대규모 마약밀매 조직 단속의 일환이라고 해놨죠. 머지않아 추가로 구속 작전이 이루어질 거라고도 일러뒀습니다."

"그 일을 로체스터 사건과 연결짓는 자는 없나?"

"우리가 대신 연결해주고 있는 셈입니다. 로체스터 사건도 단속 작전의 일환으로, 캐나다에서 온타리오호수를 건너 들어오는 마약 밀매 루트를 차단한 것이라고 해놓았습니다."

말쑥한 외모에 졸린 눈을 가진 CDC의 수장 알렉스 그래스가 다음으로 보고했다. "딜런 코너에게서 증상이 확인되었습니다. 체온이 하강했습니다. 아직 의식은 있지만, 환청을 듣기 시작하는 모양입니다."

"로체스터에서 데려온 남자는 어떻게 됐나?"

"양성반응이 나왔습니다. 또한 드럼 기지에서 차출한 병사 한 명도 감염된 것으로 추측됩니다. 나머지 인원에 대해서는 아직 확인되지 않았습니다."

"그게 우즈마키라고 완벽하게 확신하는 건가?"

"실험실 세 군데에서 독자적으로, 저마다 다른 방식을 사용해 시료를 검사해보았습니다. CDC에서 수행한 검사는 제가 직접 총괄했습니다. USDA에서는 톨로프가, USAMRIID에서는 아베닉 장군의 부하들이 했죠. 모든 검사 결과가 3시그마 편차 안에서 양성으로 나왔습니다. 우즈마키가 확실합니다."

벽걸이 디스플레이가 달각거리는 소리 말고는, 방 안은 쥐죽은 듯 고요했다.

대통령은 데트릭의 수장인 앤서니 아베닉을 호명했다. 대규모 감염 사태가 벌어질 경우 대응 작전을 지휘하게 될 인물이었다. "의심할 여지가 없습니다, 대통령 각하." 장군은 침중한 목소리로 이렇게 말했다. "그 여자는 우즈마키를 가지고 있습니다. 그리고 그 크롤러라는 것들도 수천 대를 확보한 것이 분명합니다. 예상 가능한 상황은 나쁜 경우, 고약한 경우, 악몽인 경우가 있습니다."

"나쁜 쪽부터 시작해보게."

"나쁜 경우는 이미 그 여자가 직접 보여줬습니다. 공공장소에 크롤러를 떨어트려 닥치는 대로 아무나 물게 하는 겁니다. 하지만 이런 경우에는 적어도 공격을 당했다는 정도는 확인할 수 있습니다. 나쁜 상황이기는 하지만 인지는 가능합니다. 감염 대상을 최대한 격리하고 국소 지역으로 피해를 제한하려고 시도는 해볼 수 있을 겁니다. 사망자가 수 명일지 수천 명일지는 바람의 방향에 달린 문제겠죠."

"그보다 고약한 상황은 주요 인구 밀집 지역에 조용히 크롤러 무리를 푸는 겁니다. 예를 들어 건물의 환기구로 크롤러를 들여보내 포자를 방출하게 하는 식으로 말입니다. 건물의 거주자들은 아무것도 모르고 사방으로 움직일 테고, 며칠 안에 도시 하나가 통째로 감염될 겁니다. 시간 내에 상황을 파악하면 통제할 수 있을지도 모릅니다. 하지만 도시 하나를 통째로 격리하는 작업은 지옥 같을 겁니다. 상상조차 할 수 없을 정도의 아수라장이 펼쳐지겠죠."

"그럼 악몽 시나리오를 대보게."

"수많은 장소를 동시에 타격하는 겁니다. 모든 크롤러에 담을 수 있을 정도로 충분히 우즈마키를 배양한 다음에, 온갖 방법을 사용해서 나라 전역에 퍼트리는 거죠. 심지어 모든 주요 도시마다 우편으로 보내서 수천 통의 봉투에서 동시에 튀어나오게 할 수도 있습니다. 그런 일을 벌인다면 막을 방법은 없습니다."

회의실 안은 고요했다. "대응 방책을 열거해보게."

"그녀가 원하는 것을 주는 것 외에는 별다른 방법이 없습니다. 가장 확률이 높은 방법은 우즈마키를 퍼트리기 전에 그 여자를 막는 겁니다."

"실패하면?"

아베닉은 대답했다. "항균 물질은 도움이 안 되는 모양입니다. 제네시스라는 사기업에서 시작형 백신을 제작하긴 했습니다. 준비가 끝나지는 않았지만 인간을 대상으로 생체 실험에 들어갈 예정입니다. 물론 치료제가 아니라 백신일 뿐입니다. 우즈마키가 퍼진 후에는 아무 소용도 없을 겁니다. 2차 확산은 막을 수 있겠지만 그 정도겠죠."

대통령은 탁자에 손을 올린 채로 고개를 끄덕였다. 던은 그의 표정을 읽으려 노력하며, 자리에서 일어났다. "대통령 각하."

"로런스, 말해보게."

"보건 문제는 시작일 뿐입니다. 얼마나 끔찍한 결과가 벌어지더라도, 보다 광범위한 영향에 비하면 부차적인 문제일 뿐입니다. 국가 전체가 폐쇄 및 고립될 것입니다. 항공기도 뜰 수 없고, 출입국도 전면 금지될 겁니다. 주식시장은 1929년 사태가 공원 산책처럼 보일 정도의 파국을 맞을 겁니다. 통상이 무너지면 며칠도 지나지 않아 식품, 의약품, 식수, 모든 물품의 부족 사태가 발생할 겁니다. 우린 순식간에 제3세계 국가로 전락할 수도 있습니다. 세계의 금융 중심은 런던이나, 더 가능성이 높은 홍콩으로 이동할 겁니다. UN의 주도권 또한….”

“무슨 일이 일어날지는 아주 잘 알고 있네.” 대통령은 이렇게 쏘아붙인 후, 다시 아베닉을 돌아보았다. “다른 방책은 없나?”

아베닉은 고개를 저었다. “딱히 없습니다. 항생제가 인체를 우즈마키에 취약하게 만든다는 점은 알고 있습니다. 항생제 사용을 금지할 수도 있지만, 그러면 수천 명의 사람들에게 사형선고를 내리는 결과가 될 겁니다. 온갖 박테리아성 전염병이 나라 전체를 휩쓸 것이라는 점은 두말할 필요도 없겠죠. 게다가 모든 것을 감수하고 조처를 한다 해도 아무 소용 없을 수도 있습니다.”

“이유는?”

“우리는 지난 몇 주 안에 다양한 종류의 항생제를 복용한 사람들이 가장 위험할 것이라고 생각하고 있습니다. 그것만으로도 최소 사망자가 수십만 명은 될 겁니다. 하지만 그보다 훨씬 심각할 수도 있습니다. USDA의 새디 톨로프 박사의 말을 믿는다면 말입니다.”

던은 이 말에 바짝 긴장했다. 새로 추산한 피해 규모에 대해서는 들은 적이 없었다.

"톨로프는 리암 코너가 알고 있던 정보를 다시 짜 맞추고 있습니다. 균류생물학자, 역학병리학자, 소화기 전문의 등 마흔 명이 넘는 과학자들을 이끌고 코너의 연구 기록과 논문을 살펴보는 중입니다. 코너가 우즈마키의 치료제를 찾고 있었다는 점은 명백합니다."

던의 인내심이 한계에 도달했다. "본론으로 넘어가주시죠."

아베닉은 던을 대놓고 무시하며 말을 이었다. "대통령 각하. 우리는 우즈마키가 항생제 처방을 받은 인간을 감염시킨다는 사실을 아주 오랫동안 알고 있었습니다. 소화기 내의 박테리아 개체 수가 심각하게 줄어들어 벌어지는 일입니다. 하지만 새디 톨로프가 코너의 연구 일지를 짜깁기해서 추측한 바에 의하면, 코너는 인간 충수에 우즈마키를 섭식하는 특정 종류의 박테리아가 존재한다고 믿었답니다. 자연적인 박테리아 면역 기관처럼, 우즈마키에 기생해 없애버리는 박테리아가 있다는 거죠."

"대부분의 사람들은 그 박테리아를 가지고 있다는 건가?" 대통령이 물었다.

"조금 다릅니다, 각하. 대부분의 사람들이 가지고 있었습니다. 하지만 인류는 지금까지 수십 년 동안 항생제를 사용해왔습니다. 지금쯤이면 해당 박테리아는 인간 체내에서 완전히 멸종해버렸을지도 모릅니다. 일단 항생제에 의해 제거된 다음에는 회복 속도가 상당히 느릴 것으로 추측하고 있습니다."

아무도 입을 열지 않았다. 움직이는 사람도 없었다.

"아베닉 장군, 사상자 수를 최대한 정확하게 추측해보게. 얼마나 되겠나?"

"감염 첫날에 한 사람이 감염되었다고 간주해보겠습니다. 그리고 하루가 지날 때마다 감염자 한 명이 다른 한 명을 감염시킵니다. 이렇게 한 달이 지나면 전체 감염자 수는 5억 명에 달할 겁니다."

방 안의 공기가 모두 빨려 나간 것처럼, 적막이 방 안을 완전히 감쌌다.

40

아침에 배달된 음식 꾸러미를 통해 점보 사이즈 몰트 밀크 초콜릿 볼 상자가 윌리 애더튼의 손에 도착했다. 윌리는 22년 형을 선고받은 장기수로, 이제 4년만 더 복역하면 형기가 끝날 예정이었다. 그는 헤이즐턴 교도소 안에서 다양한 사업을 벌였다. 재소자 대상으로 중개인 역할을 하며, 담배와 정크 푸드, 밀반입한 술과 포르노 잡지를 교환해주며 돈을 벌어들였다. 심지어 적절한 가격을 치르면 휴대폰도 가져다줄 수 있었다. 대부분의 경우 푼돈 정도지만, 때로는 제대로 돈을 벌 기회가 찾아오기도 했다.

이번 건수는 지금껏 경험해보지 못한 큰 기회였다.

처음 접촉이 닿은 것은 2개월 전이었고, 이후로 그는 계속 밑 작업을 수행해왔다. 돈은 이미 흘러들어 와 그의 고향인 오하이오주 톨레도의 은행 계좌에 차곡차곡 쌓여가고 있었다. 출소만 하면 그 즉시 백만장자가 될 수 있을 정도였다.

애더튼은 초콜릿 볼 상자를 가져다 침대보로 싼 다음, 아이팟터치의 이어폰을 귀에 꽂은 채 세탁실로 걸음을 옮겼다. 마빈 게이의 〈무슨 일이 벌어지는 거야?〉가 입가에서 흘러나왔다.

혼자 세탁실에 틀어박힌 애더튼은 몰트 밀크 초콜릿 볼 상자를 열고 접이식 탁자 위에 내용물을 쏟아냈다. 초콜릿 볼은 잘그락거리며 사방으로 굴러갔지만, 탁자 가장자리에 살짝 테두리가 올라와 있어 바닥으로 떨어질 염려는 없었다. 애초에 몰트 밀크라는 게 대체 뭐야?

그는 초콜릿 볼을 하나씩 살피다가 마침내 자기가 원하던 놈을 발견했다. 안에 몰트 어쩌구 따위는 전혀 들어 있지 않은 초콜릿 볼이었다. 초콜릿을 입힌 플라스틱 구체로, 외양이나 감촉은 다른 초콜릿 볼과 똑같지만 크기가 살짝 커서 구별할 수 있었다. 그는 그 초콜릿 볼을 입안에 넣어 초콜릿을 전부 빨아 먹었다. 그리고 걸레로 표면을 닦은 다음, 신발 속에 숨긴 면도날을 꺼내 조심스레 플라스틱 껍질을 잘랐다.

구체는 작은 달걀처럼 둘로 딱 갈라졌다. 안에는 작고 놀라운 존재가 들어 있었다.

미리 들은 내용대로 작은 기계 거미였다. 등에는 지금까지 본 중에서 제일 작은 카메라가 붙어 있었다. 크기는 주사위의 점 하나밖에 되지 않았다. 그는 몸을 숙여 카메라 화면을 똑바로 바라보면서 아이팟터치를 확인했다. 아이팟터치 화면에 자기 얼굴이 비쳤다.

월리는 탁자 위에 뛰어올라 머리 위 환기구 덮개의 나사를 풀었다. 그는 작업을 계속하며 기계에도 주변의 세계에 대한 기본적인 지각력이 존재할지를 생각해보았다. 움직인 다음 주변의 환경에 반응하고 다시 움직인다. 자유의지는 없지만 지능이 존재하는 것은 분명하다. 월리는 자유의지에 관심이 있었다. 언젠가 기계 또한 자유의지를 가지고 자신의 존재 의미를 형성할 것이라고, 그는 확신하고 있었다. 아직은 아니지만, 어쩌면 머지않아 가능할지도 모른다고.

이 꼬마 기계는 자유의지 따위는 없었다. 월리에게 착수금으로 140만 달러를 지불한 얼굴도 모르는 부유한 개자식의 명령을 따를 뿐이었다. 주인의 의지를 수행하는 도구일 뿐이다. 월리스 애더튼과 크게 다를 바 없는 존재였다.

그는 명령에 따라 작은 크롤러를 환기구에 집어넣고 올바른 방향을 보게 했다. 그런 다음 아이팟터치의 애플리케이션을 누르자 크롤러는 환기구를 따라 졸졸 움직이기 시작했고, 월리는 화면에 손가락을 대고 녀석을 인도했다. 다리가 바닥에 부딪치는 작은 소리가 거의 사랑스럽게 재잘거리는 것처럼 들렸다.

월리에게는 그 소리가 금화가 잘그랑거리며 떨어지는 소리로 들렸다.

기타노는 가슴속에 환히 불길을 태우며 옛 기억을 반추하고 있었

다. 던이 찾아오려면 앞으로 적어도 한 시간은 걸릴 것이다. 그동안
에 추억을 곱씹으면 된다. 나이가 들수록 현재가 꿈처럼 흐릿해지는
대신 과거가 다시 선명하게 떠올랐다. 마치 과거가 현실이고 현재는
과거의 그림자인 것만 같았다. 진짜 기타노는 여전히 과거에 살아
있었다. 여전히 1945년에 있었던 일들을 지켜보고, 기다리고, 다시
겪고 있었다.

여름에 접어들자 미국과 싸우는 태평양의 전쟁은 패배가 명확해
졌다. 특공 작전은 서구 귀축 제국주의자 놈들에 맞서 싸우는 전쟁
의 판도를 뒤엎기 위해 마련한, 최후의 낭만적인 노력이었다. 강철
의 병기가 실패했으니, 이제 남은 희망은 육신의 병기뿐이었다. 수
천 명의 젊은 일본 군인이, 용감하게 비행기와 배와 수동으로 조종
하는 어뢰에 탑승해서 적의 심장부를 향해 돌아올 수 없는 여행길에
올랐다. 서구에서는 이런 행위를 다른 일본어 단어로, '신의 바람'이
라는 뜻을 품은 어휘로 불렀다. 13세기에 몽골의 침략을 막아낸 두
번의 태풍을 가리키는 말로.

신풍. 가미카제.

그러나 신의 바람조차도 미국을 막을 수는 없었다.

북중국의 8월은 무덥고 음산했다. 북쪽에는 소련군이 집결하고
있었다. 사방이 혼돈뿐이었다. 히로시마와 나가사키에 완전히 새로
운 종류의 폭탄이 떨어져서 순식간에 모든 것을 잿더미로 만들어버
렸다. 소련이 공격을 시작하자 관동군의 저지선은 손쉽게 돌파되었

다. 완전한 패배가 눈앞에 있었다. 앞으로 며칠이면 731부대도 적의 손에 넘어갈 것이 분명했다.

지령이 내려왔다. 남은 모든 죄수를 사살하고, 모든 기록을 파괴하라는 지령이었다.

여덟 명의 남자가 방 안에 모였다. 최연장자는 머지않아 잿더미가 되어버릴 이 악몽의 도시를 세운, 쉰세 살의 시로 이시이 중장이었다. 그의 옆에는 기타노가 시립해 있었다. 다른 여섯 명은 특공 자원자로, 전부 스무 살을 넘지 않는 젊은이들이었다. 이시이는 그들의 지휘관이자 아버지 같은 존재로서 손수 몇 달 동안 이들 특공대원을 훈련시켜왔다. 평소 그는 거의 잔인할 정도로 엄격하게 이들을 대했다. 그러나 오늘은 침통한 얼굴이었다. 이시이는 편백 상자를 열고 특공대원들에게 실린더를 하나씩 건넨 다음, 정중하게 깊이 고개를 숙였다.

여섯 명의 특공대원은 신의 마지막 숨결을, 가장 잔혹한 바람을 나를 것이다. 그 입으로 우즈마키의 바람을 내뿜을 것이다.

일본의 마지막 희망을 내뿜을 것이다.

우즈마키 샘플은 제각기 여송연과 크기와 형태가 동일한 작은 황동 용기에 담겼다. 나사를 돌려 양쪽을 하나로 붙인 다음 밀랍으로 연결부를 봉한 물건이었다. 같은 내용물을 담은 똑같이 생긴 용기 여섯 개가, 특별히 이번 임무를 위해 화려한 장식을 새긴 광택 나는 편백 상자 속에 나란히 놓여 있었다. 황동 실린더와 편백 상자는 제국 육군에서 수배할 수 있는 최고 장인의 작품이었다. 한 달에 한 번씩 예전 실린더가 빠져나가고 새 실린더가 빈자리를 채웠다. 731부대의 과학자들이 여전히 작업과 실험에 몰두하며 계속 개량을 하고 있었기 때문이다. 이 상자에는 그들이 이룩한 업적의 정수가 들어가야 했으니까.

일곱 번째 특공대원인 기타노를 위해서는 특수한 실린더를 만들어주었다. 손가락뼈 자리에 이식할 수 있을 정도로 작은 실린더였다.

다른 여섯 명을 수송하는 잠수함 안에 숨어 기다릴 것이다. 다른 특공대원들이 실패해도 그만은 성공할 것이다. 적들의 세계로 스며들어가 적절한 순간이 오기만을 기다릴 것이다. 모든 것을 고백하고 그들의 신뢰를 얻을 것이다. 그리고 북방으로 이동해서 적절한 장소를 확보할 것이다. 그는 철새의 하늘길이 겹치는 장소를 전부 암기하고 있었다. 철새는 우즈마키를 퍼트리기 위한 거의 완벽한 매개체다. 며칠 안에 온 나라에 끔찍한 포자를 퍼트릴 수 있다.

분명 성공했을 것이다. 리암 코너만 아니었더라면

월리는 다섯 번째 환기구에 이르러 크롤러를 멈췄다. 미친 노인 기타노의 감방 위의 환기구였다. 그는 작은 로봇 거미의 몸을 기울여 카메라로 환기구 아래를 살폈다. 화질은 섬네일 정도로 별로 좋지 못했지만, 그 늙은 개자식이 자기 침대에 앉아 허공을 바라보는 모습 정도는 확인할 수 있었다.

이게 제대로 작동해야 할 텐데. 월리는 생각했다. 기타노는 고약한 늙다리 잽일 뿐이고, 제대로 수행하면 부자가 될 것이다. 하지만 실수하면 월리 애더튼의 목이 날아갈 것이다.

월리는 손가락을 움직였다. 작은 거미가 격자를 통과해서 작은 나뭇잎처럼 낙하했다. 카메라 화면이 빙빙 돌았다. 거미는 허공에서 나선을 그리며 아래편의 목표물로 낙하해 갔다.

41

강화 합금과 방탄유리로 만든 리무진 안에서, 던은 FBI 부국장의 맞은편에 앉아 있었다. 그러나 두 사람은 이미 15분 동안 아무 말도 하지 않았다. 사실 할 말이 별로 없었다.

차는 I-68 고속도로를 시속 90마일 이상의 속도로 달리고 있었고, 웨스트버지니아주 경찰에서 나온 호위 차량이 앞뒤에서 조명만 켜고 사이렌은 울리지 않으며 함께 움직이고 있었다. 모건타운 공항에서 10마일을 왔고, 헤이즐턴 미연방 교도소까지는 6마일이 남았다. 던의 옆자리에는 기타노의 비둘기 두 마리를 담은 루사이트 투명 합성수지 상자가 있었다. 트렁크에는 더 많은 비둘기들이 들어 있었다.

기타노가 감방에서 기다리고 있었다. 연락을 해왔다. 던을 만나고 싶다고 했다.

던의 임무는 기타노가 스스로 제물이 되게끔 설득하는 것이었다.

군에서 세운 계획은 단순했다. 오키드에게 돈과 히토시 기타노를 넘긴 다음, 단번에 두 사람을 함께 지옥으로 날려버리는 것이었다.

던은 마지막으로 감옥 밖에서 본 기타노의 모습을 떠올렸다. D. C.의 서쪽 메릴랜드주에 있는 기타노의 저택에서였다. 그의 저택은 억만장자의 기준으로 보면 비교적 검소한 편이었다. 언덕 위에 서 있는 현대적인 단면 경사 지붕 건물들을 유리 통로로 이은 형태였다.

일본인 비서가 던을 본관 건물로 안내했다. 본관 내부는 널찍했고 대나무 바닥이 깔려 있었다. 빈 공간을 끊는 것은 하얀 벽에 걸린 추상화 몇 점과 기타노의 일본도 컬렉션뿐이었다. 과거 사무라이들은 처형당한 죄수들의 시체를 짚단처럼 쌓아놓고 그걸 잘라서 일본도의 질을 확인했다고 한다. 기타노는 칼 수집광이었다. 다른 대부분의 국수주의적 성향의 일본인들처럼, 그 또한 일본도를 집착에 가까울 정도로 사랑했다. 그런 모습을 보며 던은 니체의 격언을 떠올리곤 했다. '모든 살인자는 칼을 사랑한다.'

기타노의 저택 후면은 전체가 유리로 되어 있어서, 뒤편의 깔끔한 정원 풍경을 온전히 감상할 수 있었다. 정원에 서서 언덕 아래를 내려다보며 비둘기의 가슴 깃을 쓰다듬는 노인의 모습이 아직도 던의 눈앞에 생생했다.

당시 기타노는 이미 심각한 난관에 빠져 있었다. 출국 금지령이 내려지고 미국 내 탈세로 기소된 상태였다. 그의 제국은 피를 흘리고 있었다. 투자자들은 돈을 빼 가고, 사업상의 동반자들은 그를 피했다. 기타노가 세심하게 구축해온 세계 전체에 칼을 찔러 배를 따 버린 것이다. 그리고 던은 칼날을 쥔 사람이 자신이라는 것을 잘 알고 있었다.

던은 자동 유리문을 통해 안으로 들어섰다. 가을이라 선선했지만 맑은 날씨였다. 기타노 옆의 티크 탁자에는 유리잔 두 개, 스카치 한 병, 파테를 올린 쟁반이 놓여 있었다. 던이 아는 종류의 스카치였다. 맥컬렌의 1945년 스페셜 리저브였다. 한 병에 1만 달러짜리였다.

"들게나." 기타노가 말했다.

던은 스카치를 한 잔 따랐다. 기타노는 비둘기를 위로 날려 보내며 말했다. "잘 보게."

새는 작은 원을 그리며 날다가, 허공에서 공중제비를 시도했다. 비둘기는 공중제비를 두 번 더 돌더니 이내 기타노의 팔에 내려앉았다. "경주에는 아무 쓸모도 없지만, 그래도 꽤 즐거운 모습이라 생각하지 않나?"

"새 품종입니까?"

"원, 그럴 리가. 이 비둘기는 잉글리시 쇼트페이스 텀블러라는 품종이네. 등장한 지 몇 세기는 지났지. 찰스 다윈이 연구하기도 했고." 기타노는 비둘기장 쪽으로 걸음을 옮겼고, 던도 그 뒤를 따랐다. 비둘기장이라는 단어로는 그 장소의 느낌을 제대로 표현할 수가 없다. 소형 비둘기 궁전이라 부를 만한 곳이었다. 유리 찬장의 칸마다 작은 아파트처럼 둥지가 하나씩 들어차 있고, 물과 사료가 제각기 따로 공급되었다. 기타노는 잉글리시 쇼트페이스 텀블러를 집으로 들여보낸 후, 다른 비둘기를 데리고 다시 밖으로 나섰다. "이 품종은 경주용이라네. 저기 경주로 반대편 끝에 붉은 실을 묶은 나무 보이나. 잘 보게."

기타노가 공중으로 풀어주자, 비둘기는 쏜살같이 나무 쪽으로 날아갔다.

기타노는 말을 이었다. "송이버섯과 개암 파테라네. 일본에서는 지금 송이가 제철이거든. 우리 주방장은 특별한 조리법을 사용한다네. 송이를 핏물에 재워두지." 기타노는 작은 금속 수저로 버섯 파테를 떠서 크래커 위에 올렸다. 그리고 한 입 베어 문 다음 던에게도 하나 만들어주었다. 던은 날카로운 맛이 매혹적이라고 생각했다. 그가 가꾸어온 세련되고 값비싼 취향 중 여럿은 이 남자에게서 온 것이었다. 기타노는 그에게 새로운 세계를 열어주었다.

던은 문득 기타노가 하늘을 보고 있다는 것을 깨달았다.

그의 시선을 따라가던 던은 공중에서 선회하고 있는 커다란 새를 발견했다. "독수리입니까?" 던이 물었다.

"매라네. 나는 맹금류도 사육하거든."

비둘기는 위험을 눈치채지 못한 채, 붉은 끈을 부리에 물고 그들에게 날아왔다. 매는 비둘기의 한참 위 상공에서 말 그대로 미동도 하지 않은 채 지켜보고 있었다. 두 사람 모두 아무 말도 하지 않았다.

기타노가 마침내 입을 열었다. "계획이 하나 있었지."

던은 아무 표정도 떠올리지 않으려 애쓰며, 마음을 다잡기 위해 알코올을 다시 한 모금 홀짝였다. "아주 오래전 일이죠."

"시간이 흘렀다고 해서 계획의 필요성이 줄어든 것은 아닐세."

기타노는 차분하고 평온한 표정이었지만, 던은 겉모습에 속지 않았다. "히토시…."

"자네와 나는 함께 세상을 바꿀 계획을 꾸몄네. 그런데 이제 자네가 나를 감옥으로 보내는군."

"당신 잘못 때문이죠."

"모욕하지 말게. 나를 기소한 건 자네가 아닌가. 원하면 언제든 멈출 수 있었을 텐데."

"그럴 수밖에 없게 만든 건 당신입니다, 히토시."

기타노는 던에게서 시선을 떼지 않았다. "치료제 개발까지는 얼마나 남았나?"

"아직 부족합니다. 이제 그만두죠. 끝난 겁니다."

기타노는 다시 상공의 매로 시선을 돌렸다. "시속 180마일의 속도로 급강하할 수 있다네. 사냥감이 눈치채거나 반응하지도 못할 정도로 빠른 속도지."

던은 매가 날개를 접고 총알처럼 강하하며, 사냥감이 가까워질수록 속도를 올리는 모습을 지켜보았다. 몇 분의 1초 만에 모든 것이 끝났다. 매의 공격을 받은 비둘기는 거의 허공에서 터져나가는 것처럼 보였다.

기타노가 말을 이었다. "기소를 취하하게. 안 그러면 자네를 죽이겠네."

던은 조심스레 스카치 잔을 내려놓은 다음 기타노의 눈을 똑바로 바라보았다. "이런다고 해서 내가 감탄할 것 같나? 매가 저 빌어먹을 비둘기를 죽이는 걸 보는 정도로?" 그는 고개를 저었다. "탈세 혐의야 벗어날 수 있을 것 같으면 얼마든지 노력해보시지. 하지만 우즈마키는 국가안보 문제야. 한마디라도 헛소리를 내뱉으면, 네놈 머리가 핑핑 돌 정도로 빠르게, 재판도 하지 않고 구금해버리겠어." 던은 잠시 숨을 골랐다. "대안으로 네놈을 전쟁범죄자로 중국에 넘겨버리는 방법도 있지."

던은 자신의 계획을 상세히 설명했다.

"내가 필요할 텐데. 우즈마키를 손에 넣기만 하면…." 기타노가 입을 열었다.

"하지만 이제 네놈은 필요 없어, 히토시. 더 이상은. 이제 내 손에는 대통령이 있으니까. 그리고 데트릭에서 치료제를 개발하기만 하면, 중국 따위는 원하면 언제든 무너트릴 수 있을 테고."

"그 계획을 이미 검토한 건가. 미합중국 대통령하고."

"때가 되면 내가 알아서 끌어들일 거다."

기타노는 방향을 돌렸다. "일본은 어떤 경우에도 비합법적인 구속을…."

"일본 정부와는 이미 이야기가 끝났지. 네놈이 사라지는 편이 그쪽에서도 가장 만족스러운 결과라더군. 네놈은 부끄러운 존재, 차라리 잊고 싶은 과거의 유물이야. 똑똑히 들어. 지금 매의 입장에 있는 사람은 네놈이 아니라 바로 나다."

그걸로 끝이었다. 기타노는 입을 열지 않았다. 그대로 비둘기장을 잃고 감옥으로 갔다. 선아그라는 무너졌다.

기타노는 이제 새장에 갇힌 노인일 뿐이었다. 머지않아 죽을 것이다. 오키드에게 무슨 일이 일어나든, 기타노는 살려둬서는 안 된다. 그 점은 대통령도 던과 같은 의견이었다.

20분 후, 그들은 기타노의 독방 밖에 도착했다. 노인은 작은 독방 가운데에서 명백한 분노를 드러낸 얼굴로 뻣뻣이 서 있었다. 던의 뒤편에는 비둘기 새장을 담은 수레가 따라오고 있었다. 기타노는 비둘기 쪽은 거의 쳐다보지도 않고 던에게만 시선을 집중했다.

"나가보게." 던은 교도관에게 이렇게 말했다.

둘만 남게 되자 기타노는 비둘기를 가리키며 말했다. "저택으로 가서 비둘기를 보게 될 거라고 생각했는데. 다시 나는 모습을 볼 수 있을 거라고."

"이 시점에서는 불가능한 일이오. 그건 알고 있을 텐데. 비둘기를 보고 싶어 했으니 여기 대령해드렸소만." 던은 말을 이었다. "그럼 이제 앞으로 벌어질 작전에 대해 설명해드리지. 당신이 우리를 오키드에게 인도해줄 거요. 당신하고 해병이든 특수부대원이든 한 명이 동행할 테고, 그 병사가 돈을 나를 거요. 돈 안에는 탄소섬유로 추적기를 짜 넣었소. 완전히 탐지 불가능한 물건이오. 우선 EMP 병기로 타격해서 모든 전자 장비를, 그 여자가 모아들인 마이크로 크롤러까지 전부 무력화시킬 거요. 주된 위협을 제거한 다음 진압 작전이 이어질 거요. 오키드만 사살하면 끝이지. 전부 끝나는 거요. 당신은 블랙호크 헬리콥터를 타고 그 자리를 뜨게 될 거요." 던은 비둘기 상자에 손을 올렸다. "그다음에는 비둘기들과 함께 오사카행 비행기에 태워주지. 다시 자유로운 몸이 되는 거요."

"내가 자네를 믿어야 할 이유가 있나?"

"내가 진실을 말하고 있으니까."

상자 속의 비둘기가 날개를 퍼덕였다. 기타노는 대꾸했다. "대통령의 서명이 들어간 사면장을 주게. 내가 저지른 모든 범죄에 대한 사면장을."

던은 눈을 돌리지 않았다. "이미 주선해놨소. 동의한다면 말이지만."

"언제 시작하나?"

"오키드가 다시 연락해 오기를 기다리고 있소. 아침 일찍 올 거라고 생각하고 있는데."

기타노는 새장에 갇힌 새들을 찬찬히 바라보며 새장의 자물쇠를 손으로 훑었다. 그는 한 걸음 앞으로 나왔다. 두 남자는 몇 인치 정도 사이를 두고 서로 마주 봤다.

"참으로 역겹군, 미스터 던."

던은 시선을 피하지 않았다. 만족감을 줄 생각은 조금도 없었다.

그러나 기타노의 다음 행동은 그를 놀라게 했다. 던의 얼굴에 침을 뱉은 것이다.

"이 개자식!" 던은 소리쳤다.

기타노가 덤벼들었다. 노인은 던에게 뛰어들어 원숭이처럼 타고 앉더니, 손으로 던의 얼굴을 할퀴었다. 나이 든 수감자치고는 놀랄 정도로 강한 힘이었다. 던은 노인을 떨쳐내지 못하고 큰 소리로 도움을 청했다.

덩치 큰 교도관이 문으로 들어와 기타노의 목덜미를 잡았다. 교도관은 그대로 노인을 뒤로 던졌고, 기타노는 반대편 벽에 부딪쳐 축 늘어져버렸다.

두 번째 교도관이 들어와 눈을 크게 뜨고 던을 내려다보았다. "다치신 겁니까?" 던은 고개를 저었지만 입안에 피 맛이 가득했다. 충격을 받은 상태였다. 목에서 피가 흐르고 있었다. 우람한 체구의 간수가 기타노의 목을 뒤에서 잡고 일으켰다. 비둘기들은 새장 안에서 격렬하게 날개를 퍼덕이며 새된 소리로 울었다.

던은 정신을 차리고 자리에서 일어섰다. 그리고 양복 소매로 얼굴의 피를 훔치며 말했다. "오키드가 네놈의 배를 갈라줬으면 좋겠군.
네놈이 하얼빈에서 배를 가른 그 수많은 죄수들처럼."

　그는 귀에 거슬리는 새들의 비명 속에 노인을 남겨두고 떠났다.

42

방 안은 칠흑처럼 어두웠다. 정신이 든 매기는 온몸이 땀에 젖은 채 숨을 헐떡였다. 아주 끔찍한 악몽에 시달리던 중이었다. 텅 빈 벌판에 서서, 저 멀리 절벽을 향해 걸어가는 딜런을 보고 있었다. 아들을 쫓아가서 구하고 싶었지만 움직일 수가 없었다. 소리를 질러 경고하고 싶었지만 목이 돌로 변한 것처럼 아무 소리도 나오지 않았다. 그녀는 아들을 멈출 수도, 아들에게 경고할 수도 없는 상태로 공황에 빠져 제정신을 잃기 직전이었다.

매기는 진정하려고, 위험에 빠진 아들의 끔찍한 모습을 머릿속에서 지우려고 애썼다. 폐소공포증을 일으킬 것 같은 방독면 안에는 끈적하고 습기 가득한 공기가 꽉 차 있었다. 뺨을 타고 흘러내린 눈물은 이미 차갑게 식었다. 별로 멀지 않은 곳에서 기러기 우는 소리가 들렸다. 소리가 방 안을 가득 채웠다.

그녀는 지금 무슨 일이 일어나고 있는지 알고 있었다. 우즈마키의 독소는 LSD와 유사한 화학구조를 가지며, 따라서 환각을 일으키는 기작 자체는 비슷하지만 그 과정은 훨씬 거칠다. 정신 속에서 알칼로이드가 폭탄처럼 폭발하며 격렬한 환각과 광기를 일으킨다. 1600년대 매사추세츠주에서 호밀 맥각균 때문에 일어난 감염 사태는 세일럼 마녀재판으로 이어져 감염된 여성을 처형하게 했다. 1789년 여름에 프랑스에서 일어난 감염 사태는 광기에 빠진 폭도들의 행동을 촉발해 프랑스 대혁명의 실마리를 제공했다.

무슨 일이 벌어질지는 잘 알고 있었지만, 실제 경험은, 광기로 빠져드는 과정은, 그녀가 상상한 것보다 훨씬 끔찍했다. 머릿속을 가득 메우는 어둠에 홀로 갇힌 기분이었다.

환각은 계속해서 찾아왔다. 손톱으로 콘크리트를 긁는 소리가 울리기 시작했다. 볼 수는 없어도 무슨 소리인지 잘 알고 있었다. 시체들이 방 안을 가득 메우고 거미처럼 기어 다녔다. 바닥에 수십 구의 시체들이 늘어져 있었다. 아주 멀리 아래 보이는 바닥에. 시체들은 그녀를 원하고 있었지만, 아직은 손이 닿지 않았다.

매기는 계속 오른팔을 당기고 또 당기며 금속 수갑에서 빠져나오려 애썼다. 눈앞의 행동에 집중할 수 있을 정도만이라도 생각을 다스리려 애쓰면서. 그녀는 항상 손이 작았고, 열여섯 살 때 교통사고로 오른손 두 군데에 골절을 입었다. 결국 엄지가 살짝 잘못 붙어서, 마치 자기 자리가 마련되어 있는 것처럼 손바닥의 오목한 곳에 딱

들어맞게 되었다. 덕분에 그녀는 오른손을 한쪽이 가는 원통 모양으로 만들어서 거의 어디든 넣을 수 있었다. 그녀는 이곳에 감금된 이후로 계속 오른손을 수갑에서 빼내려 애쓰고 있었다.

당겨, 매기. 당기라고.

피부가 금속에 긁히며, 동상과 흡사한 고통이 찾아왔다. 나쁘지 않았다. 고통은 집중할 수 있도록 도와주니까.

나머지는 전부 현실이 아니야. 계속 당겨.

금속 긁히는 소리.

제이크는 잠의 경계에서 헤매고 있었다. 간신히 경계선 아래로 들어가도 얕은 잠이었다. 온갖 걱정으로 푹 잘 수가 없었다.

다시 소리가 들렸다. 금속 긁히는 소리의 정체를 깨닫기까지는 잠시 시간이 걸렸다. 그리고 그 정체를 떠올리자마자 모든 잠이 순식간에 달아나버렸다.

제이크의 격리실과 외부를 가르고 있는, 잠수함의 문처럼 육중한 금속 해치가 열리는 소리였다.

문이 활짝 열렸다. 로스코 박사가 격리복을 입지 않은 채로 그곳에 서 있었다. 제이크의 격리가 해제된 것이다.

"딜런 문제입니까?"

"아니, 그런 건 아닐세. 함께 어딜 좀 가줘야겠네."

"무슨 일입니까? 지금 몇 시죠?"

"새벽 4시야."

군복을 입은 남자 두 명이 밖에서 대기하고 있었다.

"걸어가면서 설명해야겠군." 오른쪽에 있는 훤칠한 키의 아프리카계 미국인이 말했다. 고급 장교가 분명했다. "공군 대령인 존 렉싱턴일세. 국방정보국에 지원 인력으로 파견되어 있지. 이쪽은 로버트 얼테어 육군 소령이네. 둘 다 이번 작전에 참여하는 중일세. 오키드의 요구 사항은 들었나?"

"전혀요."

"두 가지를 요구했다네. 하나는 **히토시 기타노**, 다른 하나는 돈. 혼자서 나를 수 있는 한도 내에서 최대한 많은 돈을 요구했지. 오늘 아침에 기타노를 지정된 장소로 이송할 예정이었다네. 그리고 해병한 명이 돈을 가지고 동행할 계획이었지."

"계획이었다고요."

"오키드가 마지막 순간에 요구 사항을 바꿨소." 얼테어가 말했다. "우리의 의표를 찌를 생각이었던 모양이오. 현금을 운반할 사람을 새로 지정했소. 매기 코너의 거취에 관심이 있는 사람, 어리석은 결정을 내리지 않을 만한 사람을 보내라고."

"그 여자가 자넬 지목했다네." 렉싱턴이 말했다. "서둘러 준비를 시작해야 해. 시간이 별로 없다네."

마지막 날
10월 30일, 토요일

특공

"지폐 한 장 무게가 대략 1그램 정도요." 얼테어 소령은 100달러 지폐를 손에 들어 보이며 이렇게 말했다. "따라서 지폐 1,000장의 무게는 1킬로그램인 셈이오. 그 100배, 그러니까 10만 장의 지폐, 어림잡아 200파운드 정도를 옮겨야 할 거요." 제이크는 지폐 무더기를 내려다보며 계산을 해보았다. 1,000만 달러다. 충분한 액수로는 보이지 않았다. 이 모든 일의 대가라고 생각하기에는.

"그중에서 100장에 추적기를 설치해놓았소." 얼테어가 말했다. "짚더미 속의 바늘인 셈이지. 한 시간이 지날 때마다 그중 한 장이 신호를 보낼 거요. 인공위성 시스템으로 감지할 수 있는 전류를 방출하는 거지. 한 시간에 한 번씩. 따라서 총 100시간 동안 작동하고, 나흘 동안 추적할 수 있는 셈이오."

"그 여자가 탐지할 수 있지 않겠습니까?" 제이크가 물었다.

얼테어는 제이크에게 지폐 한 장을 건넸다. "직접 찾아보시오."

제이크는 100달러 지폐를 손가락으로 훑고 접었다 다시 펴보았다. 조명에도 비추어보았다. 아무것도 보이지 않았다.

"예술품이라 부를 만한 물건이지. 실리콘도, 금속도 전혀 사용되지 않았소. 섬유에 엮어 넣은 탄소 나노튜브가 안테나 역할을 하는 거요. 거미줄 한 가닥 두께밖에 안 되지. 지폐의 가장자리를 따라 심어놓아서, 거의 모든 종류의 영상 기술로도 식별할 수 없다오. 엑스레이 투과로도, RF 스캐너로도, 뭘 사용해도 알아낼 수가 없지."

제이크는 이해했다. 탄소 기반 전자기술은 한때 실리콘이 독보적이었던 영역에 이미 깊이 발을 들여놓고 있었다. "논리회로는 어떻게 한 겁니까?"

"펜타센 트랜지스터를 쓰고 있소. 성능은 별로지만 그 정도면 충분하지. 안테나 구동에는 RF 흑연 트랜지스터를 쓰고, 전체 장치가 ATP 저장 단위 하나에서 발생하는 전기화학 에너지를 동력으로 움직이지. 탄소 가방에 ATP 하나를 넣어둔 거요. 전부 탄소로 되어 있소. 자, 그럼." 얼테어가 말했다. "이제 당신을 처리할 차례요."

10분 후, 제이크는 휑한 수술실에 누워 있었다. 의사 한 명이 4인치짜리 주삿바늘이 달린 금속 주사기를 들고 그를 굽어보며 서 있었다. "왼쪽, 오른쪽?" 의사가 물었다.

"왼쪽으로."

"아플지도 모릅니다. 뭘 해도 좋으니 머리만은 움직이지 마십시오."

그는 바늘을 왼쪽 안구와 안와 사이로 찔러 넣었다. 그리고 천천히 피스톤을 밀어 추적 장치를 삽입했다.

얼테어는 의사의 작업 과정을 주의 깊게 지켜보았다. "기본 얼개는 돈에 심은 추적 장치와 같지만, 약간 잔재주를 더 부려놨소. 안테나는 시신경을 따라 설치되지. 센서와 동력 장치는 혈관처럼 보일 테고.

예전에는 팔에 심었는데, 그건 가끔 MRI로 식별되는 경우가 있었소. 반면 눈은 조직의 음영이 복잡하게 얽힌 기관이오. 워낙 많은 일이 일어나기 때문에 안구 뒤편에는 섬유와 조직이 가득하지. 우리가 설치한 작은 추적 장치 정도는 아무도 알아챌 수 없소."

제이크는 몸을 움츠리고 싶은 충동을 억눌렀다. 바늘이 안구 뒤쪽 공간에서 꿈틀대며 돌아다니는 것이 느껴졌다. 그는 시각의 광학적 원리를 이해하기 위해 바늘을 눈 뒤편에 밀어 넣었던 뉴턴을 떠올렸다. 그리고 그 작자는 미친놈이라는 결론을 내렸다.

바늘이 퐁 하고 뽑혀 나오자, 제이크는 심호흡을 했다. 그리고 빠르게 눈을 깜빡이며 천천히 일어나 앉았다. 그 빌어먹을 감방에서 나올 수만 있다면 바늘 따위는 아무 상관도 없었다. 매기가 실종되고 딜런이 몇 피트 떨어진 곳에서 제정신을 잃어가는 동안 그 비좁은 방에 갇혀 있으면 그대로 미쳐버릴 것만 같았다. 그의 마음속 깊은 곳에는 불길이 아직 타오르고 있었다. 복수하고 싶다는 갈망이 남아 있었다. 다른 무엇보다 딜런과 매기를 구하고, 오키드가 저지른 일에 대해 복수하고 싶었다.

"이 지점을 손가락으로 만져보시오." 얼테어가 말했다. "느껴지시오? 작고 뻣뻣한 물건이 있을 거요. 그게 발동 장치요. 그걸 당기면 전자신호가 발동하는 거요. 누가 머리를 걷어찬 것 같은 느낌이 들 거요. 잠시 시각을 상실할 수도 있고."

얼테어 소령이 자세히 설명했고, 렉싱턴 대령은 방 건너편에서 지켜보고 있었다. "이해가 되시오? 지금 그 장치는 혈관 바로 옆에 깔끔하고 따뜻하게 붙어 있소. 신호는 온도가 떨어질 경우에만 보내지는 거요. 그런 일이 일어날 가능성은 두 가지뿐이지. 하나는 당신이 발동 장치를 뽑는 거고, 다른 하나는…."

"다른 하나는 제가 죽는 거겠죠."

"그렇소. 심장이 멈추면 상피세포는 빠르게 냉각되지. 화씨 92도 이하로 온도가 떨어지면 감지 장치가 작동하게 되어 있소. 당신이 목숨을 잃으면 주변 조직의 지방 두께에 따라 1분에서 5분 사이에 신호가 갈 거요. 직접 장치를 당기면 훨씬 빠르겠지. 10초 정도면 될 거요. 어느 경우든 우리는 인공위성에서 신호를 탐지해 몇 분 안에 그곳에 도착할 수 있을 거요."

"몇 분이라는 게 정확히 얼마입니까?"

"그건 우리가 걱정할 문제요. 모두 한데 모이게 되면 바로 발동시키시오. 그러면 EMP 충격파로 그 영역을 타격하겠소. 뒤이어 돌입한 부대가 당신을 보호할 거요. 제이크, 무슨 말인지 알겠소? 당신이 오키드와 같은 장소에 있다는 걸 확인하면, 바로 그걸 당기시오. 그럼 우리가 돌입할 거요."

"알겠습니다."

"한 가지 더 있소. 그걸 당긴 다음에는 오키드가 이후 몇 분 동안 그 장소에 확실히 머무르도록 해주시오. 다른 곳으로 떠나지 못하게 하란 말이오. 그러니까 대충 200미터 반경 안에서 말이오. 무슨 말인지 알겠소?"

제이크는 얼테어의 눈에 떠오른 표정을 바라보다, 이윽고 고개를 끄덕였다. 명확하게 이해하고 있었다. 병력이 돌입하지 않을 경우의 이야기였다. 병사 대신 폭탄을 보낼 경우의 이야기였다.

"이해가 되시오? 실수는 용납되지 않소, 병사. 핑계도."

"임무는 반드시 완수하겠습니다, 소령님." 제이크의 입에서 반사적으로 군인의 목소리가 튀어나왔다.

44

캠프 데이비드의 회의실에서, 던은 대통령 및 국가안전보장회의의 각 기관 수장들과 함께 앉은 채로 비 오듯 땀을 흘리고 있었다. 비쩍 마른 해병대 장성인 스탠리 내리 합참의장이 자리에서 일어섰다. "대통령 각하, 결단을 내리실 시간입니다. 스털링과 기타노를 함께 보내거나, 아니면 작전을 취소해야 합니다."

아프리카계 미국인이며 일리노이주 상원 의원 출신인 FBI 국장 또한 자리에서 일어섰다. "대통령 각하, 정신분석 결과는 충분히 긍정적입니다. 스털링은 참전 용사 출신입니다. 규율에 충실하며 반항 지수도 낮습니다. 유일한 위험은 그가 매기 코너를 잘 아는 사이이며 그녀의 가족과도 유대가 있다는 사실뿐입니다. 물론 그 때문에 오키드가 그를 원하는 것이겠습니다만."

침묵이 흘렀다. 던은 순식간에 세계의 파멸이 목전에 도달했다는 사실을 받아들이려 애쓰는 사람들을 지켜보고 있었다. 어젯밤 거의 잠을 이루지 못했기 때문인지, 제대로 생각할 수가 없었다. 스트레스 때문일 것이다. 예전에는 압박에 직면해도 이런 반응을 보인 적이 없었다. 압박을 받을수록 활기가 찾아오는 성격이었으니까. 하지만 어차피 이 방에서 이 정도의 위험을 직면해본 사람은 한 명도 없었다.

그는 문득 자신이 팔을 긁고 있다는 사실을 깨달았다. 피부 아래에서 개미가 기어 다니는 것처럼 근질거렸다.

대통령은 합참의장을 돌아보며 말했다. "스탠리? 진행 상황이 어떤가?"

"사용 가능한 모든 EMP 무기가 상공에서 대기 중이고, 일부 오지를 제외하면 모든 지역을 타격 가능합니다. 태우고 싶은 물건이 생길 경우에도 20분 이내에 수행할 수 있을 겁니다. 보유하고 있는 MK-77 소이탄을 전부 끄집어내 왔습니다. 폴브룩 해군 병기창에 처박혀 있던 베트남전 시대 물건들까지 말입니다. 그리고 MOAB[•] 도 있습니다. 우리가 보유한 비핵무기 중에서 가장 큰 폭탄으로, 폭발 반경이 풋볼 경기장 두어 개 정도는 됩니다. 이게 제가 추천하는 무기입니다, 대통령 각하. 그럴 상황이 오면 말입니다. MOAB으로는 실수를 할 가능성이 없습니다. 모든 폭탄의 어머니 아닙니까."

● 공중 폭발형 대형폭탄(Massive Ordnance Air Blast bomb). 모든 폭탄의 어머니(Mother Of All Bombs)라고도 불린다.

"지상 병력은 어떤가?"

"더 오래 걸릴 겁니다. 지역에 따라서 다르지만 한 시간 정도, 가장 빨라 봤자 30분은 걸릴 겁니다."

국가안보국 국장이 목청을 가다듬었다. "한 말씀 드려도 되겠습니까. 10초 후에 첫 추적 장치가 발동합니다. 9, 8, 7⋯."

던은 화면에 나타내는 미국 동부의 모습을 지켜보았다. 지폐 속의 추적 장치가 신호를 깜박이면, 인공위성이 그 신호와 위치를 기록한 다음, 1초도 걸리지 않고 눈앞의 화면에 전송하게 되어 있다.

"5, 4, 3, 2, 1." 잠시 침묵이 흐른 후, 해안선 위, 덩굴손처럼 늘어진 코드곶의 북쪽에 파란 점이 나타났다. 인공위성 사진이 확대되며 해안선의 세부가 드러났고, 바둑판 모양의 인간 도시와 거미줄처럼 복잡하게 얽힌 보스턴의 도로가 또렷하게 모습을 보였다.

던도 찰스강 한쪽에 무계획적으로 늘어서 있는 MIT 캠퍼스 건물과 반대편의 보스턴 백 베이 지역을 알아볼 수 있었다. 속이 울렁거렸다. 마침내 화면은 최고 해상도에 도달해서 확대를 멈추었다.

파란색으로 점멸하는 신호는 매사추세츠 애비뉴에서 두 블록 떨어진 비컨 지역에 있었다.

"위치에서 대기 중입니다."

대통령이 입을 열었다. "좋아, 그럼, 다들 집중하게. 화장실 가고 싶어도 이미 늦었네. 이제부터 제대로 시작이니까."

얼마 지나지 않아 문제가 발생했다.

제이크 스털링은 운전석에, 기타노는 조수석에 앉았다. 자동차는 지시대로 은색 2006년형 토요타 캠리였다. 제이크와 그의 배후 사람들 모두, 캠리가 미국에서 가장 인기 있는 차종이며 은색은 가장 인기 있는 색이라는 사실을 잘 알고 있었다.

보스턴의 조용한 일요일 아침이었다. 날씨는 쾌청하고 구름 몇 조각만 흘러갈 뿐이었다. 일기예보에서는 오후가 되면 한랭전선이 밀려올 것이라고 했다. 도로 한쪽에 서 있는 단풍나무에서 바람에 쓸린 나뭇잎이 우수수 떨어졌다.

그들은 몇 시간 전에 이메일로 온 오키드의 지시에 따라 보일스턴의 주차장에 도착했다. 어제 포트 데트릭에 우편으로 도착한 휴대폰을 지닌 채였다. 랭글리의 요원들은 그게 로제타 석판이라도 되는 것처럼, 자기네 목표의 특성을 드러내줄 만한 단서를 찾으려 철저하게 연구했다. 분해해서 부품 하나하나, 다이오드나 RF 필터에 이르기까지 전부 확인했지만, 특별한 점은 눈곱만큼도 없었다. 전화번호가 부여된 싸구려 휴대폰일 뿐이었다. 그 외에는 아무것도 없었다.

예상대로 휴대폰이 울렸다. 제이크가 전화를 받았다. 합성음이 그에게 지금 있는 주차장을 떠나 도시 반대편의 다른 주차장으로 이동하라고 일렀다. 그리고 전화는 죽어버렸다. 제이크는 지시에 따르면서 통화 내용이 도청되고 새 위치에 이미 감시조가 파견되었을 거라고 확신했다.

제이크는 기타노를 계속 흘끔거렸다. 노인의 모습은 끔찍했다. 던과 싸우다 입은 상처 때문에 얼굴에는 반창고가 붙어 있었다. 끔찍하게 진땀을 흘려서 그런지 고약한 냄새가 풍겼다. 제이크는 굳이 말을 걸지는 않고 운전에만 집중했다.

렉싱턴이라는 그 공군 친구는 제이크에게 노인을 잘 감시하라고 일렀다. 기타노는 강제로, 포식자에게 바치는 공물로서 이곳에 있는 것이고, 따라서 언제든 도주를 시도할 수 있었다. 렉싱턴은 기타노와 제이크를 수갑으로 연결하고 싶었지만, 오키드는 무기나 밧줄이나 손목시계나 기타 모든 종류의 물품을 지참하지 말라고 지시했다.

10분 후 그들은 주차장에 도착했다. 제이크는 기계에서 작은 주차증을 뽑고 안으로 들어가서 천천히 차를 몰아 나선형 진입로를 올라갔다.

3층에 도달하자 다시 전화가 울렸다. 제이크가 전화를 받자 목소리는 이렇게 말했다. "다음번에 나오는 자리에 들어가." 제이크와 기타노는 시키는 대로 했다. "그리고 4층으로 올라가. 미시간 번호판을 단 붉은색 토러스가 있을 거야. 거기 타. 햇빛 가리개를 내려."

그들은 차에 탔다. 제이크는 가리개를 내렸다.

명함 크기의 쪽지에 이렇게 적혀 있었다.

차에서 내려.

1층으로 가.

회색 밴을 찾아서 뒷문으로 들어가.

밴 내부는 전자용품점 배달 차량과 구급차를 뒤섞어놓은 모습이었다. 구석에 달린 두 대의 비디오카메라가 그들을 지켜보고 있었다. 화물칸 한가운데에 코팅 종이 한 장이 매달려 있었다. 거기에 그들이 따라야 하는 일련의 지시 사항이 순서대로 적혀 있었다.

먼저 걸친 옷을 전부 벗어야 했다. 제이크와 기타노는 명령에 따랐다. 제이크는 순식간에 손만 빼고 벌거숭이가 되었다. 그는 마지막으로 화상 부위를 덮은 거즈를 천천히 뗐다. 상처에 공기가 닿자 따끔거렸다.

두 번째 단계로 옷과 소지품을 금속 상자 두 개에 넣은 다음, 밴 뒤편에 있는 사물함에 넣고 예일 자물쇠를 채웠다.

세 번째 단계. 제이크는 지시에 따라 건전지로 작동하는 바리캉으로 머리를 두피에 바싹 붙을 정도로 짧게 깎았다. 그다음 기타노에게 바리캉을 건네주고 카메라 앞에 서서 몸을 돌려 보였다. 기타노도 얼마 남지 않은 머리숱을 짧게 깎았다. 나이 들어 부패해가는 육체를 드러내는 수치심이 역력히 드러나는 얼굴이었다. 제이크는 피부와 힘줄밖에 남지 않은 기타노의 앙상한 팔을 보고 순간 동정심을 느꼈다. 그러나 다음 순간, 그는 하얼빈과 731부대와 고문과 생체실험을 떠올렸다.

제이크는 몸을 돌려 밴의 뒤편 창문에 비친 짧은 머리의 자기 모습을 바라보았다. 다시 열아홉 살의 신병 시절로, 죽음을 거래하는 방법을 배우기 전으로 돌아간 것만 같았다.

네 번째 단계. 밴의 한쪽 옆에 붙은 하얀 패널 앞에 설 것. 제이크는 전신 스캔 작업을 하는 것이라 생각했다. 얼테어는 자기네가 심은 탄소 추적기가 거의 대부분의 장치에 보이지 않는다고 장담했지만, 제이크의 걱정은 사라지지 않았다. 공학자들은 언제나 자기네 최신 기술이 실패할 리가 없다고 생각한다. 하늘에서 떨어지기 직전까지의 이카로스처럼.

코팅 종이에 적힌 다섯 번째에서 일곱 번째까지의 과정은 다음과 같았다. 옷을 입을 것—양쪽 모두 청바지, 선글라스, 붉은색 셔츠였다. 밴을 떠날 것. 돈은 가져올 것. 세 칸 옆에 서 있는, 창문에 검은 코팅을 한 폭스바겐 골프에 탈 것. 햇빛 가리개 안의 지시를 따를 것.

제이크와 기타노는 골프에 탑승했다. 제이크가 가리개를 내렸다.

조수석 서랍을 열어.

조수석 서랍에 든 것은 아이폰 한 대뿐이었다.

제이크가 아이폰을 꺼내자 화면이 밝아졌다. 화면에는 운전에 관련된 지시가 떠 있었다. 첫 지시 사항은 다음과 같았다.

돈은 주차장 자리에 두고 와.

돈을 두고 가라고?

제이크는 차에서 내려 돈이 든 배낭을 아스팔트 위에 내려놓았다.
기타노는 조수석에서 그의 움직임을 유심히 살폈다. 제이크는 다시
차에 올라 골프의 기어를 바꾼 다음, 차를 후진시켜 나선형의 출구
를 따라 내려갔다.

100개의 추적 장치는 그대로 주차장의 텅 빈 칸에 남아버렸다.

45

오키드는 홀로 오두막으로 걸어갔다. 나무 사이를 뚫고 들어온 햇빛에 쌓인 눈이 반짝였다. 지하 쉘터에서 나와 차갑고 상쾌한 공기를 마시니 나름대로 기분전환이 되었다. 머지않아 저곳을 떠날 수 있을 것이다. 예전에 시체라도 놓여 있던 것 같은 냄새가 났다. 조금전 그녀는 매기 코너를 쉘터에 둔 채로 밖으로 나왔다. 꽁꽁 묶어둔 매기는 지난 30분 동안 몸을 격렬하게 떨고 있었다. 거물의 손녀는 거물의 손녀들이 항상 그렇듯 마지막에는 비참한 모습이 되었다…. 그리고 오키드가 그녀에게 해줄 일은 아직 끝나려면 멀었다.

오키드는 노트북 컴퓨터와 곱게 갠 소복 한 벌을 들고 오두막으로 들어갔다. 그녀는 물건들을 먼지 쌓인 바닥 한가운데에 놓았다. 하얀 옷을 펼치자 작은 단도와 2차 세계대전 당시의 진품인 파파 남부 권총 한 자루가 드러났다. 그녀는 권총의 탄창을 다시 확인한 다음

헐거운 바닥 널 하나를 들어내고 그 아래 권총을 숨겼다. 그리고 세심하게 바닥 널을 다시 덮고 그 위에 옷과 단도를 놓아 자리를 감췄다.

그녀는 책상다리로 바닥에 앉아 컴퓨터 전원을 켰다. 내장 무선 카드가 들어 있는 레노버 넷북이었다. 이 장소가 그나마 신호가 잘 잡혔다. 그녀는 본체 컴퓨터에 접속해 폭스바겐 골프의 GPS 신호를 확인했다. 차는 보스턴을 떠나 그녀가 지시한 경로를 따라 북쪽으로 올라오고 있었다. 컴퓨터 본체에는 모든 경찰 주파수 대역을 감시하는 음성 인식 소프트웨어도 돌아가고 있었지만, 아직까지 관련 수배 지침은 등장하지 않았다.

지금까지는 완벽했다.

다음으로 그녀는 Zip 압축 파일을 클릭했다. 우즈마키에 관한 모든 정보가 들어 있는 디지털 정보 상자였다. 그녀는 대문자로 적은 메모 내용을 슬쩍 보았다. TS/NOFORN. 일급 기밀, 국외 유출 금지.

상당한 비용과 위험을 감수하고 몇 년에 걸쳐 모아들인 기밀문서 사본이었다. 모두 전후에 미국이 입수한 위험한 곰팡이에 대한 내용이었다. 포트 데트릭에서 미숙한 안보 부보좌관의 전담 지휘하에 적극적 역대응 계획을 수립하고 있다는 내용이었다. 우즈마키의 치료제를 개발하면 미국이 끔찍한 생물병기를 보유하게 될 것이라는 게 명확해지는 문서들이었다.

오키드가 키 하나를 누르자 가장 치명적인 정보를 담은 오디오 클

립이 재생되었다. 던과 기타노의 대화를 녹음한 것이었다. "코너의 법칙입니다. 우즈마키는 완벽한 병기가 될 겁니다. 데트릭에서 치료제를 개발하기만 하면 말입니다." 던의 목소리였다. 성문 분석 결과는 이론의 여지가 없었다. 그 개자식은 딱 걸린 것이다.

다음으로 두 번째 목소리가 들렸다. 기타노였다. "어디다 풀면 될 것 같나?"

던이 대답했다. "우선 하얼빈을 고려해봐야겠죠. 건설 과정에 풀려난 것처럼 보이게 할 수 있을 겁니다. 아니면 하얼빈 남쪽에 있는 중국 농무부의 생물학 연구 시설 근처도 괜찮을 겁니다. 능력 없는 작자들이 우즈마키를 만지작거리다 실수로 풀려나게 만든 것처럼 보이게 할 수 있죠."

"1979년에 스베르들롭스크에서 발생한 소련의 탄저병 사태처럼?"

"바로 그겁니다."

완벽한 증거였다. 중국 정부는 분노를 터트릴 것이다.

그녀는 중국 및 일본 대사, 그리고 중국 공안부와 일본 자위대 정보 본부 최고위 장교들의 개인 이메일 주소를 입력한 다음, 문서를 담은 Zip 파일을 첨부했다.

그리고 전송 버튼을 눌렀다.

46

던은 벽에 걸린 지도를 응시했다. 한 시간이 지나서 들어온 신호는 주차장 한복판이었다. 그자리 그대로였다.

돈은 움직이지 않았다.

이제 몇 초 후면 두 시간이 된다.

삑! 지도에 점이 나타났다. 아무도 입을 열지 않았다.

FBI 국장이 맨 처음으로 정적을 깼다. "이해가 안 되는군. 돈이 움직이지 않았습니다. 두 시간이 지났는데도 움직이지 않은 것 아닙니까. 돌입해야 합니다."

"그러지." 대통령이 말했다. "즉각 돌입하시오."

던은 집중하려 애쓰고 있었지만 제대로 생각조차 할 수 없었다. 두 시간이 지났다고. 내가 왜 당신을 믿어야 하지?… 가끔씩 방 위의 허공으로 떠올라 멀리서 진행 상황을 지켜보는 느낌이 들었다. 때론 온몸이 마비된 듯 얼어붙은 채, 자기 생각이 산성 물질처럼 대뇌의 조직을 좀먹어 들어가는 느낌이 들었다. 대체 뭐가 문제인 걸까?

대통령 비서실장이 방으로 들어왔다. "대통령 각하. 중국과 일본 대사관에서 묘한 일이 벌어지고 있습니다."

"또 뭔가?"

"중국 대사가 격노하고 있습니다. 당장 각하와 통화를 해야겠다고 합니다. 지금 즉시 말입니다. 일본 대사도 마찬가지입니다."

"조지, 여긴 지금 좀 바쁘다네. 다른 사람을 보내서 달래보게나."

"양쪽 모두 우리가 1972년 UN 생물무기금지협약을 어겼다고 주장하고 있습니다. 우리가 우즈마키라는 이름의 공격용 병기를 개발했다고 합니다."

방 안이 쥐죽은 듯 조용해졌다. 던은 피부가 타오르는 느낌이 들었다.

"정확하게 그 단어를 사용했단 말인가?"

"예, 대통령 각하. 지난 한 시간 동안 오키드가 중국과 일본 정부에 연락을 취한 모양입니다. 내용은 아직 파악할 수 없지만, 우즈마키에 대한 정보를 전달한 것은 분명합니다."

대통령은 분노와 우려가 깊이 새겨진 얼굴로 거의 1분 동안 입을 다물었다. "빌어먹을. 이해가 안 되는군. 그 여자가 대체 왜 그런 짓을 한 거지?"

"대통령 각하. 한 가지가 더 있습니다. 양쪽 대사관 직원들이 업무를 내팽개치고 서둘러 베이징과 도쿄행 비행기에 오르고 있다고 합니다. 이미 그 여자가 우즈마키를 퍼트렸다는 소문이 돌고 있습니다."

47

제이크와 기타노는 계속 북으로 향했다. 아이폰 화면이 방향을 지시해주었다. 화면의 지도에 그려진 작은 원이 목적지를 일러주고 있었다. 그 아래에는 진행에 따라 지시 사항이 계속 업데이트되었다. 제이크는 아이폰을 쉽게 볼 수 있도록 대시보드 위에 올려놓았다.

두 사람은 이제 캐나다 국경 근처에 있었다. 온타리오호수 바로 동쪽의, 사우전드 아일랜드라 불리는 지역이었다. 여기서 세인트로런스강은 폭이 넓어지는 동시에 잘게 쪼개져서, 유속이 느려진 강물 사이에 배처럼 둥실 떠 있는 1,800여 개의 작은 섬들 사이를 흘러간다. 가늘게 눈이 내리고 있었다. 아직 10월이지만 겨울은 이미 문턱까지 찾아왔다. 북쪽에서는 9월 이후에 언제든 눈이 내릴 수 있었다.

보스턴을 떠난 이후 두 사람은 완전히 침묵을 지켰다. 아이폰은 제이크가 이용할 도로까지 정확하게 지시해주었고, 그는 여러 고속도로와 국도를 따라 매사추세츠주 서부를 지나, 버몬트에 살짝 발을 걸친 다음, 뉴욕주로 들어가 애디론댁을 지나 워터타운으로 이동했다. 제이크는 몇 번쯤 라디오 뉴스 채널을 틀어 무슨 일이 벌어지는 중인지 확인하려 했다. 그러나 기타노가 매번 아무 말도 없이 곧바로 다시 꺼버렸다.

4일. 그 오키드라는 사이코패스가 광란의 살육을 시작한 지 4일밖에 지나지 않았다. 그동안 리암이 죽었고, 블라드가 죽었고, 매기는 납치되었고, 딜런은 병에 걸려 사경을 헤매게 되었다.

고작 4일 만에.

온몸이 쑤셨다. 하루 반나절 전에 감전당해 사경을 헤매던 때의 후유증이었다. 오른쪽 귀는 아직도 욱신거렸고, 소리도 잘 들리지 않았다. 로스코는 청력이 완전히 회복되지 않을 수도 있다고 말했다.

제이크 자신에게 닥치는 상황이야 당당하게 마주할 수 있었지만, 딜런에 대한 죄책감과 걱정이 그를 무겁게 짓눌렀다. 오키드한테서 도망친 딜런이 우즈마키를 넘겨주지 않으려고 벌인 용감한 행동을 생각하면 가슴이 찢어질 것만 같았다. 딜런의 용감한 행동이 이렇게 끔찍한 방식으로 보답을 받았다는 사실이 너무 괴로웠다. 자신의 책임이라는 생각이 들었다. 딜런에게 단호하게 공포를 다스려야 한다는 생각을 주입한 것은 그 자신이었다. 그 대가를 딜런이 치르고 있었다. 아홉 살 먹은 어린아이가. 보스턴으로 떠나기 직전 마지막으로 만났을 때는 견디기 힘들 지경이었다. 제이크는 딜런의 격리실 밖에 서서, 유리창 안을 들여다보며 수화기를 귀에 가져다 댔다. "기분이 이상해요. 제대로 생각할 수가 없어요." 딜런은 가느다란 목소리로 말했다.

제이크는 딜런에게 허황한 약속을 했다. "엄마를 데려오마. 무슨 일이 있어도 데려올게. 이겨낼 수 있어." 그는 자신의 말을 믿으려 애썼다. 그래야 딜런도 믿을 수 있을 테니까. "조금만 기다려라. 우리 꼬맹이."

의사는 피하주사를 준비하고 있었다. 제이크가 떠나자마자 딜런에게 진정제를 주사할 예정이었다. 그들이 할 수 있는 일이라고는 그것뿐이었다. 제이크가 할 수 있는 일이라고는 영원한 어둠을 조금 연기하는 정도였다. 평생 이토록 무력해본 적이 없었다.

제이크는 지금까지 몇 달 동안이나 회피하던 진실에 고통스러워하는 중이었다. 전쟁이 끝난 이후 이토록 뭔가를 강렬하게 원해본 적이 없었다. 매기와 딜런과 함께 삶을 꾸리고 싶었다. 다른 미래는 상상조차 할 수 없었다. 그러나 그의 환상은 현실로 여물기도 전에 산산조각 나서, 매기는 오키드의 포로가 되고, 딜런은 사경을 헤매는 현실로 대체되었다. 그런데 제이크가 할 수 있는 일은 고작 늙은 전쟁범죄자를 처형장으로 데려가는 운전기사 역할뿐이지 않은가.

그는 모든 감정을 떨쳐내려 애썼다. 몸은 엉망이고 아드레날린 기운으로 움직이고 있기는 해도, 당장 행동하고 싶어 달아올라 있었다. 좌절과 분노와 초조함이 조합되면 위험한 일을 저지르게 될지도 모른다. 실수를 저지를 가능성도 있다. 병사라면 누구나 자기 총을 아는 것처럼 그런 상황의 위험성도 알고 있다. 계속되는 압박은 병사의 정신을 좀먹어 들어간다. 제이크는 끊임없이 천천히 흘러들어 오는 해소할 수 없는 압박이 어떤 결과로 이어지는지 자기 눈으로 확인했다. 사막에서 몇 달 동안 틀어박혀 모래 저편을 바라보며, 죽이거나 죽음을 맞기를 기다리며 빌어먹을 생화학 방호복을 입고 벗는 일을 반복하고 있으면 무슨 일이 일어나는지를. 최종 지령에 따라 진군을 시작하자 차라리 안도가 되었다. 일단 지령이 내려오자 분위기가 완전히 바뀌었다. 모든 것이 나이프처럼 날카롭게, 첨예하게 대조되어 보였다. 뭐든 할 수 있을 것 같았다.

"지금은 위기 상태라네." 해먼드를 벗어났을 즈음, 문득 기타노가 입을 열었다. 캐나다 국경까지 몇 마일 남지 않은 곳이었다.

제이크는 너무 놀라서 순간 운전대를 틀었다. 뒷바퀴가 미끄러지다 간신히 다시 도로로 올라왔다. 양쪽으로 빽빽하게 숲이 들어차 있는 도로에는 그들 외에는 아무도 없었다. 몇 마일 동안 다른 차는 한 대도 보지 못했다. "무슨 소릴 하는 겁니까?"

"일본 얘기일세. 남자들한테 위기가 닥친 거야. 전체 청년의 3분의 2 정도가 이미 당했어. 다들 소쇼쿠-단시가 되어버렸지."

"무슨 뜻인지 모르겠습니다만."

"소쇼쿠-단시. 초식남. 풀을 먹는 남자란 말일세." 기타노는 고개를 저었다. "부드럽고 약한 놈들일세. 더 이상 전쟁에는 관심이 없어. 심지어 여자한테도 관심이 없다네. 정원을 가꾸지. 집을 꾸밀 장식물을 사들이고. 마쓰시타에서 나온 시장조사 보고서를 보면 앉아서 소변을 보는 놈들이 40퍼센트나 된다네."

기타노는 입을 다물었다. 제이크는 그쪽을 힐끔거렸다. 노인은 얼굴을 찌푸린 채 눈을 가늘게 뜨고 있었다. 그는 손으로 피부를 긁으며 말을 이었다. "일본 방위성에서는 이 사태를 위기라고 간주하고 있다네. 초식남이 많아지면 싸울 남자가 사라지리라는 거지. 방위성에서는 일본을 지키는 전투 로봇을 개발하는 일에 수십억 달러를 쓰고 있다네." 그는 제이크를 슬쩍 바라보았다. 황달이 가득한 눈에는 음울한 기색이 어려 있었다. "내가 일본인이라는 사실이 부끄러울 지경이라네."

제이크는 다시 도로로 시선을 돌렸다. 문 닫은 낚시용품점 진입로에 사람 없는 낡은 순찰차 한 대가 서 있었다. 기타노의 시선이 그림자처럼 자신을 뒤덮는 것이 느껴졌다. "그럴 때도 있는 거겠죠. 유행 아닙니까. 내년이면 다들 킥복싱에 매달리게 될 겁니다."

"아니야. 자네 생각은 틀렸어. 단순한 유행이 아닐세. 전쟁이지."

"무슨 전쟁 말입니까?"

기타노는 비꼬는 듯한 웃음을 흘렸다. "무슨 전쟁이냐고? 단 하나뿐인 전쟁이지. 지금 자네들이 사방에서 일으키는 사소한 국지 분쟁 말고. 그딴 건 애들 장난질이지 않은가."

머리 위 하늘은 칙칙한 회색으로 뒤덮였다. 모든 것이 낡은 곳이었다. 그들이 지나온 집들도, 자동차들도. 가까운 언덕에 서서 나무 위로 비죽 고개를 내밀고 있는 전화 기지국의 탑이야말로, 그들이 20년 전쯤으로 시간여행을 해온 것이 아니라는 사실을 알려주는 유일한 증거였다.

유일한 전쟁. 2차 세계대전. 승자가 모든 것을 독식하는, 생존을 위한 총력전, 국가의 모든 힘을 다한 전면전이었던 마지막 전쟁. 전 세계의 강대국들이 국가의 생존을 걸고 싸웠던 전쟁. 전략을 위한 국지전이 아니었다. 도미노 현상이나 석유 따위를 입에 올리며 다툰 것이 아니었다. 살아남기 위한 전쟁이었다. 이후로 그와 같은 전쟁은 두 번 다시 벌어지지 않았다.

전쟁은 미국에 발자취를 남겼다. 미국은 전쟁에서 오만함을, 이후 반세기 이상 세계를 다스릴 수 있게 해준 자부심을 얻었다. 반대편의 일본은 정복당하는 느낌이 어떤 것인지를 배웠다.

제이크는 모든 방향으로 정지 표지판이 서 있는 교차로를 지나쳤다. 주변에 차는 한 대도 없었다. "그건 아주 오래전 일 아닙니까."

기타노는 고개를 저었다. "일본에게 수십 년 정도는 아무것도 아니라네. 우리는 그렇게 쉽게 망각하는 나라가 아니니까. 우리는 기억을 통해 힘을 하나로 모으지." 노인은 눈을 감았다. 제이크는 기타노의 겨드랑이 얼룩이 점차 커지고 있다는 것을 깨달았다. 이 남자는 지금 죽을 정도로 겁을 먹은 것이 분명했다.

"전쟁이 끝난 후에 우리는 아무것도 아닌 존재가 되었다네. 미국인들이 우리를 거세해버렸지. 천황 폐하를 모욕해서 인간으로 만들어버렸다네. 자기네 법률을 강요하고, 미국의 모습을 따라 일본을 재창조했지. 심지어 검도에 쓸 칼조차 압수해버렸다네. 우리는 전통을 지키기 위해서 날이 없는 뭉툭한 금속 조각을 사용해야 했지." 기타노는 비꼬는 웃음을 짓더니 바닥에 침을 뱉었다. "우리를 어린아이로 만들려고 한 거야." 기타노는 다시 격렬하게 몸을 긁기 시작했다. 팔에 붉은 줄이 떠올랐다. 조금만 더 세게 긁으면 피가 날 것 같았다.

"진정 좀 하시죠. 괜찮으십니까?" 제이크가 물었다.

기타노는 문득 움직임을 멈추고 고개를 한쪽으로 숙이고는 귀를 기울였다. "저거 들리나? 저 소리? 계속 문을 두드리는 것처럼 들리는 소리가?"

제이크는 귀를 기울였다. 구역별로 콘크리트를 부어 만든 2차선 도로라서 구역이 이어지는 부분에 흠집이 있었다. 타이어가 그 위를 지날 때마다 반복해서 문 두드리는 것과 비슷한 소리가 들렸다. "그게 뭐 어떻다는 겁니까?"

"사람들이 나에 대해서 얼마나 말해주던가?"

"알 만큼은 들었습니다."

"나는 위대한 전사는 아니었다네. 기술자였지. 제이크, 자네와 같은 공병이었어. 자네는 불도저를 몰았다지? 내 말이 맞나?"

제이크는 깜짝 놀라 되물었다. "누구한테 들은 겁니까?"

기타노는 제이크의 질문을 무시했다. "이야기를 하나 해주겠네. 내 이야기가 아니야. 다른 특공대원이 들려준 이야기지. 자기가 소리를 듣는다고 했다네. 심지어 그 소리를 도로 위를 지나가는 타이어 소리에 비유하기도 했어. 규칙적으로, 통 통 통 하고 울린다고. 특공 이야기는 알겠지. 연합함대에 남은 마지막 잠수함들을 타고 미국으로 갈 계획이었어. 우즈마키로 공격할 생각이었지. 천황 폐하를 자랑스럽게 섬기는, 일본에서 가장 유망한 젊은이들이었다네. 기존의 특공부대에서 특별히 선발된 자들이었지. 그 충성심과 열정 때문에. 이해가 되나?"

"전혀."

"세이고 모리와 나는 둘 다 도쿄대 출신이었다네. 가미카제 대원은 거의 전부 도쿄대 출신이었지. 일본에서 가장 뛰어나고 영리한 젊은이들이었어. 군인들이 찾아와 우리를 줄 세워놓고 물었다네. '누가 자원하겠나? 누가 대일본 제국을 위해 순국하겠나?' 세이고는 불문학을 전공했다네. 낭만주의자였지. 그래서 앞으로 나선 걸세.

세이고는 232특공대에 배치되었다네. 그의 가미카제 전대는 오키나와에서 미군을 공격하라는 명령을 받았지. 전부 젊은이들이었는데, 끔찍한 비행기를 몰았다네. 제대로 된 비행기가 전부 격추된 후 남은 찌꺼기에 탑승했지. 그 친구도 '센닌바리'를 가지고 있었다네.

천인침이라는 건데 1,000명의 여인들이 하나씩 매듭을 지은 허리띠지. 그 친구 어머니가 길거리에 나가 며칠 동안 손을 빌려서 만든 거라네. '하나요메 닝교'도 가지고 있었지. 인형 신부 말일세."

제이크는 기타노의 말을 이해하려 애썼지만, 노인의 주절거림은 계속 다른 이야기로 옮겨가서 의미를 파악하기가 쉽지 않았다.

"세이고는 누님에게 보내는 편지에서 자신의 마지막 날을 묘사했다네. 나는 그걸 1954년이 되어서야 읽었지. 그 친구 누님이 직접 내게 보여줬다네. 편지에 따르면 전날 밤은 편대 전원이 찻집에 가서 즐겁게 웃고 떠들며 술을 마셨다고 했네. 아침이 되자 고향 마을 방향을 바라보며 애국심을 고취하는 노래를 불렀고, 모두 나름의 미련은 있었지만, 활주로를 따라 비행기를 몰아가는 동안 미심쩍은 마음은 전부 사라졌다고 하네. 근처 마을의 젊은 여자들이 나와서 벚꽃이 핀 나뭇가지를 흔들어댔지. 여행길을 배웅해준 거라네. 자부심을 가득 품고 죽으러 갈 수 있도록. 그들이 일본의 유일한 희망이었으니까.

세이고는 자신이 행복하다고 썼다네. 지금까지 겪은 것과는 전혀 다른 방식으로 자신이 살아 있다고 깨달은 게지. 조국을 구하는 임무를 맡아 당당하게 죽음의 품 안으로 날아들기를 원했다네. '아버지를, 어머니를, 누님을, 백인 악마들의 손에서 지키기 위해서'."

"편대는 동이 튼 다음에 이륙했다네. 그 순간 세이고는 비행기 앞쪽에서 덜덜거리는 소리를 들었지. 순간 가슴이 내려앉았다네. 엔진에 문제가 생긴 거야. 지난주 내내 조심스레 손질하며 끔찍한 품질의 배급 연료로 돌아가게 만들려고 애써왔는데 말이지. 노력은 했지만 사실 처음부터 무리였던 거라네. 목표까지 남은 150마일을 날아갈 수 있을 리가 없었지. 사실 기지로 무사히 귀환하는 데도 행운이 필요할 정도였어.

그는 저주와 비명을 내뱉으며 계기판을 두드려댔다고 내게 털어놓았다네. 동료 특공 조종사들은 차츰 속도를 올려 구름 속으로 사라졌지. 지금까지 그 동료들만큼 형제에 가까운 이들을 가져본 적이 없었다네. 함께 죽을 예정이었는데. 그들을 버리고 돌아간다니 상상조차 힘든 일이었어. 하지만 달리 방법이 없었다네. 그래서 그는 귀환했지.

그는 착륙하자마자 곧바로 병영으로 달려갔다네. 다행히도 주변에 아무도 없었지. 홀로 수치심을 삼킬 수 있게 된 거야. 그의 생애에서 최악의 순간이었다네. 자신의 가족과 국가를 실망시켰으니까. 그리고 다른 무엇보다, 특공 동료들을 실망시켰으니까. 그는 자신이 벌써 죽은 것만 같다고 느꼈다고 했네. 단 하나 안도가 되는 일은, 머지않아 다른 비행기를 타고 다른 미국 전함을 향해 돌진하게 될 것이라는 사실뿐이었지. 하지만 그건 그의 운명이 아니었다네. 대신 그는 하얼빈으로 소환됐지. 이유를 알겠나? 그가 선택받은 까닭이 짐작이 가나?"

"아니, 전혀 모르겠군요."

"목숨을 바치려는 초개 같은 마음을 증명해 보였기 때문일세. 세이고 모리, 그 친구는 정말 용감했어. 당장이라도 비행기를 타고 공격해 들어가고 싶었지. 하지만 특공의 일원으로서, 기다릴 각오도 하고 있었다네. 필요하다면 산 채로 망령이 되어 얼마든지 기다릴 수도 있었던 걸세. 그 친구는 소쇼쿠-단시가 아니었어. 초식남이 아니었지."

오른쪽으로 갈라지는 좁은 아스팔트 길이 보였고, 아이폰의 화살표는 제이크에게 그쪽으로 움직이라고 지시하고 있었다. 몇 번 더 방향을 틀자 자동차는 자갈길 위를 달리기 시작했다. 제이크는 기타노가 말하는 방식이 마음에 들지 않았다. 노인에게서 땀 냄새에 뒤섞인 악의가 느껴졌다. 억눌려 있던 공격성이 당장에라도 끓어넘칠 것 같았다. 게다가 몸을 계속 긁어댔다. 마침내 피부가 찢어져 피가 흘렀다.

제이크는 기타노가 공황에 빠지는 중이라고 추측했다. 무너져가는 거라고. 차에서 내리면 주의를 기울여야 한다. 도망칠 수도 있고, 말도 안 되는 행동이지만 공격하려 들 수도 있다. 제이크는 노인을 탓할 생각은 없었다. 오키드는 잔혹하게 리암을 고문했다. 블라드와 하포를 죽이고, 매기의 동거인까지 살해했다. 제이크를 죽이려 최선을 다했다. 그 여자가 기타노를 손에 넣으면 무슨 짓을 할지 어떻게 알겠는가?

기타노는 자신의 분노와 전쟁 이야기로 제이크의 신경을 분산하고 있었다. 진정한 적에 집중하지 못하는 상황은 극도로 위험하다. 그의 목표는 오키드다. 기타노가 아니라 오키드에게 집중해야 한다는 점을 잊지 말아야 한다. 북으로 100마일을 더 이동한 그들은 거의 아무도 살지 않는 야생 지역 한복판으로, 흔히 GPS 위성의 '북쪽 구멍'으로 불리는 위치로 들어갔다. 인공위성들은 대부분 적도면을 따라 공전한다. 북쪽으로 가면 갈수록 한 지역을 담당하는 인공위성의 수는 줄어들기 마련이다.

제이크는 그들이 심은 발동 장치를 만져보았다. 눈 바로 옆의 작은 끈 한 조각을. 이제 외부 세계와 그를 연결하는 유일한 수단은 바로 그 추적 장치뿐이고, 머지않아 그조차 작동하지 않게 될 것이다.

길이 급하게 왼쪽으로 꺾이더니 헐벗은 나무로 가득한 숲을 따라 구불구불하게 이어졌다. 제이크는 시간을 확인했다. 운전을 시작한 지도 거의 여덟 시간째였다. 구름이 모여들고 있었다.

아이폰 화면에 주소 하나가 떴다. 가일스가 23번지. 얼마 지나지 않아 도로 뒤편으로 물러나 앉은, 겨울을 맞아 거주자들이 떠난 오두막들이 나란히 늘어선 모습이 눈에 들어왔다. 창문은 단단히 닫아놓았고, 눈은 이미 조금 쌓여 문 앞을 막고 있었다. 그 너머로는 숲의 나무들 사이로 푸른 물이 펼쳐진 모습이 띄엄띄엄 보였다. 도도히 흐르는 세인트로런스강은 이곳에서 강이라기보다는 호수에 가깝게

변해, 수천 개의 섬들 사이로 흘러간다. 강의 가운데쯤을 국경이 지나간다. 반대편 기슭은 캐나다 땅이다.

제이크는 맨 오른쪽, 즉 강가 쪽에 있는 오두막 주소를 확인했다. 머지않아 그는 가일스가 23번지 건물을 발견했다. 짙은 갈색 목재 벽에 어울리지 않는 밝은 파란색 문이 달린 평범한 솔트박스형 건물이었다. 그는 쌓인 눈 위에 타이어 자국을 그리며 진입로로 들어가서, 두 대들이 차고 앞에 차를 세웠다.

기타노가 입을 열었다. "다른 여섯 명의 특공대가 실패하면, 내가 마지막 공격을 할 예정이었다네. 우즈마키를 마지막 순간까지 간수할 예정이었지."

"코너 교수님이 그걸 가져가버려서 참 애석하게 됐습니다." 제이크가 말했다. 그는 차에서 내려 오두막의 전면에 붙은 창문으로 접근하면서, 계속 기타노 쪽에 귀를 기울였다. 그는 유리창 안쪽을 들여다보았다. 집 안은 어둑하고 텅 비어 있었다.

기타노가 베란다로 따라왔다. 어색하지만 제법 민첩한 움직임이었다. 방금 시야 밖에서 위험을 감지하기라도 한 것처럼 눈동자가 정신없이 주변을 훑었다. 지독하게 겁에 질린 것이 분명했다.

제이크는 베란다를 나와 차고를 확인했다. 차고 안에는 페덱스 밴이 뒷문이 열린 채로 서 있었다. 움직이는 것은 없었다.

그는 자동차로 돌아와 아이폰을 들었다. 화면에 떠오른 화살표는 집을 뚫고 건너편의 물을 가리키고 있었고, 그 아래에는 '노를 저어'

라는 글씨가 떠 있었다.

건물 뒤로 돌아가자 기타노도 따라왔다. 뒤뜰 한복판에 노 젓는 나무 보트 하나가 나와 있었다. 눈이 들어가지 않도록 뒤집어놓은 채였다.

배 아래에는 파카 두 벌이 있었다.

제이크는 한 벌을 기타노에게 주고 남은 한 벌은 자기가 입었다. 그리고 보트를 뒤집은 다음 물가로 끌고 가서 배를 타고 나갈 준비를 했다. 기타노는 잠시 실례하겠다고 말하고 풀숲 쪽으로 가서 소변을 보았다. 제이크는 노인에게서 눈을 떼지 않았다.

⚬

몇 분 후. 제이크는 노를 저어 강으로 나아가고 있었다. 화상과 추위 때문에 손이 욱신거렸다. 여전히 계속 내리는 눈이 두 사람의 주변을 하얀 장막으로 감싸고 있었다. 완벽한 적막이 보트 주변을 뒤덮었다. 노 젓는 소리, 나무끼리 서로를 긁는 끼익하는 소리, 노를 물에서 들어 올릴 때마다 나는 물소리만 제외하고.

배의 뒤편에, 제이크의 시선이 정확하게 닿는 위치에, 기타노가 앉아 있었다. 노인은 이제 파카 안에서 몸을 웅송그린 채 입을 다물고 있었다. 제이크는 집중할 기회가 생겨 다행이라고 생각했다. 지금까지는 기타노의 움직임 하나하나를 극도로 신경 쓸 수밖에 없었기 때문이다.

아이폰 화면이 깜빡였다. 지도가 사라지더니 화면이 텅 비어버렸다. 이내 단어 두 개가 그 위에 떴다.

멈춰. 기다려.

제이크가 노를 들어 올리자 배는 물의 흐름에 맞춰 떠내려가기 시작했다. 두 사람은 주변의 섬들과 적어도 수백 야드는 떨어져 있는, 도도히 흐르는 큰 강의 한가운데에 있었다. 끔찍하게 추웠다. 기타노의 입술이 달싹거렸지만 아무 소리도 나오지 않았다.

제이크는 주변을 둘러보았다. 물. 흰 사이로 잿빛이 섞인 구름. 눈이 하얗게 덮인 강변. 앙상한 나무들이 드리우는 흐릿한 그림자. 뭘 기다리라는 걸까? 배를? 그는 물속에서 노를 앞뒤로 움직이며 근육의 온도를 유지하려 애썼다. 딜런이 고통받지 않고 있기를 빌었다. 매기가 이 상황을 알면 정신이 나가버릴 것이다. 손댈 수 없을 정도로 슬픔에 빠질 것이다. 물론 그녀가 아직 살아 있다면 말이지만. 제이크는 이 상황에서 빠져나갈 방법을, 모두 잘 끝날 방법을 생각해보려 애썼다. 하지만 상상조차 불가능했다.

기타노가 다시 입을 열었다. "일본이 점령당한 순간 우리들의 영혼도 감금당한 셈이었다네. 우리는 현실을 거부했지. 정복자가 짜넣은 질서 속에서 우리들을 재창조하려 했다네. 마치 야수의 갈빗대

안에 살고 있는 새처럼. 새는 매일 아침 일어나 열심히 하루를 보내지만, 머지않아 자기 운명을 깨닫게 된다네. 어둠 속에 살고 있다는 것을. 노예의 삶을 살고 있다는 것을. 숙주가 먹는 음식을 소화하는 것 외에는 아무런 삶의 의미도 없다는 것을. 기생충이 되는 거라네."

노인의 눈이 불붙은 석탄처럼 타올랐다. 한쪽 입가에 허옇게 침이 말라붙은 게 보였다. "이런 사실을 깨달은 새는 우선 순종한다네. 운명을 받아들이는 거지. 나도 그렇게 했다네. 현대 일본의 젊은이들도, 초식남이라는 자들도 그렇게 했다네. 미국이 짠 새장 속에 사는 작은 새들인 셈이지. 다른 삶이 존재한다는 상상조차 못 해본 이들이라네. 투쟁해본 적이 없지. 피 맛을 본 적도 없어.

하지만 이제 그 새장의 빗장이 썩어가고 있다네. 머지않아 미국은 일본은 고사하고 자기 한 몸조차 지키지 못할 정도로 약해질 테니까. 새들이 행동할 때가 온 거지. 스스로 어둠을 뚫고 태양이 비치는 곳으로 나가야 하는 거라네. 일본은 예속에서 풀려나야 해. 위협적이고 자부심 넘치는 나라의 자리를 되찾아야 하네."

제이크의 등골을 타고 서늘한 기운이 올라갔다. "지금 무슨 소릴 하는 겁니까?"

"우리가 자네들 코카서스인종을 뭐라고 부르는지 알고 있나? '바타-쿠사이'라고 부른다네. 상한 버터 냄새가 난다는 뜻이야. 자네들은 제대로 몸을 씻을 줄도 모르는 구역질 나는 존재라네. 게다가 겁쟁이기도 하지. 자네들이 와도 우리가 물리칠 거라네. 네덜란드 놈들이 정복자의 탈을 쓰고 찾아왔지만 결국 물리쳐냈지. 프랑스인도, 영국인도, 모두 마찬가지였다네. 결국에는 우리의 용기가, 죽음을 무릅쓰는 의지가, 자네들을 파멸로 이끌 거라네. 자네들의 세기는 끝났어. 이제 우리의 세기가 시작되는 거라네."

"미쳤군. 일본에는 제대로 된 군대도 없지 않습니까. 헌법으로 금지했을 텐데요."

"자네들이 만들어준 헌법이지." 기타노가 대꾸했다. "맥아더가 쓴 헌법이야. 그런 건 내게는 아무 구속력도 없다네. 동방의 군대, 중국과 일본의 군대는 이미 미국 전체와 맞먹을 정도의 숫자고, 그 다섯 배까지 늘릴 수도 있다네. 우리들의 군비 지출은 5년마다 두 배씩 늘어나고 있지. 몇 년이면 미국을 넘어설 걸세. 중국의 경제는 엄청난 속도로 성장하며 미국을 추격하고 있지. 자네들이 비틀거리는 사이 중국이 일어서고, 일본이 중국을 이끌게 될 걸세. 자넨 바보가 아니잖나, 스털링. 자네라면 잘 알고 있을 거야. 머지않아 우리가 자네들을 억누를 거라네. 중국이 몸통이 되고, 일본이 머리가 될 거야."

"중국과 일본은 서로 싫어하지 않습니까."

"썰물이 있으면 밀물도 있게 마련이지. 유럽 국가들은 몇 세기 동안 숙적이지 않았나. 중국과 일본도 서로 우위를 차지하려 다퉜을 뿐이라네. 하지만 이제 한데 뭉칠 때가 온 거지."

기타노에게서 엄청난 열기가 느껴졌다. 불이 붙은 것만 같았다. 멀리서 윙윙거리는 소리가 다가오는 것이 들렸다. 1분 정도 지나자,

제이크는 비행기라기에는 너무 작은 물체가 강을 따라 활공해 오는 모습을 발견했다.

물체는 머리 바로 위를 지나치더니, 방향을 틀어 선회를 시작했다. 제이크는 그 물체의 정체를 알아챘다. UAV, 즉 무인 항공기였다. 해군이 1차 걸프전 때 사용했던 RQ-2 파이어니어와 흡사했다. 가까운 곳에서 몇 번쯤 본 적이 있었다. 인간과 비슷한 크기로, 수 피트의 동체 높이에 날개를 편 길이가 15피트가량이며, 주로 정찰 용도로 사용한다. 지금 보이는 무인기는 RQ-2보다 생김새가 늘씬한 거로 보아 신형인 RQ-7 섀도인 모양이었다. 대체 저런 최신 병기가 여기서 뭘 하고 있는 걸까?

"가미카제라는 단어의 역사에 대해서는 알고 있나?" 기타노는 무인기에는 조금도 주의를 기울이지 않고 다시 입을 열었다. "1274년과 1281년에 쿠빌라이 칸의 몽골 함대를 박살 내버린 두 차례의 무시무시한 태풍, '신의 바람'에서 따온 이름이라네. 몽골은 일본을 침공해 왔지. 그리고 자만심의 대가를 목숨으로 치렀다네. 이후 700년 동안 그 어떤 '가이진'도 같은 실수를 되풀이하지 않았네. 마침내 미국인들이, '바타-쿠사이'가, 썩은 버터 냄새를 풍기는 마지막 종족이 등장하기 전까지는 말일세. 그들을 격퇴하면, 그러니까 자네들을 박살 내버리고 나면, 아무도 더 이상 일본을 위협하지 못할 거라네."

차갑고 고요한 공기가 주변을 감쌌다. 천천히 눈송이가 떨어졌다. "헛소리는 집어치워. 대체 무슨 소리를 하는 거지?" 제이크가 말했다.

"한 가지 물어보지. 중국에서 2차 세계대전 이후로 우즈마키를 간직해왔으며 아무에게도 알리지 않았다는 사실을 발견한다면, 자네들 미국인은 어떻게 하겠나? 거기다 수십억 달러를 투자해 우즈마키 치료제를 개발하는 시설을 건설했다면? 그리고 최고위 중국 관료가 공격 작전을, 미국 본토에 우즈마키를 풀어 미국 시민 수백만 명을 죽이는 계획을 설명하는 목소리를 녹음한 테이프가 유출된다면, 그럼 무슨 생각이 들 것 같나? 그걸 막기 위해 뭐든 하려 들지 않겠나?"

"헛수작은 관둬."

"대답해보게. 그걸 막을 수 있다면 뭐든 하려 들지 않겠나?"

"당연하지."

"그런데 그걸 다른 사람이 막았다면? 그 대가를 치르게 했다면? 그 사람은, 그 나라는, 자연스레 자네들의 동맹이 되지 않겠나? 과거에는 적이었다고 하더라도?"

"무슨 짓을 꾸민 건지 그냥 말하는 게 어때."

"몇 시간 전쯤, 오키드가 기밀문서 여러 통을 일본과 중국 대사관에 보냈을 걸세. 그 안에는 미국이 중국에 대해 생물병기 공격을 계획하고 있다는 증거가 담긴 문서와 음성 녹음이 들어 있지. 야비하고 비열한 짓거리를 몰래 꾸미고 있었다는 증거 말일세. 중국 정부를 무너트리기 위해 우즈마키를 사용하는 계획일세. 수천 명, 어쩌면 수백만 명의 무고한 중국 민간인을 희생시켜서 말일세."

한마디 한마디가 전기 충격처럼 들렸다. 순간 제이크는 모든 것을 이해했다.

"이 개자식. 네놈이 오키드를 고용했군."

수많은 연결 고리가 이어지며 온갖 모습이 그의 마음속을 가득 메웠다. 다리에서 뛰어내리는 코너의 모습. 뒤통수에 총을 맞아 쓰러지는 블라드의 모습. 격리실에 홀로 앉아 있는 딜런의 모습. 전부 이 노인 때문에 일어난 것이었다. "교도소에서 빠져나오려고 오키드를 고용한 거야. 감옥에서 풀려나려고 이 모든 걸 계획한 거라고." 제이크는 노 하나를 곤봉처럼 손에 들었다. "매기가 어디 있는지 당장 말해."

기타노는 제이크의 위협을 무시한 채 말을 이었다. "미국은 우즈마키를 60년 동안 비밀로 감춰왔다네. 소중한 비밀을 지키려고 악명 높은 731부대까지 은폐해버렸지. 그리고 이제 우즈마키를 공격용 병기로 사용하기 위한 적극적 역대응 프로그램을 돌리고 있다네. 그 모든 사실을 증명할 수 있는 자료가 내 손에 있지."

"전부 헛소리야. 아무도 당신을 믿을 리 없어. 문서 따위는 위조할 수 있을 텐데. 이런 짓을 벌이면 중국이 갑자기 당신을 좋아할 거라고 생각하나? 미국이 중국을 공격할 거라는 정신 나간 음모론을 만들어냈다는 이유로 갑자기 당신 친구가 되어줄 것 같나?"

"귀축 백인에 대한 복수를 감행했다는 이유로 나를 존경해줄 거라네."

"복수라고? 대체 무슨…."

기타노는 제이크의 말을 잘랐다. "아직도 이해가 안 되는 건가? 이미 다 끝났네. 우즈마키는 이미 속박에서 풀려났어. 지금 이 순간에도 확산 중이네."

48

던은 사방 벽이 나무 널로 덮인 캠프 데이비드의 임시 집무실로 슬 그머니 빠져나왔다. 전화를 귀에 댄 채로, 자신의 수행원인 폴 윌러에 게 정신없이 소리치는 중이었다. 헤이즐턴의 교도소에서 보고가 들 어오기 시작한 것이다. "교도관 열일곱 명이 병가를 신청했습니다." 윌러가 말했다. "동요한 수감자들은 폭동을 벌이고 있습니다."

"무엇 때문에?"

"아무도 모릅니다. 다들 미친 것처럼 행동하고 있습니다. 교도소 장은 지금껏 이런 사태는 본 적도 없다고 합니다."

"당장 이유를 알아내게."

던은 전화를 책상 위에 던졌다. 피부가 불이 붙은 것처럼 근질거 렸다. 평정을 유지하려 애쓰고 있었지만, 머릿속에 떠오른 생각이 미처 이해하기도 전에 산산이 바스러지는 느낌이었다. 빛줄기가 연이어 그의 시야를 가로질렀다.

그는 책상에 앉아 옆 탁자에 놓인 유리 주전자에서 물 한 잔을 따랐다. 컵을 입으로 가져가는 손이 벌벌 떨렸다. "몸에 문제가 좀 있는 모양이야." 그는 소리 내어 혼잣말을 중얼거렸다. 더 이상 부인할 수가 없었다. 이제 정신이 머리를 빠져나간 것처럼, 두피 위를 기어 다니는 거미처럼, 사방으로 흩어져 기어 다니기 시작했다. 세계 최강대국의 정력 넘치는 안보 부보좌관 로런스 던이, 실체를 가진 그의 존재가, 다음 순간에는 티끌과 물과 모래로 조각나 무너져 내리는 것만 같았다.

"좀비 같군." 목소리가 들렸다.

던은 충격을 받고 고개를 들었다. 자신의 입에서 흘러나온 소리라는 걸 깨닫는 데도 시간이 걸렸다. 자신은 의자에, 책상 앞에 앉아 있었다. 눈앞의 책상에는 블랙베리가 놓여 있었다. 그러나 동시에 방 맞은편에서, 의자에 앉아 있는 자신을 지켜보고 있기도 했다. **신경쇠약 증세로군.**

또 하나의 던이 그를 지켜보고 있었다. 이쪽 던은 그새 썩어가는 시체가 되어 있었다. 벗겨진 페인트처럼 피부가 늘어져 덜렁거리는 모습이 보였다. 다른 쪽 던이 입을 열더니, 우물 밑바닥에서 울려 나오는 목소리로 말했다. "좀비 같군."

던은 눈을 감았다. 다른 던은 여전히 같은 자리에서, 어둠 속에서 기다리고 있었다.

정신이 무너지는 거야.

구역질이 밀물처럼 밀려왔다. 고개를 흔들자 빛줄기가 예광탄처럼 눈앞에서 일렁였다. 사무실 자체가 살아 있는 거대한 짐승이 된 것처럼, 벽이 고동치기 시작했다.

교도소. 교도소 안의 사람들이 전부 미쳐가고 있다고 했다.

문득 기타노의 모습이, 독방 바닥에서 입가에 침을 흘리며 누워 있는 노인의 모습이 뇌리를 스쳤다.

책상 위의 전화가 울렸다. 생물처럼 꿈틀거리고 있었다. 던은 의지력을 끌어모아 전화를 받았다.

이번에도 월러였다. "기타노의 감방을 뜯어냈는데, 전화를 발견했답니다. 빌어먹을 휴대폰 말입니다. 간수 한 명이 그걸 밀반입해 줬다고 실토했습니다. 누군가 다른 사람과 계속 문자를 주고받았던 겁니다. 그놈은 알고 있었어요, 로런스. 무슨 일이 닥칠지 전부 알고 있었단 말입니다. 요구 사항이나 그런 것들 전부요. 하지만 그게 다가 아닙니다. 책 안에 작은 공간을 파냈는데, 그 안에 마이크로 크롤러 한 마리가 있었답니다. 쪽지에 싸여 있었는데, 쪽지에는 '매가 공격할 때가 왔다'라고 적혀 있었답니다."

던은 전화를 떨어트렸다. 방 안이 검붉은 색으로 점멸하기 시작했다. 던은 생각을 가다듬으려 안간힘을 썼다. 벽에서 핏빛 액체가 흘러내렸다. 문득 고개를 들자 하늘을 선회하는 매가 보였다.

던은 사무실에서 뛰쳐나가 달아나려 했다. 시선을 올리자 천장이 아니라 불타는 하늘이, 온 세상에 구멍을 뚫는 불길이 보였다. 혼돈의 소용돌이 안에서 자살 특공기 한 대가 모습을 드러냈다. 주황색 불길을 뿜으면서, 끊임없이 녹아내렸다 재생하면서, 매처럼, 불타는 칼처럼 내리꽂히고 있었다. 던은 있는 힘껏 소리를 지르면서도 아무것도 들리지 않는 채로, 계속 비명을 지르며 달려가다가 마침내 해군 경비병에게 붙들렸다.

다음 순간 그는 자신이 강인한 팔 여럿에 짓눌린 채 바닥에 엎드려 있다는 것을 깨달았다. 대통령, 비상 내각, 합참의장, 모두가 그를 내려다보고 있었다. 제복과 온갖 권위의 상징을 몸에 걸친 이들이. 폭탄, 미사일, 인공위성, 이제 그 모든 것이 무용지물이 되어버렸다. 모두 끝나는 것이다. 기타노가 전부 끝장낼 것이다.

49

매기에게는 이제 시간이 없었다.

그녀는 손목의 수갑을 최대한 끌어당겼다. 2피트 떨어진 곳의 작은 탁자 위에 오키드가 어제 사용했던 핀셋이 있었다. 무기치고는 한심하지만, 손에 넣을 수 있다면 지금 상황에서는 딱 알맞을지도 모른다.

오른쪽 손목의 피부는 이미 찢겨 말려 올라가 있었다. 찐득한 피가 살과 금속 사이에서 윤활유 역할을 했다. 몇 분만 더 있으면 손이 닿을 것이다. 오키드가 몇 분만 더 늦게 돌아온다면

조금만 더 하면 된다.

오키드가 방 안으로 들어오지만 않는다면

❖

지난 열두 시간은 끔찍했다. 광기에 빨려 들어가다 문득, 믿을 수 없게도, 제정신을 차리는 일이 반복되었다. 오키드는 그녀를 우즈마키에 감염시킨 채로 하룻밤 동안 완전한 어둠 속에 놔두었다. 끝나지 않는 고통의 시간 속에서, 매기는 폐소공포증을 불러일으키는 방독면을 뒤집어쓴 채로 갈수록 심하게 몸을 뒤틀며, 비명을 지르려고, 자신에게 손을 뻗어오는 시체들로부터 벗어나려고 안간힘을 썼다.

몇 시간 후 돌아온 오키드가 조명을 켜자 그녀를 공격해 오던 실체 없는 존재들도 잠시나마 모습을 감추었다. 매기는 오키드에게 지금껏 입에 담은 적도 없는 온갖 욕설을 내뱉었다. 소리를 지르고, 암캐이자 매춘부라 부르고, 오키드를 죽일 다양한 방법을 발작하듯 주워섬겼다. 그녀에게 빙의한 악마는 지금까지 알고 있던 자기 자신과는 너무도 다른 존재였다.

오키드는 작업대 위에 놔둔 배낭을 열고 안으로 손을 뻗었다. 계속 욕설을 내뱉던 매기는 오키드가 손에 들고 있는 물건을 보고서야 말을 멈추었다. 할아버지의 반짝이는 푸사리움 곰팡이가 들어 있는 유리병이었다.

오키드는 엉겨 붙은 채 여러 색으로 빛나는 곰팡이를 약간 끄집어내 시험관 안에 든 액체와 섞었다. 그리고 피하주사기로 액체를 빨아들인 다음 매기의 복부에 주사했다.

그리고 다시 자리를 떴다.

이어지는 몇 시간 동안, 매기는 계속 몸을 떨면서 수많은 크롤러들이 아들을 찢어발기고 시체들이 자신을 붙드는, 광기로 가득한 환영에 시달렸다. 그러나 시간이 지나자 변화가 일어났다. 환각이 잦아들기 시작한 것이다.

미칠 듯한 가려움도, 살의를 유발하는 환각도, 시체도, 시간이 지나갈 때마다 모두 조금씩 물러났다. 오키드는 시간 간격을 두고 찾아와 그녀의 상태를 주의 깊게 관찰했다. 매기의 체온을 재고 혈액을 채취해서 작은 냉장고에 보관하기도 했다.

매기는 오키드가 만족했다는 사실을 알아차렸다.

점멸하는 곰팡이였다.

"당신 할아버지 선물이야." 오키드는 이렇게 말했다.

매기는 나무토막에 붙어 있던 반짝이는 곰팡이를 떠올렸다. 레터박스 단서를 추적해 간 끝에 찾아낸, 할아버지가 남긴 선물을. 그 곰팡이 자체가 그들이 찾아내야 하는 물건이었다. 진정한 리암의 유산이었다. 할아버지는 우즈마키를 치료하는 수단을 찾아낸 것이다.

인간이 만든 가장 위험한 생물병기의 치료제를 개발한 것이다. 그 덕분에 그녀는 여기서 정신이 나간 채로 홀로 죽지 않아도 될 것이다. 우즈마키 증세의 진행을 억누를 수 있었다. 할아버지 덕분에.

그 사실을 깨달은 매기는 온갖 감정으로 폭발할 것만 같았다. 할아버지를 향한 억누를 수 없는 경탄과 엄청난 존경과 경애의 감정이, 그리고 안도감이 온몸을 촉촉이 적셨다. 할아버지는 데트릭의 모든 과학자들이 달라붙어도 실패한 일을 혼자서 성공한 것이다.

하지만 머지않아 매기의 안도감은 사그라들었다. 더 음울한 사실이 그녀의 머릿속에 깊이 뿌리를 내렸기 때문에.

오키드는 치료제를 손에 넣었다.

코너의 법칙: 치료제는 곧 무기가 된다.

⁂

매기는 피부를 불로 지지는 듯한 통증을 무시하고 최대한 힘껏 수 갑을 당겼다. 마지막으로 힘주어 세게 당기자, 마침내 손이 수갑에 서 빠져나왔다. 그녀는 손가락을 벌려보았다. 감각은 완전히 사라졌 지만, 근육은 아직 명령을 따르고 있었다.

소리가 들렸다. 계단 꼭대기의 문이 열리는 소리였다.

그녀는 얼른 탁자에 놓인 핀셋을 쥔 다음, 아직 수갑을 차고 있는 것처럼 보이도록 손을 축 늘어뜨렸다.

그리고 편안하게 천천히 숨 쉬는 것처럼 호흡을 가다듬으려 애썼 다.

기회는 한 번뿐이니까.

오키드는 항상 그렇듯 총을 뽑은 채로 계단을 내려왔다. 그녀는 매기 쪽으로 시선을 돌리고 위아래를 가볍게 훑어본 다음, 뒤쪽 허 리춤에 총을 넣고 잠금쇠를 채웠다.

오키드가 비닐 팩에서 새 주삿바늘을 꺼내 주사기에 끼우며 채혈을 준비하는 동안, 매기는 계속 호흡을 조절하려 안간힘을 썼다.

머릿속에서 앞으로 움직일 순서를 하나씩 되짚고 그려보며, 완전
히 흥분에 사로잡히지 않으려고 애썼다. 마침내 오키드가 주사기를
손에 들고 돌아섰다. 그리고 지금까지와 똑같은 모습으로 매기 쪽으
로 다가왔다.

매기는 머릿속으로 발소리에 맞추어 박자를 셌다. 준비해. 준비
해. 준비해.

오키드가 주사기를 손에 든 채로 그녀 앞에 멈추어 섰다.

그리고 문득 바닥으로 시선을 떨구며 머뭇거렸다.

아, 젠장. 매기의 손목에서 흘러내린 피를 본 것이다.

오키드는 고개를 들고 매기의 눈을 들여다보았다. 매기는 손에 든
핀셋을 바꾸어 쥐었다. 아이스픽처럼, 내리찍을 수 있도록.

그리고 움직였다. 매기는 팔을 힘껏 휘둘러 핀셋의 날카로운 끄트
머리를 오키드의 얼굴에 박아 넣었다.

오키드는 비명을 지르며 머리와 몸을 오른쪽으로 틀었다. 매기의
운명은 그 순간 결정되었다. 매기는 그대로 핀셋을 놓고 오키드의
권총으로 손을 뻗었다. 그러나 오키드가 오른쪽으로 몸을 틀었기 때
문에, 그녀의 상체가 매기의 손이 총에 닿지 못하도록 가로막았다.
우연인지 본능인지는 모를 일이지만, 오키드는 매기의 하나뿐인 희
망을 그대로 제거해버렸다.

어느 쪽이든 상관없었다. 오키드는 뺨에 핀셋이 박힌 채 뒤로 물

러섰고, 매기는 자유로운 한쪽 손을 허공에서 허우적거렸다.

"이 쌍년, 죽여버리겠어!" 오키드는 상처에서 피를 뿜으며 고함을 쳤다. 그리고 핀셋을 그대로 뽑아서 방 건너편으로 던졌다.

눈을 부릅뜨고 헐떡이며 뒤로 물러선 오키드는, 밧줄을 들고 매기에게 덤벼들어 풀려난 손을 그대로 몸에 묶어버렸다. 매기는 저항했지만, 오키드 쪽이 훨씬 힘이 강했다.

매기를 단단히 묶은 다음 오키드는 유리 구체를 들어 올렸다. 매기는 그 안에 크롤러가 가득한 모습을 보고 충격을 받았다. 오키드는 가는 철사를 천장을 가로지르는 봉 위로 던진 다음, 유리 구체를 거기 묶어 끌어올려 매기 위에 대롱대롱 매달려 있게 했다. 매기의 얼굴에서 겨우 몇 인치 정도 떨어진 상태였다.

오키드가 장갑 낀 손을 까닥이자 크롤러들이 일제히 움직였다. 수많은 작은 기계들이 둥지를 메우는 정신 나간 거미들처럼 구체 속을 바쁘게 돌아다녔다. 면도날처럼 날카로운 다리 수천 개가 격렬하게 유리를 긁는 소리가 높은 음조의 불협화음이 되어 울려 퍼졌다.

오키드는 근처 작업대에서 망치 하나를 가져와 높이 쳐들었다. 크게 부릅뜬 눈과 악문 이가 매기를 향했다. 온몸이 분노로 떨리고 있었다. "네년 아들은 이미 우즈마키에 감염됐어. 알고 있었으려나? 지금쯤 반송장이 되어 있을걸. 내가 치료제를 중국과 일본에 보낼 때쯤에는 뒈져 있을 테고, 네년 보호자인 제이크라는 놈 있잖아? 그 얼굴 정면에다 총알을 박아줄 거야."

매기는 구속구에서 풀려나려 발버둥을 쳤다. 오키드는 광기에 빠진 짐승처럼 사나운 웃음을 띠고 그녀를 내려다보았다. "마지막 순간을 준비하라고. 네년 보호자는 죽은 목숨이야. 아들은 미쳐 나자빠졌고, 우즈마키는 사방에 퍼지고 있지." 그녀는 망치로 유리 구체를 가볍게 때렸다. "이걸 깨면 이 아이들이 그대로 네년 얼굴로 떨어질 거야. 눈깔을 파내고 그 빌어먹을 두개골 속으로 들어가서 뇌를 파먹으며 잔치를 벌이겠지. 나는 네년이 죽어가는 모습을 즐겁게 지켜볼 테고, 춤이라도 추고 싶을 것 같은데."

50

"매기는 어디 있어!" 제이크는 기타노의 목에 손을 올린 채로 소리 쳤다. "말해, 이 개자식아. 매기 어디 있냐고!"

"나를 죽여도 상관은 없지만, 그러면 매기 코너의 목숨도 함께 날 아갈 걸세." 기타노는 이렇게 말하고 휴대폰을 가리켰다. "저걸 받아 보게."

"당장 불어."

그 순간 기타노의 눈빛이 갑자기 또렷해졌다. 마치 그를 사로잡고 있던 악마가 알 수 없는 이유로 떠나기라도 한 것처럼. "자네 또한 특 공대원이지만, 나는 자네가 조금도 부럽지 않다네. 자네의 희생은 아무 목적도 없이 공허할 뿐이니까. 그게 운명이지. 전화를 받게."

제이크는 기타노를 밀친 다음 아이폰을 손에 들었다.

화면이 몇 번 깜빡이다가 켜졌다. 화면을 본 제이크는 가슴팍을 걷어차인 것처럼 숨이 턱 막혔다. 테이프로 입이 막힌 매기가 두려움에 사로잡힌 채 정신없이 사방으로 눈동자를 움직이는 모습이 보였다. 머리 위에는 크롤러가 가득 든 유리 구체가 달려 있었다. 수천마리의 크롤러가 그 안에서 정신없이 움직이고 있었다.

휴대폰에서 오키드의 목소리가 들려왔다. "얘들 전문가는 당신이 잖아, 제이크. 이년이 얼마나 버틸 수 있을 것 같아?"

"매기를 해치면 내가 절대….

오키드가 그의 말을 잘랐다. "15분 안에 기타노를 여기까지 데리고 와. UAV를 따라 움직이라고. 15분 안에 도착하지 못하면 이 계집은 죽는 거야."

비탈이 가팔라지자 제이크는 기타노를 거의 끌다시피 하며 움직였다. UAV는 그들 머리 위에서 수백 피트 거리를 유지하며 선회하고 있었다. 커다란 섬 하나에 상륙해서, 물가로부터 위로 이어지는 거친 오솔길을 따라 올라가는 중이었다. 보트는 이미 한참 아래쪽으로 멀어져버렸다. 기타노는 다시 광기에 빠져들었고, 이번에는 증세가 더욱 심각했다. 이제 추위에 반쯤 얼어붙은 몸을 떨면서, 영어와 일본어 양쪽으로 읊조리고 있었다.

"나는 지금까지 60년 동안 죽어 있었어." 제이크에게 질질 끌려가며, 노인은 이렇게 중얼거렸다. "어머니는 내가 죽었다는 뜻으로 흰천을 건네셨다네. 그 이후 나는 뼈만 남아 있었던 거야. 아무것도 아닌 존재가 된 거야. 지구 위를 64년 동안 떠돌면서 오물을 탐하고, 오물을 먹고, 오물을 소화시켰어. 아귀나 다름없는 존재였지."

"닥쳐." 제이크는 윽박질렀다. 기타노는 매기나 우즈마키 사태에 대해서는 더 이상 아무것도 말하지 않았다. 때론 알아들을 만한 소리를 하기도 했지만, 대부분은 전쟁을 비난하는 말도 안 되는 헛소리뿐이었다.

기타노가 감염되었다는 확신은 갈수록 강해져만 갔다. 우즈마키의 모든 증세를 보이고 있었다. 발한. 체취. 광기에 달뜬 환상. 하지만 그와 오키드가 같은 편이라면, 대체 이 노인은 왜 우즈마키에 감염된 것일까? 오키드가 이 노인도 배신해버린 것일까?

이유야 어찌됐든, 기타노가 감염되었다면 제이크 또한 감염되었을 가능성이 높았다. 아직 아무 증세도 느껴지지 않았지만, 기타노와 함께 보낸 지도 몇 시간밖에 되지 않았으니 당연하다면 당연한 일이었다.

길을 따라 왼쪽으로 방향을 틀자, 양옆의 나무들은 천천히 수가 줄어들다 결국 사라져버렸다. 이내 제이크는 U자 형태의 절벽이 이어지는 산마루 위로 올라왔다. 현수교 하나가 양쪽 절벽을 연결하고, 그 밑을 흘러간 강물은 그대로 폭포의 물살에 합류해 아래로 떨어져 내렸다. 다리를 건너는 동안 낡은 널판은 계속해서 삐걱 소리를 냈다. 100피트 아래로 보이는 늪지대는 삼면이 깎아지른 절벽으로 막혀, 남은 한쪽 면으로만 세인트로런스강과 연결되어 있었다.

그리고 그 안에는 기러기 무리가 가득했다. 문득 수백 마리가 날개를 퍼덕이며 시야를 가리고 하늘로 날아오르더니, 꽥꽥 소리를 내며 머리 위 100피트도 안 되는 상공을 선회했다. 기타노는 홀린 듯 그 장관을 지켜보았다.

제이크는 수천의 작은 형체를 바라보는 기타노의 시선을 따라가다가, 문득 등골을 타고 흐르는 한기를 느꼈다. 지금 제이크의 눈앞에는 그 어디서도 본 적 없는, 수천 마리에 달하는 엄청난 수의 기러기 무리가 있는 것이다. 발밑이 무너져 내리는 느낌이 들었다. 기타노와 오키드는 이 장소를 아무 이유 없이 고른 것이 아니었다.

빨리. 제이크. 더 빨리 움직여.

"오물은 이제 질렸어." 기타노가 중얼거렸다. "이제 죽을 준비가 되었으니까. 내 운명을 완수할 때가 된 거야." 기타노는 몸을 떨기 시작했다. 제이크는 이 노인이 얼마나 더 버틸지 짐작조차 할 수 없었다.

문득 나무 사이로 붉은 얼룩 같은 것이 보였다. 오두막의 문이었다.

제이크는 기타노를 질질 끌면서 오두막을 향해 달려갔다. 심장이 목구멍으로 튀어나올 것만 같았다.

UAV는 시체를 노리는 독수리처럼 계속 공중을 선회했다.

그는 오두막에 도착하자마자 문을 당겨 열었다. 자물쇠는 없었다. 단순한 걸쇠뿐이었다.

오두막 안은 거의 텅 비어 있었고, 구석에는 먼지와 거미줄이 가득했다. 방 한가운데에는 곱게 개인 눈처럼 새하얀 옷 한 벌이 놓여 있었다. 그 위에는 단도 한 자루가 보였다. 섬세하게 조각해 만든 칼자루와, 자루보다 더 짧은 반짝이는 강철 날을 가진 물건이었다.

기타노는 단도를 보자마자 제이크를 제치고 앞으로 나섰지만, 제이크는 노인을 뒤로 밀쳐버렸다. 기타노는 힘없이 바닥으로 쓰러졌다.

제이크는 단도를 손에 들었다. 나무 손잡이에 검은색으로 새겨진 일본 글자가 보였다. 이런 물건이 왜 여기 있는 걸까?

기타노는 단도에서 시선을 떼지 못했다. "이리 주게."

"오키드는 어디 있지? 매기는 어디 있어?"

"그 칼 이리 줘."

제이크는 무기를 손에 든 채 다시 밖으로 나와 모든 방향을 샅샅이 살폈다. 공터 가장자리에 지하 폭풍 대피소의 입구로 보이는 구조물이 있었다. 입구 근처 눈 위에 발자국이 보였다.

"칼 내놔!" 기타노가 뒤에서 소리쳤다.

제이크는 노인을 붙들고 뒤에서 밀면서 눈 덮인 길을 따라 대피소 입구로 접근했다. 그러다 잠시 걸음을 멈추고, 왼쪽 눈 옆에 심어놓은 작은 끈을 손가락으로 쥐었다. 발동 장치를 당기자 전선을 맨손으로 잡은 것처럼 전기 충격이 온몸을 타고 흘렀다. 순간 눈앞에 점들이 떠올랐지만, 간신히 정신을 추스를 수 있었다.

10분, 길어봤자 15분. 제이크는 폭탄 투하가 시작될 때까지 그 정도 시간이 남았을 거라고 추측했다.

51

제이크는 기타노의 등 뒤에 칼을 댄 채로 지하로 이어지는 가파른 계단을 내려가며, 오키드의 자취를 찾아 주변을 두리번거렸다.

구슬픈 신음 소리가 아래에서 들려왔다. 순간 심장이 멎는 것만 같았다.

매기.

그녀의 모습이 눈에 들어왔다. 실험대 위에 구속된 채로, 입은 테이프로 막혀 있었다. 천장에 매달린 유리 구체가 얼굴에서 몇 인치 밖에 떨어지지 않은 곳까지 내려와 있었다. 그 안에서 금속광택을 띤 검은색 크롤러들이 무리 지어 몰려다니며, 방 안을 들판의 메뚜기 떼 같은 소음으로 메웠다. 나머지 방 안은 어둠에 잠겨 있었다. 오키드의 기척은 느껴지지 않았다.

고개를 들고 제이크를 본 매기는 비명을 지르려 시도하다가, 뒤이어 발길질하며 격렬하게 몸부림치기 시작했다.

　　오키드는 계단 뒤편의 어둠 속에 도사리고 앉아, 부서진 계단 수직널을 통해 천천히 층계를 내려오는 두 사람을 차가운 눈으로 지켜보았다. 제이크는 기타노를 엄폐물로 사용하려는 듯 앞으로 밀고 있었다. 아무 소용 없는 일이다. 오키드는 그들 뒤에 있었으니까.

　　오키드는 제이크가 계단을 마저 내려올 때까지, 그의 뒤통수가 작은 직사각형 가늠쇠 안에 완전히 잡힐 때까지 기다렸다가, 층계 뒤편에서 나오며 조준했다. 그녀는 항상 정면에서 쏘는 편을 선호했다. 죽음을 맞이하는 순간의 표정을 지켜볼 수 있으니까.

　　마침내 오키드가 입을 열었다. "제이크 스털링."

　　제이크는 목소리가 들리자마자 몸을 숙였다. 그대로 몸을 돌리는 순간 총알 하나가 이마를 스치고 날아갔다.

　　제이크는 두 번째 총알이 날아오기 직전에 나무와 합성수지로 만든 작은 탁자 뒤로 몸을 숨겼다. 단도는 바닥에 떨어졌다. 그녀는 네 번 더 발포했고, 탁자는 파편을 튀기며 부서졌다.

　　바닥에 쓰러져 있던 기타노는 후들거리는 다리를 가누며 자리에서 일어나서, 단도를 손에 들고 계단을 달려 올라갔다.

　　제이크는 탁자를 방패 삼아 오키드에게 돌격해 들어갔다. 오키드는 지근거리에서 두 발을 더 쐈고, 달려가는 동안 총알이 목재와 합성수지를 박살 내버렸다. 두 번째 총알은 어깨에 맞았지만 탁자가 대부분의 충격을 흡수했다. 제이크는 그대로 그녀를 들이받아 뒤로 밀쳐냈다. 권총이 바닥에 떨어져 한쪽으로 날아갔다. 제이크는 바로 그쪽으로 뛰어들어 권총을 손에 쥐었다.

그리고 방향을 틀어 한쪽으로 몸을 날리며, 발목 총집에서 소형 권총을 꺼내 든 오키드를 겨누고 발사했다. 그녀의 오른팔에서 피가 뿜어져 나왔다. 그러나 놀랍게도, 그녀는 자세를 유지하며 세 발을 연이어 발사해 제이크를 사물함 뒤로 뛰어들게 했다. 마지막 총성이 잦아들자 크롤러의 불협화음만이 방 안을 가득 메웠다.

오른쪽에서는 매기가 구속에서 벗어나려고 애쓰고 있었다. 머리 위에는 여전히 유리 구체가 매달려 있었다.

오키드는 어깨 통증을 무시하려 애쓰며 사선이 확보되기만을 기다렸다. 실력은 자기 쪽이 명백하게 월등했지만, 스틸링이 무기도 더 좋고, 탄환도 많이 남아 있었다. 규칙을 바꿀 필요가 있었다.

크롤러의 다리가 유리를 두드리는 소리만이 방 안에 가득했다. 오키드는 매기가 구속구를 풀려고 안간힘을 쓰는 모습을 깨닫고는 제이크가 확보한 위치를 슬쩍 쳐다보았다.

다른 걱정거리를 하나 추가해드리지.

그녀는 유리 구체를 조준하고 총알을 날렸다. 유리 껍질에서 쩍 소리가 울렸다.

제이크는 매기와 자신이 함께 살아남을 기회는 단 한 번밖에 없다는 사실을 깨달았다. 한 발을 더 쏴서 오키드를 자리에 묶어둔 다음, 그는 그대로 매기 쪽으로 달려갔다. 그리고 분노와 공포와 순수한 의지력을 연료로 몸을 날려, 그녀 위로 뛰어들어 크롤러가 가득 든 구체를 붙들었다. 금 간 유리가 그대로 깨지지 않기만을 바라면서. 여기서 깨졌다가는 수많은 크롤러들이 그를 순식간에 잘게 조각내버릴 것이다.

뛰어든 가속도 덕분에 철사가 끊어졌고, 그와 구체는 함께 허공을 날아갔다. 제이크는 몸을 돌려 등을 바닥에 대고 떨어진 다음, 자기 위로 떨어지는 구체가 갓난아기라도 되는 것처럼 조심스레 받아 들었다. 손에는 여전히 총을 들고 있었다.

그는 숨도 내쉬지 못한 채 바로 다음 행동에 들어갔다. 오키드를 향해 팔을 휘둘러 구체를 힘껏 던진 다음, 총을 쏜 것이다.

포물선으로 날아가던 구체는 그대로 허공에서 깨졌다.

경악에 찬 비명 소리가 울리더니, 다음 순간 소리는 울부짖는 괴성으로 변했다.

면도날처럼 날카로운 다리를 가진 수천 마리의 크롤러들을 떨쳐내려 애쓰면서, 오키드는 자리에서 일어나 비명을 지르고 몸을 뒤틀며 제이크를 향해 무턱대고 총을 난사했다. 마침내 약실이 텅 비어 방아쇠가 달각거리게 되자, 그녀는 총을 던지고 얼굴을 움켜쥐었다.

수천 개의 면도날에 베인 그녀의 몸은 이미 피 칠갑이 되어 있었다. 멈추지 않는 크롤러들의 움직임 속에서, 그녀는 비틀거리며 벽에 몸을 기댔다가 곧 바닥으로 무너져 내렸다. 질척한 곤죽이 된 눈에서 나온 피가 얼굴로 흘러내렸다. 마침내 비명이 잦아들고, 움직임이 몇 번의 경련으로 잦아들다가, 그조차 이내 멎어버렸다.

제이크는 매기의 옆에 서서 조심스레 그녀의 입에 붙은 테이프를 떼어주었다. 그녀의 첫 질문은 "딜런이 감염된 건가요?"였다.

제이크는 고개를 끄덕였다. "미안합니다. 하지만 일단 여기서 나가야 해요. 몇 분 후면 이 근방은 불지옥이 되어버릴 겁니다."

"제이크, 치료제가 있어요."

52

제이크가 밖으로 나왔을 때, 기타노의 흔적은 그 어디에도 보이지 않았다.

매기는 오두막 앞에 나와 앉아서, 오키드의 컴퓨터로 바깥 세계에 연락하려고 애쓰는 중이었다. "패스워드가 걸려 있어요. 뚫고 들어 갈 수가 없군요." 겁에 질리고 지친 데다 다친 오른손은 피투성이였지만, 매기는 아들을 구하기 위해 마음을 단단히 다잡고 있었다. 두 사람은 함께 오키드의 배낭을 샅샅이 뒤졌다. 휴대폰은 없었지만, 우즈마키 치료제인 빛나는 곰팡이가 가득 든 약병이 수십 개나 있었다. 제이크는 여전히 눈앞의 현실을 믿을 수 없었다. 치료제라니. 그러나 오키드의 배낭에서 찾아낸 노란 출력 용지의 내용을 읽자 모든 의심이 눈 녹듯 사라졌다. 오키드가 블라드를 죽이고 손에 넣은, 리암이 남긴 유언을 해독한 내용이었다.

제이크는 이 상황을 빠져나갈 수 있다고 자신을 설득하려 애썼다. 매기는 살아남았다. 딜런은 치료를 받을 것이다. 기타노와 오키드는 전염병 사태가 미국을 휩쓴 다음에 일본과 중국에 치료제를 전달하려 했다. 그러나 이제 그 치료제는 그와 매기의 손에 있었다.

그들은 함께 달렸다. 오키드의 배낭은 제이크가 메고 있었다. 매기가 앞장을 섰다. 이대로 몇 분이면 현수교를 건너 언덕을 내려가서 폭발 영역을 벗어날 수 있을 것이다.

기타노는 할복용 단도의 손잡이를 단단히 쥐었다.

생각을 계속하는 것만으로도, 광기가 그의 임무 수행을 방해하지 못하도록 하는 일만에도, 혼신을 다한 의지력이 필요했다. 아침부터 수많은 병사들이 그의 머리 위를 맴돌며 함께하고 있었다. 처음에는 조용히 지켜보기만 했다. 수천 구의 망령들이, 미제를 막기 위해 목숨을 바친 젊은 일본군 특공대원들의 영혼이. 이제 그들은 그의 주변을 둘러싸고 그 시절의 노래를 부르고 있었다. 지금 그가 서 있는 현수교보다도, 손에 쥔 강철의 무기보다도, 그들 쪽이 훨씬 현실처럼 느껴졌다.

기타노는 칼집에서 단도를 뽑았다. 은빛 칼날이 시릴 정도로 눈부셨다. 그는 칼 윗부분을 천으로 감싼 다음 칼날을 높이 들었다. 숲에서 시선을 떼지 않은 채로, 기타노는 세 번 짧게 숨을 몰아쉬었다. 마음을 청명하게 유지해야 한다. 육신의 준비를 마쳐야 한다. 가이

샤쿠'를 기대할 수는 없었다. 이곳에는 고통이 심할 때 목을 베어줄 부하 따위는 존재하지 않으니까.

제이크와 매기는 작은 숲을 헤치고 열린 공간으로 나왔다. 20야드 떨어진 곳에 현수교가 걸려 있었다.

기타노가 백의를 걸친 채 다리 한가운데에 서 있었다. 손에는 단도를 들고 있었다. 그들을 눈치챈 기타노는 조심스레 칼을 내려놓고 옷자락 속에서 총을 꺼냈다. 그리고 그들을 겨누고 발포해 다시 숲 속으로 몰아넣었다.

"내려갈 다른 길이 있나요?" 매기가 물었다.

"나도 모릅니다. 50야드 정도 돌아가면 갈림길이 있긴 했어요."

제이크는 매기와 눈을 마주쳤다. 두 사람은 동시에 기타노의 의도를 알아챘다. "세상에, 제이크. 기러기예요. 여기는 철새 이동 경로의 주요 휴식처라고요."

제이크는 그녀에게 배낭을 던지며 말했다. "내가 막겠습니다. 당신은 최대한 멀리 도망쳐요. 절대 기다리거나 하지 말고."

"제이크…."

"내 몫까지 딜런을 안아줘요." 제이크는 이렇게 말하고, 마지막으로 그녀를 한 번 바라본 다음 기타노를 향해 몸을 돌렸다.

뒤편 하늘에 비행기들이 다가오는 모습이 보였다. 이제 몇 분도 걸리지 않을 것이다. 얼마 안 남은 시간 동안 기타노의 주의를 분산

시켜야 한다. 그러지 않으면 저 늙은 자살 특공대원은 첫 시도에서 64년이 지난 지금 임무를 완수하게 될 것이다. 저 정신병자 괴물이 할복을 하면 인류 역사상 최악의 전염병이 세상에 퍼질 것이다. 치명적인 포자로 기러기를 감염시켜 스물네 시간 안에 북동부를 우즈마키로 가득 채울 것이다. 일주일이면 나라 전체로 번질 것이다. 한 달이면 지구를 뒤덮을지도 모른다.

"다 끝났어." 제이크는 양손을 벌리고 공터로 나오며 이렇게 소리쳤다. "오키드는 죽었어. 일본으로 치료제를 전달해줄 수 없다고. 당신이 여기서 우즈마키를 퍼트리면, 치료제는 일본 근처에도 가지 못하겠지만, 우즈마키는 도착할 거야."

기타노는 총으로 제이크를 겨누며 뇌까렸다. "이건 내 숙명이다."

기타노를 향해 달려가던 제이크는 첫 번째 탄환의 충격에 몸을 뒤틀었다. 격렬한 고통이 어깨관절을 뒤흔들었지만, 그는 돌진을 멈추지 않았다.

기타노의 다음 총알은 빗나갔지만, 뒤이은 총알은 땅에 튕겨 제이크의 다리를 꿰뚫었다. 그는 다리 근처에 도착해서 비틀거렸다. 다음 총알은 옆구리에 명중했다.

그는 그대로 쓰러졌다.

매기는 첫 총성을 들은 순간 달음박질을 멈추었다.

같은 소리가 연이어 울렸다.

매기는 눈물에 흐려진 시야로 다시 달렸다. 순간 나뭇가지에 걸려 넘어지며 팔과 얼굴을 긁히고 배낭을 떨어트렸다. 그녀는 눈 위로 떨어지는 핏방울에는 거의 시선조차 주지 않은 채로 배낭을 다시 들었다. 이 섬에서 치료제를 빼내야 한다. 딜런을 구하기 위해서.

다시 총성이 울렸다.

치료제. 딜런은 치료제가 없으면 목숨을 잃을 것이다. 수천, 수백만 명이 목숨을 잃을지도 모른다.

그녀는 계속 걸음을 옮겼지만, 눈앞에서 길이 끝나며 깎아지른 절벽이 앞길을 막았다. 가슴이 내려앉았다. 길이 없다. 갇힌 것이다. 내려갈 수 없다.

그녀는 하늘을 올려다보았다. 폭격기는 이제 너무 가까워 보였다. 충분히 멀리까지 도망칠 수는 없을 것이다. 살아남기 힘들다는 것은 분명했다. 하지만 어떻게든, 치료제만이라도 섬에서 빼낼 수는 없을까?

어둠이 찾아오고 싸늘한 바람이 불어도
그 바람이 가장 끔찍한 것을 날려 보내, 온 세상에 빛을 찾아줄 것이니.

리암의 시적인 단서를 떠올리며, 그녀는 떨리는 손으로 배낭을 열고 반짝이는 곰팡이가 담긴 약병들을 바라보았다. 그러다 문득 리암의 유언이 적힌 노란 종이쪽을 꺼내, 할아버지의 메시지를 꼼꼼히 읽어 내려갔다.

"할아버지. 아, 세상에. 할아버지."

생명이 몸에서 빠져나가는 느낌이 들었다.

조각난 정신 속으로 수많은 장면이 스쳐 지나갔다. 어머니가 돌아가시던 날, 침대 옆에서 그녀의 마지막 키스를 볼에 받고 있었다. 이라크 사막의 참호 속에서 불도저가 흙더미를 밀면서 다가오는 모습을 보고 있었다. 퉁퉁거리는 엔진 소리를 울리며, 흙을 파헤치며 자신을 묻어버리려고 달려오는 불도저의 굉음이 들렸다. 매기의 목소리도 들리는 것 같았다. 그녀가 리암의 치료제를 들고 딜런을 향해 달려가다가, 어둠의 벽에 파묻혀버리는 모습이 보였다.

몸을 일으키려고 애쓰는 제이크의 눈에, 다리에 반쯤 걸려 있는 기타노의 모습이 들어왔다. 다리에서 반쯤 흘러내려 덜렁거리는 몸뚱이에 직각으로 단도 손잡이가 튀어나와 있었다. 자기 손으로 내장을 끄집어낸 모양이었다. 복부와 하얀 비단옷 위로 붉은 기운이 번지고 있었다.

제이크는 몸을 일으켜 다리를 건넜다. 피투성이가 된 기타노의 시체에 도착했지만, 너무 늦어버렸다. 노인의 몸은 그대로 다리 가장자리를 따라 미끄러지다가 첨벙 소리를 내며 강물로 떨어졌다. 그리고 순식간에 폭포 너머로 사라져버렸다. 기타노가 승리한 것이다.

제이크는 고통을 이기지 못하고 주저앉았다. 하얀 비행운이 하늘을 가로지르는 모습이 보였다. 매 순간 힘겹게 호흡을 몰아쉬며, 그는 세계와 자신의 연결이 천천히 흐릿해져가는 것을 느꼈다. 눈을 감은 순간 격통이 끓어올랐지만, 이내 무뎌졌다. 모든 감각이 무뎌지는 느낌이었다. 강물 소리마저도 차츰 멀리서 윙윙거리며 사그라져갔다.

53

매기는 그를 일으키려 안간힘을 썼다. "제이크, 제발."

제이크는 거의 제대로 말할 수조차 없었다. "가요, 매기. 당신은, 치료제를…."

그녀는 이제 거의 머리 위까지 다가온 폭격기들을 바라보았다. 시간이 얼마나 있을까? 20초 정도?

그녀는 눈물에 젖은 얼굴로 서둘러 유리병을 열고 그 안의 반짝이는 내용물을 다리 위에 쏟았다. 이제 거의 의식이 없는 제이크에게 노란색 종이에, 리암이 남긴 유언장에 적힌 내용을 알려주고 싶은 마음이 간절했다. …형광성 곰팡이는 치료제의 확산 매개체이며… 리암은 치료제도 우즈마키와 같은 방식으로 전파되도록 곰팡이를 설계한 것이다. 기러기가 치료제를 운반해줄 것이다.

반짝이는 균사 조직이 바람을 타고 흩날리며 수면으로 떨어져 내렸다. 붉은색, 노란색, 녹색으로 깜빡이는 수많은 점이 되어서. 몇 초도 지나지 않아 그대로 전부 폭포 너머로 사라져버렸다. 마지막 남은 한 병은 딜런을 위해 주머니 속에 간직했다.

그녀는 제이크의 팔을 붙들고 다리 가장자리로 끌어당겼다. 숨은 쉬고 있는 걸까? 아, 세상에. 이미 호흡이 멎은 것처럼 보였다. 그녀는 그의 몸 위에 누웠다. 차갑게 식은 그의 몸이 그녀의 피부에 닿았고, 얼굴은 고작 몇 인치 정도 떨어져 있었다. 힘차게 몸을 흔들자, 다음 순간 그녀는 물속에 있었다. 여전히 제이크를 꼭 붙든 채로, 살을 에는 차가운 물이 그들을 폭포 쪽으로 밀어냈다. 매기는 있는 힘을 다해 그를 붙들었다. 지금까지 이렇게 뭔가를 세게 붙들어본 적은 한 번도 없었다.

두 사람은 순식간에 폭포 가장자리에 도달해서 한데 얽힌 채 아래로 넘어갔다. 한데 얽힌 채로. 머리 위에서 하늘이 폭발하고 충격파가 거대한 망치처럼 온몸을 내리찍었다.

그들은 허공에 있었다. 떨어지고 있었다. 귀가 먹먹한 폭풍 소리가 머리 위에서 울렸다. 하늘이 붉게 타오르며 일렁여 일그러진 화염의 소용돌이를 그렸다. 다음 순간 벽에 부딪친 듯 격렬한 충격이 온몸을 강타했다. 폭포 아래 수면으로 떨어져서 그대로 물속으로 빨려 들어간 것이다. 충격에 먹먹해지고 정신을 제대로 차리지도 못하면서, 매기는 발버둥을 치며 몸을 뒤틀어 온몸을 휘감는 물의 힘에 저항하려 애썼다. 어느 방향이 위쪽인지 판별할 수조차 없었다.

그녀는 힘겹게 수면으로 올라와 물을 뱉으며 콜록거렸다.

제이크의 모습이 보이지 않았다. 주변에서 소용돌이치는 폭포의 하얀 물거품이, 그 우렁찬 굉음이 그녀의 목소리를 집어삼켰다. 주황색 화염이 세상의 종말을 알리는 것처럼 머리 위에서 이글거리고 있었다.

54

포트 드럼에서 파견된 공수부대 선견대는 그녀가 온몸을 떨며 부러진 팔을 붙든 채 물속을 헤치고 다니는 모습을 발견했다. 그녀는 그들에게 치료제를 건네며 리암이 한 일을 설명해주었다. 그리고 반복해서 말했다. "제이크가 이 근처에 있어요. 제발, 제이크를 찾아야 해요."

병사들은 강둑 근처의 갈대숲에서 제이크를 발견했다. 혼자 힘으로 물에서 어느 정도 빠져나온 모양이었다. 총상의 핏자국은 물에 말끔히 씻겨나갔고, 피부는 혈색을 거의 찾아볼 수 없을 정도로 창백했다. 병사들은 맥박을 확인했다. 아주 약하게, 그마저도 곧 사라질 것처럼 뛰고 있었다. 그들은 바로 심장을 압박하며 심폐소생술을 시작했다.

"아, 세상에, 안 돼. 제발. 제발." 매기는 속삭였다.

헬리콥터에 수용(收容)하는 동안에 제이크의 심장이 완전히 멎어 버렸다. 매기는 그들을 따라 꾸역꾸역 헬리콥터에 올라탔다. 제이크는 전신 혈액의 40퍼센트를 상실했고, 바이털사인은 전혀 잡히지 않았지만, 병사들은 계속해서 맥을 돌리기 위해 애썼다. 제대로 된 치료가 가능한 격리 시설이 있는 포트 데트릭으로 방향을 돌리자는 결정이 내려졌다.

위생병 한 명이 그녀의 부상을 치료해주었다. 팔이 부러진 데다 수갑에서 손을 빼는 과정에서 손목뼈도 골절되었다. 부러진 팔을 삼각건으로 가슴에 고정한 채로, 매기는 남은 여정 동안 제이크 곁에 붙어서 애원했다. "버텨요, 제이크. 제발 버텨줘요."

데트릭에 도착한 매기는 즉각 감방으로 이송되었다. 두 시간 후 사람들이 격리실의 유리창을 사이에 두고 딜런과 대화할 수 있게 해주었다. 의사들이 그녀가 가져온 치료제를 처방한 모양이었다. 약에 취해 거의 정신을 차리지 못하는 아들을 보며, 그녀는 그대로 무너져 내리지 않으려고 안간힘을 썼다. 잠시 제정신이 돌아온 소년은 제이크에 대해 물었다. "제이크 아저씨는 괜찮은가요?"

"나도 모르겠어. 우리 마지막까지 희망을 놓지 말고 기도하자."

제이크 스털링의 상태에 대해서는 아무도 확신할 수 없었다. 첫

날도, 다음 날도. 셋째 날이 되자 그는 눈을 떴다. 다음 날에는 물을 찾았다. 이내 매기는 그의 병상 옆에 앉아, 잠든 제이크의 손을 붙든 채 아이처럼 흐느끼고 있었다. 자신도 제대로 이해하지 못하는 이유 때문에.

1년 후

가장 작은 것

우즈마키도 이제 흘러간 기억이 되었다. 헤이즐턴 교도소와 캠프 데이비드에서 발생한 거의 400명에 달하는 환자는 초기 증세만 보이고 치료되었다. 대서양 연안과 미시시피 유역의 철새 여행 경로를 따라 수백 군데서 발병이 확인되었지만, 그중에서 전염병 위험 사태로 확장된 것은 하나도 없었다. 리암 코너가 세상에 남긴 마지막 선물, 매기가 우즈마키와 함께 날려 보낸 곰팡이 덕분이었다. 치료제는 살포 지점에서 시작해 강의 지류가 갈라지는 것처럼 전파되었고, 리암 코너가 창조한 곰팡이는 순식간에 북미 전역에 균사를 뻗었다. 나중에는 포자 형태로 바다 건너까지 전파되어, 아프리카에서 오스트레일리아, 프랑스에서 포클랜드에 이르는 세계 전역에서 리암의 곰팡이가 발견되기에 이르렀다.

리암의 치료제는 항생제를 복용한 적이 없는 사람들의 내장 기관에 서식하는 보호 박테리아에서 얻은 것이었다. 그 박테리아는 푸사리움 스피랄레의 유전 신호를 발동해서 살상력을 가진 형태를 비교적 무해한 단세포 형태, 즉 리암이 50년 전 브라질에서 처음 발견한 곰팡이로 되돌려놓는다. 리암은 그 유전자를 가져다 우즈마키와 같은 방식으로 전파될 수 있는 형광 균류 안에 집어넣었다. 아주 적은 양을 섭취하는 것으로 충분하다. 매기는 그 곰팡이에 푸사리움 스페로(*Fusarium spero*)라는 학명을 붙였다. Dum spiro, spero라는 라틴어 격언에서 따온 말이었다. 숨을 쉬는 동안은 아직 희망이 있다는 뜻이었다.

기타노에 대한 FBI 수사를 통해 그가 리암을 몇 년에 걸쳐 염탐해 왔다는 사실이 드러났다. 세네카 병기창에서 리암의 연구실을 발견한 후에 오키드를 고용한 것이다. 그녀의 임무는 중국과 일본 정부에 치료제를 전달하는 것이었다. 최후의 특공 히토시 기타노가 마침내 미국을 무너트릴 기회를 잡은 셈이었다.

그러나 기타노는 제이크 스털링의 존재를 염두에 두지 않았다. 그리고 리암 코너를 과소평가했다.

리암의 치료제도 완벽하지는 않았다. 감염 직후에 복용해야만 안정된 효과를 기대할 수 있었다. 치료제가 대량으로 공급되기 전에 발생한 372명의 우즈마키 발병자 중에서 스물아홉 명이 목숨을 잃었고, 그중에는 로런스 던도 있었다. 던 안보 부보좌관은 완전히 광기에 잠식된 상태로 3주를 버텼다. 비명을 지르고 욕설을 퍼붓고 죽여달라고 애원하면서.

세계가 우즈마키 사태의 공황에 사로잡히고 몇 달이 지나서야 우즈마키에 대한 UN 청문회가 열렸다. 전 세계에서 30억 명이 넘는 사람들이 매기와 제이크의 진술에 귀를 기울였다. 압박은 갈수록 격해졌고, 모든 주요 국가들이 참여하는 새로운 생물병기 개발 제한 협상이 궤도에 올랐다.

그들은 리암 코너를 엘리스 할로우의 작은 공동묘지에, 그가 평생 사랑한 이디스의 곁에 묻었다. 조용한 장례식에는 언론인은 한 명도 부르지 않았다. 삶은 천천히 제자리를 찾아갔다. 몇 가지 변화는 있었다. 제이크는 여전히 코넬에서 수업을 하며 초소형 로봇을 만들었지만, 이라크와 아프가니스탄에서 귀환하는 병사들을 위해 전용 의수와 의족을 만드는 사업을 병행하기 시작했다. 병사들을 방문해서 이야기를 듣고 그에 맞는 새로운 사지를 제공해주는 일이었다. 제이크 자신의 치료를 위한 일이기도 했다. 제이크는 시라쿠스 상이군인 재활 종합병원을 방문하고 충격을 받았지만, 돌아올 때는 약간이나마 활기를 찾은 모습이었다. 언젠가 딜런도 그의 작업에 합류할지도 모른다. 아이는 나날이 침착한 모습을 되찾고 있었다. 공황 발작도 이제 거의 사라졌다.

매기도 리암이 남긴 8,000만 달러에 가까운 유산을 이용해 새로운 사업을 시작했다. 과거 세네카 육군 병기창이 있던 장소에 생체 표본실을 만들기로 한 것이다. 거대한 '부패의 정원'을 되살려 균류계 전체의 모든 표본을 모아들일 계획이었다. 균류는 독특하고 다양하고 강인하지만, 동시에 제일 수수께끼에 싸인 생물 분류군이기도 하다. 세상에 존재하는 균류의 95퍼센트는 아직 제대로 동정(同定)조차 되지 않은 채, 유전자 구조와 형태 변이에 따라 분류해줄 손길을 기다리고 있었다. 그녀는 이런 상황을 바꿀 계획이었다. 그녀가 생을 마감할 때쯤에는, 균류계는 이미 수수께끼의 영역을 벗어나 있을 것이다.

물론 다른 부류의 변화도 있었다.

황혼이 내리 덮이기 직전, 단출한 탐험대가 그 빛을 보기 위해 길을 떠났다.

딜런과 터틀이 앞서 달려갔고, 매기가 그 뒤를 따랐다. 제이크는 기꺼이 최후미를 맡았다. 가장 보기 좋은 곳은 리암과 이디스가 사랑한 장소 중 하나인 트레먼 주립공원의 긴 산책로 끝에 있었다. 루시퍼 폭포 위로 이어지는 핑거레이크스 등반로의 한쪽 구석이었다.

그들은 작은 절벽 위에서 걸음을 멈추었다. 터틀이 킁킁대며 땅냄새를 맡았다. 주변을 둘러싼 우람한 나무의 잎사귀들이 마지막 남은 햇살을 받아 눈부시게 반짝였다. "포풀루스 트레물라(*Populus tremula*, 유럽 사시나무)." 초보 분류학자 딜런이 말했다. "할아버지가 좋아하시던 나무예요."

제이크는 매기에게 손을 뻗었고, 이윽고 두 손은 한데 얽혔다. 두 사람은 지난달 리벤델의 뒤뜰에서 성대한 야외 예식을 올리며 결혼했다. 매기는 한동안 제이크의 프러포즈를 거절해왔다. 하지만 두 사람을 이토록 오래 갈라놓은 감정이 공포였다는 사실을 깨우친 후로는, 그녀의 항복은 결국 시간문제일 뿐이었다. 존재를 드러낸 공포야말로 가장 연약한 감정이다. 결국 사랑이 훨씬 강하기 마련이니까.

제이크도 가끔 생각에 잠기곤 했다. 전쟁을 겪은 뒤 그의 첫 결혼 생활은 그대로 무너져 내렸고, 그 이후로도 예전으로 돌아갈 수 없었다. 누구도 그의 마음에 와닿지 못하는 것만 같았다. 이제 제이크는 그 이유를 알았다. 지금껏 눈앞의 두 사람을, 매기와 딜런이 그를 다시 살아 있는 자들의 땅으로 이끌어주기를, 기다리고 있었기 때문이다.

세 사람은 함께 멀리 보이는 옥수수밭에서 색이 타오르기를 기다렸다. 아직 해가 지기 전인데도 눈앞의 풍경은 믿을 수 없을 정도로 아름다웠다. 마지막 햇빛이 사라지자 모든 것이 시작되었다. 100만 개의 빛나는 작은 점들이, 빛나는 곰팡이들이, 붉은색과 노란색과 녹색의 작은 별처럼 반짝이기 시작했다. 리암 코너가 창조한 곰팡이는 이제 온 세상에 퍼져 있었다. 마치 리암이 마지막으로 크게 숨을 들이쉬어 온 세상을 향해 내뿜은 것처럼.

제이크는 딜런의 머리카락을 헝클어트리며 말했다. "리암이 살아서 이 모습을 볼 수 있었으면 좋았을 텐데."

"아직 살아 계세요." 딜런이 대답했다.

제이크는 문득 리암이 가장 좋아하던 아일랜드 속담 중 하나를 떠올렸다. "가장 작은 존재야말로 인류보다 더 오래 살아남는 법이란다."

매기의 눈에는 눈물이 고여 있었다. "자, 어서." 그녀는 아들을 보며 말했다. "네가 카운트다운을 하렴."

딜런은 고개를 끄덕였다. "준비되셨죠? 셋, 둘, 하나…."

세 사람은 함께 깊이 숨을 들이쉬며 리암 코너를 떠올렸다. 그리고 최대한 오래 숨을 참은 다음, 수많은 다음 생을 살아갈 준비를 마친 리암을 다시 한 번 세상으로 내뿜었다.

감사의 말

담당 편집자인 수전 카밀과 데이나 아이잭슨은 정말로 훌륭한 사람들이다. 그들의 인내와 지혜와 능력에는 아무리 감사를 표해도 부족할 것이다. 제인 겔프먼은 확고부동한 지지를 표하고 온갖 기적을 일으키며 이 작품이 세상에 나올 수 있도록 해주었다. 랜덤하우스 출판사와 겔프먼 슈나이더 대행사의 다른 직원들에게도 깊은 감사를 표한다. 특히 노아 에이커와 캐시 글리슨, 커티스 브라운 대행사의 캐티 맥고원에게는 많은 도움을 받았다.

코넬대학교의 균류학 교수이자 코넬 식물병리학 표본실의 담당 관리자인 캐시 헛지는 이 책의 영감과 균류에 대한 놀라운 지식을 끊임없이 공급해주었다. 폴 그리스월드는 폐쇄된 세네카 육군 병기창을 둘러보며 흥미로운 안내를 해주었고, 코넬 경찰서장인 커티스 오스트란더 씨는 전 세계적으로 유명한 교수진의 한 사람이 캠퍼스 다리에서 뛰어내릴 경우 예상되는 상황에 대한 다양한 질문에 친절하게 답변해주었다. 포트 데트릭의 USDA에 근무하는 니나 쉬시코프 박사는 다양한 통찰과 지식을 제공해주었다. 미 해군의 래리 올슨 대령이 해군과 연관된 사항에서 도움을 주었다. 에드 스태커는 집필

초기에 편집자로서 많은 도움을 주었다.

　나의 부모님 조와 매리 루 맥어웬, 그리고 장인 장모님 로버트와 주디 와이저는 훌륭한 독자이자 응원단 노릇을 해주셨고, 나머지 맥어웬·아버닉·와이저 일족의 사람들도 마찬가지다. 이미 세상을 떠나신 나의 조부모님 버디와 매리 제인 로런스는 이 작품의 최초 아이디어를 제공해주셨다. 이런 허황된 작업을 계속할 수 있는 자유를 준 코넬대학교에, 그리고 이 책의 초고를 읽어준 모든 대학원생과 포스닥과 동료들에게 깊은 감사를 보낸다. 몇 년에 걸쳐 다른 수많은 사람들이 이 책을 읽고 평가와 격려와 비판을 보내주었으며, 그중에는 제시카 슈버그, 제인 밀러, 바브 패리시, 데비 레브, 롭 코스텔로, 엘런 프라이스토스키, 레슬리 요크, 조시 워터폴, 킴 해링턴, 그리고 백스페이스의 훌륭한 청중들이 있었다. 그 모든 분들에게 감사를 표한다.

　마지막으로, 열성적인 심리학자이며 편집자이고, 놀라운 실력의 유기견 구조대원이기도 한 (www.cayugadogrescue.org를 방문해보길 바란다) 사랑하는 아내 수잔 와이저에게 이 책을 바친다. 때론 엄격하고, 항상 나를 지지해주고, 영원히 내 것인 그 사람에게.

소용돌이에 다가가지 말 것

초판 1쇄 펴낸날 2018년 9월 5일
초판 2쇄 펴낸날 2018년 9월 21일
지은이 폴 맥어웬
옮긴이 조호근
펴낸이 한성봉
편집 안상준·하명성·이동현·조유나·박민지·최창문
디자인 전혜진·김현중
마케팅 박신용·강은혜
기획홍보 박연준
경영지원 국지연
펴낸곳 허블
등록 2017년 4월 24일 제2017-000050호
주소 서울시 중구 소파로 131 [남산동 3가 34-5]
페이스북 www.facebook.com/dongasiabooks
인스타그램 www.instagram.com/dongasiabook
전자우편 dongasiabook@naver.com
블로그 blog.naver.com/dongasiabook
전화 02) 757-9724, 5
팩스 02) 757-9726

ISBN 979-11-960902-7-2 03840

이 도서의 국립중앙도서관 출판예정도서목록(CIP)은
서지정보유통지원시스템 홈페이지(http://seoji.nl.go.kr)와
국가자료공동목록시스템(http://www.nl.go.kr/kolisnet)에서
이용하실 수 있습니다.(CIP제어번호: CIP2018027119)

허블은 동아시아 출판사의 SF 브랜드입니다.

만든 사람들

편집 김잔섭·조유나
크로스교열 안상준
디자인 전혜진
일러스트 제니곽